Hochzeitsglocken über London

von

Wolf September

Impressum

© 2023 Wolf September
Oberneuses 17
96185 Schönbrunn im Steigerwald
www.wolfseptember.de
Instagram: wolf_september_info
Facebook: autorwolfseptember

Herstellung und Verlag: BoD – Books on Demand, Norderstedt
ISBN: 9783744833851

Lektorat
Alina Schüttler (Lektorat Kalliope)

Korrektorat
Matti Laaksonen - www.mattilaaksonen.de

Coverdesign: rebecacovers / Fiverr
Bildrechte: © tomtsya - de.depositphotos.com

Alle Rechte vorbehalten.
Nachdruck, Vervielfältigung oder anderweitige Veröffentlichung sind nicht gestattet und bedürfen der ausdrücklichen Genehmigung des Autoren (Ausnahme: kurze Zitate für Rezensionen). Sämtliche Handlungen und Personen sind frei erfunden. Jegliche Ähnlichkeiten, wie die Namen der Protagonisten, mit lebenden oder verstorbenen Personen sind rein zufällig und nicht beabsichtigt. Orte, Markennamen, Künstler und Lieder werden in einem fiktiven Zusammenhang verwendet. Örtliche Begebenheiten wurden teilweise oder ganz für den Storyverlauf angepasst. Alle Markennamen und Warenzeichen, die in diesem Roman verwendet werden, sind Eigentum der jeweiligen Inhaber.

Vielen lieben Dank an meine Testleser

Björn, Sandra, Susan, Stefan und Rina

die mich mit Tipps, Hinweisen und
sehr umfangreichem Feedback unterstützt haben.

Schön, dass es Euch gibt.

Kapitel 1 - Ben - Bildersegen

Ben ließ langsam die Luft aus seinen Lungen entweichen und versuchte, sich zu konzentrieren. Geduld war eine Tugend, die er zwar besaß – doch hier und jetzt näherte sie sich dem Ende. Seine Hände waren zittrig geworden. Er zog eine Augenbraue nach oben und blickte verzweifelt in den Spiegel.

Wenn er richtig gezählt hatte, war dies der achte gescheiterte Versuch gewesen, seine Fliege zu binden. Heute könnte sich sein Leben ändern und alles, was zwischen seinem alten und dem eventuell neuen Leben lag, war diese verdammte Fliege. Zumindest in diesem Moment. Hilfesuchend fiel sein Blick zu Mark, der entspannt auf der Couch saß, ihren Kater Coop kraulte und ihn amüsiert beobachtete.

„Was ist denn heute los mit dir? Das ist doch nicht die erste Fliege, die du bindest?" Mark schmunzelte.

„Aber es ist meine erste eigene Ausstellung", erwiderte Ben fahrig und starrte zurück in den Spiegel. Tausend Gedanken rasten durch seinen Kopf. Hatten sie an alles gedacht? Was, wenn den Leuten seine Bilder nicht gefallen würden – sie ihn am Ende sogar auslachten?

Mark stand auf und ging zu Ben. „Na los, komm her. Ich helfe dir."

Ben drehte sich ihm zu. Kunstvoll schwang Mark die Enden seiner Fliege umeinander und verknotete sie. Er trat einen Schritt zurück und sah prüfend auf sein Werk. „Fertig. So kannst du gehen."

„Wenn ich dich nicht hätte." Ben gab Mark erleichtert einen Kuss.

Dieser lächelte ihn verständnisvoll an. „Du brauchst nicht nervös zu sein. Deine Fotos sind der Hammer. Du wirst sehen, die Leute werden sie lieben."

„Wenn du das sagst ..." Ben strich Mark liebevoll über die Wange.

Er fand jedes Mal die richtigen Worte, zur richtigen Zeit. Ben wurde ein wenig ruhiger, aber seine Hand zitterte noch immer. „Allerdings bist du befangen. Schließlich schläfst du mit dem Fotografen!" Er schaute zur Uhr. Nur noch etwas über eine Stunde. Wärme wallte in ihm auf.

„Ben. Bleib ruhig. Ich werde immer neben dir sein." Mark klang dabei fast schon beschwörend.

„Ich bin ja ruhig. Es ist nur, in letzter Zeit ist so viel schiefgelaufen ..." Ben sah Mark unsicher an.

„Du meinst die Hochzeit? Aber das hat doch nichts mit deiner Ausstellung zu tun. Und ab morgen wird sich alles zum Guten wenden. Du wirst sehen." Er küsste Ben auf die Stirn.

„Ich hoffe, dass dieser Weddingplaner etwas taugt." Ben wollte glauben, dass mit dem Hochzeitsplaner alles gut werden würde, allerdings nagte der Zweifel immer wieder an ihm.

„Das wird er. Das sind Fachleute mit Kontakten. Sie planen den ganzen Tag Hochzeiten und kennen Locations, die uns niemals einfallen würden." Mark schien überzeugt zu sein.

„Ich weiß. Es ist nur ... Es sind lediglich knapp fünf Monate bis zu unserem Termin. Hätte ich gewusst, dass man Hochzeiten zwei Jahre im Voraus planen muss ... Ich bin einfach nervös."

Mark feixte. „Bist du jetzt wegen deiner Ausstellung nervös oder wegen der Hochzeit?"

„Beides! Ich bin grundnervös."

„Dann hör auf damit. Du weißt, am Ende ist alles gut ..."

„... und ist es nicht gut, dann ist es noch nicht das Ende", sagten beide im Chor und stimmten in ein gemeinsames Lachen ein.

Die Türklingel rappelte los.

„Bereit? Das wird der Wagen sein", sagte Mark.

„Bereit. Auf in den Kampf", antwortete Ben und folgte Mark, der zur Tür gegangen war und sie für ihn aufhielt.

Gemeinsam fuhren sie mit dem Lift nach unten, durchquerten die Lobby und verließen das Gebäude. Vor dem Haus wartete eine noble schwarze Limousine mit verspiegelten Scheiben. Der Fahrer stand im Frack mit einer Kappe daneben und hielt die hintere Tür auf.

„Findest du das nicht ein bisschen übertrieben?", flüsterte Ben Mark zu. Er hatte damit gerechnet, in einem Taxi zur Villa zu fahren.

„Nein", antwortete Mark ruhig. „Das ist alles Teil deines Geburtstagsgeschenks."

Ben war unwohl über das ganze Aufsehen, welches er um seine Person machte, doch auf der anderen Seite schmeichelte es ihm ungemein. Mark zeigte ihm jeden Tag, wie wichtig er ihm war, und genauso fühlte es sich für Ben an – ein Leben ohne Mark konnte und wollte er sich nicht mehr vorstellen. Sie waren wie zwei Planeten, die sich gegenseitig brauchten, um im Gleichgewicht zu bleiben.

Als Mark ihm Anfang des Jahres eine Fotoausstellung in der alten Villa geschenkt hatte, konnte er noch nicht ahnen, wie groß er die Geschichte aufziehen würde. Sicher, Bens Bilder waren schon des Öfteren in der Villa ausgestellt gewesen, aber immer nur eine Handvoll und mit Bildern von anderen Mitgliedern seiner Fotogruppe.

Dieses Mal hingen dort nur seine Aufnahmen. Mark hatte die Villa für eine Woche gemietet und Einladungen an alle ihre Freunde und Bekannte geschickt. Sogar in einer der großen Zeitungen Londons war ein Artikel über die Ausstellung erschienen. Ihr Freund Martin kannte den für Kultur zuständigen Redakteur der Zeitung und hatte ihn zu dem Artikel überredet. Und jetzt auch noch diese Limousine.

Ben schaute zu Mark hinüber, als er eingestiegen war. Mark saß freudig lächelnd im Wagen und blickte durch die Fenster nach draußen. Trotz seiner Aufregung musste Ben schmunzeln. Er sah in diesem Augenblick, das Kind in Mark an seiner Seite sitzen. Ein Kind, das seine Freude auslebte und ganz in den Moment eingetaucht war. Ben liebte ihn, neben so vielen anderen Dingen, aber vor allem dafür. Marks Augen strahlten und seine Mundwinkel schienen unterhalb der Ohren festgetackert zu sein, so sehr grinste er. Er verbreitete eine unbändig gute Laune, die allmählich auf Ben übersprang und seine Nervosität in den Hintergrund rücken ließ.

„Ich fühle mich wie ein Star auf dem Weg zu einer Filmpremiere", raunte Mark ihm zu und rieb mit den Händen über seine Knie.

Ben lächelte. Auch wenn er es nicht wahrhaben wollte, er fühlte sich ganz genauso.

Mark lehnte sich zu ihm herüber und sah ihn aus seiner Position von schräg unten an. „Du bist mein Star und du verdienst diesen Abend. Ich liebe dich."

Ben beugte sich zu Mark hinunter, sanft berührten sich ihre Lippen. „Ich liebe dich auch und ich werde dich immer lieben. Zumindest, wenn ich das hier alles überleben sollte und ich nicht an einem Herzinfarkt dahinraffe."

Mark lachte auf. „Das wirst du nicht. Versprochen."

„Gibt es irgendetwas, das ich noch wissen sollte?" Je näher sie der Villa kamen, desto mehr schwoll Bens Aufregung wieder an.

„Was meinst du?", fragte Mark verwundert.

„Du weißt schon, irgendwelche Überraschungen, auf die ich vorbereitet sein sollte? Ich bin ohne Ende angespannt. Versprich mir, dass es keine weiteren Überraschungen geben wird." Ben zog bittend seine Augenbrauen zusammen.

Mark lächelte. „Versprochen." Er stockte. „Außer dem Artikel, der Morgen über die Ausstellung erscheinen wird."

„Du bist unmöglich", entgegnete Ben schmunzelnd.

„Ich weiß, aber ich möchte einfach, dass die ganze Welt weiß, mit was für einem tollen Mann ich zusammen bin. Außerdem hat Martin mit dem Redakteur geschlafen. Es ist also nur zum Teil mein Verdienst."

Ben lachte auf. „Na dann."

Schwungvoll bog die Limousine in die Allee ein, die zur Villa führte, und hielt kurz darauf vor dem Eingang. Der Fahrer stieg aus und umrundete den Wagen. Er öffnete die Tür und streckte Ben seine Hand entgegen, um ihm beim Aussteigen zu helfen.

„Vielen Dank." Mark drückte dem Fahrer einen Schein in die Hand und zwinkerte ihm zu.

Gemeinsam mit Mark ging Ben zum Eingang der Villa. Sein Herz klopfte so stark in seiner Brust, dass er es in seinen Ohrläppchen spüren konnte. Am Geländer des Balkons, der über die Eingangstür ragte, war ein Banner befestigt worden.

Fotoausstellung mit Bildern von Ben Smith stand darauf zu lesen. Er blieb einen Augenblick stehen und betrachtete es voller Stolz.

Dann ging er mit Mark die breite Treppe nach oben. Undeutliches Gemurmel drang durch die verschlossene Tür nach außen.

„Bereit?" Mark legte seine Hand auf die Türklinke.

Ben atmete noch einmal tief durch. Er starrte gegen das Türblatt, fixierte einen Punkt darauf und versuchte, sich zu beruhigen. „Bereit."

Mark öffnete die Tür und ihm blieb für einen Augenblick die Luft weg. In der kleinen Eingangshalle standen ungefähr fünfzig, sechzig Leute. Er entdeckte neben seinen Eltern auch seine Schwester mit ihrer Familie sowie all ihre Freunde. Als er zusammen mit Mark die Villa betrat, verstummten die Anwesenden für einen Moment, bevor das erste Klatschen erklang, in das schon bald alle anderen einstimmten. Ben spürte Wärme in seinen Wangen aufsteigen. Freundlich lächelnd geleitete Mark ihn zu der geschwungenen Treppe, die nach oben führte.

Bens Blick wanderte durch den Raum. Er liebte die Villa. Auch wenn sie vor ein paar Jahren renoviert worden war, hatte sie ihren altmodischen Charme nicht verloren. Die zum Teil holzgetäfelten Wände, der Marmorfußboden, auf dem blutrote Teppiche mit goldenen Verzierungen lagen, und die bronzefarbenen Kronleuchter: Das alles mischte sich zu einem unwiderstehlichen Ambiente.

Mark ging mit ihm ein paar Stufen nach oben und zeigte an, etwas sagen zu wollen. Nach und nach verstummte der Applaus.

„Ein herzliches Willkommen an euch alle", sagte Mark mit fester Stimme. „Wir freuen uns, dass ihr die Zeit gefunden habt, heute bei Bens erster eigener Fotoausstellung zu sein." Dann gab er Ben mit seinen Augen ein Zeichen.

Dieser trat einen Schritt nach vorn. Zitternd hielt er sich am Treppengeländer fest und atmete tief ein. „Hallo zusammen", begann er mit dünner Stimme zu sprechen. Er räusperte sich und fuhr fort: „Ich freue mich, euch alle zu sehen. Da ich kein Freund großer Worte bin – wünsche ich euch jetzt einfach viel Spaß mit meinen Bildern und hoffe, dass sie euch gefallen."

Erneut brandete Applaus auf, während Ben ein Brocken, mindestens so groß wie der Buckinghampalast, von seinem Herzen fiel. Der Applaus ebbte ab und ging in ein interessiertes Gemurmel über. Allmählich verteilten sich die Leute.

Ben und Mark gingen die Treppe nach unten.

„Ich bin stolz auf dich", flüsterte Mark ihm ins Ohr.

Erleichtert lächelte Ben ihn an. „Der schwierigste Teil ist geschafft." Er schnappte sich zwei Gläser Sekt bei einem der Kellner, die mit ihren Tabletts zwischen den Gästen herumliefen. Eins der Gläser reichte er Mark und prostete ihm zu.

„Hey", tönte Rominas Stimme hinter seinem Rücken.

Ben drehte sich um.

„Ihr werdet doch nicht ohne deine Schwester anstoßen?" Sie hob ihr Glas. „Ich wusste ja gar nicht, dass mein kleiner Bruder ein solcher Künstler ist", sagte sie lächelnd und stieß ihr Glas klingend gegen das von Ben.

„Jetzt übertreib mal nicht", erwiderte Ben geschmeichelt. „Sonst bist du immer genervt, wenn ich mit meiner Kamera auftauche."

„Ich mag es nun mal nicht, dauernd fotografiert zu werden. Magst du mich noch?", fragte Romina und klimperte mit ihren Augenlidern.

„Du sollst das nicht immer fragen!" Ben schüttelte grinsend den Kopf.

„Ich wäre nicht ich, wenn ich es nicht tun würde. Also was ist? Magst du mich noch?" Sie schickte einen flehenden Blick zu ihrem Bruder.

Bens Lippen formten ein breites Grinsen. „Könnte gut möglich sein. Ich muss darüber nachdenken."

„Warum nachdenken, wenn die Antwort nur ein Ja sein kann?", flötete sie.

Ben zuckte lachend mit den Schultern.

„Dann stürz dich mal in die Menge und genieß den Abend." Sie lächelte, winkte und ging zurück zu ihrer Familie.

Ben blickte um sich. Einige der Gäste hatten sich inzwischen auf den Weg nach oben, in die eigentliche Ausstellung, begeben. Mark stand am Fuß der Treppe zusammen mit Martin und

Steven, zwei ihrer besten Freunde. Während er zu ihm ging, nickte er grüßend einigen der Gäste zu, die ihm zuprosteten.

„Da kommt ja der Star des Abends", rief Martin, als er Ben kommen sah.

„Sag so was nicht", meinte Ben und spürte erneut Wärme in sich aufsteigen.

„Ist aber so. Ich bin beeindruckt." Martin nippte an seinem Glas.

„Ich habe den beiden gerade erzählt, wie es mit den Hochzeitsvorbereitungen läuft", klärte ihn Mark auf.

„Ich hätte nie gedacht, dass es so schwierig wird, eine passende Location zu finden", ergänzte Ben.

„Es wird doch irgendwo in dieser Stadt einen Ort geben, an dem ihr feiern könnt?", mischte sich Steven in das Gespräch ein.

„Das dachte ich auch. Aber alles, was uns eingefallen ist, ist Monate, wenn nicht sogar Jahre, im Voraus ausgebucht, zu klein, zu groß oder zu teuer." Ben blickte frustriert in die Runde.

Mark legte seinen Arm um seine Schultern und drückte ihn an sich. „Es wird schon. Wir treffen uns morgen mit einem Weddingplaner, den mir ein Kollege empfohlen hat."

„Um genau zu sein, mit dem wohl letzten Weddingplaner in dieser Stadt, der noch Zeit hat. Von einem guten Dutzend anderer haben wir bereits Abfuhren kassiert", erwiderte Ben resigniert. „Notfalls verschieben wir eben um ein Jahr." Die vielen Absagen in den vergangenen Wochen hatten seine anfängliche Euphorie inzwischen fast zum Erliegen gebracht. Lediglich ein kleiner Funke Hoffnung war geblieben, als Mark mit dem neuen Weddingplaner aufgetaucht war.

„Hey, Kopf hoch, das wird schon." Steven lächelte ihn aufmunternd an. „Falls ihr Hilfe braucht, sagt einfach Bescheid."

Martin stimmte ihm nickend zu.

„Lernen wir dann endlich einmal deinen Hunter kennen?", fragte Mark Steven.

„Spätestens dann."

„Scheint ein vielbeschäftigter Mann zu sein. Jetzt seid ihr bald ein Jahr zusammen und wir haben ihn noch nicht ein einziges Mal gesehen." Mark zwinkerte ihm zu, während seine Mundwinkel zuckten.

„Ich weiß. So ist das eben bei Detektiv Inspektoren." Steven hob seine Schultern.

„Aber es gibt ihn, oder?", warf Martin feixend ein.

Seinem Blick nach zu urteilen, wusste Steven nicht, was Martin ihm sagen wollte.

„Na ja, nicht dass das so ein imaginärer Freund ist. Ein weißes Kaninchen namens Harvey oder so etwas in der Art."

Steven warf Martin einen missmutigen Blick zu. „Erzähl uns lieber, was es bei dir Neues gibt. Du bist in diesem Bereich auffallend still in letzter Zeit", antwortete er.

Martin winkte ab und zog eine Schnute. „Die Typen werden immer verrückter. Muss am Brexit liegen."

„Was heißt das?" Steven lehnte sich lässig gegen das Treppengeländer.

„Mein letztes Date war vorgestern. Ein echt heißer Typ …"

„Das klingt nach einem Aber?" Auf Stevens Gesicht breitete sich ein schadenfreudiges Schmunzeln aus.

„Gibt es nicht immer ein Aber?" Martin lachte zynisch auf. „Wir wollten gerade aus dem Pub, in dem wir uns getroffen hatten, zu mir nach Hause aufbrechen. Doch dann kam der Dealbreaker", erklärte er.

„Warum? Was war denn?", fragte Steven.

„Er hat nebenbei erwähnt, dass er hin und wieder bei einem Blowjob rülpst." Martin verzog sein Gesicht.

Stevens Blick hing wie festgemauert an ihm. Dann brach er in lautes Gelächter aus, in das auch Mark und Ben einstimmten.

„Ja, lacht nur und genießt, dass ihr nicht mehr in diesem Horrorkabinett herumfischen müsst." Martin versuchte, den Eingeschnappten zu mimen, was ihm jedoch nicht lange gelang und er ebenfalls losprustete. „Wisst ihr – eigentlich hätte ich gerne mein Gesicht gesehen, als er es gesagt hat. Ich sah bestimmt ziemlich bescheuert aus."

„Ach komm schon Martin, du fischst doch ganz gerne in diesem Horrorkabinett." Steven knuffte ihn gegen die Schulter.

Marks beste Freunde Tom und Oliver stießen zu der Gruppe. Tom klopfte Ben auf die Schulter, während Oliver ihn umarmte.

„Tolle Bilder." Tom deutete die Treppe hinauf. „Was meinst du, ob mir der Fotograf einen Rabatt gibt, wenn ich ein paar davon kaufe?"

„Das ist gut möglich", erwiderte Ben und grinste verlegen.

Für einen Moment war Ben wieder das Thema, aber Martin lenkte es sehr schnell um.

Tom und Oliver hatten im letzten Jahr nach einer größeren Krise beschlossen, ihre Beziehung zu öffnen. Für Martin waren sie dadurch zu so etwas wie Jagdkumpanen geworden. Seitdem er davon Wind bekommen hatte, tauschte er sich bei jeder sich bietenden Gelegenheit über seine und ihre neusten Erfolge aus.

Ben liebte Martins Geschichten, doch heute war er zu angespannt, sich darauf konzentrieren zu können. Er verabschiedete sich, um in den oberen Stock zu gehen.

Mark hatte wirklich ganze Arbeit geleistet, wie er feststellte, als er mit ungläubigem Blick an seinen Bildern vorbeischlenderte. Jedes Foto war in einem schwarzen Rahmen mit Passepartout gerahmt. Neben den Bildern hingen kleine Schildchen, auf denen der Name des Fotos, das Entstehungsdatum und der Entstehungsort gedruckt waren. Ben hatte sich tagelang die Namen überlegen müssen. Jetzt, wo er die Bilder hängen sah, musste er zugeben – die Arbeit hatte sich gelohnt.

„Sieh dir mal diese Perspektive an", hörte er einen Mann zu seiner Frau sagen, die vor einem Bild standen, das er am Primrose Hill geschossen hatte. Aus einer anderen Richtung meinte er ein „Ob man die Bilder kaufen kann?" zu hören.

Ben hätte sich zu gern dazugestellt, traute es sich allerdings nicht. Auch wenn er diesen Moment ungemein genoss, trug er doch immer seine kleinen Selbstzweifel in sich.

In einem der hinteren Zimmer entdeckte er ihren Nachbarn Andy, der sich mit Marks Ex-Freund Neal flüsternd unterhielt.

„Was habt denn ihr zu tuscheln?", fragte Ben amüsiert, nachdem er sich von hinten an die beiden herangeschlichen hatte.

„Psst", zischte Andy. „Sieh nicht hin, wir überlegen, ob der Typ hinter der Bar schwul ist oder nicht."

Ben drehte seinen Kopf in die Richtung.

„Du sollst nicht hinschauen", ermahnte ihn Neal.

„Er steht sowieso gerade mit dem Rücken zu uns", verteidigte sich Ben.

„Ich glaube nicht, dass er schwul ist. Er hat so eine Heteroattitüde", meinte Neal.

Andy schüttelte den Kopf. „Jede Wette, dass er es ist. Er ist viel zu heiß für einen Hetero."

Ben schielte wieder zu dem Kellner, der sich in diesem Moment umdrehte und traute seinen Augen nicht. „Wette lieber nicht, Neal", sagte er. „Andy würde gewinnen."

„Woher willst du das wissen?" Neal sah ihn mit hochgezogenen Augenbrauen verdutzt an.

„Weil ich ihn kenne. Ihr entschuldigt mich." Ben ging zu dem Kellner, der dabei war, einige Sektgläser zu befüllen. Er beugte sich zu ihm, doch er war so in seine Arbeit vertieft, dass er Ben wohl nicht hatte kommen sehen.

„Pass auf, dass du nichts verschüttest", raunte ihm Ben zu und grinste.

Der Kellner senkte die Flasche und starrte ihn an. „Ben? Was machst du hier?"

„Ich eröffne meine Ausstellung", antwortete er und lächelte. „Viel interessanter ist, was du hier machst."

Steph grinste Ben mit seinem lausbubenhaften Charme an. „Ich versuche, Sekt einzuschenken." Er besaß es noch immer, dieses gewisse Etwas, mit dem er Bens Herz vor etlichen Jahren gestohlen hatte. Ben horchte in sich – der Zorn, den er ihm gegenüber jahrelang gespürt hatte, war verschwunden. Ein wenig freute er sich sogar, ihn hier zu treffen.

„Du bist dieser Ben Smith?" Steph sah Ben verwundert an und ließ seinen Blick durch den Raum schweifen.

„Das ist mein Name, wie du hoffentlich noch weißt."

Steph öffnete die nächste Flasche. „Mich hat ein Mark Schuster engagiert."

Ein Lachen sprudelte aus Ben heraus. „Da engagiert mein zukünftiger Mann meinen Ex-Freund."

„Zukünftiger Mann?", hakte Steph überrascht nach. „Herzlichen Glückwunsch. Wann ist es denn so weit?"

„Am siebten Dezember", erklärte Ben mit ein wenig Stolz in der Stimme und schob verunsichert „hoffe ich" hinterher.

„Hoffst du?"

Er beugte sich zu Steph. „Hast du schon einmal eine Hochzeit organisiert? Manchmal bringt es dich an den Rand des Wahnsinns."

Steph schmunzelte. „Bisher bin ich noch mit keinem so weit gekommen. Warum heiratet ihr nicht im Sommer?"

„Der siebte Dezember ist unser Jahrestag. An diesem Tag habe ich letztes Jahr den Antrag bekommen – also fanden wir es passend."

Stephs Blick wanderte über Ben. „Du siehst glücklich aus", stellte er fest.

Ben konnte nicht anders, als zu strahlen. „Das bin ich auch. Sehr sogar."

„Ich freue mich für dich, von ganzem Herzen." Steph lächelte ihn an. „Das meine ich ehrlich", fügte er hinzu.

Ben beäugte ihn prüfend, doch er schien es ernst zu meinen. „Ich werde mich mal wieder um meine Gäste kümmern", entgegnete er. „Es war schön, dich getroffen zu haben. Und das meine ich ehrlich."

Zwei Stunden später hatten sich die letzten Gäste verabschiedet. Ben saß geschafft in einem der Sessel in der Eingangshalle und sah zufrieden vor sich hin. Erleichterung hatte sich in ihm breitgemacht, gepaart mit Stolz, Dankbarkeit und Melancholie. Seine anfängliche Aufregung hatte sich schnell in Luft aufgelöst. Er hatte es genossen, dass sich einen Abend einmal alles nur um ihn gedreht hatte. Sein Blick fiel auf Mark, der mit einem der Leute des Cateringservices sprach. Im oberen Stockwerk lief Steph an der Tür vorbei. Er hatte ein leeres Tablett in der Hand, das er wie eine Frisbeescheibe hochwarf und wieder auffing.

Mark kam zu ihm, hauchte ihm einen Kuss auf die Stirn und setzte sich in den Sessel daneben. „Hat dir der Abend gefallen?"

„Es war einer der schönsten in meinem Leben." Ben lächelte ihn an. Vielleicht klang es ein wenig schmalzig, aber es traf den Punkt – Mark legte ihm die Welt zu Füßen.

„Dann habe ich mein Ziel erreicht und wer weiß, was aus diesem Abend alles entsteht. Die Leute waren ziemlich begeistert von deinen Bildern." Er klang überaus stolz.

Ben schwieg lächelnd. Er hatte noch immer ein Problem damit, Lob entgegenzunehmen. In solchen Momenten würde er sich am liebsten umblicken, um zu schauen, ob nicht doch jemand anderes gemeint war. Sein Blick fiel erneut zur Tür im ersten Stock. Steph lief wieder zurück, dieses Mal mit dem Tablett voller leerer Sektgläser.

„Wusstest du, dass du Steph engagiert hast?", fragte Ben schmunzelnd.

„Steph? Welchen Steph?" Mark schien nicht zu verstehen.

„Meinen Ex-Freund Stephen."

Mark sah sich um. „Ist das dein Ernst? Welcher ist es?"

„Der Kellner oben im ersten Stock."

„Das tut mir leid." Er nahm Bens Hand und strich sanft mit seinem Daumen darüber.

„Muss es nicht", entgegnete Ben und winkte ab. „Ich habe mich vorhin kurz mit ihm unterhalten."

Mark antwortete mit einem langgezogenen „Okay."

„Keine Sorge. Es ist noch alles heil." Er lachte auf. „Wir sind wohl an dem Punkt angelangt, an dem man wieder normal miteinander umgehen kann. Und außerdem bin ich jetzt mit jemandem zusammen, den ich über alle Maßen liebe."

„Ist das so?", fragte Mark feixend. „Kenne ich diesen jemand zufällig?"

„Könnte sein, dass ihr euch schonmal begegnet seid. Er ist öfter bei uns zuhause."

„Ja, wenn das so ist – lass uns nach Hause fahren und nachsehen." Mark stand auf und reichte Ben seine Hand, um ihn aus dem Sessel zu ziehen.

Kapitel 2 - Mark - Reginald

Mark lief beschwingt in die Küche. Zufrieden und voller Vorfreude nahm er zwei Tassen aus dem Schrank. Er platzierte sie unter dem Auslauf der Kaffeemaschine. Der gestrige Abend war ein ausgesprochener Erfolg gewesen und heute würde der Artikel über die Ausstellung im Dailytelegraph erscheinen. Der Sex, den sie noch gehabt hatten, war überirdisch gewesen. Sanft und zärtlich und erfüllend und wild und leidenschaftlich. Er wirkte noch immer in ihm. Als Krönung seiner guten Laune hatten sie heute das Treffen mit dem Weddingplaner.

Ben schlurfte verklärt lächelnd aus dem Schlafzimmer, warf Mark einen Luftkuss zu und verschwand ins Bad. Die Tür fiel ins Schloss, kurze Zeit später drang leise Musik aus dem Zimmer. Mark schmunzelte. Ben konnte einfach nichts ohne Musik machen.

Es klingelte an der Tür. Bevor Mark sie öffnen konnte, klopfte es.

„Guten Morgen, störe ich?", fragte Andy, der mit einem nicht zu deutenden Gesichtsausdruck vor der Tür stand.

Mark sah zur Uhr. „Komm rein. Wir haben noch eine Stunde, bevor wir losmüssen. Kaffee? Du siehst aus, als würdest du einen brauchen." Er lief zurück in die Küche, während Andy ihm folgte und sich schwerfällig auf einen der Stühle am Tresen niederließ.

„Was ist los?" Mark schob eine neue Tasse unter die Maschine und sah Andy an.

„Ich werde alt." Er senkte niedergeschlagen den Kopf.

„Werden wir das nicht alle?" Mark lachte auf, während er beobachtete, wie der Kaffee langsam in die Tasse lief.

„Ja, aber bei mir muss das Alter in den letzten Tagen einen großen Sprung nach vorn gemacht haben."

Mark konnte Andys Aussage nicht wirklich deuten und sah ihn fragend an. „So ein Blödsinn. Wie kommst du darauf?" Er nahm die volle Tasse und setzte sich neben ihn. Sein Gegenüber machte inzwischen den Eindruck, als wäre sämtliche Lebensfreude aus seinem Körper gewichen.

„Ich komme gerade aus der U-Bahn", begann er frustriert zu erzählen.

„Und die hat mit deinem Alter was genau zu tun?"

Er atmete schwer. „Ich bin am Oxford Circus eingestiegen und stand im Gang in der Nähe der Eingangstür. Zwei Reihen vor mir saß ein echt heißer Typ. Unsere Blicke trafen sich. Er lächelte mich an und wir begannen zu flirten. Dachte ich …"

„Dachtest du? Ich verstehe leider noch immer nicht."

Andy straffte den Körper. Er stützte sich mit den Ellbogen auf seine Knie und ließ den Kopf hängen. „Bis er aufgestanden ist und mir seinen Sitzplatz angeboten hat!"

Mark kämpfte damit, sich ein Grinsen zu verkneifen. „Und so etwas nimmt dich dermaßen mit? Wir werden nun mal älter. Das ist der Lauf der Zeit."

„Ich weiß", antwortete Andy. Seine Arme hingen kraftlos an den Seiten hinab. „Aber muss es so schnell passieren? Ich habe so viele Jahre vergeudet."

„Hast du nicht. Es ist, wie es ist. Und es wäre unfair deiner Ex-Frau gegenüber, die gemeinsamen Jahre als vergeudet zu bezeichnen. Schließlich ist sie deine beste Freundin, was sie nicht wäre, wenn ihr nicht verheiratet gewesen wärt. Richtig?" Mark legte seine Hand auf Andys Schulter.

„Richtig! Trotzdem … Ich wollte noch so viel ausprobieren, Männer kennenlernen, Abenteuer erleben."

Mark verlor seinen Kampf – unweigerlich schob sich ein Grinsen auf seine Lippen. „Also bitte. Du klingst ja, als ob dir dein nahendes Ableben angekündigt worden wäre. Andy! Du bist knapp über fünfzig und eine absolute Augenweide. Ein gestandener Mann."

„… dem ein Platz angeboten wird, weil man denkt, dass er nicht mehr stehen kann."

Mark stand auf und legte seinen Arm um Andys Schultern. „Er wollte doch nur nett sein."

„Ich will nicht, dass jemand *nett* zu mir ist. Sie sollen mich geil finden, aufreizend und mit mir ins Bett wollen. Nett sein ist scheiße." Er setzte an und trank den noch leicht dampfenden Kaffee mit einem Schluck zur Hälfte leer.

„Geh heute Abend mal in die Old Compton Street. Ich bin mir sicher, sobald du in einer der Gaybars auftauchst, hast du an jedem Finger einen, der das alles tut und möchte." Mark versuchte, so aufmunternd wie möglich zu klingen.

Andy lächelte ihn ungläubig an. „Danke, dass du so freundlich zu mir bist."

„Ich bin nicht freundlich, sondern ehrlich."

Er leerte seine Tasse ganz. „Dann gehe ich mal wieder. Grüß Ben von mir." Kraftlos stand er auf und trottete zur Tür. Mark sah ihm nach und schüttelte innerlich den Kopf.

„War jemand hier?", fragte Ben, als er frisch gestylt aus dem Bad kam.

„Nur unser midlifecrisis-geplagter Nachbar." Mark rollte belustigt mit den Augen, während er die Tassen in die Spülmaschine räumte.

„Andy? Was ist passiert?"

Er erzählte Ben von seinem Erlebnis, wobei er einen ironischen Unterton nicht vermeiden konnte.

„O mein Gott. Hoffentlich wird das bei dir nicht so schlimm", antwortete Ben breit grinsend.

„Bei mir? Ich komme nicht in die Midlifecrisis. Ich habe ja dich!"

Ben griff sich mit der Hand an sein Kinn und rieb daran, während er überlegte. „Ich könnte mir gut vorstellen, dass das Andy bis heute morgen auch noch gedacht hat. Aber keine Sorge – sobald die ersten Anzeichen bei dir zu sehen sind, schleppe ich dich zur Therapie."

„Wie beruhigend", gab Mark zurück und blieb wie zufällig mit seiner Schulter beim Vorbeigehen an Bens hängen.

Eine halbe Stunde später machten sie sich auf den Weg zu dem Termin mit dem Weddingplaner. Obwohl Mark vorgeschlagen hatte, ein Taxi zu nehmen, bevorzugte Ben die U-Bahn. Er liebte das Treiben in Londons Underground. Die Menschen zu beobachten, bei denen die U-Bahn Wohnzimmer, Bad oder Esszimmer darstellte, die Musiker, die an den Pitches in den Gängen spielten, selbst die Architektur der einzelnen Stationen, von denen keine der anderen glich. Tief unter den Straßen von London pulsierte das Leben.

Das Büro des Weddingplaners befand sich in Chelsea. Sie stiegen am Sloane Square aus. Von dort aus waren es nur wenige hundert Meter.

Das Haus selbst lag an einer der Hauptstraßen und war von überbordenden Bäumen eingerahmt. Die Front bestand aus roten Ziegelsteinen. Fenster und Türen waren mit weißen Sandsteinen eingefasst. Britische Idylle, wie Mark fand.

Die beiden gingen die wenigen Stufen bis zur Eingangstür nach oben. *Reginald Daniels - Weddingplaner* war auf dem Klingelschild in verschnörkelter Schrift eingraviert. Mark betätigte den Klingelknopf. Im Innern des Hauses erklang ein Glockenspiel, das *Dancing Queen* bimmelte. Er schaute schmunzelnd zu Ben und zwinkerte.

Ein schlanker Mann um die dreißig öffnete die Tür. Sein welliges Haar war streng nach hinten gekämmt, lediglich eine etwas dickere Strähne fiel ihm in die Stirn. Er blickte Mark abschätzig an.

„Mr Schuster und Mr Smith nehme ich an", begrüßte er die beiden in einem unfreundlichen, russischen Akzent. „Ich bin Sergej, Mr Daniels erwartet Sie. Hier entlang." Sergej deutete ihnen einzutreten, wobei er sie mit einem kühlen Blick aus seinen blassblauen Augen musterte. Nachdem er die Tür hinter ihnen geschlossen hatte, lief er eine geschwungene Treppe aus weißem Marmor nach oben. Mark und Ben folgten ihm.

Wenn dieser Reginald Eindruck machen wollte, war ihm das gelungen, dachte sich Mark. Das Treppenhaus und der Flur waren mit blau und hellgelb gestreiften Seidentapeten verkleidet worden. An der Decke hing ein achtflammiger, wuchtiger Kronleuchter. Im Grunde genommen wirkte das Innere des Hauses wie ein Puppenhaus in Lebensgröße. *Barbie* hätte sich hier wohlgefühlt. Wirklich alles war liebevoll arrangiert. Vom

Blumenstrauß auf der Anrichte im Gang, bis zu den Bilderrahmen an der Wand. Das Einzige, was nicht in dieses Bild passen wollte, war Sergej. Mit seiner blassen Haut und unfreundlichen Art wirkte er hier fehl am Platz.

„Bitte." Er schob eine breite Schiebetür zur Seite, als sie oben angekommen waren. Dahinter befand sich ein loftartiges Büro. Ein kleinerer, kräftiger Mann in einem grauen Anzug saß hinter einem Schreibtisch. Sein blondgefärbter Pony fiel ihm bis knapp über die Augenbrauen.

Als Reginald die beiden sah, schob sich ein gewinnendes Lächeln auf seine Lippen. Er erhob sich galant und kam auf sie zu. Bei jeder Bewegung seines Kopfes tanzte der Ohrring, den er im rechten Ohr trug.

„Hallo, ich bin entzückt, euch kennenzulernen, und freue mich, dass ihr es gefunden habt. Darf ich mich vorstellen – Reginald." Er schüttelte ihnen grazil die Hände.

Mark spürte den kraftvollen Händedruck, den er, aufgrund seiner Erscheinung, nicht erwartet hätte. Wie er bemerkte, war der Rahmen der Brille in dem gleichen Grauton wie sein Anzug. Schlicht aber elegant, und doch wirkte es ein wenig, als sei es eine Verkleidung.

„Bitte setzt euch doch", sagte Reginald und deutete mit einer ausladenden Bewegung auf die beiden Stühle, die vor den Tisch standen. Die Beine der Stühle waren, genau wie beim Schreibtisch, Raubtiertatzen nachempfunden.

„Was kann ich für euch tun?" Reginald kicherte und nahm wieder auf seinem, mit rotem Samt gefütterten Thron Platz. „Was frage ich kleines Dummerchen. Ihr wollt also heiraten?" Sein Blick driftete von Mark zu Ben. „Entzückend, überaus entzückend", flötete er.

„Richtig, und wir brauchen dringend einen Weddingplaner", fing Mark an zu erzählen.

„Da trifft es sich ja hervorragend, dass ich einer bin." Er lachte gackernd los. „Wann soll denn der große Tag sein?"

„Am siebten Dezember", antwortete Mark leise und räusperte sich.

Reginald klappte die mit Leder eingebundene Dokumentenmappe, die vor ihm auf dem Tisch lag, auf und griff nach einem azurblauen Füllfederhalter. Den Blick auf die beiden gerichtet schraubte er den Füller auf und setzte ihn auf das Papier. „Welches Jahr?"

Marks Blick fiel auf Ben, der nervös auf seinem Stuhl herumruckelte. „Äh. Dieses."

Reginald hielt inne und schaute mit kritischem Blick zu Mark. „Dieses Jahr?"

Mark nickte stumm. Nervosität stieg in ihm auf.

„Oh ... wie reizend. Zwei Kurzentschlossene."

„Na ja, nicht ganz. Im Grunde genommen planen wir schon seit Monaten, sind aber nicht sehr weit gekommen. Deswegen haben wir uns überlegt, die Sache einem Fachmann zu überlassen", erklärte Mark.

Reginald deutete mit dem Füllerfederhalter in Marks Richtung. „Und das, mein Freund, ist eine wahrlich exzellente Idee." Er schrieb das Datum auf das Blatt, dann setzte er wieder ab und blickte zu Mark. „Nur zur Sicherheit – der siebte Dezember, der, der in viereinhalb Monaten ist?"

Mark schluckte schwer. „Ich weiß, es ist nicht mehr viel Zeit."

„Ruhig Blut junger Mann. Das wird ein bisschen knapper, aber wir schaffen das." Er zog ein weißes Kärtchen aus einem Ständer neben dem Telefon und schob es den beiden zu. Daneben legte er einen goldenen Kugelschreiber.

Mark blickte fragend zu Reginald.

„Wir brauchen ein Budget." Reginald beugte sich vor. Er hielt die Hand an den Mund, so als ob das, was er gleich sagen würde, niemand hören sollte. „Wir sprechen hier nicht über Geld, deswegen schreiben wir es auf." Vergnügt zwinkerte er beiden zu und lehnte sich wieder zurück.

Mark schrieb die Summe, die ihnen vorschwebte, auf die Karte und schob sie zurück zu ihm.

„Damit lässt sich etwas anfangen. Mein Honorar beträgt zehn Prozent. Haben wie einen Deal?" Mit einem Mal klang er nüchtern und geschäftig.

Mark sah zu Ben, der ihm zunickte. „Wir haben einen Deal."

Schon schob sich wieder ein Lächeln auf Reginalds Lippen. „Entzückend. Ich freue mich, mit euch diesen wahrhaft denkwürdigen Tag begehen zu dürfen. Was brauchen wir noch?"

Er fixierte Mark, den er wohl als ihren Wortführer auserkoren hatte. Mark sah zu Ben, der erleichtert lächelte und nickte.

„Einen Ort, an dem wir heiraten können, eine Location zum Feiern, Deko, Torte, Musik …", fing Mark an aufzuzählen, wobei er seine Finger zu Hilfe nahm.

Reginald hob die Hand und bremste ihn damit. „Okay, beginnen wir anders." Ein leises Glucksen tönte aus seinem Mund, er hob seinen Zeigefinger. „Was haben wir bereits?"

„Den Termin", antworte Mark verlegen.

„Und einen Teil der Gästeliste", schob Ben hinterher.

Reginald schraubte den Füller wieder zu und legte ihn behutsam am Kopf der Dokumentenmappe ab. „Exzellent. Mein Vorschlag, für euch …" Sein strahlender Blick wanderte zwischen beiden hin und her. „Lasst mich ein wenig telefonieren und in ein paar Tagen treffen wir uns und besprechen alles. Wie klingt das für euch?"

Mark fiel ein Stein vom Herzen. „Das klingt perfekt."

„Vortrefflich. Dann machen wir das so." Reginald erhob sich aus seinem Stuhl und reichte Mark die Hand. Dieser schlug ein. Auch Ben war die Erleichterung deutlich anzusehen.

„Ich freue mich auf unsere gemeinsame Zeit. Es wird grandios", verabschiedete sich Reginald und schlug anmutig auf eine goldene Klingel, ähnlich den Drückern, wie sie in manchen Hotels noch an den Rezeptionen zu finden waren.

Kurz darauf erschien Sergej, mit einem missmutigen Blick, in der Tür und brachte sie schweigend zurück zum Ausgang.

Kapitel 3 - Ben - Unerwarteter Besuch

Nach ihrem Termin bei Reginald war Ben in bester Laune direkt in die *Firestation*, den Pub, in dem er arbeitete, gefahren. Susan, die für ihn eingesprungen war, wartete bereits.

„Hey, danke noch mal, dass du mich vertreten hast", sagte Ben, als er am Tresen ankam und lächelte sie dankbar an.

„Für dich immer gerne. Aber ich muss leider los." Susan übergab Ben die Geldbörse. „Du erzählst mir später, wie es gelaufen ist."

„Mache ich. War viel los?"

„Nur ein paar Banker zum Frühstück. Ansonsten tote Hose. Ich schätze, du wirst einen ruhigen Tag haben." Sie umarmte Ben und umrundete den Tresen. „Bye."

Ben sah sich um, es waren wirklich nur wenige Gäste, die sich im Pub befanden. Ein junges Pärchen, das in einer der Nischen saß, erregte seine Aufmerksamkeit. Mit geröteten Wangen und einem Lächeln auf den Lippen flüsterte der Mann der Frau, die ihm gegenübersaß, unentwegt etwas zu. Sie lächelte ein wenig verschämt, hielt aber Blickkontakt zu ihrem Begleiter.

Das erste Date, dachte sich Ben und schmunzelte. Er öffnete die Spülmaschine, die das Ende ihres Spülvorgangs signalisiert hatte, und begann die Gläser auszuräumen. Mit einem Tuch rieb er sie trocken, bevor er sie ins Regal einräumte. Dabei blieb sein Blick weiter auf das junge Paar gerichtet. Für ihn war der Zauber dieses Moments der beiden bis hinter den Tresen zu spüren. Er dachte zurück an sein erstes Date mit Mark. Sie waren damals auf eine romantische Burg außerhalb von London gefahren und hatten den ganzen Tag geredet. Die Zeit war nur so verflogen. Vierzehn Stunden hatte dieses erstes Date gedauert. Ben war sofort klar gewesen, dass Mark der Richtige war. Dabei war es durchaus nicht Liebe auf den ersten Blick gewesen. Zuvor waren sie sich einige Male zufällig begegnet und Ben hatte Mark für einen arroganten Schnösel gehalten. Ein Grinsen schlich ich auf seine Lippen.

Bevor er Mark kennengelernt hatte, war er fremden Menschen oftmals skeptisch gegenübergetreten und in seinen Beziehungen häufig von Eifersucht zerfressen worden. Mark hatte ihn lockerer gemacht. Er konnte wieder vertrauen.

Ben stellte das nächste Glas ins Regal. Ein Lächeln zupfte an seinen Lippen. Heute könnte er sich nicht einmal mehr vorstellen, eifersüchtig zu sein.

Der Mann am Tisch nahm soeben zaghaft ihre Hand und strahlte sie an. Sein Strahlen erhellte förmlich den Raum. Ben kannte dieses Leuchten, das in seinen Augen glomm. Es war das Leuchten, wenn man dem Menschen, in den man verliebt war, gegenübersaß und die Welt drumherum im Dunkel versank. Wenn man nur noch Augen für diese eine Person hatte.

Wie schön, dachte Ben und wünschte den beiden, dass sie genauso glücklich werden würden, wie er es war. Gedankenverloren nahm er das nächste Glas aus der Maschine und rieb mit dem Tuch daran.

Ein Räuspern riss ihn aus seinen Gedanken und ließ ihn zur Seite schauen.

„Steph?", fragte er ungläubig.

„Du kennst mich noch – das ist gut." Steph lächelte ihn forsch an. „Ich wollte einmal sehen, ob du noch immer hier arbeitest. Hat sich viel verändert in den letzten Jahren." Steph ließ seinen Blick durch den Raum gleiten.

„Wo sollte ich sonst arbeiten? Zum Starfotografen hat es leider bisher nicht gereicht." Ben legte das Geschirrtuch beiseite und lief zu ihm.

„Kann ich etwas bestellen?" Er stützte sich mit den Händen auf den Tresen.

„Das ist ein Pub – sollte also möglich sein." Ben freute der überraschende Besuch seines Ex-Freundes. „Was darf ich dir bringen?"

„Ein Ginger Beer, bitte." Steph schwang sich auf einen der Hocker, während Ben eine Flasche öffnete. Er goss den Inhalt in ein Glas, das er vor ihn stellte.

„Süß, die beiden." Steph nickte zu dem Pärchen, das Ben beobachtet hatte, und nahm einen Schluck. „Waren wir auch mal so?"

Ben lächelte. „Am Anfang vielleicht."

„Hey, immerhin hat es fast fünf Jahre gehalten." Steph grinste, doch mit einem Mal wurde er ernst. „Ich habe mich nie bei dir entschuldigt, für das, was ich dir damals angetan habe. Es tut mir leid."

Seine Entschuldigung überraschte Ben und er konnte eine gewisse Rührung nicht verhindern. Natürlich kamen ihm immer wieder einmal die Ereignisse von damals in den Sinn. Und wenn er daran dachte, wusste er auch noch genau, wie er sich gefühlt hatte. Aber inzwischen fühlte es sich für ihn mehr wie das Erlebte eines anderen an und er konnte Stephs Beweggründe sogar ein wenig nachvollziehen. „Ach komm schon, das ist ewig her. Ich habe dir längst verziehen und wäre das damals nicht alles passiert, hätte ich Mark nicht kennengelernt und ich wäre heute nicht der, der ich bin."

Steph musterte Ben ausgiebig. „Du hast recht. Du leuchtest von innen – er scheint dir gutzutun. Trotzdem musste es einmal gesagt werden. Ich hätte mit dir reden und nicht einfach losziehen und Typen aufreißen sollen." Steph nahm sein Glas und prostete ihm zu. „Aber deine Ausstrahlung ist mir gestern schon aufgefallen. Du verströmst eine bewundernswerte Selbstsicherheit. Das war damals anders."

Ben lachte leise auf. „Es war vieles anders. Ich habe es genossen, mich hinter dir zu verstecken. Das mit der Selbstsicherheit hast du für uns erledigt."

Steph gluckste. „Und ich habe es gern getan."

Ben holte sich ebenfalls eine Flasche Ginger Beer unter dem Tresen hervor und schenkte sie in ein Glas ein.

„Ich habe noch", meinte Steph und hob sein Glas an.

„Das ist auch nicht für dich, sondern für mich." Ben wackelte amüsiert mit dem Kopf. „Weißt du, ich habe gerade den Eindruck, als würde ich mich mit einem alten Freund unterhalten. Also können wir genauso gut etwas zusammen trinken."

„Soll ich dir etwas verraten? Genau dieser Gedanke geht mir seit gestern Abend durch den Kopf." Steph klang ein wenig erleichtert.

„Welcher?" Ben stieß sein Glas an das von Steph und nahm einen Schluck.

Dieser rutschte nervös auf seinem Stuhl herum, was Ben zum Schmunzeln brachte. Ihn nervös zu sehen, das kannte er noch nicht. In all der Zeit, in der sie zusammen gewesen waren, war er stets der souveräne Macher gewesen, der jede Situation im Griff gehabt hatte.

„Die Frage, ob wir befreundet sein könnten." Unsicher blickte er zu Ben.

Er hob eine Augenbraue und versuchte, seinen Ex streng anzusehen, doch schon bald verlor er die Beherrschung und musste lachen. „Hättest du mich das vor ein paar Jahren gefragt, wäre die Antwort *nein* gewesen. Aber! Mark ist schon seit Jahren mit seinem Ex sehr gut befreundet. Also, warum nicht? Ich weiß heute, dass du nicht anders konntest, und immerhin waren wir lange zusammen, das heißt ja auch etwas – in gewisser Weise, nicht wahr?" Ben lächelte und hielt ihn im Blick. Mark kam ihm in den Sinn. Ob er ihm glauben würde, wenn er ihm davon erzählte?

Steph hob sein Glas. „Freunde?"

„Freunde!" Ben stieß an.

Kapitel 4 - Mark - Colin und Burt

Vor sich hin pfeifend betrat Mark den Lift, er tippte achtunddreißig in das Eingabepad und bestätigte. Schon schoben sich die Türen geräuschlos zusammen.

„Warte", hörte er Charles rufen. Mark stellte seinen Fuß zwischen die Türen, die sich daraufhin wieder öffneten. Einen Moment später kam Charles um die Ecke gebogen.

„Danke", keuchte er ein wenig atemlos und musterte Mark. „Du siehst gut gelaunt aus." Die Türen schlossen sich wieder und der Lift fuhr leise summend an.

„Bin ich auch", erwiderte Mark lächelnd. „Wir haben endlich einen Weddingplaner gefunden."

„Das freut mich für euch. Dann kann ja eigentlich nichts mehr schiefgehen, nicht wahr?" Charles lächelte, während er auf das Revers seines Jacketts schielte. Mit seiner Hand fegte er einen weißen Fussel hinunter.

„Hoffen wir es. Zumindest sollten sich jetzt einige Türen leichter öffnen."

„Eine Hochzeit zu planen, war schon zu meiner Zeit eine organisatorische Herkulesaufgabe." Charles blickte mit einem Hauch Sentimentalität und verschmitzt lächelnd gegen die Fahrstuhltür. „Was ich so mitbekomme, ist es nicht besser geworden. Ganz im Gegenteil. Früher ist man in die Kirche und dann irgendwohin zum Essen. Den Rest hat das Restaurant organisiert."

Mark lachte auf. „Damit ist es heute leider nicht mehr getan."

„Ihr schafft das." Er klopfte Mark auf die Schulter. „Es wird Zeit, dass aus dir endlich ein ehrbarer Mann wird. Ich mag deinen Ben." Er zwinkerte Mark zu und knuffte ihn freundschaftlich in die Seite.

Mit einem leisen Bing öffneten sich die Türen.

„Ich wünsche dir einen erfolgreichen Tag", verabschiedete sich Charles und ging in Richtung seines Büros.

Mark machte sich auf den Weg in das seine. Von Weitem sah er, wie Burt in Colins Büro einbog.

Ein amüsiertes Lächeln breitete sich auf Marks Lippen aus. Er bewunderte Burt für seine Hartnäckigkeit. Seit Ewigkeiten war der IT-Experte in Marks ehemaligen Assistenten verliebt. Mark wusste, dass Burt Colin ebenfalls nicht einerlei war, doch Colin ließ ihn schmoren. Mark hätte, an seiner Stelle, längst die Flinte ins Korn geworfen, doch Burt blieb am Ball.

Inzwischen hatte Mark die Tür von Colins Büro erreicht. Wie er bemerkte, stand sie einen spaltweit offen.

„Dann vielleicht nächste Woche?", hörte er Burt sagen.

„Ich sehe mal. Eventuell am Donnerstag, da bin ich mit Freunden im *Comptons* verabredet. Du kannst ja dazukommen. Allerdings kann ich nicht versprechen, dass ich viel Zeit für dich haben werde", erwiderte Colin.

„Nächsten Donnerstag? Geht klar", antwortete Burt. Vor Begeisterung gluckste er auf.

„Ach, und Burt, bitte schicke mir keine Rosen mehr. Die Kollegen tuscheln schon."

„Aber ich ..."

„Keine Rosen. Bitte Burt." Der Stimmlage nach schien ihn Colin anzulächeln.

„Okay, keine Rosen mehr. Bis Donnerstag." Mark wollte weitergehen, doch im nächsten Augenblick stieß er mit Burt zusammen, der aus Colins Büro eilte.

„Mark", grüßte ihn Burt freudestrahlend und lief beschwingt an ihm vorbei.

Mark lugte in Colins Büro. „Na Partner, hast du wieder jemanden glücklich gemacht?"

Colin sah zu Mark auf. „Ich weiß nicht, was du meinst."

„Ich denke, das weißt du sehr genau." Marks Mundwinkel zuckten, während er auf der Besprechungscouch Platz nahm. „Willst du nicht endlich sein Flehen erhören?"

„Ach, du meinst Burt." Colin tippte sich mit der Hand an die Stirn. „Wir sind nur platonisch befreundete Kollegen, wie du weißt. Genau wie wir." Er deutete zwischen Mark und sich hin und her, lehnte sich in seinen Schreibtischstuhl zurück und schwang herum, sodass er Mark gegenübersaß. Ein ungehöriges Lächeln zeichnete sich in seinen Mundwinkeln ab.

Mark presste ein langgezogenes „Na ja" heraus und grinste. „Da ist schon ein kleiner Unterschied. Findest du nicht?"

„Nein! Finde ich nicht. Burt und ich passen genauso wenig zusammen, wie wir es täten – wärst du noch zu haben. Burt und ich haben einfach ganz unterschiedliche Interessen. Ich bin sportlich interessiert, habe eine exzellente Allgemeinbildung und gehe gerne auf kulturelle Veranstaltungen und Konzerte. Burt ist ein großer Teddybär und ein kleiner Nerd, den hauptsächlich Computer interessieren. Und das meine ich durchaus positiv. Ich mag Nerds, aber eben nicht als Partner." Colin versuchte, abgeklärt zu wirken, doch Mark kannte ihn viel zu gut, um nicht zu wissen, was Sache war.

„Und das ist so?", hakte er nach.

„Das ist so und wird sich auch nicht ändern." Colin lehnte sich vor. „Könntest du dir Burt im Anzug in einer Oper vorstellen? Ich bitte dich."

„Ich könnte mir nicht einmal mich in einer Oper vorstellen!" Mark verzog das Gesicht und lachte kurz auf. „Dann wird es dich auch nicht weiter belasten, dass uns Burt bald verlassen wird?"

Colins selbstzufriedenes Lächeln verschwand schlagartig. „Burt will gehen?", schoss es aus ihm heraus. Sein schockierter Blick heftete sich an Mark.

Mit Genugtuung genoss Mark, dass Colin in seine Falle getappt war. „Erwischt. Natürlich nicht."

Colins Anspannung wich aus seinem Körper. „Weißt du, ich würde ihn nur ungern als Kollegen verlieren wollen. In seinem Bereich macht ihm niemand so schnell etwas vor."

„Was du nicht sagst. Dir liegt also doch was an ihm, rein platonisch versteht sich." Er konnte den Sarkasmus in seiner Stimme nur schwer verbergen.

Colin ließ diese Anmerkung unbeantwortet.

Mark schob sich tiefer in das Polster und blickte sich um. Seit Colin dieses Büro übernommen hatte, hatte es sich verändert. Als Richard, sein Vorgänger, hier noch residiert hatte, hatte es eine kühle Strenge ausgestrahlt – kalt und unpersönlich. Weiße

Wände, keine Pflanzen, Designermöbel. Letztere hatte Colin sofort rausgeschmissen. Mit ihm waren Farben, warme Töne und jede Menge Pflanzen eingezogen. Mark wusste, dass Colins Büro unter den Kollegen als „der kleine Urwald im 38. Stock" bezeichnet wurde.

„Was grinst du so? Ist irgendwas?", unterbrach Colin Marks Gedanken.

„Nein, nein. Alles gut. Ich musste nur daran denken, wie sich dieser Raum verändert hat, seit Richard gefeuert wurde."

Colin verzog das Gesicht. „Dieser Name …" Er schüttelte sich. „Sind wir froh, dass er weg ist. Ich muss sein falsches Lachen nicht mehr ertragen, es gibt keine Intrigen mehr und wenn ich allein daran denke, was er Ben und dir über die Jahre alles angetan hat."

Mark nickte, wenn er an Richard dachte, liefen ihm jedes Mal kalte Schauer über den Rücken. „Ja, das war schon ein starkes Stück. Er hat wirklich mehr als gründlich versucht, uns auseinanderzubringen." Dann schob sich wieder das Grinsen auf seine Lippen. „Und gebracht hat es ihm nichts. Weißt du, manchmal würde ich ihm am liebsten eine Einladung zu unserer Hochzeit schicken."

Colin stockte. „Bloß nicht! Du weißt wohl, was aus ihm geworden ist?"

„Nein. Ich habe nur gehört, dass er aus London weg ist. Keine Angst. Das mit der Einladung war ein Scherz. Er wäre die letzte Person, die ich auf unserer Hochzeit sehen möchte. Er ist weg und so soll es auch bleiben."

„Da sind wir uns einig. Wer weiß, was er sonst wieder im Schilde führen würde", stimmte Colin zu.

„Liegt heute etwas Wichtiges an?" Mark stand auf.

„Nur das Meeting mit der neuen Marketingagentur heute Nachmittag und Charles möchte über den Etat für nächstes Jahr mit uns sprechen."

„Na dann, Partner. Bis später." Er verabschiedete sich und ging in sein Büro.

Kapitel 5 - Mark - Frauenabend

Martin stellte drei Gläser mit Bier auf den Tisch, als er vom Tresen zurückkam, und setzte sich wieder. Er nahm einen kräftigen Schluck und grinste Steven herausfordernd an. Dieser blickte an sich hinab, wohl um zu prüfen, ob irgendetwas nicht so war, wie es hätte sein sollen.

„Was lachst du so?", erkundigte er sich mit fragendem Blick.

„Ach nichts." Martin fuhr sich mit der Zunge über seine Oberlippe, während er ihn weiter im Blick hielt.

„Du grinst also wegen nichts." Verunsicherung schwang in seiner Stimme mit.

„Los rück raus, Martin", mischte sich Mark ein. „Wir kennen dich gut genug, um zu wissen, dass irgendetwas ist."

Martin hob seine Augenbrauen und fixierte wieder vergnügt Steven. „Ich habe deinen Hunter gesehen."

„Hunter? Wo?" Steven schien überrascht zu sein.

„Hmmm. Lass mich überlegen." Martin tippte sich nachdenklich an sein Kinn. „Wo warst du gleich wieder am Samstagabend?"

Steven überlegte. „Im Restaurant im *Sky Garden*, warum?"

„Ja genau – da war es!" Er schnippte mit seinen Fingern und deutete auf Steven.

„Du warst auch dort?", fragte dieser überrascht.

Martin nickte. „An der Bar, als ihr aus dem Fahrstuhl gekommen und nach oben ins Restaurant gegangen seid." Ihm war anzumerken, wie viel Spaß er hatte, sein Gegenüber aufzuziehen.

„Warum hast du dich nicht bemerkbar gemacht?"

„Ich war beschäftigt." Er zuckte vielsagend mit einer Augenbraue.

„Ich hoffe, du weißt wenigstens noch, wie deine Beschäftigung hieß." Mark lachte auf und stieß Martin an seine Schulter.

Martin zog seine Stirn in Falten. „Pete, Phil, es war irgendetwas mit P." Er winkte ab. „Ist ja auch egal, jedenfalls hatte er einen enormen Husarensäbel."

„Einen was?" Mark musste unweigerlich schmunzeln, als Steven das fragte. Martin hatte ihn wieder einmal mit einer seiner schwulen Weisheiten gepackt.

„Steven Flechter! Das kann jetzt nicht wahr sein. Du weißt nicht, was ein Husarensäbel ist?", fragte Martin gespielt echauffiert.

Mark grinste, während Steven genervt den Kopf schüttelte. Martins Art, die Welt zu sehen, war schon immer ein wenig anders gewesen. So speziell, wie er eben selbst war.

„Das ist ein nach oben gebogener Schwanz", erklärte er.

„Und das heißt Husarensäbel?", hakte Steven nach. „Warum?"

Martin schüttelte mit verzweifeltem Blick den Kopf. „Ich muss mich mal mit deinem Hunter unterhalten. Ein Mann in deinem Alter sollte zumindest die Grundbegriffe der schwulen Community kennen." Er nahm sein Glas, trank und stellte es zurück auf den Tisch. „Dein Hunter sieht mir im Übrigen nach einem Torpedo aus. Rechtsträger, wenn ich richtig gesehen habe", erwähnte er fast beiläufig.

Mark konnte nicht mehr. Laut lachend ließ er seinen Oberkörper seitlich auf die Tischplatte sinken.

„So ein Blödsinn. Husarensäbel, Torpedos. Sonst noch was?" Steven fixierte Martin herausfordernd.

„Ja, natürlich. Es gibt darüber hinaus den Pflock, den Pilz, den Bleistift oder die Banane. Alles zusätzlich in rechts oder links, nach unten oder oben gebogen." Er nagelte Steven förmlich mit ernstem Blick, als ob er ein Plädoyer für einen seiner Mandanten hielt.

Mark wischte sich die Tränen aus den Augen, während Steven schweigsam neben ihnen saß und Martin verständnislos ansah.

Kopfschüttelnd wandte sich Martin an Mark. „Wie laufen eigentlich die Hochzeitsvorbereitungen? Alles schick?"

Mark nippte an seinem Bierglas. „Die laufen recht gut, denke ich."

„Denkst du?" Martin verschränkte die Arme vor seiner Brust und sah ihn skeptisch an.

„Gestern rief Sergej an und hat für nächste Woche einen Termin mit uns vereinbart. Reginald will mit uns die Planung durchsprechen."

„Sergej? Reginald? Wer sind diese Leute?", fragte Martin.

„Reginald ist unser Weddingplaner und Sergej ist sein Assistent."

„Und dieser Sergej, heißt der nur so oder ist er sehr gay?", forschte Martin weiter.

Mark überlegte. „Wenn du so fragst, ich denke beides. Aber vergiss es, nicht dein Typ." Er schob die Augenbrauen zusammen. „Er ist so eine Art russischer *Grumpy Cat*." Grinsend knuffte er Martin gegen die Schulter. „Außerdem kann ich keine romantischen Verwicklungen während der Vorbereitungen brauchen."

„Ich weiß nicht, was du meinst", entgegnete Martin mit einem aufgesetzten Unschuldsblick.

„Ich meine, dass du deine Partner bisweilen sehr schnell fallen lässt, um auch anderen die Chance auf dich zu geben. Und das, was wir am wenigsten brauchen können, ist ein liebeskranker, übelgelaunter Russe bei unserer Hochzeit, der schmachtend auf einen unserer Gäste stiert. Zudem kann er uns wohl nicht sonderlich gut leiden."

„Wie kommst du darauf?", mischte sich Steven in das Gespräch ein.

„Er sieht uns abschätzig an. Spricht nur das Nötigste. Er ist irgendwie abweisend und unfreundlich." Mark zuckte mit den Schultern.

„Ich verstehe. Vielleicht ist es einfach nur seine Art, Sympathie auszudrücken."

Mark mochte Steven für seine diplomatische Art.

„Wer weiß, was in manchen Köpfen vor sich geht", warf Martin ein und zuckte mit den Schultern. „Und was das andere betrifft, ich verspreche, sollte ich ihn gut finden, warte ich, bis der Brautstrauß geworfen wurde."

Steven grinste in sein Glas hinein.

„Von was für einem Brautstrauß sprichst du? Es gibt keine Braut, also gibt es auch keinen Brautstrauß", stellte Mark mit Bestimmtheit in der Stimme fest.

Martin riss die Augen auf. „Das geht aber nicht! Es ist Tradition, dass auf jeder Hochzeit festgelegt wird, wo die nächste Hochzeit stattfindet. Und Traditionen müssen beibehalten werden. Sie halten unsere Gesellschaft zusammen." Martins Blick fiel auf Steven, der zustimmend nickte. „Dann werft halt irgendetwas anderes."

„Den Gast, der am meisten nervt, zum Beispiel?", antwortete Mark breit grinsend.

„Kommt eigentlich euer Nachbar?", ging Martin über Marks Bemerkung hinweg.

„Andy? Ja, sicher. Warum fragst du?" Er fixierte Martin argwöhnisch.

„Nur so. Jetzt mal im Ernst. Wenn ihr bei irgendetwas Hilfe braucht, dann sagt Bescheid."

„Das gilt auch für mich", fügte Steven hinzu.

Ein kleiner Schwall Glück durchströmte Mark. In diesem Moment wurde es ihm wieder einmal klar – wenn es mal schwierig werden würde – auf seine Freunde war Verlass.

Kapitel 6 - Ben - Verwählt

Es war Sonntag, Ben hatte frei und war zusammen mit Mark zum Kaffee bei seinen Eltern eingeladen. Da noch ein wenig Zeit war, hatten es sich die beiden zusammen auf der Lounge auf ihrer Terrasse gemütlich gemacht und genossen die Sonne.

„Was hältst du davon, wenn wir zu Fuß zu deinen Eltern gehen?" Mark rutschte tiefer in die Polster und winkelte seine Beine an.

„Davon würde ich sehr viel halten. Bei dem Wetter mit der U-Bahn zu fahren, wäre eine Sünde." Ben streckte sich und schloss die Augen. Er spürte die Wärme auf seiner Haut, hin und wieder streichelte ihn zärtlich eine Böe. In Momenten wie diesen floss die Zeit dahin und schien gleichzeitig stillzustehen.

Neben sich hörte er Mark aufstehen. Er spürte, wie sich sein Schatten auf sein Gesicht legte, sogleich wurde es einen Hauch kühler auf seiner Haut, dort wo er ihn traf.

„Wir sollten uns fertig machen und gehen", meinte Mark.

Ben öffnete die Augen. Mark stand zwischen ihm und der Sonne und reichte ihm seine Hand, um ihn im nächsten Augenblick hochzuziehen.

Kurze Zeit später verließen sie ihre Wohnung und gingen zum Fahrstuhl. Wie Ben feststellte, war der Lift bereits auf dem Weg nach oben. Als sich die Schiebetüren öffneten, blickte ihnen ein blonder junger Mann entgegen. Er warf den beiden ein forsches „Hey" zu und stieg aus. Schnurstracks steuerte er Andys Wohnung an und klingelte. Mark und Ben bestiegen verwundert den Lift, wobei Ben Andys Besucher im Blick hielt, bis ihm die sich schließenden Türen die Sicht nahmen.

„War der schon einundzwanzig?", fragte Mark und schmunzelte.

„Ich hoffe es", antwortete Ben feixend.

Unten angekommen durchquerten sie die Lobby und verließen das Haus. Bens Eltern wohnten eine gute halbe Stunde von ihnen entfernt. Mark nahm ihn an die Hand, gemeinsam schlenderten sie über den Gehsteig. Vor einem Wolkenkratzer mit verspiegelter Außenfassade blieben sie stehen und betrachten ihre Spiegelbilder.

„Gut schauen wir aus." Mark lächelte Ben durch die Spiegelung an.

„Ob wir in zwanzig Jahren noch immer so verliebt wie heute sind?" Melancholie schwang in Bens Stimme mit.

„Vielleicht nicht mehr genauso, aber ähnlich. Anders." Mark küsste ihn zärtlich.

„Liebst du mich nicht mehr so wie damals, als wir uns kennengelernt haben?" Ben mimte den Eingeschnappten.

Mark lachte leise auf. „Um Himmels willen, nein. Ich liebe dich viel mehr als damals." Er nahm Ben in den Arm. „Und an manchen Tagen spüre ich sogar noch die Schmetterlinge in meinem Bauch, wenn ich dich ansehe. Sie sind mir geblieben." Ben wusste, was er meinte, es ging ihm genauso. Das Verliebtsein war in den Hintergrund getreten, etwas viel Stärkeres überlagerte es. Vertrauen und Geborgenheit hatten es eingehüllt und schützten es vor möglichen Gefahren.

Die beiden spazierten weiter. Bald schon gelangten sie an den kleinen Park. Er trennte den Stadtteil, in dem sie lebten, von dem Viertel, in dem Bens Elternhaus stand ab. Ben atmete tief ein, als sie über den geschotterten Wegen an den Grünflächen vorbeiflanierten. Der dezente Duft der unzähligen Blüten kroch in seine Nase. Das satte Grün der Wiesen, der Hecken und Bäume wirkte beruhigend auf ihn. Hier konnte er seine Seele baumeln lassen. Dieser Park war so viel mehr als nur eine Oase in der Großstadt. Für Ben war er wie eine Brücke zwischen seinem alten und neuen Leben, zwischen seiner Kindheit und dem Erwachsenendasein. Unzählige Erinnerungen blitzen in seinem Gehirn auf, jedes Mal, wenn er durch diesen Park ging. Wie oft sie hinter den Büschen Verstecken gespielt hatten. Seine Schwester hatte er hier beim Knutschen erwischt, als sie sich heimlich mit John getroffen hatte. Ben schmunzelte, sie hatte sich mit einer Tafel Schokolade sein Schweigen erkaufen müssen.

Als sie den Park hinter sich gelassen hatten, waren sie schnell in die Straße, in dem das Haus seiner Eltern stand, abgebogen.

Kurz darauf erreichten sie es. Bens Schwester Romina, die im Haus nebenan wohnte, winkte ihnen durch das Küchenfenster zu. Ben holte den Schlüssel aus seiner Tasche und öffnete die Tür. Der Duft von frischem Apfelkuchen stieg ihm in die Nase. Für Ben gab es nichts Leckereres als die Kuchen seiner Mutter.

„Da seid ihr ja schon", rief sie aus der Küche, als sie die beiden entdeckte. Wanda wischte sich ihre Hände an einem Küchentuch ab und lief auf sie zu, um sie zu umarmen. Ben lugte in die Küche. Wanda hatte den Küchentisch gedeckt. Sie würden also nur zu viert Kaffee trinken. Kaffee in der Küche war so viel besser, als wenn sie im Esszimmer saßen. Es war heimeliger und gemütlicher.

„Henry kommt gleich. Er ist noch im Garten", informierte sie Wanda. „Setzt euch doch schon einmal. Kaffee?"

„Gerne." Mark zwängte sich auf den Platz in der Ecke und klopfte auf den Stuhl neben sich, damit auch Ben Platz nahm. „Alles gut bei euch? Was machen die Vorbereitungen für das große Fest?" Wandas schenkte Mark Kaffee ein.

„Alles perfekt. Die Vorbereitungen laufen. Nächste Woche treffen wir uns wieder mit dem Hochzeitsplaner, um den Ablauf festzulegen", erzählte Ben und hielt Wanda seine Tasse hin.

„Wenn ihr etwas braucht, Kuchen, Ratschläge oder eine sich sorgende Mutter, die euch Mut zuspricht, ..."

„Geben wir eine Kleinanzeige auf", erwiderte Ben grinsend, was ihm einen Klaps auf den Hinterkopf einbrachte, womit er nicht gerechnet hatte. Seine Augen funkelten, während er versuchte, nicht zu lachen, und sein Blick haftete an seiner Mutter.

Mark lachte los. „Alles gut Wanda, wir sagen Bescheid." Schnuppernd hob er seinen Kopf. „Dein Kuchen – schon allein dieser Duft. Ich glaube, wir ernennen dich zur Chefin über das Kuchenbuffet."

„Das ist eine hervorragende Idee", pflichtete Ben ihm bei.

„Nehmt ihr mich gerade hoch?" Wanda sah skeptisch zwischen den beiden hin und her.

„Mitnichten liebste Mutter." Ben zwinkerte ihr zu. „Spaß beiseite. Würdest du das machen wollen?"

„Es wäre mir eine Ehre. Apropos Kuchen. Wollt ihr ein Stück?"

„Wollen wir nicht auf Dad warten?"

„Henry ist auf Diät."

„Dad und Diät?", fragte Ben ungläubig und prustete los. „Niemals!"

„Wetten?", erwiderte sie schmunzelnd. „Er hat vorgestern den Anzug, den wir vor zwei Monaten gekauft haben, noch einmal anprobiert. Seitdem ist er auf Diät." Glucksend lachte sie auf.

Bens Handy zeigte den Eingang einer Nachricht an, während seine Mutter ihm ein extragroßes Stück des verführerisch duftenden Kuchens auf seinen Teller setzte. Er senkte seinen Kopf und schnupperte. Der Geruch von Äpfeln und Mandeln, durchzogen mit einem Hauch Zimt, drang in seine Nase. Mit seiner Kuchengabel kappte er sich ein Stückchen ab und schob es sich in den Mund. Der leicht warme Kuchen sorgte auf seinem Gaumen für eine Geschmacksexplosion. „Hmm. Deine Kuchen sind die besten der Welt."

„Ich weiß", antwortete Wanda zwinkernd.

Erneut surrte Bens Handy. Er legte die Gabel auf den Teller und zog es aus der Tasche. Zwei Nachrichten zeigte es an. Ben entsperrte den Bildschirm. Er öffnete die Nachrichtenapp und las.

Los, besorg's mir, stand in der Ersten. Ben wusste damit nichts anzufangen. *Ich bin noch zwanzig Minuten hier und bin heiß*, stand in der zweiten. Sein Blick glitt zu seiner Mutter, die zum Herd gelaufen war, um den Kuchen wieder in die Röhre zu schieben. Er tippte Mark unterm Tisch am Knie und deutete mit den Augen auf sein Handy, das er ihm unterhalb der Tischplatte hinhielt. Mark las die Nachrichten und blickte Ben fragend an.

„Wer ist das?", flüsterte Mark.

Ben zuckte mit den Schultern. „Keine Ahnung", raunte er. Dann tippte er als Antwort ‚*Falsche Nummer*' ein und drückte auf Senden. Seine Nachrichtenapp zeigte an, dass der Empfänger seine Nachricht gelesen hatte, doch es kam keine Rückmeldung.

Er hörte die Tür zum Garten ins Schloss fallen. Schon kam sein Vater in die Küche. „Hey ihr zwei. Alles klar?" Schnuppernd hob er seine Nase. „Was duftet hier denn so fantastisch?", fragte er.

„Apfelkuchen. Möchtest du ein Stück?" Wanda öffnete die Ofentür, was den Duft noch verstärkte.

„Gerne." Henrys Blick fiel auf Mark und Ben und er stockte. „Wobei, wenn ich es mir überlege, dann habe ich eigentlich doch keinen Appetit." Er holte sich eine Tasse, schenkte sich Kaffee ein und setzte sich zu den beiden.

„Seit wann trinkst du deinen Kaffee schwarz, Dad?", erkundigte sich Ben.

„Milch verfälscht den Geschmack." Henry nippte am Kaffee und verzog das Gesicht, während Wanda hinter ihm stand und sich ein amüsiertes Grinsen auf ihre Lippen schlich.

„Was war das vorhin mit diesen Nachrichten?", fragte Mark, als sie wieder auf dem Heimweg waren.

„Wahrscheinlich verwählt und dann war es ihr oder ihm peinlich."

Mark lachte auf. „Das wäre es mir auch gewesen."

Ben zog sein Handy aus der Hosentasche. Er entsperrte es, klickte Marks Nummer an und schrieb: *Bitte besorg's mir, ich bin in zwanzig Minuten zuhause.* „Na, dann sei mal froh, dass du keine solchen Nachrichten erhältst", sagte Ben und drückte auf Senden.

Marks Handy summte. Er blickte aufs Display. Ein breites Grinsen eroberte seine Mundwinkel. „Dein Wunsch ist mir Befehl! Oder war das auch die falsche Nummer?"

Kapitel 7 - Mark - Sonnenschein in der Wohnung

Surrend fuhr der Lift nach oben. Mark stand an der offenen Wohnungstür und wartete gespannt auf das Eintreffen des Fahrstuhls. Reginald hatte sich angekündigt, um mit ihm und Ben die Planungen für ihren großen Tag zu konkretisieren. Mark erkannte an der Anzeige, dass der Lift in seiner Etage angekommen war. Die Türen schoben sich auseinander und für einen Wimpernschlag setzte sein Atem aus. Reginald verließ würdevoll in einem grellgelben Anzug, gefolgt von Sergej, der einen silbernen Rollkoffer hinter sich herzog, den Aufzug.

„Hallo mein Bester, wie geht es dir?" Er winkte Mark anmutig entgegen und schritt über den Flur. Beim Näherkommen erkannte Mark, dass der Stoff seines Anzugs über und über mit kleinen lachenden Sonnen bedruckt war. Ebensolche Sonnen, wie man sie als Emojis in Chatnachrichten verschickte. Dazu passend trug er eine Brille, deren Gestell in exakt demselben Gelbton gehalten war. Sergej wirkte dagegen in seiner dunkelblauen Jeans und dem grauen Hemd wie sein trostloser Gegenpol, wohl aber auch, weil er wieder seinen abweisenden, grimmigen Blick aufgesetzt hatte.

„Hallo Reginald, schön, dass es geklappt hat. Bitte." Mark deutete in die Wohnung.

Reginald flanierte an ihm vorbei direkt ins Wohnzimmer, wobei sein Arm fließend zu seinen Bewegungen mitschwang. Sergej folgte ihm wortlos. Als der Assistent an Mark vorbeilief, warf er ihm einen kühlen, abschätzenden Blick zu und zog seine Augenbraue nach oben. Mark konnte nicht sagen, ob es seine Art war, das Outfit seines Bosses zu kommentieren oder ob ihm der Blick gegolten hatte. *Wie es wohl aussieht, wenn er mal lächelt?*, fragte er sich.

Er folgte den beiden und musste schmunzeln. Im gleichen Augenblick, als Mark das Zimmer betrat, kam auch Ben aus der

Küche. Er öffnete den Mund, doch schien es ihm die Sprache verschlagen zu haben. Wortlos glitt sein Blick an Reginald hinab, bevor er zu Mark wanderte. Ben schluckte, dann fand er seine Stimme wieder. „Reginald, schön dich zu sehen", begrüßte er ihn und versuchte mühsam, sein Grinsen hinter einem Lächeln zu verstecken.

„Die Freude ist ganz auf meiner Seite." Reginald schob sich die Brille ein wenig nach vorne und blickte über dem Rand hinweg im Wohnzimmer umher. „Ihr habt eine sehr geschmackvoll eingerichtete Wohnung. Warm und freundlich .. und ein wenig bärenlastig." Er gluckste vergnügt, nachdem er Marks Harrods-Teddybärensammlung entdeckt hatte. Die kleinen Stoffbären waren kaum zu übersehen. Sie saßen im ganzen Raum verteilt auf Sesseln, Schränken und Regalen.

„Vielen Dank", erwiderte Ben. „Jetzt wo du hier bist, geht die Sonne auf. Im wahrsten Sinne des Wortes." Er konnte seinen Blick nicht vom Anzug Reginalds lösen. „Wo bekommt man solche abgefahrenen Klamotten?"

„Portobello Market. Aber nur an einem Freitag." Reginald hob seine Zeigefinger, um das Gesagte zu unterstreichen.

„Muss ich mir merken." Bens Blick fiel auf Mark, der sich ebenfalls nicht von seinem Anblick losreißen konnte.

„Bitte setzt euch doch." Mark deutete zum Esstisch. „Ich denke, dort haben wir ausreichend Platz."

„Entzückend", flötete Reginald und nahm an der Stirnseite des Tisches Platz. Sergej zog sich einen Stuhl heraus und setzte sich ein wenig abseits, schräg neben seinen Boss. Abschätzend wanderte sein Blick durch den Raum, dann legte er den Rollkoffer um und öffnete ihn. Coop, der dem Treiben von der Couch aus teilnahmslos zugesehen hatte, sprang beim Klacken der Scharniere erschrocken auf und flüchtete ins Arbeitszimmer.

Im Innern des Koffers befanden sich ein gutes Dutzend in Leder eingebundene Mappen, auf denen in geschwungener Schrift goldene Zahlen eingestanzt waren.

Nachdem Ben die Anwesenden mit Kaffee und Keksen versorgt hatte, wendeten sie sich dem eigentlichen Grund ihres Treffens zu.

„So, meine Lieben, es gibt gute Nachrichten für euch. Ich habe nicht nur eine Trauungslocation, sondern auch eine für die Feier danach gefunden."

Mark fiel ein Stein vom Herzen. Er ließ seinen Blick zu Ben wandern, der erleichternd lächelnd zu Reginald sah.

„Sergej, Mappe 3, Seite 39", wies Reginald seinen Assistenten an, der ihm postwendend den entsprechenden Hefter aufgeschlagen reichte. Er legte ihn auf den Tisch und drehte ihn so, dass Mark und Ben, die rechts und links von ihm saßen, Einblick nehmen konnten.

„Das ist die St. Henrys Chapel. Sie liegt in Tottenham und wäre an eurem Termin noch zu haben."

Mark betrachtete die Bilder. Reginald hatte eine beschauliche Kirche im gotischen Stil herausgesucht. Sie lag, den Bilder zufolge, in einem kleinen Park mit hübsch angelegten Blumenbeeten. Vor dem Eingang standen alte Linden und im Inneren fanden nach der Beschreibung etwa hundertfünfzig Personen Platz. Mark blickte erneut zu Ben. Seine Augen weiteten sich und er lächelte begeistert, während er seinen Blick ebenfalls über die Bilder schweifen ließ.

„Darf in der Kirche ein Trauredner trauen?", fragte Mark.

„Selbstverständlich." Reginald gluckste vergnügt auf. „Sonst würde das ja keinen Sinn machen. Ich habe bereits mit der Kirchenleitung die Details abgeklärt. Die Kirche kann auch für weltliche Trauungen angemietet werden."

„Sie ist perfekt." Ben konnte sich kaum von den Bildern lösen.

Mark sank erleichtert gegen die Stuhllehne. Die Anspannung fiel von ihm ab.

Reginalds Blick wanderte zwischen ihnen hin und her und er lächelte zufrieden. „Bezaubernd. Dann zur Trauung. Für den Blumenschmuck würde ich eine Gärtnerei vorschlagen, die eng mit mir zusammenarbeitet. Welche Farben werden gewünscht?"

Mark blickte zu Ben, der ihm zunickte. „Rot und weiß."

„Wundervoll. Ich sehe, ihr habt euch vorbereitet." Reginald tippte mit seinem Füller auf seinen Notizblock und machte sich eine Notiz. „Wie sieht es mit Vögeln aus?"

„Mit Vögeln?" Mark hielt inne. Seine Augen suchten fragend die von Ben, der mit seinen Schultern zuckte.

„Ja, Vögel. Tauben, Schwäne, Flamingos oder Papageien? Es gibt hinreißende pastellfarbene Arten. Raben wären auch eine Möglichkeit."

„Wer will denn Raben auf seiner Hochzeit?", fragte Mark erstaunt.

„Du würdest staunen, mein Lieber." Ein Hauch Nostalgie huschte über Reginalds Gesicht. „Ich hatte erst vor Kurzem eine solche Trauung. Beide Bewunderer des *Towers of London*. Genau wie ich, aber das nur am Rande. Also mussten es sieben Raben sein", erklärte er.

Ben blickte verwirrt zuerst zu Mark und anschließend zu Reginald. „Was haben sieben Raben auf einer Hochzeit mit dem Tower zu tun?"

„Kennst du die Legende nicht, Herzchen?" Er legte gespielt entrüstet seine Hand auf die Brust. „Verlassen die Raben den Tower, fällt das britische Königreich. Aus diesem Grund werden immer mindesten sieben Raben im Tower gehalten." Reginald wartete eine Sekunde und warf zuerst Ben, danach Mark einen fragenden Blick zu. „Ich sehe schon – keine Raben."

„Keine Vögel!", ergänzte Mark bestimmt. „Sterben nicht die meisten Tauben, die auf Hochzeiten freigelassen werden?"

„Ein paar wenige vielleicht – Opfer für die Liebe", raunte Reginald pathetisch.

Ben schüttelte den Kopf. „Ich möchte unsere gemeinsame Zukunft nicht auf den Gräbern armer Tauben beginnen."

„Nun ja." Reginald blickte pikiert zu Sergej. „Ein wenig melodramatisch ausgedrückt, aber ich verstehe. Keine Vögel." Er machte eine Notiz. „Vielleicht etwas anderes?"

„Ballons vielleicht?" Mark lächelte verunsichert.

„Vortrefflich." Reginald deutete mit dem Ende seines Füllers auf Mark. „Wir nehmen Ballons. Die fliegen ja auch." Er notierte Ballons in seiner Mappe. „Ich nehme an in Rot und Weiß?"

Marks Blick glitt zu Ben, der scheu nickte.

„Entzückend. Kommen wir zu der Torte. Ich habe mir erlaubt, einen Termin bei einer Patisserie in Chelsea zu vereinbaren. Wie ich anmerken möchte, sollten wir bei dieser auch fündig werden, da es die einzige Konditorei war, die für dieses Jahr noch

Aufträge annimmt." Er kicherte und schüttelte kaum merklich mit dem Kopf.

„Dann nehmen wir die." Ben klang erleichtert, während in seinem Gesichtsausdruck wieder Anspannung zu lesen war.

„Kommen wir zur Party. Wir hätten die Auswahl zwischen einem Partyschiff auf der Themse, einem alten Landgasthof, ein wenig außerhalb von London, und dem Kerker. Sergej, Mappe 7."

Reginald schlug die Mappe auf und zeigte den beiden die drei Locations. Das Schiff machte einen etwas heruntergekommenen Eindruck und erinnerte an Seniorenausflüge, der Kerker war ein umgebautes Gefängnis, bei dem der Gastraum die ehemalige Kantine war. An den Wänden hingen an schweren Ketten Bilder mit Menschen in Sträflingskleidung, die auf schwarzen Schildern die Tagesangebote vor sich hielten, und die Lampen waren an Galgenstricken unter der Decke hängend angebracht. Lediglich der Landgasthof machte einen guten Eindruck. Ein uriger Gastraum mit einem offenen Kamin, der einladend wirkte.

Ein Blick zu Ben genügte und Mark war klar, dass es der Gasthof werden würde. „Wir nehmen den Gasthof!"

„Wundervoll. Dann buche ich die Räumlichkeiten." Vor sich hin brabbelnd ging Reginald die einzelnen Punkte, die er sich notiert hatte, noch einmal durch. Er schien zufrieden. Lächelnd schaute er zu Mark. „Sollte ich darüber hinaus etwas wissen?"

Mark fiel der von Martin geforderte Strauß ein. „Gibt es eine Möglichkeit, einen Strauß zu werfen, auch wenn man keine Braut hat?"

„Selbstverständlich. Wir nehmen einen Ringstrauß. Darin befestigen wir bei der Trauung die Ringe, den könnt ihr dann werfen."

„Das ist eine hervorragende Idee", freute sich Mark.

Reginald schlug seine Mappe zu und reichte Sergej den Ordner, der ihn wieder im Koffer verschwinden ließ. „Brillant. Dann sind wir heute einen großen Schritt weitergekommen. Es wird eine bezaubernde Hochzeit mit zwei überglücklichen Bräutigamen werden", schwärmte er freudestrahlend und tätschelte den beiden die Schultern.

„Du machst das wirklich mit Leidenschaft, oder?", stellte Mark fest.

„Selbstverständlich, anders geht das nicht. Für mich gibt es nichts Famoseres, als zwei Menschen bei der Gestaltung ihres schönsten Tags zur Seite zu stehen und diesen Tag vielleicht noch ein bisschen glanzvoller und unvergesslicher zu machen." Reginalds Augen begannen zu glitzern, was für Mark das Zeichen war, dass er tatsächlich mit Herz und Seele bei der Sache war. „Und bei euch beiden ist es mir eine ganz besondere Ehre." Er zog sein Einstecktuch aus der Tasche seines Sakkos und tupfte sich die Augenwinkel.

„Warum das? Wir sind keine Stars oder so was. Nur zwei einfache Männer, die sich lieben", hakte Ben mit ergriffener Stimme nach und lugte zu Mark.

Reginald gluckste leise auf. „Nun stell mal dein Licht nicht unter den Scheffel. Ihr zwei seid besonders, das habe ich schon bei unserem ersten Treffen bemerkt. Und eines könnt ihr mir glauben: Ich habe eine äußerst gute Menschenkenntnis. In euerem Fall kommt wirklich zusammen, was zusammengehört."

„Das hast du schön gesagt", schmunzelte Mark, der sich durch Reginalds Worte geschmeichelt fühlte. „Ich würde vorschlagen, darauf stoßen wir mit einem Kaffee und ein paar Scones und Clotted Creme an. Wie sieht's aus?"

Reginald legte seine linke Hand an seine Burst. „O mein Gott. Ihr wisst, wie ihr einen Mann herumbekommt. Ich würde töten für Scones", flötete er verzückt. Auch Sergej schien über diesen Vorschlag erfreut, zumindest huschte so etwas wie ein Hauch von Freude über seine Miene.

Die Zeit rannte. Reginald unterhielt die beiden mit einigen Erlebnissen, die er auf seinen Hochzeiten hatte. Seine pointierte Art davon zu erzählen, sorgte mehr als einmal dafür, dass Mark und Ben vor Lachen fast zusammenbrachen. Sogar Sergej schien ein wenig aufzutauen, zumindest wirkte er, als sie nach zwei Stunden gingen, nicht mehr ganz so mürrisch wie noch bei ihrem Eintreffen.

Als sie gegangen waren, ließ sich Ben erleichtert auf das Sofa fallen. „Weißt du, ich hatte die ganze Zeit Bedenken, dass es nicht klappen könnte. Jetzt kann ich mich endlich auf unseren Tag freuen."

Mark setzte sich neben ihn. Er beugte sich zu ihm, zart berührten sich ihre Lippen. „Mein kleiner Schwarzseher. Ich habe es dir doch gesagt, am Ende ist alles gut …"

„… und ist es nicht gut, dann ist es noch nicht das Ende", vervollständigte Ben seinen Satz und lächelte. „Ja, ich weiß. Ich werde mich in Zukunft bemühen, daran zu denken. Nur Sergej scheint nicht so begeistert zu sein."

„Was meinst du?", fragte Mark.

„Hast du seinen Blick während unserer Besprechung nicht bemerkt? Er sah nicht nur so aus, als wäre er gezwungen worden heute hier zu sein, sondern so, als würde er uns daran die Schuld geben."

„Ja, das ist mir auch aufgefallen. Wobei jetzt zum Ende hin …", stimmte Mark lachend zu. „Vielleicht ist es auch nur seine Art, etwas Geschäftliches abzuwickeln. Für ihn sind wir schließlich Kunden und keine Freunde."

„Na ja, hin und wieder so etwas wie ein Lächeln, wäre doch ganz nett. Seine Mundwinkel machen den Eindruck, als wären sie an seinem Unterkiefer angetackert. Aber egal. Solang alles läuft …" Ben lehnte sich entspannt zurück. „Ich sehe unserem Tag jetzt viel lockerer entgegen."

„Das wirst du auch müssen!"

Ben sah zweifelnd zu Mark. „Warum? Was ist? Es ist doch alles eingetütet."

„Das denkst du. Jetzt geht es erst richtig los. Einladungen verschicken, Deko und Musik aussuchen, wir brauchen Trauzeugen und und und." Er nahm Bens Hand und strich sanft darüber. „Wir bekommen das alles hin. Denn wir sind zu zweit und haben dasselbe Ziel."

„Ja, das haben wir. Ich liebe dich." Ben gab Mark einen Kuss und kuschelte sich an ihn.

Kapitel 8 - Ben - Neue Nachricht

Bens Blick fiel auf die große Wanduhr im Wohnzimmer. Noch eine gute halbe Stunde. Er hatte frei und sich für heute mit Steph verabredet.

Obwohl es erst Mitte August war, war ihm seit einigen Tagen herbstlich zumute. Die Sonne stand bereits ein wenig tiefer und die Tage wurden wieder kürzer. Ben liebte den Übergang vom Sommer in den Herbst. In dieser Zeit war er so oft, wie er nur konnte, in den Parks der Stadt unterwegs, um diese ganze besondere Atmosphäre in sich aufzusaugen.

So hatten die beiden beschlossen, einen Spaziergang durch den Regent's Park zu machen.

Ben gab Coop noch eine kleine Zwischendurchleckerei, die der Kater gierig verschlang.

„Hast du überhaupt gekaut oder nur geschluckt?", fragte er das weißgraue Fellknäuel. Anstelle einer Antwort strich Coop schnurrend um seine Beine, wohl in der Hoffnung auf Nachschub. Ben nahm ihn hoch und kraulte ihn am Kopf. „Später. Sonst können wir dich irgendwann rollen."

Es klingelte. Er setzte den Kater wieder auf den Boden und betätigte die Gegensprechanlage.

„Ich bin ein bisschen früher dran", hörte er Steph sagen.

„Bin gleich unten." Eilig zog er sich seine Sneaker an, schnappte sich den Schlüssel und ging. Er drückte die Taste am Lift und wartete. Aus Andys Wohnung drangen gedämpfte Sexlaute an sein Ohr. Ein Schmunzeln schob sich auf seine Lippen. Andy ließ es in der letzten Zeit ordentlich krachen. *Hoffentlich kommt Mark nicht derart in die Midlifecrisis*, schoss es ihm in den Kopf. *Ach was – Andy war Andy und Mark war Mark*, schob er den Gedanken beiseite.

Die Aufzugtüren öffneten sich. Ben stieg ein. Das Letzte, was er vernahm, bevor sie sich wieder schlossen, war ein leises, kehliges Stöhnen aus Andys Wohnung.

„Hey, gut siehst du aus", begrüßte Steph Ben, als er durch die Drehtür kam. „Was grinst du so?"

„Danke, gleichfalls." Ben schmunzelte. „Ach nichts weiter. Unser Nachbar steckt in seiner Midlifecrisis und hat gerade eine Therapiesitzung."

„Solange sie was bringt."

„Zumindest verschafft sie ihm für den Augenblick eine kleine Erlösung von seinen Qualen. Alles Weitere wird man sehen", scherzte er.

Sie überquerten die Straße und liefen den nächstbesten Weg in den Park. Schon bald verstummten die Geräusche des vorbeifahrenden Verkehrs und das Zwitschern der Vögel begann zu dominieren.

„Wie läuft es mit der Hochzeit?", fragte Steph und stopfte seine Hände in die Hosentaschen, während sie den geschotterten Weg entlangschlenderten.

„Alles bestens, wir liegen gut in der Zeit." Ben war selbst erstaunt wie zuversichtlich er klang.

Steph lächelte vor sich hin. „Wenn damals alles ein bisschen anders gelaufen wäre, wer weiß …"

Ben lachte auf. „Ich glaube nicht, dass wir geheiratet hätten. Wir haben als Paar nie wirklich zueinandergepasst. Unsere Bestimmung war es wohl, dass wir Freunde werden. Das funktioniert doch momentan wirklich gut."

Steph nickte zustimmend, dann schmunzelte er. „Soso unsere Bestimmung. Glaubst du seit Neusten an so etwas? Aber ich muss dir recht geben, das, was wir da haben, fühlt sich richtig an. Trotz allem klingst du zweifelnd, oder täusche ich mich?"

„Es ist noch gar nicht so lange her, da habe ich geglaubt, dass du in meinem Leben überhaupt keine Rolle mehr spielen wirst." Er hob den Zeigefinger, um das Gesagte zu unterstreichen.

„Ich weiß." Steph senkte den Kopf und blickte zu Boden. „Ich habe dir damals ziemlich wehgetan."

Statt einer Antwort lächelte Ben ihn an.

„Hättest du mich bei deiner Ausstellung nicht angesprochen, hätte ich es nicht gewagt", fuhr er fort.

„Warum nicht? Wir kamen doch immer gut miteinander aus. Das Einzige, was uns getrennt hat, waren unsere Vorstellungen von Treue und Beziehung. Und heute habe ich die Beziehung, wie ich sie mir vorstelle, und du ..?" Ben überlegte, das Thema Beziehung hatten sie seit ihrem Wiedersehen nie wirklich angesprochen. „Was ist in diesem Punkt bei dir? Hattest du seit mir wieder jemanden?"

„Nein, nicht so richtig. Ich muss sagen, nachdem wir uns getrennt hatten, habe ich mein Singleleben ausschweifend genossen." Ein vielsagendes Grinsen eroberte sein Gesicht. „Ich habe mich ausgetobt. Aber seit einiger Zeit merke ich, dass dieser unverbindliche Sex nicht mehr das ist, was ich wirklich will." Steph kickte einen Stein weg, der auf dem Weg lag. In einem langgezogenen Bogen kullerte er in die Wiese. „Ich glaube, ich bin wieder bereit für eine Beziehung. Ihr habt nicht zufällig einen gutaussehenden Single in eurem Freundeskreis?", schob er grinsend hinterher.

Ein tiefes Lachen drang aus Bens Mund. „Ich soll dich verkuppeln? In dieser Disziplin bin ich leider eine absolute Fehlbesetzung. Tut mir leid."

„Ist okay. Ich habe Geduld .. und Zeit. Der Richtige kommt schon noch. Wobei ich zugeben muss, wenn ich dich und Mark sehe, bin ich fast ein bisschen neidisch. Genauso wünsche ich mir das auch." Ein Hauch Sentimentalität huschte über sein Gesicht, er tat Ben in diesem Moment ein wenig leid.

„Dann solltest du uns mal erleben, wenn wir streiten." Er lachte auf. „Da würde sich dein Neid ganz schnell in Luft auflösen."

„Ihr streitet? Kann ich mir gar nicht vorstellen." Steph klang erstaunt.

„In jeder Beziehung gibt es hin und wieder Differenzen. Sonst wäre es ja langweilig."

„Da hast du wohl recht. Solange die Meinungsverschiedenheiten nicht überhandnehmen .." Der nächste Stein flog in die Wiese.

„Nein, keine Angst – das tun sie nicht." Ben dachte an Mark. „Bei Weitem nicht .." Sein Handy surrte in seiner Hosentasche.

„Wenn man vom Teufel spricht …", sagte er und ein Lächeln zupfte an seinen Mundwinkeln. Er zog das Handy aus seiner Tasche. Die Nachricht einer fremden Nummer wurde angezeigt. *Komm her und zeig mir, auf was du stehst*, las Ben.

„Ist alles okay?" Steph schien seinen erschrockenen Blick bemerkt zu haben.

„Schon wieder so eine seltsame Nachricht", murmelte Ben und starrte ratlos auf sein Handy.

„Was meinst du?" Neugierig kam er näher.

Ben hielt Steph sein Handy hin, damit dieser lesen konnte. „Das ist jetzt bereits das zweite Mal, dass ich eine solche Nachricht bekomme. Beim ersten Mal dachte ich, der Absender hätte sich in der Nummer vertan. Aber das hier ist eine andere Telefonnummer als beim letzten Mal." Ben rollte mit den Augen und klickte die Nummer an.

„Was machst du?", fragte Steph überrascht.

„Was schon? Ich ruf an und frage, was das soll." Er war bereit, dem Absender ordentlich die Meinung zu sagen. Es klingelte, doch niemand nahm ab.

„Lauter Freaks", kommentierte Ben die offensichtliche Feigheit des Angerufenen. „Sex wollen, aber nicht in der Lage sein, ans Telefon zu gehen."

„Vielleicht ist es nur ein Streich von irgendjemandem. Ein Scherz unter Freunden", versuchte sich Steph an einer Erklärung.

Verwundert sah ihn Ben an. „Seltsamer Humor." Und steckte das Mobiltelefon zurück in seine Hosentasche. „Egal. Lassen wir uns diesen Tag nicht davon verderben. Da vorne geht's zu Queen Marys Rosengarten. Dort gibt es ein schnuckeliges Café. Wie sieht's aus? Hast du Lust?"

„Immer", entgegnete Steph und nickte. „Auf zum Café."

Kapitel 9 - Mark - Die Sache mit den Ex-Freunden

Vorsichtig schnitt Mark die abgeblühte Geranie ab und schmiss sie in den Eimer, der zu seinen Füßen stand. Wenn man den ganzen Tag am Telefon hing oder mit Maus und Tastatur hantierte, erdete es, wie er fand, abends etwas mit den Händen tun zu können. Und sei es nur die Pflanzen von ihren verwelkten Blüten zu befreien, damit die Kraft in die neuen Knospen gehen konnte.

Es klingelte an der Tür. Das wird Neal sein, dachte sich Mark. Sein Ex-Freund hatte sich auf einen Schluck Cider und einen kleinen Plausch eingeladen. Sie hatten sich nun schon einige Zeit nicht mehr gesehen und Mark war neugierig, was sich bei ihm inzwischen getan hatte – vor allem mit seinem geheimnisvollen neuen Freund, den er noch immer nicht kannte. Er öffnete über seine Handy-App und fuhr fort, die Pflanzen auszuschneiden. Kurz darauf hörte er schon Neal, „Hallo, jemand zuhause?".

„Ich bin auf der Terrasse. Dein Cider steht im Kühlschrank. Ich nehme auch einen", rief Mark in die Wohnung.

Mit zwei offenen Flaschen betrat Neal kurz darauf die Terrasse. „Wow. Ihr lebt inzwischen in einem Dschungel", stellte er fest und schaute um sich, bevor er zu Mark ging. Mit den Flaschen in den Händen umarmte er diesen und machte es sich auf der Sitzlounge bequem. Mark wurde erst jetzt bewusst, wie sehr die Pflanzen tatsächlich in diesem Jahr in die Höhe geschossen waren. Ihre wohnungsgroße Terrasse war wie eine grüne Oase inmitten der Hochhäuser.

„Jetzt, wo du es sagst." Mark grinste Neal entgegen.

„Wo ist Ben?", fragte er und spähte über die Schulter durch das Fenster in die Wohnung.

„Noch mit Steph unterwegs."

„Wer ist Steph?", fragte Neal irritiert und legte den Kopf schief.

„Sein Ex." Mark ließ den Stängel einer Dahlie zurückschnalzen.

Neal schien zu überlegen. „Ben ist bei seinem Ex? Findest du das gut?"

Mark senkte die Gartenschere, sein Blick schnellte zu ihm. „Meinst du das ernst?"

Nach Neals Gesichtsausdruck zu schließen, wusste er im ersten Augenblick nicht, auf was Mark hinauswollte, doch schließlich grinste er. „Ja okay, verstanden. Ich vergesse manchmal, dass wir auch mal zusammen waren."

„Na, herzlichen Dank. Es waren immerhin fast fünf Jahre." Mark widmete sich amüsiert kopfschüttelnd wieder seiner Aufgabe. Schon flog die nächste Blüte in den Eimer.

„Wenn ich so darüber nachdenke, ist es eigentlich ein Wunder", meinte Neal belustigt.

„Was?" Mark peilte einen verdörrten Stängel im Blattwerk an und schnitt diesen ab.

„Dass wir Freunde geworden sind. Nach allem, was war. Warum haben sich Ben und dieser Steph getrennt?" Er schnipste einen weißen Fussel von seiner dunklen Jeans.

„Ich würde sagen, sie waren eine Kopie von uns, was ich von Ben so weiß. Steph hielt es mit der Treue und Ehrlichkeit wohl ebenfalls nicht so genau." Er zwinkerte Neal forsch grinsend zu.

„Hey. Das war der alte Neal, der neue ist komplett anders." Neal hob abwehrend die Hände. „Frag Aiden."

Auf Marks Lippen schob sich ein breites Grinsen. „Ich würde nichts lieber tun, als Aiden zu fragen, wenn ich ihn denn endlich mal kennenlernen würde."

„Ja, ich weiß", antwortete Neal kleinlaut.

„Ihr seid jetzt fast über ein Jahr zusammen und das einzige Mal, dass ich ihn gesehen habe, war, als ich euch beim Rumknutschen in *Kew Gardens* erwischt habe." Er fixierte Neal und genoss es zu sehen, wie er sich wandt.

„Ja, ich weiß", wiederholte Neal zerknirscht. „Wir arbeiten daran. Du kennst doch seine Situation."

Mark legte die Gartenschere seitlich an den Pflanzkübel, den er gerade beschnitten hatte, zog sich die Handschuhe aus, die er auf sie warf, und ging zu Neal. Erleichtert ließ er sich neben ihn auf die Lounge fallen und schnappte sich seine Flasche, die er ihm entgegenhielt, um mit ihm anzustoßen.

„Ist es denn wirklich so furchtbar schlimm, für einen Laienvikar schwul zu sein? Wir leben in den Zwanzigern eines neuen Jahrtausends. Da sollten doch selbst die Jungs in Westminster Abbey lockerer geworden sein." Mark setzte die Flasche an seinen Mund und trank, während er weiter Neal im Blick behielt.

Auch der nahm einen kräftigen Schluck. Mark merkte, dass ihn dieses Thema zu beschäftigen schien. „Ich glaube inzwischen, das Problem liegt nicht unbedingt an Westminster, sondern an ihm. Deswegen gehe ich sehr behutsam vor. Wir waren vor kurzem im *Admiral Duncan*."

„Du und Aiden?" Marks Augen weiten sich. „Er geht in eine Schwulenbar? Freiwillig?"

„Jein. Genau genommen war es zwar seine Idee ..." Neal grinste. „Als wir kurz vorm Eingang waren, wollte er dann auf einmal kneifen. Ich habe ihm gesagt, dass das auf keinen Fall passieren wird. Also ist er widerwillig mit hineingegangen."

„Und? Hat er es überlebt?", fragte Mark schmunzelnd und nahm einen kräftigen Schluck Cider.

„Du wirst es nicht glauben – ja, das hat er. Nachdem er eine halbe Stunde verkrampft im hintersten Eck gesessen hat, hat er wohl gemerkt, dass ihm nicht der Himmel auf den Kopf fällt, nur weil man unter Gleichgesinnten ein Bier trinkt. Und mit einem Mal hatte er Spaß, hat die Kerle abgecheckt, den ein oder anderen mit einem Kommentar bedacht und wollte gar nicht mehr raus. Erst als die Glocke das zweite Mal geläutet wurde, sind wir gegangen." Neal klang dabei fast enthusiastisch.

„Es besteht also Hoffnung?", spekulierte Mark angetan.

„Durchaus. Ich denke, ihr lernt ihn spätestens auf der Hochzeit kennen", antwortete Neal voller Überzeugung.

„Wir würden uns freuen." Mark hörte die Tür zufallen, schon kam Ben um die Ecke.

„Hey", rief er, als er Neal sah. Er ging zu Mark und gab ihm einen Kuss zur Begrüßung.

„Soll ich euch beide alleine lassen?", fragte Neal grinsend.

„Nein, du kannst gerne zusehen", erwiderte Ben lachend und steuerte Neal an, um auch ihn zu umarmen.

„Wie war dein Treffen mit Steph?", erkundigte sich Mark interessiert.

„Eigentlich ganz nett."

Mark hörte an Bens Tonfall, dass das wohl nicht die komplette Antwort auf seine Frage war. „Das klingt ja nicht gerade begeistert." Er sah ihn fragend an.

Ben lächelte ihn an und setzte sich neben Neal. „Nein, im Ernst, wir haben uns gut unterhalten. Es sieht wohl tatsächlich so aus, als könnten wir Freunde sein."

Neal schüttelte den Kopf und grinste. „Befreundet mit dem Ex – verrückte Welt."

„Und wo bleibt der Teil, der es nur ganz nett gemacht hat?", hakte Mark nach.

Ben zog sein Handy aus der Tasche und öffnete die Nachricht, die er Mark hinhielt.

Dieser las, was auf dem Bildschirm stand. „Schon wieder? Dieselbe Nummer?", fragte er, seine Augen noch immer auf die Nachricht gerichtet.

„Nein, eine andere! Ich habe angerufen, doch es hat niemand abgenommen." Ben klang frustriert.

Neal hatte das Gespräch der beiden interessiert verfolgt. „Könnte mich kurz jemand aufklären?"

„Ben erhält seit ein paar Tagen obszöne Textnachrichten", erklärte Mark, während Ben Neal die Nachrichten zeigte.

„Das würde ich nicht ernst nehmen. Da erlaubt sich jemand einen Scherz mit dir." Neal legte Ben die Hand auf die Schulter. „Sag mir mal die Nummer."

„Was hast du vor?", fragte Ben erstaunt.

„Na, was schon? Ich ruf mal dort an. Wenn er bei dir nicht rangegangen ist, vielleicht tut er es ja bei mir." Neal wackelte mit dem Handy in seiner Hand. „Andere Nummer." Dann tippte er die Nummer, die ihm Ben diktierte, in sein Handy und stellte es auf laut. Es klingelte. Nach dem dritten Klingeln wurde abgehoben. „Britisch Health Insurance, mein Name ist Walter Allen", meldete sich ein Mann am anderen Ende der Leitung.

„Hey Walter, hier spricht Neal." Mark und Ben beobachten ihn gespannt.

„Neal? Kennen wir uns? Hatten wir einen Termin?"

„Nein, nicht direkt, du hast heute Nachmittag eine Nachricht an meinen Freund geschickt und wolltest wissen, auf was er steht. Wir waren nicht ganz sicher, was du meinst. Im Normalfall steht er auf seinen Füßen ..." Nach dem sachlich lockeren Tonfall zu Beginn des Gesprächs ging Neal jetzt zum Angriff über und Mark hätte schwören können, dass es ihm Spaß machte.

„Äh, das muss eine Verwechslung sein", antwortete der Mann am anderen Ende der Leitung irritiert.

„Ich denke nicht. Ich habe die Nummer zweimal überprüft, bevor ich angerufen habe." Neal nahm sein Mobiltelefon hoch und sah es an. „Walter?"

„Er hat aufgelegt", stellte Mark trocken fest.

„Kein Ding. Ich rufe einfach noch mal an." Neal drückte die Wahlwiederholung, doch seine Nummer war wohl inzwischen gesperrt worden. Genau wie die Nummer von Ben, wie sie gleich darauf feststellten. Als es schließlich Mark versuchte, wurde abgehoben und sofort wieder aufgelegt, noch bevor Mark etwas sagen konnte. Beim nächsten Versuch war auch seine Nummer gesperrt.

„Kennst du denn einen Walter Allen?", fragte Mark forschend. „Ein Gast aus der *Firestation* vielleicht?"

Bens Stirn legte sich in Falten. „Nicht dass ich wüsste. Zumindest keiner der Stammgäste, aber von den meisten kennen wir die Namen ja nicht. Dreiviertel unserer Gäste sind Laufkundschaft."

„Ich glaube immer noch an irgendeinen seltsamen Scherz", redete Neal Ben aufmunternd zu und grinste. „Wart einfach ab. Du wirst sehen, es sollte sich erledigt haben. Dieser Walter Allen wird dich auf jeden Fall nicht mehr kontaktieren."

„Wollen wir es hoffen." Mark setzte sich neben Ben und küsste ihn auf die Stirn. „Alles gut?", fragte er.

Ben lächelte. „Alles gut. Es gibt eben auch Spinner auf dieser Welt."

Neal räusperte sich. „Spinner hin, Spinner her. Wir waren bei deinem Ex stehen geblieben. Wie läuft das jetzt mit euch?"

„Was meinst du?", fragte Ben erstaunt und sah ihn an.

Neals Augen funkelten, während er versuchte, nicht zu lachen. „War eine Freundschaft mit dem Ex nicht vor einiger Zeit undenkbar für dich?"

Mark wusste, auf was Neal anspielte. Ein Schmunzeln schob sich auf sein Gesicht.

Ben lachte leise auf. „So ändern sich die Zeiten." Sein Blick fiel zu Mark. „Aber du hast recht, als ich mit Mark zusammengekommen bin, fand ich es tatsächlich sehr seltsam, dass Mark und du noch Freunde waren. Inzwischen nicht mehr."

Neal lachte auf. „Wie heißt es so schön, die Eifersucht ist eine Leidenschaft, die mit Eifer sucht, was Leiden schafft."

Ben lächelte verschämt.

„Mach dir nichts draus", sagte Neal und knuffte ihn in die Seite. „Ich war früher auch ohne Ende eifersüchtig. Das verwächst sich mit dem Alter."

„Ist das so?" Mark funkelte Neal vergnügt an.

„Natürlich." Neal blickte zu Ben. „Oder?"

„Das ist so." Ben zog Mark zu sich und gab ihm einen Kuss. „Apropos verwachsen. Ich habe Hunger. Wie sieht es aus? Pizza?"

Kapitel 10 - Ben - Rominas Limonade

Ben schlenderte die Straße zum Haus seiner Eltern entlang. Neal war am Vortag zum Essen geblieben. Sie hatten sich lange darüber unterhalten, wie in den letzten Jahren alles gekommen war. Er war froh Neal als Freund zu haben. Ben mochte ihn inzwischen wirklich sehr und war mittlerweile derjenige von ihnen, der mehr Kontakt zu ihm hatte.

Als er an seinem Elternhaus ankam, saß seine Schwester Romina auf der Bank vor ihrem Haus. Auf dem Tisch, neben ihr, stand eine Kanne Limonade. Nachdem sie ihn entdeckt hatte, winkte sie ihm freudig zu. „Sie sind nicht da", rief sie. „Willst du Limonade? Ich habe sie frisch gemacht."

An einem heißen Tag wie heute gab es nichts Besseres als Rominas selbstgemachte Limonade. Ben überquerte die Wiese zwischen den Häusern. Er sprang über die Beeteinfassung und setzte sich auf den freien Platz neben ihr. Sie stand auf und holte ein zweites Glas, um Ben einzuschenken.

„Was machst du hier?", fragte sie, als sie sich wieder gesetzt hatte, schloss die Augen und lehnte sich zurück, so dass ihr die Sonne ins Gesicht schien.

„Mir war langweilig. Ich habe ein paar Tage frei und Mark arbeitet. Gestern war ich mit Steph spazieren und heute dachte ich mir, ich komme euch besuchen." Ben nippte an seinem Glas. Fruchtig und frisch prickelnd rann die süß-herbe Limonade seine Kehle hinunter.

„Mit Steph? Dem Steph?" Romina öffnete überrascht die Augen und musterte ihn.

Ben erzählte ihr, wie sie sich wiedergetroffen hatten und was die letzten Wochen geschehen war.

„Also ich würde mit meinem Ex nichts mehr zu tun haben wollen", sagte sie ruhig.

„Du hast leicht reden." Ben lachte auf. „Du hast ja keinen." Er stellte sein Glas ab und fixierte sie schmunzelnd. „Oder hast du doch?"

„Das weißt du ganz genau." Sie klang fast ein wenig verschämt. Ein zarter Rotschimmer bildete sich auf ihren Wangen.

Ben lehnte sich wieder zurück. „Du bist die einzige Person, die ich kenne, die ihre Sandkastenliebe geheiratet hat und bei der es funktioniert."

„Warum sollte es nicht funktionieren? Manche Menschen sind einfach füreinander bestimmt." Dabei bekam Romina ihren verträumten Gesichtsausdruck, den sie immer bekam, wenn sie von John sprach. Ihr Blick schien dabei in die Unendlichkeit abzugleiten, doch dann fing sie sich wieder.

„Ich möchte nur, dass du vorsichtig bist", sagte sie bestimmt.

„Das werde ich sein. Mark steht an erster Stelle und wird es auch immer tun. Und keine Angst, das mit Steph ist und bleibt rein platonisch. Mehr wird da nicht mehr sein. Geschwisterliches Ehrenwort." Ben versuchte es ins Lächerliche zu ziehen, doch es schwang auch Rührung mit, die er empfand, weil sich seine Schwester sorgte.

„Das will ich dir geraten haben, schließlich habe ich schon mein Kleid gekauft. Diese Hochzeit hat stattzufinden!", sagte sie in ihrem typischen Befehlston und lachte ihn an.

„Verstanden, Frau Generalin." Ben hob seine Hand an die Stirn und salutierte.

„Magst du mich noch?", fragte sie beiläufig und grinste.

„Nö." Ben wollte nach seinem Glas greifen, doch Romina stand auf und zog es ihm weg.

„Hey! Gib das Glas wieder her. Wo willst du hin?"

„Wer mich nicht mag, bekommt auch keine Limonade!"

Er rollte vergnügt mit den Augen. „Na gut. Ja, dann mag ich dich halt .. noch!"

„Geht doch!" Grinsend stellte sie das Glas zurück auf den Tisch und schenkte Ben nach. „Ich finde es übrigens gut, dass ihr Mum mit einbindet. Sie hat mir von der Sache mit dem Kuchenbuffet erzählt."

„Bleibt in dieser Familie eigentlich nichts geheim?", scherzte Ben. Bevor er sich versah, hatte Romina ihm einen Schlag gegen seine Brust verpasst.

„Nein! Wozu auch?" Sie lachte leise auf. „Was ist meine Aufgabe?"

„Das wirst du noch früh genug erfahren."

Romina setzte sich auf. „Was ist es? Ich will es wissen."

„Alles zu seiner Zeit, Schwesterherz." Ben schloss seine Augen und rutschte tiefer in die Lehne, während er vergnügt in sich hineingrinste.

Kapitel 11 - Mark - Andys Dinner

Ben öffnete die Tür. „Und du bist dir sicher mit heute?"

„Sehr sicher, da mir Andy heute Morgen auf dem Weg ins Büro begegnet ist und gefragt hat, ob es heute Abend dabei bleibt." Mark griff sich die Flasche Wein, die er bei *Marks & Spencers* besorgt hatte, und folgte ihm zu Andys Wohnung.

„Ich bin gespannt, was er uns mitzuteilen hat. Es muss etwas sehr Wichtiges sein, wenn er uns unter der Woche zu einem Dinner bei sich einlädt. Er wird doch nicht wegziehen wollen?", schoss es aus Ben.

„Kann ich mir nicht vorstellen. Bei diesen Nachbarn." Mark wackelte mit seinen Augenbrauen und deutete zwischen sich und Ben hin und her, dann drückte er grinsend den Klingelknopf. In Erwartung, Andy würde die Tür öffnen, hielt Mark die Flasche Wein vor seiner Brust, um ihm diese bei der Begrüßung zu überreichen. Allerdings stand nicht Andy in der Tür, sie wurde von einem jungen hageren Mann geöffnet. Durch eine schwarze Hornbrille blickte er ihnen aus himmelblauen Augen entgegen.

„Hey", begrüßte er Mark und Ben gelangweilt. „Seid ihr die Nachbarn?" Sein rotblondes Haar war zu einem Seitenscheitel gekämmt, das auf seiner rechten Gesichtshälfte bis hinunter zu den Wangen hing.

„Äh, ja", antwortete Mark verdutzt. Sein Blick fiel auf den großflächig karierten Pullunder, den er über seinem Hemd trug, und wanderte weiter zu den Stoffhosen, die den Eindruck erweckten, als wären die Siebziger wieder in. „Entschuldige, wir sind Ben und Mark", stellte Mark sich vor.

„Kian", brummte er. „Andrew ist noch in der Küche." Er ließ die Tür offen stehen und schlurfte zurück in die Wohnung.

Mark sah belustigt zu Ben, der sich bemühte, ein Lachen zu unterdrücken. „Andrew?", raunte er und grinste ebenfalls. Sie betraten die Wohnung und schlossen die Tür hinter sich.

Aus der Küche hörte Mark das Zufallen des Backofens. Er lugte um die Ecke und entdeckte Andy, der soeben einen Braten aus dem Ofen genommen hatte. Gefolgt von Ben betrat er den Raum.

„Hey", rief Andy freudestrahlend, als er die beiden bemerkte. „Kommt rein. Ich bin gerade fertig geworden. Kian habt ihr schon kennengelernt?"

Marks Blick glitt ins Wohnzimmer, wo Kian inzwischen auf dem Sofa lag, das eine Bein über die Rückenlehne hängend, das andere auf dem Boden abgestützt, und auf einem Tablet las.

„Haben wir", sagte er. „Hilf mir doch mal kurz auf die Sprünge. Kian ist wer genau?", flüsterte er Andy zu.

„Mein Lebensgefährte", entgegnete dieser kopfschüttelnd und sah Mark an, als ob es das Selbstverständlichste der Welt wäre.

„Ist er schon einundzwanzig?", fragte Ben erstaunt.

„Zweiundzwanzig", erwiderte Andy.

„Ein halb", rief Kian von der Couch aus dazwischen, ohne vom Bildschirm aufzusehen.

„Oh", rutschte es Mark heraus. Er räusperte sich. „Wie lange seid ihr denn schon zusammen?"

Andy kratzte sich am Kinn. „Ich würde sagen, etwas mehr als zwei Wochen."

„Elf Tage, einundzwanzig Stunden und 34 Minuten", ergänzte Kian.

„Auf die Sekunde genau?" Ben war noch immer bemüht sein Grinsen zu unterdrücken.

„Nein, beim Piep 37 Sekunden", tönte es aus Richtung der Couch. „Piep."

„Ihr entschuldigt mich kurz", presste Ben heraus.

Mark bemerkte, wie er, sich auf die Lippen beißend auf die Toilette flüchtete.

„Kian ist ein Zahlenmensch. Er studiert Informatik", erklärte Andy.

„Was sonst …", raunte Mark kaum hörbar und sah wieder zu Kian. Für ihn war er der Inbegriff eines Nerds. Weder gutaussehend noch hatte er, für seinen Geschmack, irgendetwas Interessantes an sich, er war einfach nur jung. *Du kennst ihn nicht, gib ihm eine Chance*, befahl er sich.

Andy stellte das Fleisch auf den liebevoll eingedeckten Tisch. Er hatte sogar einen Strauß Blumen besorgt und Kerzen angezündet. Mark war überrascht - er kannte seinen Nachbarn eher als den Pragmatiker und nicht als den großen Romantiker.

Andy stand mit gefalteten Händen an der Tischecke und betrachtete sichtlich zufrieden sein Werk. Inzwischen war Ben mit noch immer feuchten Augen zurückgekehrt. Mark schüttelte kaum merklich den Kopf, auch wenn er ihn sehr gut verstehen konnte, musste er doch selbst an sich halten, um nicht loszulachen, zu grotesk erschien ihm die Situation.

„Es ist angerichtet", rief Andy und klatschte in die Hände.

Mark setzte sich mit Ben an die Fensterseite des Tisches, während Andy gegenüber Platz nahm.

„Kommst du Hase?", rief er zu Kian.

Dieser brummte etwas Unverständliches zurück, bevor er sein Tablet zur Seite legte und sich lustlos von der Couch erhob, um neben Andy Platz zu nehmen.

„Lasst es euch schmecken." Andy deutete auf den Braten, der auf dem Tisch stand.

Mark griff zur Fleischgabel und wollte Ben ein Stück davon auf den Teller legen, als sich Kian räusperte. „Haben wir nicht etwas vergessen?"

„Du hast recht. Entschuldige", flötete Andy.

Kian verschränkte seine Hände, als ob er beten wollte. „Großer Khan, wir preisen dich. Nimm bitte Platz an unsrem Tisch. Wir brechen das Brot, nur dir zur Ehre. Auf dass sich unser Kühlschrank nie leere. Amen", raunte er mit geschlossenen Augen.

Mark hielt die Gabel mit dem Fleisch noch über der Platte, von der er es genommen hatte, und blickte Kian mit offen stehendem Mund an.

„Entschuldigt mich." Ben schoss hoch und lief erneut mit der Hand vorm Mund Richtung Toilette.

„Ist alles okay?", fragte Andy.

„Die Mischung aus zu viel Kaffee und Mineralwasser", entgegnete Mark perplex und legte sich das Bratenstück auf seinen Teller. Er schluckte schwer und versuchte, sich auf etwas

Ernstes zu konzentrieren. „Was war das für ein Tischgebet, Kian?"

„Kian ist Star Trek Fan", entgegnete Andy.

„Es heißt Trekkie, nicht Star Trek Fan." Kian rollte genervt mit den Augen.

„Entschuldige. Er ist Trekkie", verbesserte sich Andy. „Ist das nicht toll?"

„Ja, das ist es." Mark beobachtete, wie sich Kian seinen Teller vollschaufelte. Ein wenig Neid stieg in ihm auf. Wenn er sich eine solche Portion einverleiben würde, hätte er einen Tag später ein Kilo mehr auf der Waage.

Ben war zurück und nahm wieder neben ihm Platz. „'Tschuldigung."

„Alles gut", erwiderte Andy. „Wenn es mal läuft, läuft es eben."

Ben blickte fragend zu Mark.

„Erzähl ich dir später", wiegelte er ab.

„Apropos läuft. Wie läuft es eigentlich mit den Hochzeitsvorbereitungen?" Andy zwinkerte Ben zu, während sich Kian daneben ein übergroßes Stück Blumenkohl in den Mund schob und schmatzend kaute.

„Alles im grünen Bereich. Wir kommen voran." Mark konnte seinen Blick nicht von Kian wenden.

„Wenn ihr mit euren Planungen fertig seid, können wir euch ja dann fragen." Andy legte seine Hand auf die von Kian und warf ihm einen liebevollen Blick zu.

„Ich verstehe nicht. Fragen bei was?" Mark ließ sein Besteck sinken. Eine furchtbare Ahnung kroch in ihm hoch.

„Wir haben gestern darüber gesprochen, dass wir vielleicht nächstes Jahr heiraten könnten."

Bens Gabel fiel scheppernd auf seinen Teller. „Spaß?", fragte er unsicher.

„Nein. Wir sind uns sehr sicher in unserer Beziehung. Nicht wahr, Schatz?" Er drückte Kians Hand erneut und zwinkerte ihm zu.

„Aber ihr kennt euch doch erst zwei Wochen …"

„Elf Tage, zweiundzwanzig Stunden, siebzehn Minuten …", fing Kian an aufzuzählen.

„… und piep Sekunden – ja, ich weiß."

„Ach, weißt du Ben, manche Paare sind zehn Jahre zusammen, heiraten und trennen sich ein paar Monate nach der Hochzeit. Es gibt für nichts eine Garantie." Andy streichelte mit seinem Zeigefinger den Unterarm von Kian, der kauend Mark angrinste. Ein kleines Stück von etwas Grünem hatte sich zwischen seinen Schneidezähnen festgesetzt.

„Wir wollen eine Coventionhochzeit", schmatzte Kian und schob sich seinen Seitenscheitel nach hinten.

„Eine was?" Bens fragender Blick wanderte zwischen Andy und Kian hin und her.

„Das ist eine Hochzeit im Kostüm", erwiderte Andy.

„Lass mich raten. Star Trek?"

„Was sonst?"

„Entschuldigt mich." Ben schoss hoch.

Andy sah ihm hinterher, dann beugte er sich über den Tisch und flüsterte: „Vielleicht solltest du ihm mal einen Termin beim Urologen nahelegen. Er kommt jetzt in dieses Alter …"

Auch Kian stand auf und lief Richtung Küche. Als er hinter Andy war, kraulte er ihm mit beiden Händen in seinem Haar. Der legte den Kopf in den Nacken und schnurrte wie eine Miezekatze, die sich im Stimmbruch befand. „Ich liebe es, wenn du das tust."

„Für meinen Daddy mache ich fast alles", entgegnete Kian und hauchte Andy einen Kuss auf die Stirn.

Marks Blick fing den von Andy ein. Er machte den Eindruck, als hätte ihm jemand einen Eimer eiskaltes Wasser über den Kopf gekippt.

„Aber ich bin doch nicht dein Daddy." Er sah Kian fast schon verzweifelt hinterher.

„Was denn sonst?" Kian holte sich einen Pudding aus dem Kühlschrank und kam zurück zum Tisch. „Du bist mein großer, kuscheliger Daddy, und dafür liebe ich dich." Er nahm wieder Platz.

Nachdem Ben zurückkam, war Andys gute Laune schlagartig verschwunden. Abgesehen von ein paar einsilbigen Antworten starrte er während des restlichen Essens stumm vor sich hin. Schnell war die Atmosphäre am Tisch mehr als bedrückend.

Kaum hatte Kian seinen Teller leer, schob er ihn von sich und verzog sich aufs Sofa, wo er sich wieder seinem Tablet widmete.

„Ist alles okay?", fragte Mark an Andy gerichtet.

Dieser zwang sich zu einem Lächeln. „Alles gut."

„Wärst du uns böse, wenn wir uns verabschieden? Es war heute ein harter Tag und ich bin wirklich müde." Mark schickte sich an aufzustehen, während Ben demonstrativ gähnte.

„Natürlich nicht. Ich …" Sein Blick fiel auf Kian. „Wir haben uns sehr gefreut, dass ihr hier wart."

Mark stand auf und auch Ben erhob sich. Andy brachte sie zur Tür, wo ihn Mark fest umarmte. „Danke für das wirklich leckere Essen. Wir revanchieren uns bei Gelegenheit."

Sein Gegenüber lächelte müde.

„Und Andy, wenn du was brauchst oder reden möchtest – wir sind immer für dich da." Mark beugte sich nach hinten, um ins Wohnzimmer zu schauen. „Gute Nacht, Kian."

„Bye", erwiderte Kian, ohne aufzusehen.

„Was war denn das?" Ben fuhr sich mit beiden Händen über das Gesicht, als sie zurück in ihrer Wohnung waren.

„Ich fürchte, wir haben gerade das Ende einer zweiwöchigen Beziehung miterlebt." Andy tat ihm leid.

Ben sah auf die Uhr. „Zwölf Tage und 17 Minuten und wer weiß wie viele Sekunden."

„Ich würde Andy so gerne helfen. Das ist doch nicht das, was er will." Mark schenkte sich ein Glas Wasser ein und setzte sich an den Küchentresen.

„Ich fürchte, da muss er alleine durch. Wir können nicht mehr tun, als für ihn da zu sein, wenn er um Hilfe bittet." Er stellte sich neben Mark und strich ihm liebevoll über den Rücken.

Mark blickte nachdenklich in sein Glas. „Denkst du, wir kommen auch irgendwann an diesen Punkt?"

„Was meinst du? Sind wir über die zwei Wochen nicht lange hinaus?"

„Das meine ich nicht. Was ist, wenn einer von uns in so eine Midlifecrisis kommt?"

Ben lächelte ihn aufmunternd an. „Ja, das könnte passieren. Wer weiß das schon. Aber ich hoffe es nicht, und wenn doch, dann werden wir eine Lösung finden." Er schwang seine Arme von hinten um Mark und gab ihm einen sanften Kuss in den Nacken. „Wir haben bisher für alles eine Lösung gefunden."

Mark drehte sich um und lächelte Ben an. Ein warmes Gefühl durchflutete ihn, als er in seine Augen blickte, und ihm wurde es wieder einmal bewusst – das war der Mann, mit dem er alt werden wollte.

Kapitel 12 - Mark - Die Gästeliste

Die Eindrücke des Vorabends wirkten noch bis weit in den nächsten Tag auf Mark. Er saß in seinem Büro und grübelte. Andy wollte einfach nicht aus seinen Gedanken verschwinden. Auf der einen Seite tat er ihm unfassbar leid. Seine Beweggründe, sich in letzter Zeit ausschließlich mit jungen Kerlen einzulassen, waren für Mark offensichtlich, wenn auch nicht logisch. Ihn verband rein gar nichts mit diesen Jungs.

Wenn Mark an den vergangenen Abend dachte, schüttelte er innerlich den Kopf. Die Konversation zwischen Andy und Kian war komplett einseitig gewesen. Von Kians Grunzen und Schmatzen einmal abgesehen. Andy hatte beim Essen nach seiner Zuneigung gegiert. Doch von Kian war nichts in dieser Richtung zurückgekommen, lediglich die Liebkosung, bei der er ihn als Daddy bezeichnet hatte.

Auf der anderen Seite fragte sich Mark, ob er jemals in eine ähnliche Situation kommen würde. Ein kalter Angstschauder lief ihm den Rücken hinunter. Er sah sich an Andys Stelle – unvorstellbar. Andy war nur ein paar Jahr älter als er. Was brachte einen Mann dazu, ein solches Problem mit seinem Alter zu haben? War es wirklich nur dieses Erlebnis in der U-Bahn gewesen? Und was brachte einen dazu, sich einzubilden, selbst jünger zu wirken, nur weil man sich mit Jüngeren umgab.

Mark nahm sich fest vor, dass er niemals wegen seines Alters straucheln würde. Er horchte in sich, was ihn ein wenig beruhigte. Kein Zweifel, kein Problem – er war Mitte vierzig und das war gut so. Er stellte sich vor, wie es wäre, wieder Anfang zwanzig zu sein, und musste schmunzeln, als er an sein jüngeres Ich dachte. Unsicher, unattraktiv und allein war er gewesen, beziehungsweise hatte er sich so gefühlt. Nein – um nichts in der Welt würde er zurück in diese Zeit wollen.

„Was ist denn mit dir heute los?"

Mark zuckte zusammen, als er Colin im Türrahmen stehen sah. „Du starrst auf deinen Bildschirm, als wolltest du ihn mit deinen Gedanken zerstören." Er grinste ihn amüsiert an.

„Ach nichts weiter, ich musste nur an meinen Nachbarn denken", entgegnete er noch immer in Gedanken.

„An diesen Andy? Hattest du das nicht hinter dir?" Colin schob eine Augenbraue nach oben und ein Lächeln breitete sich auf seinen Lippen aus.

Mark wusste zunächst nicht, auf was Colins Bemerkung abzielte, bis ihm die Geschichte einfiel, als Andy in ihr Haus gezogen war. Er hatte es damals geschafft, dass sowohl Ben, als auch er mit ihm geflirtet hatten.

„Nicht das. Er steckt wohl in der Midlifecrisis."

„Ach so", wiegelte Colin ab. „Wenn es weiter nichts ist. Du weißt ja, wie man sagt. Männer sind Menschen, bei denen die Pubertät direkt in die Midlifecrisis übergeht."

„Du scheinst dich ja gut auszukennen", erwiderte Mark. „Selbst schon Erfahrungen gesammelt?"

„Moi? Niemals. Hallo?" Colin stemmte seine Hände in die Hüften und funkelte Mark an. „Ich bin Mitte dreißig und stehe in der Blüte meiner Jugend. Ich habe es geschafft, die Pubertät lange hinter mir zu lassen. Und für eine Midlifecrisis bin ich a: zu jung und b: viel zu selbstsicher." Colin lachte auf und schüttelt den Kopf. „Wie kommst du darauf, dass dein Nachbar drinsteckt?"

„Er hechtet seit Neustem Jungs von Anfang/Mitte zwanzig hinterher!" Mark versuchte es so neutral wie möglich klingen zu lassen.

„Oh – ja, das sind die ersten Anzeichen. Naja, solange er sich kein Motorrad zulegt und einen auf *Easy Rider* macht oder seinen Job kündigt, um sich selbst zu finden, besteht noch Hoffnung." Colin blickte zu Boden und verzog das Gesicht, als läge vor seinen Füßen etwas Ekeliges. „Was will jemand mit so Junggemüse? So ein reiferer Mann ist doch viel interessanter."

Mark horchte auf und schmunzelte. „Was du nicht sagst? Ein reifer Mann, so wie Burt in etwa?"

„Wer weiß?" Colin drehte sich schwungvoll um und ließ Mark sitzen. Als er schon aus dem Zimmer gelaufen war, rief er Mark noch zu: „Sag deinem Andy, da hilft nur ein guter Therapeut, sonst kann sich so was über Jahre ziehen. Am Ende wird es noch chronisch."

Als Mark am Abend nach Hause kam, blieb sein Blick an Andys Wohnungstür hängen. *Sollte ich klingeln und fragen, wie es ihm geht*, überlegte er. Doch er entschied sich dagegen. Andy würde sich melden, wenn er Hilfe brauchen würde. Außerdem war er mit Ben verabredet. Nachdem die Hochzeitsplanung stand, wollten sie sich heute Gedanken über die Gästeliste machen.

„Geh doch schon einmal auf die Terrasse." Ben stand auf und zog Mark seinen leergegessenen Teller weg. „Ich räume schnell ab und bin gleich bei dir."
Mark machte es sich auf der Lounge bequem. Ben folgte ihm mit zwei Gläsern Wein. Danach holte er ein großes Notizbuch und einen Füller und setzte sich neben Mark. Er schlug eine freie Seite auf und schrieb *Gästeliste* darauf.
„Dann wollen wir mal anfangen …" Er blickte Mark auffordernd an.
„Unsere Freunde", erwiderte dieser. „Tom, Oliver, Steven, Martin, Neal …"
Ben setzte jeden Namen in eine Zeile. „Was ist mit Neals geheimnisvollem Freund?"
„Aiden? Ja, den auch. Colin, Burt, Andy …"
„Andy und Begleitung?" Ben grinste Mark an.
„Schreib Andy plus eins." Er rechnete zwar nicht damit, dass Andy zum Zeitpunkt ihrer Hochzeit noch mit Kian zusammen sein würde, doch man konnte nie wissen.
„Was ist mit Steph? Ich würde ihn auch gerne einladen", sagte Ben bestimmt.
„Deinen Ex? Warum nicht? Ihr versteht euch ja sehr gut."
Nachdem sie ihre Freunde notiert hatten, folgten die Arbeitskollegen von beiden, die sie dabeihaben wollten, ein paar Nachbarn, Freunde von früher und einige andere, bei denen sie der Meinung waren, sie einladen zu müssen, und schließlich Bens Familie.
„Was ist mit deiner Tante Magda?", fragte Mark.

Ben verzog das Gesicht. „Wohl oder übel werden wir sie einladen müssen. Meine Mutter würde einen Aufstand proben, wenn ihre einzige Schwester nicht zu der Hochzeit eingeladen wäre."

Mark musste unweigerlich grinsen. Ihm fiel der Osterbrunch aus dem letzten Jahr ein, bei dem er Bens Tante Magda kennengelernt hatte. Sie war wirklich ein sehr spezieller Mensch. Bei diesem Brunch hatte sie so ziemlich jeden beleidigt oder vor den Kopf gestoßen. Wobei Mark nicht mit Bestimmtheit sagen konnte, ob es mit Absicht geschehen war. Er glaubte eher, dass es einfach ihre Art war, zu sagen, was ihr gerade in den Kopf kam. Eine andere Sache war ihr Problem, das sie mit Homosexualität im Allgemeinen hatte. Magda hatte keine Zweifel daran gelassen, wie sie dazu stand.

„Glaubst du, sie würde überhaupt kommen? Auf eine schwule Hochzeit." Mark rieb sich zweifelnd am Kinn und schob seine Unterlippe vor.

Ben tippte mit dem Füller an seine Lippen und überlegte. „Du hast recht. Wie sollte sie das ihrer Nachbarin erklären? Wir können sie also gefahrlos einladen." Er schrieb zufrieden grinsend ihren Namen in eine Zeile.

Mark überflog die Liste und zählte dann die Zeilen, nachdem sich Ben zurückgelehnt hatte. „Das sollten sie gewesen sein. Einhundertzwölf."

„Zu viel?", fragte Ben unsicher.

„Nein, ich denke nicht. Ich habe vor nur ein Mal zu heiraten." Er beugte sich zu Ben und hauchte ihm einen Kuss auf seine Lippen. „Das wird unser Tag und den sollen alle, die uns wichtig sind, miterleben."

„Und Tante Magda!" Ben lachte auf, dann stockte er. „Moment – einhundertdreizehn!"

Mark nahm erneut die Liste. „Habe ich mich verzählt?"

„Verzählt nicht, aber jemanden vergessen."

„Wen denn?" Er überflog die Namen zum dritten Mal.

„Deine Mutter!", schoss es aus Ben.

Mark durchfuhr es, während er weiter auf die Liste starrte. Er hatte sie das letzte Mal vor fünf oder sechs Jahren gesehen. Seitdem hatte es nur kurze Telefonate gegeben, zu Weihnachten und zu den Geburtstagen und das, obwohl auch sie in London lebte. Zwar am anderen Ende der Stadt, aber in London. Mit ihr hatte Mark nie ein besonders gutes Verhältnis gehabt. Er war, seit er denken konnte, ein Papakind gewesen. Eine erste Abkühlung hatte damals sein Outing mit sich gebracht. Sein Vater hatte nie Probleme damit, dass sein Sohn schwul war. Er hatte ihm gesagt, dass er immer hinter ihm stehen würde – ganz egal wie er sein Leben führen wolle. Bei seiner Mutter verhielt es sich anders. Ihre größte Sorge war, was wohl die anderen Leute und die Nachbarn denken würden. So war sie stets bemüht, Marks Homosexualität geheim zu halten. Marks damalige Beziehung wurde immer als guter Freund vorgestellt. Dazu lieferte sie ungefragt Erklärungen, warum dieser Freund fast jedes Wochenende bei ihnen schlief. Irgendwann war es Mark zu bunt geworden und er war ausgezogen. Ein paar Jahre danach war sein Vater gestorben, was die Beziehung zu seiner Mutter noch weiter abgekühlt hatte. Im Grunde wusste sie nichts von seinem Leben und er nichts von dem ihren.

„Sie würde nicht kommen", sagte er geknickt. Er musste an seinen Vater denken. Wie schön wäre es, wenn er diesen Tag hätte miterleben können.

„Das ist dann ihre Entscheidung. Sie einzuladen ist deine. Wenn sie nicht kommen will, soll sie es nicht tun. Aber wenn du sie nicht einlädst, wirst du es vielleicht irgendwann bereuen." Ben legte seine Hand auf Marks und sah ihn verständnisvoll, aber auch eindringlich an.

Mark wurde nachdenklich. Sein Vater kam ihm wieder in den Sinn. Er wäre stolz auf ihn gewesen. Stolz auf das, was er inzwischen erreicht hatte. Mark sah sich auf der Terrasse um, sein Blick fiel auf den japanischen Ahorn, den er zusammen mit Ben gepflanzt hatte. Wie hatte sein Vater immer gesagt – ein Mann sollte in seinem Leben ein Haus gebaut, einen Baum gepflanzt und einen Sohn gezeugt haben. Ein Lächeln schob sich auf seine Lippen. Das mit dem Baum war erledigt und wenn man die Wohnung als Haus ansah, konnte er auch diesen Punkt abhaken. Nur die Geschichte mit dem Sohn würde sich als Problem erweisen. Mark schmunzelte in sich hinein, als Coop ihm in den Sinn kam. Das würde sicher zählen.

„An was denkst du?" Mark sah auf und bemerkte, dass Ben ihn mit einem Lächeln auf seinen Lippen beobachtet hatte.

„An meinen Vater. Würde er noch leben, würden wir dieses Gedankenkarussell nicht drehen müssen." Er ließ sich in das Polster sinken. „Ich vermisse ihn."

Ben rutschte ein bisschen näher an ihn heran und strich sanft über seine Wange. „Ich weiß. Aber ein Stück von ihm wird immer bei dir sein", raunte er.

Mark lächelte ihn statt einer Antwort an und schmiegte sich an seine Hand.

„Und was deine Mutter betrifft – du kannst es dir ja überlegen. Schlaf einfach mal eine Nacht drüber."

„Das werde ich tun, aber ich denke, du hast recht. Ich werde sie einladen. Vielleicht ist diese Hochzeit ja auch eine Chance für einen Neuanfang." Ein kleiner Funke Hoffnung keimte in ihm auf. Egal, was gewesen war, sie war seine Mutter.

Ben rutschte zu Mark und schmiegte sich an ihn. „Das ist der Mann, den ich liebe", hauchte er ihm zu. Er hob den Kopf und sah Mark tief in die Augen. Seine Lippen näherten sich den seinen, schon bat Bens Zunge um Einlass, den Mark ihr nur zu gern gewährte. Sein Körper wurde von einem sanften Kribbeln erfüllt. Aus dem zärtlichen Kuss wurde schnell mehr und die Leidenschaft bahnte sich ihren Weg.

„Was ist, wenn uns jemand hört?", flüsterte Ben an Marks Lippen.

Mark löste sich aus dem Kuss und sah sich um, dann blickte er wieder zu Ben und lächelte ihn an. „Wir müssen halt ein bisschen leiser sein."

Kapitel 13 - Mark - Zurück in die Vergangenheit

Der Fahrtwind fuhr Mark angenehm kühlend über das Gesicht, als die U-Bahn nach Richmond einfuhr. Es war später Samstagnachmittag und in den Stationen war dementsprechend wenig los. Lediglich ein paar Eltern mit ihren Kindern standen auf dem Bahnsteig. Es machte den Eindruck, dass sie raus in die ruhigeren Bezirke wollten, um einen Ausflug mit ihren Kindern zu machen. Die Schwüle der letzten Tage war auch hier, tief unter der Erde, noch immer zu spüren.

Mark betrat die Bahn und setzte sich auf einen der freien Plätze. Sein Blick fiel auf den Plan, der in jedem der Wagen über den Fenstern hing. Elf Stationen und ein paar Minuten Fußweg trennten ihn von dem Haus, in dem seine Mutter lebte. Das Haus, in dem er aufgewachsen war. Ruckelnd fuhr die U-Bahn an. Marks Blick wanderte durch den Wagon. Auf der Bank schräg gegenüber von ihm saß eine Mutter mit ihrer kleinen Tochter. Die Kleine deutete zappelig in einem Bilderbuch herum, das ihre Mutter in den Händen hielt und gemeinsam mit ihr ansah. Mark beobachtete die beiden schmunzelnd.

Wie fesselnd die Welt für so ein Kind noch war. Er dachte nach – aufregend war seine Welt noch heute, aber anders aufregend. Die Zahl der ersten Male hatte deutlich abgenommen, dafür waren die ersten Male, die er heute erlebte, zu etwas Besonderem geworden. Das erste Mal auf einem Jahrmarkt, die erste Zuckerwatte, der erste Kuss oder das erste Mal Sex. Diese und Millionen andere erste Male hatte er bereits erlebt. Erste Male, die der Kleinen noch bevorstanden. Er wünschte ihr in diesem Moment, dass sie sie alle genießen würde. In gewisser Weise war diese Fahrt heute für ihn auch ein erstes Mal – das erste Mal, dass er nach vielen Jahren seine Mutter wieder besuchen fuhr. Mark horchte in sich. Er war angespannt, wie dieses Treffen wohl werden würde. Doch zu seiner Verwunderung mischte sich in diese Anspannung, auch so etwas wie ein kleines bisschen Vorfreude.

Er blickte aus dem Fenster, die U-Bahn war inzwischen dem Tunnelsystem des Londoner Undergrounds entflohen und fuhr Übertage. Die Straßenzüge rauschten an ihnen vorbei und Richmond kam näher. Vier Stationen vor seinem Ziel stieg die Frau mit ihrer Tochter aus und Mark verbrachte die restliche Zeit allein im Abteil. Gedankenverloren fixierte er eine Stelle am gegenüberliegenden Fenster, an der der Lack abgeplatzt war. Sie wirkte wie ein in die Länge gezogenes Afrika auf einer Landkarte. „Nächster Stopp Richmond", tönte aus dem Lautsprecher, schon hielt die Bahn an seiner Haltestelle.

Mark stieg aus und sah sich um. Es hatte sich nicht viel getan in den letzten Jahren. Die Umgebung erschien ihm noch genauso, wie er sie in Erinnerung gehabt hatte. Ein Hauch Melancholie durchwehte sein Gemüt und er machte sich auf den Weg. Er lief die Treppen nach unten und überquerte die Hauptstraße. Nach ein paar Minuten kam er an der kleinen Kreuzung an, an der die *Alton Road* abging.

Mark ging die Straße hinunter. Während er die Häuser passierte, prasselten die Erinnerungen auf ihn ein. Er sah sich beim Spielen mit seinen Freunden in Smittys Garten. Ob es das Baumhaus noch gab? In Gedanken fuhr sein Vater mit dem alten VW die Straße entlang und winkte ihm zu. Und er sah sich mit seinem Koffer auf dem Bürgersteig entlanglaufen, als er von zuhause ausgezogen war. Diese Straße war sein halbes Leben, sein Zuhause, gewesen, doch außer seinen Erinnerungen verband ihn heute nichts mehr mit ihr. So vertraut sie ihm erschien, so fremd war sie geworden.

Dann tauchte es vor ihm auf. Hinter einer dichten Hecke leuchtete ihm die ziegelrote Fassade entgegen. Die untergehende Sonne sorgte dafür, dass das Rot noch satter wirkte. Wie Blitze flirrte ein Wirrwarr aus seinen Emotionen in ihm auf – Wut, Trauer, Mitleid, aber auch Freude und sogar so etwas wie das Gefühl, wieder zuhause zu sein.

War das ein Fehler? Wie würde sie reagieren, wenn er plötzlich vor der Tür stand? Sie hatten keinen Streit im eigentlichen Sinn gehabt, das war nicht das Problem. Es war vielmehr so, dass seine Mutter nicht nachfragte und er nichts erzählte, wenn sie einmal telefonierten. Die Gespräche liefen stets gleich ab. Einer von beiden rief an, Glückwünsche und ein kurzer Smalltalk über das Wetter – das wars. Auf diese Weise hatten sie sich über die Jahre immer mehr entfremdet.

Mark öffnete die kleine verrostete Gartentür. Sie quietschte genau wie damals. Dieses Geräusch zauberte sofort längst vergessene Bilder in seinen Kopf. Er ging den schmalen Weg bis zur Tür und betrachtete das Namensschild daran. Alt und vergilbt war es geworden. Mark atmete tief durch und läutete. Es war dieselbe Melodie wie früher, und er wusste in diesem Moment genau, wie es im Innern des Hauses klang. Schwere Schritte näherten sich der Tür. Sie wurde geöffnet und da stand sie. Mit großen Augen sah sie ihn entgeistert an.

„Mark?", fragte sie ihn verwundert. „Was machst du hier?"

„Hallo Mum. Darf ich erst mal reinkommen?" Mark redete innerlich unaufhörlich auf sich ein, ruhig zu bleiben, egal was passieren würde. Er kannte seine Mutter und wusste, sie hatte die Begabung, ihn in Sekundenschnelle zur Weißglut zu bringen. Doch heute war er nicht hier, um mit ihr zu streiten – er war hier, um ihr die Hand zu reichen. Anfangs mag es Bens Wunsch gewesen sein, sie einzuladen. Doch schnell hatte er gemerkt, dass es für ihn wesentlich mehr war, als ein Gefallen für ihn. Nun schwang die Hoffnung mit, sich mit ihr auszusöhnen.

„Ja, sicher. Komm rein." Der leichte Schimmer eines Lächelns huschte für den Bruchteil einer Sekunde über ihr Gesicht.

Sie schlurfte in die Küche und setzte sich auf die Bank. „Möchtest du etwas trinken?", fragte sie leise.

„Vielleicht ein Glas Wasser." Er ging wie selbstverständlich zum Schrank und holte sich ein Glas, das er am Wasserhahn befüllte, bevor er ebenfalls Platz nahm.

„Gut siehst du aus", bemerkte sie und sah ihn fast schüchtern an.

Marks Blick glitt an ihr hoch. Alt war sie geworden. Sie machte einen unglücklichen Eindruck auf ihn, voller Trauer sahen ihm ihre Augen müde entgegen. „Also, warum bist du hier?"

Mark hatte sich genau zurechtgelegt, wie er seine Einladung formulieren wollte, doch in diesem Moment war sein Kopf wie leergefegt. „Ich heirate und möchte dich zu meiner Hochzeit einladen", schoss es aus ihm heraus.

Ein Lächeln schob sich auf ihre Lippen. „Das freut mich. Du hast endlich eine Frau gefunden?"

Eiseskälte überrollte ihn. „Nein Mutter, ich habe einen Mann gefunden, den ich heiraten werde."

Ihr Lächeln erstarb augenblicklich. „Du willst einen Mann heiraten?", fragte sie entsetzt.

„So ist es, und ich würde mich freuen, wenn du an diesem Tag an meiner Seite wärst." Mark bemühte sich, seine Stimme fest und optimistisch klingen zu lassen. Doch in ihm machte sich die Enttäuschung breit.

„Mir geht es nicht gut, ich denke nicht, dass ich kommen kann", sagte sie nüchtern und schaute zum Fenster.

Tief in seinem Inneren spürte Mark Zorn heranrollen. Er atmete hörbar durch und schloss kurz die Augen, um sich zu sammeln. Der Verbitterung verschwand wieder. „Mutter", sagte er in ruhigem Ton. „Die Hochzeit ist in drei Monaten, woher willst du bereits heute wissen, dass es dir an diesem Tag nicht gut gehen wird?"

„Mir geht es schon die ganze Woche nicht gut." Ihr Blick blieb weiter auf das Fenster gerichtet.

„Das mag sein, was aber nicht heißt, dass sich deine Unpässlichkeit über die nächsten Monate fortsetzen wird." Ungeduld schwang in seiner Stimme.

Sie sah ihn an und schwieg einen Augenblick. „Ist auf der Arbeit alles in Ordnung?", fragte sie, als ob es die letzten Minuten ihres Gesprächs nicht gegeben hätte.

Mark atmete tief durch. „Alles wunderbar."

„Bist du noch da, wo du warst?" Für Mark klang es, wie der hilflose Versuch, Smalltalk zu betreiben, aber auch eine Chance, doch noch zu ihr durchzudringen.

„Nein, ich wurde befördert und leite die Abteilung."

Erneut flog der Hauch eines Lächelns über ihr Gesicht. Mark kämpfte wieder mit seiner aufsteigenden Wut. Es war genau wie früher – Hauptsache er funktionierte. So war es immer gewesen. Solange er gute Noten aus der Schule gebracht hatte oder die Karriereleiter brav nach oben geklettert war, war alles gut. Das alles waren Themen, mit denen man bei den Nachbarn glänzen konnte. Was jedoch in Marks Innerem vorging, ob er glücklich oder zufrieden war, hatte keinerlei Bedeutung. Er wusste, dass es so war, weil es immer schon so gewesen war. Und doch erfüllte ihn ihr Verhalten in diesem Augenblick mit Trauer.

„Du hast noch nicht einmal gefragt, wie es mir geht", stellte er leise fest.

„Wie soll es dir schon gehen? Gut – so wie du aussiehst. Hast du eigentlich einmal darüber nachgedacht, was die Leute sagen werden, wenn du einen Schwulen heiratest?" So befremdlich es war, sie klang besorgt.

„Nein! Das habe ich nicht. Und falls es dir nicht entgangen ist, ich bin auch schwul!" Mark donnerte ihr diesen Satz entgegen.

„Was habe ich nur verbrochen, dass du so geworden bist?" Tränen stiegen in ihre Augen.

„Mutter!", presste er heraus. Es fiel ihm schwer, die Beherrschung zu behalten. „Ich bin genauso, wie ich sein sollte. Es wird dich überraschen, aber den Leuten ist es heutzutage vollkommen egal, wer wen liebt."

„Das sagst du. Hinter deinem Rücken zerreißen sie sich das Maul. Willst du das?" Ihre Stimme klang inzwischen beinahe flehend.

„Selbst wenn sie das tun. Es ist mir egal. Es ist mein Leben und das führe ich so, dass ich glücklich dabei bin", spie Mark ihr entgegen.

Sie sah betroffen auf den Tisch und Mark auf den Boden. Minutenlang saßen sie schweigend nebeneinander.

„Wie heißt der, den du heiraten willst?", unterbrach sie mit leiser Stimme die Stille.

„Ben." Mark schöpfte ein wenig Hoffnung.

„Ben", wiederholte sie. „Na ja, ich werde auf jeden Fall nicht kommen können."

Mark stand auf, es hatte einfach keinen Sinn. „Vielleicht überlegst du es dir ja noch einmal. Ich schicke dir die Einladung in den nächsten Tagen." Er wartete auf eine Antwort, doch seine Mutter machte den Eindruck, als hätte sie ihm nicht zugehört.

„Ich gehe dann wieder", sagte er schließlich. Er hatte das Gefühl, dass sich die Wände auf ihn zubewegten. Ihn zerdrücken und die Luft zum Atmen nehmen wollten.

„Rufst du Weihnachten an?", fragte sie und sah ihn traurig an.

„Natürlich. Wie jedes Jahr. Mach's gut." Er legte seine Hand auf die Türklinke und sah noch einmal zu ihr.

Sie lächelte ihm entgegen. In diesem Moment wirkte sie so verletzlich, Mark hätte sie am liebsten in den Arm genommen. Doch er konnte nicht, irgendetwas hinderte ihn. Er schickte ihr noch ein Lächeln durch den Raum und verließ das Haus.

Es war bereits dunkel, nur die Straßenlaterne von gegenüber erhellte die Umgebung. Er spürte, wie seine Tränen darauf drängten, endlich geweint zu werden. Er schlich um das Haus, an eine Stelle, die weder von der Straße noch vom Inneren des Hauses eingesehen werden konnte. Dichte Büsche waren an der Hauswand hochgewachsen. Schon als Kind hatte er sich hier immer versteckt. Leise schluchzend presste er sich im Dunkel an die Wand und hielt sich eine Hand vor den Mund, um kein Geräusch zu machen. Wut, Enttäuschung und Traurigkeit mischten sich und bahnten sich ihren Weg. Es kostete ihn jede Menge Kraft, doch Mark zwang sie nieder. Er wischte sich mit seinem Ärmel die Augen trocken, bevor er mit hängendem Kopf den Nachhauseweg antrat.

Wieder lief er die Straße entlang, allerdings strömten nun keine Erinnerungen mehr auf ihn ein. Dieses Mal war sein Kopf wie leergefegt. Er war müde. Der Besuch bei seiner Mutter hatte ihm seine ganze Energie geraubt.

Träge stieg er in die U-Bahn und fuhr zurück. Zurück zu Ben, zurück in sein Leben. Er sah in die Dunkelheit vor dem Fenster und lauschte dem leisen Klackern der Räder, die über die Schienen flogen. Allmählich fühlte er sich besser, je weiter er sich von Richmond entfernte, und je näher er seinem Zuhause kam, desto mehr Last fiel von ihm ab.

Als er ankam, lag die Wohnung bereits im Dunkeln. Auf dem Weg nach oben, war ihm einer von Andys Spielgefährten begegnet. Kian schien sich erledigt zu haben. Leise zog Mark seine Schuhe aus und ging zum Schlafzimmer. Er öffnete geräuschlos die Tür und lugte hinein.

„Ben?", fragte er mit gedämpfter Stimme. Es kam keine Antwort. Stattdessen vernahm er das gleichmäßige Atmen seines Liebsten. Sachte schloss Mark die Tür, ging ins Bad und machte sich bettfertig.

Kurz danach schlüpfte er behutsam unter die Decke. Ben murmelte etwas Nebulöses und rutschte im Halbschlaf an ihn heran. Sein Duft stieg ihm ihn die Nase und er spürte die vertraute Wärme. In Mark machte sich das Gefühl, zuhause zu sein, breit. Es kroch in jede seiner Zellen und er rückte noch ein wenig näher an Ben. Mit ihm in seinem Arm fühlte er sich behütet. Kurz darauf war auch er eingeschlafen.

Kapitel 14 - Ben - Der Morgen danach

Als Mark am nächsten Tag die Augen aufschlug, lag Ben mit dem Kopf auf seine Hand gestützt neben ihm und sah ihn an. Mark streckte sich. „Hast du mich beobachtet, während ich geschlafen habe?"

„Natürlich." Ben lächelte ihn an, dann beugte er sich zu ihm und küsste ihn zärtlich. „Guten Morgen. Du sahst friedlich aus. Ist es gestern gut gelaufen?"

Mark setzte sich auf. „Wie man es nimmt. Es gab keine großen Überraschungen."

„Also kommt sie?", fragte Ben freudig überrascht.

„Ich denke nicht", antwortete er deprimiert.

„Das tut mir leid." Ben strich mitfühlend über seine Wange.

„Es ist, wie es ist. Sie hat eben ein Problem damit, dass ich schwul bin, und ich denke, das wird sich auch nicht mehr ändern. Sie dachte doch allen Ernstes, ich würde eine Frau heiraten, als ich sie eingeladen habe." Er lachte traurig auf. „Es ist ihr eben wichtiger, was die Leute sagen könnten, als bei der Hochzeit ihres einzigen Kinds dabei zu sein."

Ben zog ihn an sich und gab ihm einen zärtlichen Kuss.

„Ich war ab einem gewissen Punkt so wütend, obwohl ich mir vorher geschworen hatte, es nicht an mich heranzulassen." Er klang, als ob es ihm leidtäte.

„Was hat dich so wütend gemacht?", fragte Ben vorsichtig.

Er überlegte. „Ja, was eigentlich?" Es schien, als ginge er das Gespräch mit seiner Mutter in Gedanken durch. „Ich glaube, es war die Tatsache, dass sich im Grunde nichts geändert hat. Weißt du, ich bin hingefahren und tief in mir war ein Funken Hoffnung, dass alles gut werden könnte. Dass wir vielleicht so etwas in der Art haben könnten, wie du es mit deiner Familie hast. Aber sie ist eben nicht Wanda und ich bin nicht du."

„Was hat sie gesagt, als du sie eingeladen hast?" Bens Neugier war geweckt. Er musste alles wissen. Vielleicht lag in dem, was ihm Mark erzählte, der Schlüssel, sie doch noch auf die Hochzeit zu bekommen. Egal wie abgeklärt Mark klang, er wusste, wie sehr es ihn freuen würde, wenn sie käme.

„Sie glaubt nicht, dass sie kommen kann, weil es ihr nicht gut geht." Mark lachte auf. Zynismus schwang in seiner Stimme mit.

„Verstehe. Aber! Es ist keine endgültige Absage. Soll ich mal mit ihr reden, so als zukünftiger Schwiegersohn?" Ein sanftes Lächeln zupfte an seinen Mundwinkeln.

Mark beugte sich zu ihm und gab ihm einen Kuss. „Das ist lieb von dir. Aber glaub mir, das würde nichts bringen, zumal sie dich ja noch nicht einmal kennt. Und was sollen die Nachbarn denken, wenn mein zukünftiger Ehemann bei ihr aufschlägt? Belassen wir es dabei. Ich schicke ihr die Einladung und dann liegt es bei ihr." Er lächelte Ben dankbar an, doch in seinen Augen lag Wehmut.

Ben wollte noch etwas erwidern, aber er entschied sich, zu schweigen.

„Was mir einfällt, hast du eigentlich schon jemanden als Trauzeugen im Auge?", lenkte Mark das Thema um.

„Ich kann mich nicht entscheiden." Ben legte sich auf den Rücken und drehte seinen Kopf zu Mark.

„Zwischen wem?"

„Meiner Schwester und Lara. Bei meiner Schwester war ich Trauzeuge, wäre es da nicht gerecht, wenn sie es bei mir auch sein würde? Aber Lara ist mein Patenkind, mit ihr verbindet mich ebenfalls sehr viel."

„Und jetzt hast du Angst, eine von beiden vor den Kopf zu stoßen?" Er strich Ben zärtlich durch das Haar.

Ben nickte und blickte zur Decke. „Wen würdest du nehmen, wenn du an meiner Stelle wärst?"

„Es ist deine Entscheidung." Mark stützte sich mit dem Kopf auf seine Hand und schien zu überlegen. „Wenn ich an deiner Stelle wäre, würde ich mich, denke ich, für Romina entscheiden. Ich glaube, sie würde das perfekt machen und hätte großen Spaß dabei. Lara ist mit ihrem Studium beschäftigt."

Ben lächelte verschämt. „Wenn ich ehrlich bin, tendiere ich auch zu ihr. Ich hoffe, Lara wird es mir verzeihen."

„Natürlich wird sie das. Lara hat zwei Brüder, sie wird also bestimmt noch Gelegenheit haben, eine Trauzeugin zu sein. Und Romina tust du bestimmt einen Gefallen damit. So ist sie nicht nur die Schwester der Braut, sondern auch ihre Trauzeugin." Mark grinste Ben frech an. Schon landete ein Kissen in seinem Gesicht. „Hey! Gewalt in der Ehe geht ja mal gar nicht."

„Das mag sein, aber wir sind noch nicht verheiratet!" Das nächste Kissen traf ihn. Er sprang aus dem Bett, nicht ohne nach seinem Kissen zu greifen und es mitzureißen. Er zielte und warf Richtung Ben. Der duckte sich gerade noch rechtzeitig. Das Kissen landete an der Wand.

„Du wirfst wie ein Mädchen." Ben johlte auf.

„Das nimmst du zurück!" Mark warf sich auf ihn und kitzelte ihn an der Seite seines Brustkorbs. Laut lachend wälzten sich die beiden im Bett, bis Ben schließlich auf Mark saß und seine Arme auf die Matratze drückte. „Gibst du auf?"

„Für heute", keuchte Mark und strahlte ihn an.

„Ich verstehe – das Alter." Ben grinste mitleidig.

Sein Gegenüber ließ diese Bemerkung unkommentiert.

„Wen willst du denn als Trauzeugen nehmen?", fragte Ben, ohne Marks Hände loszulassen.

„Tom – wen sonst?" Er wandt sich und versuchte, sich zu befreien.

„Weiß er schon von seinem Glück?" Ben drückte ihn fester auf die Matratze.

„Ich treffe mich übermorgen mit ihm zum Mittagessen. Da will ich ihn fragen."

„Dann sind wir wieder einen Schritt weiter …" Ben fixierte ihn mit seinem Blick. Mark schien aufgegeben zu haben.

„Wobei ich gar nicht mehr weiß, ob ich dich noch heiraten will." Ben sah Mark fragend an. „Meinst du das ernst?" Er ließ ihn los.

„Ja, natürlich. Ich werde jetzt schon unterdrückt und misshandelt – wie soll das erst werden, wenn wir Mann und Frau sind?" Mit einem Ruck warf er Ben ab und flüchtete aus dem Bett.

Er drehte sich lachend zu Ben – schon landete das nächste Kissen in seinem Gesicht.

Kapitel 15 - Mark - Traditionen

„Was gibt es denn so Wichtiges?", fragte Tom, als er zu Mark an den Tisch kam. Er umarmte ihn und winkte Ben zu, der zwei anderen Gästen das Essen servierte.

„Gut, dass du kommst. Es geht um Leben und Tod." Mark versuchte, ein ernstes Gesicht zu machen, was er allerdings nicht lange durchhielt.

„Genau so siehst du aus." Tom nahm auf dem Stuhl gegenüber von Mark Platz und griff nach der Speisekarte. Er schlug sie auf und studierte das Mittagsmenü. „Hast du schon bestellt?"

Mark schüttelte den Kopf. Er sah sich um und bemerkte, dass Ben mit seinem Orderman bereits auf dem Weg zu ihnen war.

„Hey Tom." Ben stützte sich an der Stuhllehne von Marks Stuhl ab. „Und? Hat er dich gefragt?"

Tom blickte aus der Speisekarte auf. „Was gefragt?"

„Ich bin noch nicht dazu gekommen", fuhr Mark dazwischen. „Kannst du uns erst einmal etwas zu trinken bringen?"

Ben nahm die Bestellung auf und verschwand mit einem verschmitzten Lächeln hinter dem Tresen.

„Also – was willst du mich fragen?" Er klappte die Karte zusammen und sah Mark neugierig an.

„Könntest du dir vorstellen, mein Trauzeuge zu werden?", fragte er ohne Umschweife.

Tom schaute ihn verdutzt an, dann schoss er hoch. Freudestrahlend lief er um den Tisch zu Mark und umarmte diesen. „Nichts lieber als das!"

Marks Blick suchte aus der Umarmung heraus Ben, der noch immer hinter dem Tresen stand und die beiden beobachtete. „Ich habe jetzt gefragt", rief er ihm zu, was Ben mit einem lachenden Nicken beantwortete.

Tom nahm wieder Platz. „Wie könnte ich so etwas ablehnen?", freute er sich und hielt inne. „Was macht man als Trauzeuge? Ich war noch nie einer."

„Das trifft sich gut. Ich hatte noch nie einen." Mark lachte auf. „Ich denke, du hilfst bei der Organisation der Hochzeit, du bist zusammen mit Bens Trauzeugin der erste Ansprechpartner für die Gäste während der Feier und davor, falls sie irgendwelche Dinge planen und so weiter. Ich gebe dir die Kontaktdaten von Reginald, unserem Hochzeitsplaner. Er ist ein wenig speziell, aber du wirst dich gut mit ihm verstehen."

„Klingt machbar." Tom grinste voller Vorfreude in sich hinein, was seine Grübchen zum Vorschein brachte.

Ben brachte die bestellten Drinks und drei Gläser Sekt an den Tisch. „Darauf sollten wir anstoßen." Er hob sein Glas.

„Es ist mir eine Ehre", sagte Tom feierlich und stieß an. „Wer ist denn meine Co-Trauzeugin?"

„Meine Schwester Romina, sie weiß nur noch nichts von ihrem Glück. Ich treffe mich später mit ihr, um sie zu fragen." Einer der Gäste winkte Ben, um zu bezahlten. „Ihr entschuldigt mich ..."

Als er weg war, beugte sich Tom über den Tisch. „Und? Schon kalte Füße?", fragte er und zwinkerte Mark zu.

„Auf keinen Fall. Ben ist das Beste, was mir je passiert ist. Ich halte ihn fest, so sehr es geht." Sein Blick fiel auf Ben, der ein paar Tische entfernt stand und kassierte.

„Ich hätte keine andere Antwort erwartet. Ich freue mich, euch auf diesem Weg begleiten zu dürfen." Tom strahlte, als ob er selbst heiraten würde.

Nach dem Essen ging Mark zurück in sein Büro. Im Lift stand ein Mann mit einem großen Strauß voller bunter Gerbera. Sein Blick fiel auf die Steuereinheit des Aufzugs. Der Mann mit den Blumen hatte die achtunddreißig gewählt. Ein Schmunzeln schlich sich auf Marks Lippen. *Burt wird doch nicht ...*, kam ihm in den Sinn.

„Schöne Blumen", sagte er und schnupperte am Strauß.

„Gerbera duften nicht", antwortete der Blumenlieferant ungerührt.

„Für wen ist der Blumenstrauß denn bestimmt?", hakte Mark nach.

Der Mann lugte hinter den Blumen zu ihm und musterte ihn von oben bis unten. „Arbeiten Sie hier?"

„Zufällig auf der Etage, in die Sie wollen." Mark lächelte ihm entgegen.

„Das trifft sich gut. Die Blumen sind für einen Colin. Kennen Sie ihn?"

Marks Mundwinkel zuckten kurz. „Da kann ich Ihnen helfen."

Der Lift blieb stehen, mit einem leisen Bing öffneten sich die Türen.

„Kommen Sie mit, ich führe Sie zu ihm." Er lief durch das Großraumbüro an den Schreibtischen vorbei, während ihm der Blumenlieferant folgte.

Kaum hatten sie den Raum betreten, spähten schon die ersten Kollegen über die Trennwände, die die Schreibtische voneinander abteilten. Leises Getuschel drang an Marks Ohr. Sie erreichten das Büro von Colin. Er klopfte an die Tür und nickte dem Blumenmann zu.

„Ja, bitte?", rief Colin.

Mark öffnete einen Spalt, sodass Colin nur ihn sehen konnte. „Ich habe hier jemanden für dich." Mit diesen Worten ließ er die Tür aufgleiten.

Colins Blick fiel auf den Mann mit dem Strauß in der Hand. Für den Bruchteil einer Sekunde bemerkte Mark, wie sich ein Lächeln auf Colins Lippen kämpfen wollte, doch er wehrte es erfolgreich ab.

„Da hat dir wohl jemand Blumen geschickt. Legen Sie den Strauß auf den Tisch. Wir kümmern uns sofort darum", wies Mark den Floristen an.

„Ich bekomme eine Unterschrift", sagte der kühl und blickte zwischen Mark und Colin hin und her.

„Darf ich?", fragte Mark an Colin gewandt, bekam jedoch keine Antwort. Er unterschrieb auf dem elektronischen Lieferschein und wünschte einen schönen Tag. Als der Blumenlieferant gegangen war, schloss er vergnügt die Tür.

„Burt", stieß Colin aus und zog die Augenbrauen zusammen.

Mark fischte das kleine Kärtchen aus dem Strauß und klappte es auf. „Der Kandidat hat hundert Punkte. Ist er nicht reizend?"

„Nein." Colin linste aus dem Fenster, durch das er zu seinen Kollegen sehen konnte. „Ich hatte ihm gesagt, er soll keine Blumen mehr schicken", zischte er, während er den Strauß musterte.

Doch Mark konnte er nichts vormachen, in Colins Blick lag Rührung. „Da muss ich dir leider widersprechen. Du hattest ihm verboten, Rosen zu schicken. Das hier sind Gerbera."

„Rosen, Blumen. Alles das Gleiche." Colin winkte ab.

„Wie lange muss Burt noch warten, Colin? Du treibst den Mann in den Ruin. Weißt du, was ein solcher Strauß kostet?" Mark schüttelte den Kopf und behielt Colin im Blick.

Dieser hob eine Augenbraue. „Ich habe nicht darum gebeten!"

„Hast du nicht?"

„Nein!"

„Hmmm. Nun ja ..." Mark wiegte seinen Kopf leicht hin und her. „Es gibt das mündlich um etwas Bitten und das durch Blicke und Gesten."

„Ich weiß nicht, auf was du hinauswillst."

Mark grinste. „Oh, doch, das weißt du, mein Freund. Los ruf ihn an und bedanke dich. Wenn du schon dabei bist, erhöre endlich sein Flehen und erlöse ihn von seiner Qual. Es ist nicht besonders nett, den Mann, den man liebt, so leiden zu lassen." Mark zwinkerte ihm zu und schlüpfte durch die Tür, bevor Colin etwas erwidern konnte.

Er ging vergnügt in sein Büro. Dort ließ er sich schwungvoll in seinen Schreibtischstuhl fallen und fuhr seinen Laptop hoch. Während der Computer startete, drehte er sich mit seinem Stuhl um und blickte durch die zimmerbreite Glaswand auf London. In diesem Moment fühlte er sich einfach nur gut. Ein bisschen kam er sich wie Amor vor und hoffte, dass er Colin den entscheidenden Schubs gegeben hatte. Sollte er sich weiter so zieren, würde er auf der Hochzeit nachhelfen und die beiden nebeneinander an den Kindertisch setzen. Mark schmunzelte bei dem Gedanken, wie sich Colin zusammen mit Burt vor einer Horde Kinder retten würde.

Es klopfte. Mark gab sich mit dem Fuß Schwung und fuhr auf seinem Stuhl herum.

Colin öffnete. „Zu deiner Beruhigung. Ich habe Burt angerufen."

Mark lächelte zufrieden. „Und?"

„Er lebt noch. Ich habe das Rosenverbot ausgeweitet, auf jegliche Geschenke." Er lehnte sich lässig an den Türrahmen.

„Weißt du was, Colin? Du bist ein richtiger kleiner Romantiker. Du bist das für die Liebe, was der Grinch für Weihnachten ist." Enttäuschung machte sich in ihm breit.

Colin stieß sich vom Rahmen ab und schlenderte in das Zimmer, um sich auf Marks Couch in der Besprechungsecke zu fläzen. „Ich weiß. Jeder tut, was er kann. Wo wir gerade bei romantischen Gesten sind." Er fixierte Mark und grinste verschmitzt. „Zu welchem Lied werdet ihr euren Hochzeitstanz tanzen?"

Mark durchfuhr es. „Hochzeitstanz? Ich tanze nicht, das weißt du!"

„Aber Mark, mein Lieber, du kannst nicht heiraten und es nicht tun. Wenn ihr die Tanzfläche nicht eröffnet, wird auch kein anderer draufgehen." Er winkte mit seinem Zeigefinger und schüttelte dabei den Kopf. „Außerdem ist es Tradition, dass das Brautpaar zusammen tanzt."

„Wir sind in Ermangelung einer Braut kein Brautpaar." Mark war selbst überrascht, wie schlagfertig er geklungen hatte.

„Dann eben das Traupaar. Hochzeitspaar. Nenn es, wie du willst." Colin blitzte ihn voller Schadenfreude an.

„Ich tanze nicht. Niemals!", untermauerte Mark unmissverständlich.

„Das machst du nicht. Du brichst nicht mit Traditionen. Dazu bist du nicht der Typ." Mit einem verschmitzten Lachen auf den Lippen stand Colin wieder auf.

Mark geriet ins Grübeln. „Wir werden sehen."

Kapitel 16 - Ben - Die Schwester der Braut

„Hallo Bruder", begrüßte Romina Ben freudestrahlend, als sie die Tür öffnete. „Du kommst oft in letzter Zeit."

„Ich habe halt Sehnsucht nach meiner großen Schwester. Darf ich reinkommen?" Ben schob den Kopf durch den Türspalt und linste in den Flur. Es duftete nach Kräutern und Tomate.

„Ich bin gerade am Kochen. Es gibt Spaghetti. Willst du mitessen?" Romina ließ die Tür los und ging in die Küche.

Ben folgte ihr. „Gerne." Er setzte sich auf die kleine Eckbank und beobachtete sie.

Sie hob den Deckel eines großen Topfs, in dem Blubbergeräusche zu hören waren. Der verführerische Duft von Tomaten, Oregano und anderen Gewürzen drang jetzt noch stärker an Bens Nase. Romina nahm einen hölzernen Kochlöffel und rührte vorsichtig in der Soße, dabei lächelte sie Ben an. „Magst du mich noch?"

Ben legte einen Zeigefinger an sein Kinn und rieb darüber. „Hmm, das kommt ganz darauf an, was du mir für eine Antwort auf meine Frage gibst."

„Welche Frage?" Sie ging zum Kühlschrank. „Käse über die Nudeln?"

„Selbstverständlich." Beim Gedanken an geschmolzenen Käse über der Pasta lief ihm das Wasser im Mund zusammen.

Romina holte ein großes Stück Parmesan aus der Kühlung, dazu eine Reibe aus der Schublade und begann zu hobeln. „Also, welche Frage?"

Ben stellte zufrieden fest, dass ihre Neugierde geweckt war.

„Wie du ja weißt, wird dein Bruder heiraten und dir Mark zum Schwager machen ..."

„Das ist zwar keine Frage, aber ja, ich habe davon gehört. Und wie ich bemerken möchte – was auch Zeit wird." Sie stoppte das Reiben und wollte den Käse wieder einzupacken.

„Kannst du noch ein bisschen mehr machen?", fragte Ben und hielt ihr seinen Zeigefinger und Daumen entgegen.

Sie packte den Käse wieder aus und hobelte weiter.

„Zurück zum Thema. Auf jeden Fall braucht dein Bruder eine Trauzeugin. Und die wärst dann du!"

Ben blickte zu Romina, die augenblicklich das Reiben wieder eingestellt hatte. „Nimmst du mich jetzt hoch?", fragte sie ungläubig.

„Mitnichten. Möchtest du, Romina, meine Trauzeugin sein?"

Romina ließ den Käse auf die Arbeitsfläche fallen und sprang zu Ben. Sie zog ihn in eine feste Umarmung. „Nichts lieber als das."

„Dann mag ich dich natürlich noch."

Sie ließ Ben wieder los und setzte sich mit fassungslosem Gesicht auf den Stuhl neben ihn.

„Was ist jetzt?", fragte er.

„Ich habe doch schon mein Kleid …" Ratlos schüttelte sich kaum merklich den Kopf.

„Ja, und? Als Trauzeugin brauchst du auch eins." Ben wusste nicht, auf was sie hinauswollte.

„Ja, aber doch nicht das!" Romina sah ihn entsetzt an, was ihn zum lachen brachte.

„Wie war es bei Romina? Hat sie Ja gesagt?", erkundigte sich Mark, als Ben am Abend zurück in ihre Wohnung kam.

Ben stellte seine Schuhe in die Garderobe und kam zu ihm ins Wohnzimmer. Er lag ausgestreckt auf der Couch und hatte die Hände hinter seinem Kopf verschränkt.

„Natürlich macht sie es und ihre größte Sorge ist jetzt, dass das Kleid, das sie sich gekauft hat, zu wenig prunkvoll sein könnte." Er versuchte, dabei nicht zu grinsen, was ihm nicht gelang.

Mark lachte auf. „Ich mag deine Schwester." Er setzte sich auf und klopfte mit der Hand auf das Polster. Ben ließ sich neben ihn sinken.

„Colin hat mich heute gefragt, zu welchem Song wir unseren Eröffnungstanz machen", berichtete Mark amüsiert.

Ben sah ihn überrascht an. „Eröffnungstanz? Ich kann nicht tanzen. Du doch auch nicht."

„Er meinte, wir müssen, weil sonst keine Party in Gang kommt." Mark zuckte hilflos mit den Schultern.

„Ich will nicht vor allen tanzen", erwiderte Ben und ließ sich zurücksinken.

„Warte mal." Mark nahm sein Handy, das auf dem Tischchen vor ihm lag. Er entsperrte es und klickte Reginalds Kontakt an. Es klingelte.

„Hey Mark. Was kann ich für dich tun?", hörte er Reginald trällern.

„Wir hätten eine Frage zum Thema Eröffnungstanz." Mit einem Mal klang Mark sehr abgeklärt.

„Ja, bitte", hörte Ben Reginald leise antworten.

„Kann man den ausfallen lassen?"

Ben rückte näher an Mark und hielt sein Ohr an das Handy.

„Ihr wollt den Eröffnungstanz ausfallen lassen? Das geht auf keinen Fall. Wenn ihr das Parkett nicht eröffnet, wird auch keiner eurer Gäste auf die Tanzfläche gehen. Das ist Tradition! Außerdem symbolisiert dieser Tanz die Zusammengehörigkeit des Traupaars." Er klang, als ob es keine Alternative gäbe.

Mark schwieg.

„Hallo?", hörte er Reginald sagen.

„Wir können nicht tanzen!", raunte Mark schließlich zerknirscht in sein Handy.

„Ihr seid schwul und könnt nicht tanzen?"

„Sieht so aus."

Reginald kicherte in den Hörer. „Wenn das das ganze Problem ist… Eine gute Freundin von mir ist Tanzlehrerin. Ich mache einen Termin für euch. Überlegt euch schon mal einen Song." Mit diesen Worten legte er auf.

Ben starrte stumm, genau wie Mark, vor sich hin. Nach einer Weile durchbrach Ben die Stille. „Was sollen wir für einen Song nehmen? Ich will nicht tanzen!" Verzweiflung kroch in ihm hoch.

Mark beugte sich zu ihm und küsste ihn sanft auf die Wange. „Komm schon. Wir schaffen das. Was einen nicht umbringt …! Und wegen des Songs überlegen wir einfach noch ein bisschen. Unsere Tanzstunde wird nicht gleich morgen stattfinden."

Mark Handy vibrierte und zeigte den Eingang einer Nachricht. Er entsperrte den Bildschirm. Reginald hatte geschrieben.

„Denkt morgen an den Termin in der Konditorei", las Mark vor. Kaum hatte er die Nachricht gelesen, traf eine zweite mit der Adresse ein.

„Heiraten ist Stress", sagte Mark grinsend.

„Wann war der Termin bei dem Konditor?", fragte Ben.

„Morgen um zehn."

Bens Handy summte. Entnervt las er die Nachricht, die gekommen war und löschte sie.

„Wieder eine von diesen?", fragte Mark.

Ben nickte stumm und warf sein Handy neben sich auf die Couch.

„Vielleicht solltest du dir doch eine neue Nummer besorgen."

Ben drehte sein Gesicht zu Mark. „Ich weiß nicht. Ich denke darüber nach, okay?"

Kapitel 17 - Ben - Tortenschlacht

Pünktlich um zehn fanden sich Mark und Ben vor der Konditorei ein. *Pâtisserie de Cossin*, las Ben auf dem Schild. Der Name war in verschnörkelten rosa Buchstaben auf blauen und gelben Hintergrund geschrieben.

„Na dann wollen wir mal." Mark betrat den Laden. Beim Öffnen der Tür ertönte ein liebliches Glöckchen. Ben sah sich entzückt in der Konditorei um. „Ich fühle mich wie in der Filmkulisse einer Doris-Day Komödie aus den Sechzigern."

An den Wänden prangten gestreifte Seidentapeten in denselben zarten Farben wie das Schild an der Tür. Die Möblierung bestand aus weißlackierten Regalen und Tischchen aus der Jahrhundertwende. In den Regalen standen hübsch drapiert allerlei Dekorationen, während auf den Tischen appetitlich aussehende Tortenattrappen platziert waren. Ben hörte Schritte.

Ein Mann im mittleren Alter mit einem schwarzen Spitzbart erschien in der Tür und steuerte freundlich lächelnd auf Mark und Ben zu.

„Bonjour meine Herren, wie kann ich behilflich sein?", fragte er mit französischem Akzent.

„Wir hatten einen Termin. Wegen einer Hochzeitstorte." Mark wirkte stolz, als er es sagte.

„Ah, oui, oui. Ich bin Antoine", stellte sich der Mann vor und blickte suchend zur Tür. „Wo ist die Braut?"

Sowohl Bens, als auch Marks Mundwinkel zuckten leicht.

„Nun ja. Entweder ich oder er, das können Sie sich jetzt aussuchen."

„Ah, magnifique." Ein wissendes Lächeln schob sich auf seine Lippen. „Ich verstehe. Bitte. Bitte setzt euch." Er deutete freudig zu einem Schreibtisch, der im hinteren Teil des Geschäfts stand und sich vom Aussehen in die übrige Einrichtung einreihte. Die beiden setzten sich auf die Stühle vor den Tisch, während Antoine dahinter Platz nahm.

„Was für eine Torte soll es denn sein?", richtete er sich an Mark. „Naked Cake, Drip Cake, Glossy Cake, Tsunami Cake? Oder lieber etwas klassischer? Fondant, Sahne- oder Buttercreme? Oder vielleicht eine reine Obsttorte?"

Ben beobachtete Mark vergnügt aus den Augenwinkeln.

„Äh, was?" Marks Blick wanderte verdattert zu Ben und wieder zurück zu Antoine. „Eine Torte."

Der Patissier tippte mit dem Füller, den er in der Hand hielt, auf das Buchungsbuch, das er inzwischen aufgeschlagen hatte. „Das sind alles Torten."

Hilfesuchend drehte Mark seinen Kopf wieder zu Ben.

„Fondant und Buttercreme sind raus", gab er an. „Fondant bleibt sowieso immer liegen und Buttercreme ist zu üppig. Ich wäre für einen Naked Cake, was meinst du?", fragte er Mark.

Mark beugte sich zu ihm. „Was ist das alles?", flüsterte er.

Antoine legte seinen Füller ab. „Ich verstehe – wenn ich euch nach nebenan bitten dürfte." Er stand auf und lief zurück in den vorderen Teil des Ladens. Dort stellte er sich zwischen die Tischchen. Mit der Hand deutete er auf eine Torte, bei der man die verschiedenen Schichten erkennen konnte.

„Beim Naked Cake ist die Torte außen nicht verziert, so wie bei einer Sahnetorte", erklärte Ben. „Drip Cake ähnelt dem Naked Cake, nur dass eine glänzende Creme tropfenförmig über den Rand läuft."

„Woher weißt du das alles?" Mark war sichtlich erstaunt.

„Du weißt schon noch, als was ich arbeite?" Ben zwinkerte ihm lächelnd zu.

Antoine stand amüsiert daneben und beobachtete die Diskussion der beiden, bis sich Mark ihm zuwandte. „Wir nehmen die Naked Cake", verkündigte er voller Stolz.

„Sehr gut. Welche Füllung, mit Topper oder ohne? Soll ein Blumenschmuck auf die Torte? Wie viele Stöcke? Die Stöcke übereinander oder versetzt?"

„Was?" Mark starrte Antoine erneut ratlos an.

Ben konnte sich ein Grinsen nicht verkneifen. „Vertraust du mir?"

Mark nickte stumm.

„Dann lass mich mal machen."

Nachdem sie sich durch mehrere Füllungen probiert hatten, entschieden sie sich für eine dreistöckige Torte mit weißer Schokoladenfüllung. Wie Ben fand, schmeckte die Füllung nicht nur hervorragend, die Torte würde vom Aussehen her auch wunderbar zu den roten und weißen Blumen passen, die sie für den Tischschmuck ausgesucht hatten.

Während Antoine zu seinem Schreibtisch ging, um das Auftragsbuch zu holen, lehnte sich Mark zu Ben.

„Danke", raunte er erleichtert und umarmte Ben. „Ohne dich wäre ich verloren gewesen."

„Und wieder sind wir einen Schritt weiter", erwiderte Ben und gab Mark einen Kuss.

Kapitel 18 - Ben - Frühstück mit Steph

Über ein Monat war seit ihrem Besuch in der Konditorei vergangen. In dieser Zeit hatten sich die Hochzeitsvorbereitungen fortentwickelt. Die Deko war ausgesucht, ein DJ engagiert worden und Mark hatte einen Fotografen gefunden, mit dem auch er zufrieden war. Ben hatte überaus skeptisch die Arbeiten der vorgeschlagenen Fotografen beäugt. Das war eben das Los, wenn man selbst fotografierte, man war kritischer.

Obwohl Ben diese Zeit der Vorbereitung durchaus genoss, merkte er, dass ihm die zahlreichen Entscheidungen und Treffen mit Reginald und den anderen, an der Hochzeit Beteiligten, allmählich ein wenig zu viel wurden. Nicht nur dass ständig Entscheidungen getroffen werden mussten, bei Ben wuchs gleichermaßen die Anspannung, weil er Sorge hatte, dass doch noch etwas schiefgehen könnte. Was wäre, wenn der DJ am Tag ihrer Trauung krank werden würde, der Wagen mit der Torte einen Unfall hätte oder etwas anderes kurzfristig passieren würde? Er bewunderte Mark, der das alles scheinbar komplett gelassen sah. Mark war sein Fels in der Brandung.

„Es gibt für alles eine Lösung", war sein Motto.

Dazu kam, dass neben den Vorbereitungen und ihren Jobs kaum mehr Zeit für Zweisamkeit blieb. Ein weiterer Punkt, der Ben allmählich beunruhigt hatte – die seltsamen Nachrichten, die er auf seinem Handy erhielt, hatten sich in den letzten Wochen gehäuft. Ben hatte sich, auf Anraten Marks, eine neue Nummer besorgt, damit war zumindest in diesem Punkt Ruhe eingekehrt.

„Hast du meine Krawatte gesehen?", fragte Mark aus dem Schlafzimmer.

„Mittlerer Schrank, zweites Schubfach von unten", rief ihm Ben aus der Küche zurück.

„Hab sie." Mark kam ins Wohnzimmer. Er stellte sich vor den Flurspiegel und band sich geschickt einen doppelten Windsor.

Ben beugte sich über den Tresen, sodass er Mark sehen konnte. „Ist heute irgendetwas Besonderes? Du gehst doch sonst nicht mit Krawatte ins Büro?"

„Vorstellung der Planzahlen beim CEO", murmelte er. „Wann kommt Steph?" In dem Moment, als er fragte, klingelte es.

„Jetzt", sagte Ben grinsend und stellte ein Glas Orangenmarmelade auf den Küchentresen, den er bereits für ihr gemeinsames Frühstück gedeckt hatte. „Trinkst du wenigstens eine Tasse Kaffee mit?"

Mark blickte zur Uhr. „Das wird zu knapp. Frühstückt ihr mal schön allein." Er lief ins Schlafzimmer und kam kurz darauf mit seinem Sakko zurück. Ben hatte inzwischen Steph hereingelassen.

„Schick, schick", bemerkte dieser, als er Mark entdeckte. „Was steht denn bei dir heute an?"

„Ein Termin beim CEO", klärte Ben ihn auf.

„Wo ist mein Laptop?", fragte Mark ungeduldig.

„Ich würde sagen, da wo du ihn hingestellt hast."

Gestresst blickte Mark zu Ben.

„Arbeitszimmer." Ben deutete auf die entsprechende Tür.

„Setz dich." Er schob Steph zum Tresen und zeigte auf einen der Stühle, während er ihm die Tüte Brötchen abnahm.

Mark schoss mit der Laptoptasche aus dem Arbeitszimmer. „Gehst du später einkaufen? Was gibt es heute Abend zum Essen?"

„Chicken Marsala?", schlug Ben vor.

„Perfekt. Und? Gehst du einkaufen?"

„Mache ich, gleich nachdem ich die Wäsche gewaschen und die Wohnung aufgeräumt habe."

Mark schlüpfte eilig in seine Schuhe. „Liebe dich", rief er, schon fiel die Tür hinter ihm zu.

„Möchtest du einen Kaffee?", fragte Ben Steph, der noch immer zu der geschlossenen Wohnungstür blickte.

Steph nickte. „Ist er immer so?"

„Was meinst du?" Ben startete die Kaffeemaschine.

„So gestresst. Er war ziemlich unsensibel zu dir."

Ben spürte, wie ein Lachen in ihm aufsprudelte, und winkte ab. „Wenn er vor die Firmenleitung muss, ja. Aber das passiert zum Glück nicht allzu oft. Das meiste fängt Charles, sein direkter Vorgesetzter, ab."

„Aha!"

„Aha?"

„Na ja, nachdem du wohl putzt, kochst, einkaufst und die Wäsche machst – was macht Mark?" Steph sah Ben skeptisch an.

„Ich koche nun mal lieber als er. Wenn ich ihn zum Einkaufen schicke, bringt er meistens das Falsche und den Rest teilen wir uns auf. Warum fragst du?"

„Entschuldige, das geht mich ja auch nichts an. Mir ist nur in den Sinn gekommen, wie es damals bei uns war. Da waren die Aufgaben klar und gerecht verteilt."

Ben stellte Steph seinen Kaffee hin und nahm Platz. „Das passt schon, so wie es ist. Es hat sich gut eingespielt. Außerdem habe ich heute sowieso frei."

„Aber deinen freien Tag könntest du auch anders nutzen, oder? Etwas für dich tun."

„Mache ich doch. Ich frühstücke mit einem Freund .." Er deutete auf die Frühstückssachen.

„Ich möchte nur nicht, dass du ausgenutzt wirst!" Steph zwinkerte ihm lächelnd zu.

Ben schmunzelte. „Und dann würdest du kommen und dieses Unrecht beseitigen?"

„Natürlich. Meine Gang und ich würden bei Mark ein bisschen Druck machen und für klare Verhältnisse sorgen."

„Du hast eine Gang?"

„Noch nicht. Aber ich würde mir eine zulegen."

Ben lachte laut los. „Okay, dann bin ich beruhigt. Ich werde Mark Bescheid sagen, nicht dass er allzu überrascht ist, wenn es hier einen Auflauf gibt."

„Tu das und erwähne vielleicht in einem Nebensatz, dass ich ein bisschen Taekwondo kann."

„Ich schreib ihm eine Nachricht, nicht dass ich es vergesse." Ben hielt Steph den Korb, in den er die Brötchen geschüttet hatte, vor die Nase.

Er nahm sich eins heraus und schnitt es auf. „Apropos Nachricht. Stimmt irgendetwas mit deinem Handy nicht? Ich wollte vorhin anrufen, doch die Leitung war tot."

„Richtig. Sorry." Er legte das aufgeschnittene Brötchen, das er nach Steph aus dem Korb genommen hatte, wieder ab. „Ich habe seit dem Wochenende eine neue Nummer. Warte, ich rufe dich an, dann hast du sie." Ben zog sein Handy aus der Tasche und wählte Stephs Nummer. Er wartete, bis sein Mobiltelefon klingelte, dann legte er wieder auf.

„Immer noch diese Spinner?"

Ben strich einen Klecks Orangenmarmelade auf die untere Hälfte seines Brötchens und biss herzhaft hinein. „Ich hatte sie am Ende gar nicht mehr groß beachtet, aber jetzt ist Ruhe", nuschelte er kauend.

„Mich würde wirklich interessieren, wer das war."

Ben schluckte. „Ich denke mal ein aus dem Ruder gelaufener Scherz. Ach, bevor ich es vergesse." Er stand auf und lief zu der Kommode im Flur. Dort nahm er einen Umschlag und schob ihn Steph hin, als er wieder am Tresen war.

„Was ist das?", fragte dieser skeptisch und drehte das Kuvert in seiner Hand.

„Mach ihn auf, dann weißt du es."

Steph öffnete es vorsichtig und zog die Karte heraus, die sich darin befunden hatte. Er las, dann sah er überrascht zu Ben. „Du lädst mich zu deiner Hochzeit ein?"

„Nicht ganz. Wir laden dich zu unserer Hochzeit ein."

„Aber ich bin dein Ex. Ist das passend?" Steph blickte strahlend auf die Karte.

„Warum nicht? Wenn du kein Problem damit hast. Wir haben keins! Außerdem wird Marks Ex auch dort sein."

„Früher hättest du so etwas nicht so locker gesehen!"

„Früher war vieles anders." Ben zwinkerte Steph grinsend zu.

„Mal abgesehen davon, dass sich Mark um nichts im Haushalt kümmert, scheint er dir gutzutun", erwiderte er feixend.

„Sieht so aus. Also das mit dem Guttun."

Als Steph gegangen war, schaltete Ben die Waschmaschine an und begann, die Küche und das Wohnzimmer aufzuräumen. Nachdem er damit fertig war, fuhr er mit der U-Bahn zu *Marks & Spencers*, um für das Abendessen einzukaufen.

Mit zwei großen Tüten bepackt kam Ben aus der Station. Inzwischen hatte es angefangen, zu regnen. *Mist*, dachte Ben. An einen Schirm hatte er nicht gedacht. Was soll's, Augen zu und durch.

Mit den Tüten in der Hand sprintete er los. Der Wind hatte aufgefrischt und der Regen peitschte ihm ins Gesicht. Obwohl er versuchte, dicht an den Häusern zu laufen, war er schon nach kurzer Zeit völlig durchnässt.

Triefend und frierend kam er an ihrem Haus an. Auf dem Weg von der Drehtür zum Lift zog er eine Spur in Form einer Pfütze durch die Lobby. Im Fahrstuhl angekommen, stellte er die Einkaufstüten ab und wischte sich mit den Händen das Wasser aus dem Gesicht und den Haaren. Der Lift stoppte und die Metalltüren schoben sich auseinander.

„Willst du zu einem Wet-T-Shirt-Contest?", hörte er Andys Stimme.

Ben sah auf. Ihr Nachbar stand vor dem Lift und begutachtete ihn von oben bis unten.

„Es regnet", klärte er Andy auf.

„Danke für den Hinweis." Andy ging zurück zu seiner Wohnung und schloss auf. Er griff hinein und holte einen Schirm heraus, während Ben mit den Tüten in der Hand ihre Wohnung ansteuerte. Er lehnte sie gegen die Wand und fingerte in seiner Hosentasche nach dem Schlüssel. Es bereitete Mühe, seine feuchte Hand in die durchweichte Hosentasche zu schieben. Beim Aufschließen der Tür kam er mit seinem Fuß an eine der Tragetaschen. Wie in Zeitlupe kippte sie um und die Äpfel, die oben in ihr lagen, kullerten über den Flur.

„Warte ich helfe dir", rief Andy, der inzwischen am Lift stand. Gemeinsam sammelten sie die Äpfel ein und legten sie zurück in die Tüte. Andy trug Ben eine der Taschen in die Küche und stellte sie auf die Arbeitsplatte.

„Danke." Ben deponierte seine daneben. „Heute ist wohl nicht mein Tag."

„Na ja, zumindest geduscht hast du schon", entgegnete Andy schmunzelnd. „Ich bin dann mal weg. Bis die Tage."

Ben ging ins Bad und entledigte sich seiner nassen Klamotten. Er trocknete sich ab und zog sich etwas Frisches an. Barfuß eilte er zurück in die Küche. Als er um den Tresen ging, zog es ihm den Boden unter den Füßen weg. Er ruderte wild mit den Armen, um irgendwo Halt zu finden. Dabei riss er eine der Tüten von der Arbeitsplatte. Sie fiel und kam mit einem unheilverspechenden Geräusch auf dem Boden auf. Während es Ben gelang, sich an der Arbeitsplatte festzuhalten, blickte er ihr erschrocken hinterher.

Schon lief Eierpampe über den Boden. Bens Puls stieg spürbar an. Er atmete tief durch.

„Du bist ruhig und entspannt", raunte er sich selbst zu, bevor er die Tüte vorsichtig wieder hochhob. Von den zehn Eiern waren gerade noch drei heil. Nach und nach fischte er die Einkäufe heraus und wischte sie sauber. Das, was nicht mehr zu retten war, landete im Mülleimer.

Nachdem alles wieder sauber und die Einkäufe verstaut oder entsorgt waren, ließ sich Ben im Wohnzimmer auf die Couch sinken. Er legte die Füße auf das kleine Beistelltischchen und rutschte in das Polster. Coop sprang zu ihm und legte sich neben seine Beine. Kaum saß er, piepste die Waschmaschine und zeigte an, dass sie ihre Arbeit getan hatte. Ben stand wieder auf und eilte ins Bad, um sie zu öffnen. Ungläubig schaute er in die Trommel.

Er zog ein rosafarbenes Hemd heraus, danach rosafarbene Socken und ein Handtuch im gleichen Farbton.

„Was ist das?", brummte er ärgerlich. Die komplette Wäsche war rosa geworden. Ben holte sie aus der Maschine und entdeckte den Übeltäter. Eine rote Socke von Mark lag wie ein warnender Fleck zwischen der restlichen Wäsche.

Wut stieg ihn ihm auf. Was war heute nur los? Er nahm die rote Socke und hängt sie über das Waschbecken. Die zartverfärbte Kleidung stopfte er zurück in die Maschine. Als er verärgert die Tür zuschlug, fiel ihm ein, dass er vor einigen Wochen

Farbfangtücher besorgt hatte. Ben lief ins Arbeitszimmer, um sie aus ihrem Vorratsschrank zu holen.

Ein stechender Schmerz durchfuhr ihn, als er auf den Schrank zulief. Mit Tränen in den Augen ließ er sich auf den Schreibtischstuhl fallen und betrachtete die Fußsohle, von der der Schmerz ausging. Verdammt – wer lässt hier Reißnägel auf dem Boden liegen? Vorsichtig zog Ben die Reißzwecke aus seinem Fleisch. Auf der Ferse humpelnd und vor sich hin fluchend griff er die Packung Schmutzfangtücher. Zurück im Bad gab er zwei davon in die Maschine und schaltete sie erneut an. Dann holte er aus dem Badezimmerschrank ein Pflaster und klebte es über die Wunde, die der Reißnagel gerissen hatte. Dem starken Drang, Mark anzurufen und ihm seine Meinung zu sagen, widerstand er.

Er humpelte zurück zur Couch und ließ sich auf das Polster fallen. Behutsam legte er seinen nun pochenden Fuß auf ein Kissen und blieb erschöpft liegen. Ben versuchte, gleichmäßig zu atmen, was ihm nicht gelang. Je mehr er versuchte, sich wieder abzuregen, desto stärker spürte er an der Schläfe seine Schlagader pochen. In Gedanken stauchte er Mark zusammen.

Mit einem Satz sprang Coop wieder zu Ben und streckte sich neben ihm aus. Leise begann er zu schnurren. Allmählich klang Bens Wut ab, er gähnte, seine Augenlider wurden schwerer, bis sie zufielen.

Als die Tür ins Schloss fiel, schreckte er hoch. Verwirrt blickte er sich um. Durch das Fenster fielen golden die letzten Sonnenstrahlen.

„Hast du nichts gekocht?", hörte er Mark aus der Küche.

„Nein. Kannst du mir mal sagen, aus welchem Grund du rote Socken in weiße Wäsche wirfst und Reißzwecken auf den Boden?"

Mark schaute betroffen und schuldbewusst aus der Küche. „Habe ich das?"

„Allerdings." Ben deutete auf seinen noch immer leicht schmerzenden Fuß.

„Wenn, dann war das keine Absicht!", verteidigte sich Mark und machte ein bestürztes Gesicht.

„Weißt du Mark, ich erledige ja gerne unseren Haushalt, aber es wäre schön, wenn du ein bisschen mithelfen würdest, indem du ein wenig aufmerksamer bist!" Er spürte einen Anflug von Zorn.

„Entschuldige, du tust ja gerade so, als hätte ich das mit Berechnung gemacht", erwiderte Mark betroffen.

Ben funkelte ihn an. „Das wäre ja noch schöner."

„Was wollen wir essen?", fragte Mark vorsichtig.

„Ist das dein einziges Problem?", polterte Ben los. Stephs Worte vom Vormittag kamen ihm wieder in den Sinn. Waren ihre Aufgaben wirklich gerecht verteilt? Oder war es inzwischen so, dass sich Mark in allen Belangen, die den Haushalt betrafen, auf ihn verließ und sich immer mehr herauszog?

Mark ließ den Kopf hängen und kam zu Ben. Er setzte sich neben ihn auf die Couch und umarmte ihn. „Es tut mir leid. So war das nicht gemeint. Ich bestelle uns was vom Lieferdienst." Schüchtern drückte er Ben einen Kuss auf die Stirn. „Auf was hättest du Lust?"

„Schon gut." Inzwischen tat es ihm leid, Mark so angeblafft zu haben. „Heute war wohl einfach nicht mein Tag." Ben versuchte, ihn anzulächeln, doch er hatte den Verdacht, dass dieses Unterfangen von keinem großen Erfolg gekrönt wurde. „Pizza wäre schön."

„Du bleibst liegen und nimmst erst einmal eine Schmerztablette und dann kümmere ich mich um alles andere. Einverstanden?" Mark zückte sein Handy und öffnete die App ihres Lieferdienstes.

„Einverstanden!" Erleichtert, dass sie sich wieder vertragen hatten, legte Ben seinen Kopf zurück.

Nachdem Mark die Wäsche aufgehängt und Ben eine Tasse Kaffee serviert hatte, setzte er sich neben ihn. Er hob seine Beine hoch und legte sie auf seinen Oberschenkel ab. Sanft streichelte er Bens verletzten Fuß. „Hast du noch schlimme Schmerzen?"

„Es geht. Vielleicht ist es morgen ja soweit wieder gut, dass ich in die Firestation kann." Der Schmerz war längst nicht mehr zu spüren, doch er genoss Marks Fürsorglichkeit.

„Heute hat sich auch die Tanzlehrerin von Reginald gemeldet und nachgefragt, wann wir kommen wollen. Ich rufe sie morgen an und mache für nächste Woche einen Termin, ist das okay?" Sein Blick fiel auf Bens Fuß. „So können wir nicht über das Parkett schweben." Er streichelte erneut seinen Fuß.

„Schweben? Von was träumst du? Wir werden zu tun haben, dass es nicht allzu sehr nach *C3PO* aussieht", meinte Ben schmunzelnd. Er schloss seine Augen und genoss weiter die Liebkosungen von Mark.

Kapitel 19 - Mark - Dirty Dancing

Die Tanzschule, die ihnen Reginald vermittelt hatte, befand sich in Chelsea, nicht weit von seinem Büro entfernt. Eine großgewachsene Frau, die Mark auf Mitte fünfzig schätzte, wartete bereits im Tanzsaal auf die beiden. Ihre Haare hatte sie zu einem Dutt hochgesteckt, was ihr eine gewisse Strenge verlieh. Im Gegensatz dazu trug sie ein Kleid aus federleichtem Stoff, wie man ihn von Ballettkleidern kannte, das sie bei jeder ihrer Bewegungen sanft umspielte.

„Sie müssen die zwei Gentleman sein, von denen Reginald erzählt hat. Ich bin Svetlana Dimitrow", stellte sie sich in einem osteuropäischen Akzent vor.

Mark und Ben lächelten ihr eingeschüchtert entgegen.

„Nun mal nicht so zurückhaltend." Svetlana lachte auf. Der Klang ihres Lachens passte so gar nicht zu ihrer Erscheinung. Es tönte rau und geerdet, fast schon dreckig. „Habt ihr euch einen Song ausgesucht?"

„*Can you feel the love tonight*", schoss es aus Ben heraus.

„Sehr gut, sehr gut. Ein langsamer Walzer. Das sollten wir hinbekommen. Habt ihr bereits Tanzerfahrung?" Mit einem verhaltenen Lächeln ließ sie prüfend ihren Blick über sie gleiten.

Die beiden schüttelten den Kopf.

„Nun gut." Svetlana zog eine Augenbraue nach oben und sprang leichtfüßig zu einem Pult, auf dem eine Musikanlage stand. Sie fingerte anmutig an ihrem Handy herum und schraubte am Lautstärkeregler.

Schon erklangen die ersten Takte des Songs. Auf Zehenspitzen lief sie in die Mitte des Saals und deutete auf Mark. Dieser schickte einen hilflosen Blick zu Ben. Svetlana kam lächelnd auf ihn zu. „Nun mal nicht so schüchtern." Sie nahm seine Hand und zog ihn auf die Tanzfläche.

„Rechte Hand auf meinen Rücken, linke in meine." Dann straffte sie ihren Körper und brachte sich in Position. Mark spürte die Spannung ihrer Muskeln unter der Haut, als er seinen Arm um sie legte. Sie nickte ihm auffordernd zu und zeigte ihm, welche Schritte er zu machen hatte. Marks Blick hatte sich auf seine Füße geheftet. Nach etwa einer Minute hatte er den Takt gefunden, doch schon war das Lied zu Ende. Für ihn hatte es sich am Schluss sogar gut angefühlt und er war froh, nicht gestolpert zu sein.

„Für dein erstes Mal war das gar nicht so übel", sagte sie aufmunternd und blickte zu Ben. „Jetzt du!"

Erneut startete der Song und Svetlana vollzog mit Ben das gleiche Prozedere wie zuvor mit Mark. Dieser beobachtete die beiden aus sicherer Entfernung. Ben hatte den Dreh schneller raus als er. Er hielt Svetlana mit gestrecktem Oberkörper fest im Arm und setzte seine Füße zielgenau auf den Boden. Für Marks Geschmack sah das, was Ben auf der Tanzfläche vollzog, recht professionell aus. Der Song endete erneut.

„Wunderbar, wunderbar." Svetlana klatschte voller Hingabe in die Hände. „Und jetzt ihr beiden zusammen." Sie dirigierte Mark zu Ben und wirkte dabei ziemlich begeistert. „Haltung einnehmen!", befahl sie.

Mark legte seinen Arm um Bens Hüfte und die Hand in seine. Die Musik startete.

„Aua." Er war Ben schwungvoll auf den Fuß getreten.

„'Tschuldigung", raunte Mark.

Die beiden nahmen wieder ihre Position ein und begannen die Schrittfolge, die Svetlana ihnen beigebracht hatte.

Nach ein paar Sekunden stoppte die Musik. „Meine Herren. So geht das nicht."

Mark blickte verwundert zu ihr, nach seiner Meinung hatten sie doch alles richtig gemacht. Sie kam zu ihnen geschwebt und zeigte ihnen ihr Handy, auf dem sie die beiden gefilmt hatte.

„Oh, mein Gott", entfuhr es Mark, als er sich sah. „Das ist ja gruselig."

„Wir bekommen das hin." Sie sperrte ihr Handy und lächelte aufmunternd. „Also – wir machen jetzt noch einen Durchgang. Dieses Mal versucht ihr, nicht auf eure Füße zu schauen. Ihr liebt euch, könnt nicht genug voneinander bekommen und versinkt in euren Blicken", schwärmte sie und unterstützte die Aussage mit eleganten Bewegungen ihrer Arme. Dann stockte sie und wurde schlagartig ernst. „Keine Füße! Verstanden?", befahl sie. „Wenn euch das hilft, dann zählt leise eins, zwei, drei, eins, zwei, drei. Alles klar?"

Die beiden nickten verschüchtert und die Musik startete erneut. Mark kämpfte gegen das Verlangen an, nach unten zu sehen. Aber bereits gleich nach dem ersten Refrain schafften es beide, tatsächlich sich anzusehen, während Ben leise zählte. *Elton* verstummte.

„War das besser?", fragte Ben zaghaft.

„Besser als zuvor, aber noch nicht richtig gut." Svetlana kam zu ihnen. „Beim nächsten Mal werden wir versuchen, nicht nur hin und her zu tanzen, sondern Kreise. Verstanden?" Sie drehte sich um sich selbst und zeichnete Kreise mit ihren Armen in die Luft.

„Kreise?", fragte Mark.

„Ja, Kreise. Ihr habt hier eine Tanzfläche." Sie fuhr mit ihrer Hand in einer schwungvollen Bewegung die Größe des Saals ab. „Nutzt den Raum. Es ist nicht nötig, dass ihr euch auf zwei Quadratmeter beschränkt. Und los." Svetlana klatschte zweimal in die Hände und ging zurück zum Pult.

Die Musik startete wieder. Mark und Ben begannen wie schon zuvor ihre Schrittfolge abzuspulen.

„Kreise", rief ihnen Svetlana vom Rand aus zu.

Mark schnaubte und wurde mutiger. Er setzte seinen Fuß nicht gerade, sondern ein wenig versetzt und drückte gleichzeitig Ben sanft in diese Richtung.

„Ja, genau", feuerte sie die beiden enthusiastisch an.

Mark kam es inzwischen vor, als würde er mit Ben über den Boden schweben, auch zu zählen war nicht mehr nötig. Dabei fühlte er sich nicht mehr wie der letzte Tölpel, sondern wesentlich souveräner als zuvor. Statt ein Hohlkreuz zu machen, streckte er nun die Brust heraus. Die Musik endete.

„Wir können es", jubelte Mark.

„Nun ja – können .." Svetlana kicherte vergnügt. „Noch nicht ganz. Beim nächsten Mal probiert ihr, enger aneinander zu tanzen. Momentan sieht es aus, als hättet ihr beide Mundgeruch und würdet versuchen, dem aus dem Weg zu gehen." Sie lachte erneut ihr dreckiges Lachen und schob die beiden näher zusammen. „Ihr werdet heiraten und ihr liebt euch, da ist ein wenig Körperkontakt durchaus erlaubt."

Eine neue Runde begann. Mark spürte Ben jetzt ganz nah an sich und tatsächlich fühlte es sich an, als würden sie miteinander verschmelzen. Nicht länger wie zwei Individuen, sondern als eine Einheit. Bis Ben ihm auf den Fuß trat und der Schmerz dieses Gefühl beendete.

Svetlana klatschte. „Sehr gut. Das sah für etwa zehn Sekunden wie tanzen aus. Wir machen für heute Schluss. Ihr bekommt als Hausaufgabe, jeden Tag mindestens zehn Minuten zu üben und in vierzehn Tagen sehen wir uns wieder."

Erleichtert atmete Mark aus, sie hatten es geschafft.

Fast schon euphorisch schwang sich Mark auf einen der freien Plätze in der U-Bahn. Ben setzte sich neben ihn. Er legte seinen Kopf nach hinten und streckte seine Beine aus. „Wir haben getanzt", stellte er monoton fest und starrte ungläubig an die Decke.

Mark nickte. „Wenn ich ehrlich bin, hat es zum Ende hin sogar Spaß gemacht."

„Du meinst diese zehn Sekunden, von denen sie sprach." Ein Kichern drang aus Bens Mund, in das auch Mark mit einstimmte.

„Lass es uns einfach hinter uns bringen. Wir machen es gleich nach dem Abendessen, dann können wir den Rest des Abends genießen." Mark legte seinen Kopf auf die Rücklehne und drehte ihn zu Ben.

„Ich habe gehört, dass sowieso die wenigsten darauf achten, ob man beim Hochzeitstanz richtig tanzt", erwiderte Ben.

„Wir könnten Trockeneisnebel auf die Tanzfläche blasen lassen, so würde man unsere Füße nicht sehen", schlug Mark vor.

Ben lachte auf. „Da können wir ja gleich das Licht ausmachen."

„Das wäre auch eine Variante, über die wir nachdenken sollten." Mark schüttelte erheitert den Kopf.

Sein Mobiltelefon summte. Er griff danach und zog es aus seiner Tasche.

„Hey Reginald, hat Svetlana schon Bericht erstattet?", begrüßte ihn Mark.

„Svetlana?", fragte Reginald.

„Wir hatten gerade unsere erste Tanzstunde bei ihr."

„Reizend, aber deswegen rufe ich nicht an. Wir haben ein mittelschweres Problem." Er klang besorgt.

Marks Körper versteifte sich und er richtete sich in seinem Sitz auf. „Was ist denn passiert?"

„Ich hatte vor ein paar Minuten einen Anruf von der St. Henrys Chapel." Er räusperte sich. War er verlegen? „Jemand aus der Gemeinde hat wohl ein Problem damit, dass in ihrer Kirche zwei Männer heiraten und um größeren Diskussionen aus dem Weg zu gehen, haben sie uns den Vertrag gekündigt", schoss es aus ihm.

„Gekündigt?", wiederholte Mark. Sein Hirn war damit beschäftigt, die Informationen, die er gerade bekam, zu sortieren. „Geht das denn?"

„Leider ja, es gibt eine Klausel im Vertrag, die es beiden Parteien erlaubt. Es tut mir leid." Mark hörte deutlich an seiner Stimme, wie unangenehm ihm diese Situation war.

„Und jetzt?" Ben hatte wohl bemerkt, dass etwas geschehen sein musste. Er drängte sein Ohr an das Handy von Mark, um hören zu können, um was es ging.

„Ich werde versuchen, eine passende Alternative zu finden. Lasst uns die Tage noch einmal sprechen."

„Alles klar. Bis dann." Seine Gedanken drehten sich immer schneller. Vor seinem inneren Auge sah er sich bereits, wie sie den Gästen wieder absagten.

Reginald verabschiedete sich.

„Was ist?" Ben sah Mark skeptisch an.

Perplex starrte Mark vor sich ins Leere, bis Ben ihn schüttelte.

„Hey, was ist passiert?", fragte er erneut.

„Unsere Trauungslocation hat uns gekündigt. Wir haben keinen Ort mehr, an dem wir heiraten können." Die Worte hallten in seinem Kopf nach.

„Ist das ein Scherz?" Ben lachte und sah Mark wartend an.

Er schüttelte schweigend den Kopf, während seine Gedanken immer wilder Karussell fuhren.

Bis zu ihrer Station saßen sie ohne etwas zu sagen nebeneinander, Mark versuchte angestrengt, Klarheit in seine Gedanken zu bringen. Wortlos verließen sie die U-Bahn und gingen in ihre Wohnung.

Dort angekommen, ließ sich Mark auf die Couch sinken, unterdessen Ben auf einem der Stühle am Tresen Platz nahm.

„Was machen wir denn jetzt?" Er senkte den Kopf. Die Verzweiflung war ihm deutlich anzuhören.

In Mark regte sich sein Kampfgeist. „Was wir machen? Wir suchen einen anderen Platz, an dem wir heiraten werden. Wer braucht schon die St. Henrys Chapel!"

„Mark, die Hochzeit ist in zehn Wochen. Wie um alles in der Welt willst du in so kurzer Zeit eine neue Location finden?" Ben trat verzweifelt gegen das Rohr, auf dem die Tischplatte geschraubt war.

„Es ist erst vorbei, wenn es vorbei ist", erwiderte Mark.

Ben senkte wieder den Kopf. „Vielleicht ist es aber auch ein Zeichen."

„Ein Zeichen? Ein Zeichen für was?" Mark spürte, wie Zorn in ihm aufstieg. Warum ließ sich Ben so hängen? Warum kämpfte er nicht?

„Vielleicht möchte das Universum nicht, dass wir heiraten", murmelte Ben.

„Spinnst du? Wir werden heiraten. Scheiß auf das Universum! Scheiß auf die St. Henrys Chapel!", donnerte Mark ihm entgegen.

Ben fuhr erschrocken zusammen.

„Entschuldige. Aber ich kann nicht verstehen, wieso du dich so hängen lässt." Er sah, wie Bens Augen zu glitzern begannen. Er stand auf und ging zu ihm. Behutsam nahm er ihn in den Arm.

„Es ist einfach alles zu viel. Dieses ständige Hoffen und Bangen. Jetzt hatten wir es fast und nun fangen wir wieder von vorne an", schluchzte er und krallte sich an Mark fest.

Er hielt ihn so fest, wie er nur konnte. Als Ben sich wieder ein wenig beruhigt hatte, löste er sich aus der Umarmung und nahm sein Gesicht in beide Hände. Mit seinen Daumen strich er die Tränen von seinen Wangen. Er beugte sich vor, küsste sanft seine Lippen und lächelte ihn mitfühlend an. „Hey, alles wird gut. Das verspreche ich dir. Wir lassen uns von so einem kleinen Rückschlag nicht unseren Tag versauen."

Die Türglocke rappelte. Mark ließ Ben los und ging zur Tür. Er betätigte die Gegensprechanlage und öffnete. Einen Augenblick später stürmte Reginald aus dem Lift. Er trug einen leuchtend grünen Anzug, auf dem über und über vierblättrige Kleeblätter abgebildet waren. Seine Brille war im passenden Grünton.

„Habe ich es mir doch gedacht!", rief er, als er Ben am Küchentresen sitzen sah. „Ich war gerade zufällig in der Gegend und hatte die Befürchtung, dass ihr euch diese Geschichte zu sehr zu Herzen nehmt." Er lief zu Ben und legte den Arm um seine Schultern. „Was ist denn hier für eine Stimmung?", tönte er und schüttelte mitfühlend den Kopf.

„Das fragst du noch?", wisperte Ben mutlos und ließ den Kopf hängen.

„Ich bitte dich. Wir werden uns doch wegen so etwas nicht die Laune verderben lassen. Wir sind in London. Es gibt eine Million Gebäude in dieser Stadt." Reginald lachte laut auf. „Eine Million", wiederholte er und fuchtelte mit seinem Zeigefinger vor Bens Nase herum. „Und wir brauchen nur eines davon!"

Ben hob den Kopf. „Du meinst also, wir haben noch eine Chance?"

Reginald stemmte seine linke Hand in die Hüfte. „Hör mal, Schätzchen. Ich meine das nicht, ich weiß es! Und jetzt Schluss mit Trübsalblasen. Ich bin auf dem Weg in mein Büro und werde mich gleich daransetzen, etwas Adäquates zu finden, und eins kann ich dir versprechen, Herzchen – es wird so viel besser als die St. Henrys Chapel werden." Reginald klatschte in die Hände und fixierte Ben. „Und jetzt bitte ein freundliches Gesicht."

Bens Miene hellte sich auf. Er brachte sogar wieder ein kleines Lächeln zustande. „Ich nehme dich beim Wort", sagte er leise.

„Darauf bestehe ich", erwiderte Reginald mit fester Stimme und deutete schwungvoll auf Ben. „Was mir gerade einfällt, ist irgendetwas mit deinem Telefon nicht in Ordnung? Sergej sagt, deine Nummer wäre nicht erreichbar?"

„Entschuldige, ich habe eine neue. Ich schicke sie ihm gleich." Ben zog sein Handy aus der Hosentasche.

„Wenn es sonst nichts mehr gibt, würde ich mich empfehlen. Wir telefonieren."

Noch bevor jemand etwas erwidern konnte, war der Weddingplaner wieder aus der Wohnung geeilt.

Mark stellte sich hinter Ben und schlang seine Arme um seinen Bauch. Er küsste ihn zärtlich in den Nacken. „Siehst du – es wird alles gut werden", raunte er ihm ins Ohr. „Ich liebe dich."

Kapitel 20 - Mark - Im Pub

Zwei Tage waren vergangen. Bisher hatten Mark und Ben nichts von Reginald gehört. Mark hatte alle Hände voll zu tun gehabt, Ben von den Schwierigkeiten mit der Hochzeit abzulenken. Heute hatte er sich den Abend freigenommen, um mit ein paar seiner Kollegen um die Häuser zu ziehen. Mark gönnte ihm diese kleine Auszeit, hoffte er doch, es würde ihn weiter von den Hochzeitsvorbereitungen ablenken.

Er war auf dem Weg zu einem Treffen mit Steven und Martin. Im Grunde genommen brauchte auch er eine Auszeit. Selbst wenn er es vor Ben nicht zugeben würde, machte er sich ebenfalls Sorgen, ob alles mit der Hochzeit klappen würde.

Steven wartete schon in dem kleinen Pub am Rande von Soho, in dem sie verabredet waren. Mark bestellte sich am Tresen etwas zu trinken, bevor er zu ihm an den Tisch ging. Nach einer herzlichen Umarmung nahm er neben ihm Platz.

„Martin kommt später", informierte Steven Mark.

„Was hat er denn? Wieder einen Klienten?"

Steven zuckte mit den Schultern und grinste. „Einen Klienten oder ein Date, das nicht kommen will. Oder vielleicht beides zusammen."

Mark lachte. „Martin und seine Typen. Er kann es nicht lassen. Er ist wie ein Bienchen, das von Blüte zu Blüte fliegt."

„Da bin ich mir nicht so sicher. Ich glaube, im Grunde genommen möchte auch er eine Beziehung", sagte Steven.

„Diesen Verdacht habe ich ebenfalls. Aber das würde er natürlich niemals zugeben." Mark zwinkerte ihm zu.

„Natürlich nicht." Steven hob vergnügt seine Augenbrauen und rollte die Augen. „Wie laufen die Vorbereitungen?", fragte er.

Mark ließ sich in seine Lehne sinken. „Frag lieber nicht. Vor zwei Tagen hat uns die Kapelle gekündigt, in der wir heiraten wollten."

„Was?" Steven stellte das Glas geräuschvoll auf den Tisch. „Und jetzt?"

„Jetzt sucht Reginald einen Ersatz. Ben ist mit den Nerven ziemlich am Limit. Er ist seit einigen Tagen überaus in sich gekehrt und schweigsam. So kenne ich ihn nicht. Ich mache mir langsam Sorgen."

„Komm schon. Du weißt doch. Am Ende ist alles gut ..." Steven knuffte ihn und nickte ermutigend.

„Und ist es nicht gut, dann ist es noch nicht zu Ende", vervollständigte Mark den Satz. „Ja, ich weiß. Das ist übrigens mein Spruch." Ein Lächeln schob sich auf seine Lippen.

„Vielleicht solltest du irgendwas organisieren, das ihn auf andere Gedanken bringt. Bei euch dreht sich im Moment alles um die Hochzeit. Vielleicht braucht er einfach einmal einen Abend ohne all das." Steven fuhr nachdenklich mit dem Finger über den Rand seines Bierglases. „Einen Abend mit dir allein!"

Mark rieb sich am Kinn. „Weißt du was, du hast recht. Ich lasse mir was einfallen."

„Da vorne kommt Martin." Steven nickte zur Eingangstür, durch die ihr Freund gerade den Pub betreten hatte.

„Hey, alles klar bei euch?", begrüßte er die beiden und setzte sich zu ihnen.

„Wo bleibst du?", erkundigte sich Mark und grinste. „Hat dich wieder einer nicht aus dem Bett gelassen?"

Martin hob eine Augenbraue. „Ich bin eben gut in dem, was ich tue."

Steven lachte auf. „Du bist ein Gott unter den Schwulen." Sein Sarkasmus war nicht zu überhören.

„Das könnte stimmen", erwiderte Martin mit ernstem Gesichtsausdruck. „Erst letzte Woche hat mich einer nach dem Sex gesegnet. Er hat sich im Bett aufgesetzt, gebetet und mir seinen Segen gegeben."

„Vielleicht warst du überirdisch gut." Mark lachte auf, sein Blick glitt zu Steven, der Martin fragend ansah.

„So bin ich halt", konterte Martin.

„Oder er war froh, dass es vorbei war", orakelte Mark.

„Oder es war ein Priester, oder du hast das gerade erfunden. Wie hieß er denn?", hakte Steven nach.

Martin blickte in ratlos an. „Woher soll ich das wissen?"

„Du hast mit ihm geschlafen!" Steven legte erstaunt seinen Kopf schief.

„Ja, und? Was hat das mit seinem Namen zu tun?" Martin sah Steven fragend an und zuckte mit den Schultern.

„Du weißt nicht, wie der Mann heißt, mit dem du intim warst?", fragte Steven fassungslos. „Also ich fände es seltsam, mit jemanden ins Bett zu gehen, dessen Namen ich nicht kenne."

Martin winkte ab. „Wozu soll das gut sein? Ich sehe ihn sowieso nicht wieder."

„Und was wäre, wenn du ihn wiedersehen wolltest?" Steven tippte ihm an die Schulter.

„Worauf willst du hinaus, Steven?" Martin legte die Stirn in Falten und sah zu Mark. „Warum sollte ich jemand wiedersehen wollen, mit dem ich bereits meinen Spaß hatte?"

„Vielleicht, um noch einmal Spaß zu haben, oder mehr?"

„Willst du mich verkuppeln? Ich brauche keine Beziehung. Wie du weißt, habe ich es zweimal probiert und du kennst die Resultate." Martin spielte den Echauffierten und wedelte mit seinem Zeigefinger zu Mark. „Ich bin nicht wie Mark."

„Wie wärst du denn, wenn du ich wärst?", mischte sich Mark in die Diskussion.

„Bald verheiratet." Martin lachte auf und nahm einen gierigen Schluck Bier, bevor er sich mit dem Handrücken über den Mund fuhr.

Steven ließ nicht locker. „Du kannst mir nicht erzählen, dass du für alle Zeiten Single bleiben willst. Außerdem war bei deiner letzten Beziehung klar, dass das nichts werden kann!"

„War es das?" Martin funkelte Steven an.

„Er war verheiratet. Mit einer Frau! Und das mit Clark damals ist eben dumm gelaufen. Wir wurden alle schon einmal verlassen." Steven blickte zu Mark, der ihm nickend zustimmte.

„Egal. Für mich ist das nichts. Ich liebe meine Freiheit und Punkt." Das Thema schien für ihn beendet zu sein.

Steven setzte an, noch etwas zu sagen, doch er besann sich und schwieg. Martin war nicht zu knacken.

„Mark wurde die Kapelle gekündigt", lenkte Steven das Gespräch in eine andere Richtung.

Martin sah überrascht zu Mark. „Wieso denn das?"

„Jemand aus der Gemeinde war wohl der Meinung, dass eine schwule Hochzeit nicht passend wäre", antwortete er.

„Bitte? In welchem Jahrhundert leben die denn?", platzte es aus Martin. „Wenn ich irgendetwas tun kann, lass es mich wissen. Ich hör mich mal um, vielleicht finde ich etwas für euch." Er legte seinen Arm um Marks Schultern und zog ihn an sich.

Mark spürte, wie er vor Rührung feuchte Augen bekam. In diesem Augenblick fühlte er sich unbeschreiblich geborgen. In ihm machte sich das Bewusstsein breit, dass sie es schaffen würden, egal was noch passieren würde.

Kapitel 21 - Ben - Im Park

Mark war noch nicht zuhause, als Ben von dem Treffen mit seinen Kollegen zurückkam. Er schaltete das Licht an und schob seine Schuhe unter die Kommode. Im Wohnzimmer zündete er ein paar Kerzen an, bevor der das Licht wieder löschte und sich auf die Couch neben Coop sinken ließ. Der Kater hob im Halbdunkel kurz seinen Kopf und blickte Ben müde aus seinen zusammengekniffenen Augen an. Er streckte sich, um sich gleich darauf erneut zusammenzurollen und weiterzuschlafen.

Ben legte seine Beine auf den kleinen Wohnzimmertisch und rutschte tiefer ins Polster. Der Abend mit seinen Kollegen hatte ihm gutgetan. Natürlich waren die bevorstehende Hochzeit und die Absage der Kapelle Thema gewesen. Doch nachdem Susan und Tim von ihren Erlebnissen bei ihren Hochzeiten berichtet hatten, hatten sich Bens Sorgen weitestgehend zerstreut.

„In einem Jahr lachst du darüber", hatte Susan ihm prophezeit.

Auch Tim hatte irgendwie recht. „Wenn alles immer glatt laufen würde, wäre es langweilig."

Und letzten Endes ging es nicht um irgendwelche Locations, es ging nicht um Torten oder Geschenke – es ging darum, dass Ben den Mann, den er liebte, heiraten würde. Nur das war es, was wirklich zählte.

Wie von selbst zogen sich seine Mundwinkel nach oben und er lächelte in sich hinein. Sein Blick fiel durch das bodentiefe, breite Fenster auf die Terrasse, über der der fast volle Mond leuchtete. Gedankenversunken zählte Ben die Sterne, bis er hörte, wie ein Schlüssel in das Türschloss geschoben wurde. Er sprang auf und lief Mark entgegen. Ausgelassen fiel er ihm um den Hals.

„Hey, mal langsam mit den jungen Pferden." Mark verlor sein Gleichgewicht und stützte sich an der Türzarge ab. „Womit habe ich denn eine solche Begrüßung verdient?"

„Mir ist gerade wieder einmal klar geworden, wie sehr ich dich liebe", raunte Ben ihm zu und drückte ihm einen stürmischen Kuss auf die Lippen. Marks Zunge hatte keine Chance, Bens zu entfliehen, so ergab er sich und kämpfte mit der seinen gegen die andere an.

„War dir das entfallen?", fragte er, als sich ihre Münder voneinander gelöst hatten.

Ben sah ihm tief in die Augen und lächelte verklärt. „Vielleicht hatte ich es kurz aus dem Blick verloren."

„Darf ich dann jetzt reinkommen? Oder müssen wir den restlichen Abend im Flur verbringen?" Mark grinste und schlüpfte aus seinen Schuhen.

„Du darfst." Ben ließ von ihm ab und ging wieder zur Couch. Er setzte sich und klopfte auf den Platz neben sich. Mit einem vorwurfsvollen Blick sprang der Kater vom Sofa.

Mark holte zwei Gläser aus dem Schrank, schenkte in beide einen Schluck Rotwein ein und kam zu Ben. Er stellte die Gläser auf dem Tisch ab und setzte sich. „Hattest du einen schönen Abend?"

„Hatte ich." Ben konnte nicht anders, als zu strahlen. „Und bei dir?"

„Fast perfekt." Mark nahm sein Glas und nippte daran.

„Nur fast?", erkundigte sich Ben mit Verwunderung in der Stimme.

„Du hast gefehlt, dann wäre er perfekt gewesen." Mark lächelte ihn mit liebevollem Blick an.

Ein belustigtes Glucksen kroch aus Ben. „Ich bei eurem Frauenabend?"

Bens Mobiltelefon, das er auf dem Wohnzimmertisch liegen hatte, klingelte. Er sah auf die Uhr. „Wer ruft denn um diese Zeit noch an?"

„Geh ran, dann weißt du es." Er drehte sein Glas behutsam in seiner Hand, während er wartet, dass Ben ans Handy ging.

Ben nahm das Telefon und schaute auf das Display. „Keiner meiner Kontakte", stellte er fest.

Mark zuckte mit den Schultern.

Er nahm ab. „Hallo?", meldete er sich und hielt sich das Telefon ans Ohr. Leises Rauschen war zu hören. „Hallo?", fragte er erneut.

Ein Mann stöhnte sonor ins Telefon. „Komm her, du geiles Stück", raunte er in den Hörer.

Ben drückte das Telefonat erschrocken weg.

„Was war denn?", fragte Mark überrascht.

„Das war wieder einer", stammelte Ben verwirrt.

Mark setzte sich auf und seine Augen weiteten sich. „Eine dieser seltsamen Nachrichten?"

Ben nickte. „Nur dass es dieses Mal keine Nachricht war, sondern ein Anruf. Er hat ins Telefon gestöhnt und gesagt, dass ich kommen soll."

„Wie geht das? Du hast die Nummer gewechselt und es war wochenlang Ruhe." Er stellte sein Glas zurück auf den Tisch und sah Ben besorgt an.

„Ich weiß es nicht." Ben starrte auf das Handy in seiner Hand. In seinem Kopf jagten sich die Gedanken. Wie konnte das sein?

„Gib mal her." Mark hielt ihm seine Hand entgegen.

Wortlos übergab ihm Ben das Telefon. Mark schob den Bildschirm nach oben und hielt es Ben vor das Gesicht, um es zu entsperren. Dann klickte er die letzte Nummer in der Anrufliste an. Ben hörte, wie es klingelte, es wurde abgehoben.

„Hey", meldete sich Mark. „Sorry, ich bin aus Versehen auf *Auflegen* gekommen."

Ben hörte, wie der Mann am anderen Ende der Leitung etwas sagte.

„Und was machen wir dann?" Mark schickte einen nicht zu deutenden Blick zu Ben.

„Wohin soll ich denn kommen? Wo bist du?", fragte Mark in einem verführerischen Tonfall. Der Mann raunte wieder etwas. „Gib mir zwanzig Minuten." Er legte auf und hielt Ben das Telefon wieder hin.

„Und jetzt?", fragte dieser perplex.

„Jetzt machen wir einen kleinen Ausflug in den Regent's Park. Er ist in einem Toilettenhäuschen am Outer Circle in der Nähe des Zoos, dort, wo man vom Park zum Primrose Hill kommt."

„Und du willst jetzt dorthin?" Ben war nicht wohl bei dem Gedanken. Nervös strich er sich mit der Hand über seinen Nacken.

„Natürlich. Ich möchte endlich wissen, was hier gespielt wird. Komm mit." Mark stand auf und lief Richtung Flur. Dort drehte er sich um und schaute zu Ben, der noch immer auf der Couch saß. „Was ist?"

„Mir ist nicht wohl bei der Sache. Was, wenn da nicht nur einer auf uns wartet?" Am liebsten hätte er sich in sein Bett verzogen und die Decke über den Kopf gezogen. Hier fühlte er sich sicher. Nachts alleine in den Park zu gehen und zu wissen, dass da jemand auf sie wartete, rief genau das gegenteilige Gefühl in ihm hervor.

„Ich denke nicht, dass er oder sie wissen, wie wir aussehen. Wenn es mehrere sind, tun wir einfach so, als würden wir einen kleinen Spaziergang machen. Los." Mark klang entschlossen.

Zögernd stand Ben auf und folgte ihm.

Da ihre Wohnung nicht weit vom Regent's Park entfernt lag, waren sie eine gute Viertelstunde später am Zoo. Von weitem konnte Ben das Toilettenhäuschen sehen. Aus den Fenstern des kleinen Baus fiel schwaches Licht auf den Weg davor, das sich mit dem der Laterne gegenüber mischte. Neben der Tür lehnte eine Gestalt lässig an der Wand.

„Was machen wir jetzt?", flüsterte Ben. Sein Körper kribbelte vor Anspannung.

„Er scheint allein zu sein. Ich gehe hin und locke ihn in die Toilette und du kommst nach, sobald wir drin sind", flüsterte Mark ihm entschlossen zu.

Bens Herz pumpte das Blut im Turbomodus durch seinen Körper. Angst vermischte sich mit Abenteuerlust und dem Wunsch, endlich zu wissen, was gespielt wurde. „Okay", sagte er leise zu Mark. Er platzierte sich hinter einem der Bäume, die den Weg säumten. Von dort aus hatte er einen guten Blick auf das Gebäude.

Mark lief strammen Schrittes auf den Mann zu. Als dieser in seine Richtung schaute, verringerte er sein Tempo und schlenderte weiter auf ihn zu. Er stellte sich an die Wand auf der gegenüberliegenden Seite der Tür und schaute zu dem Fremden. Kurz darauf schienen die beiden miteinander zu sprechen. Einen Augenblick später verzog sich der Fremde in die Toilette. Mark blickte in Bens Richtung und folgte dem Mann dann ins Innere. Kaum waren sie verschwunden, sprintete Ben auf die Tür zu. Sein Pulsschlag erklomm neue Höhen. Atemlos kam er vor dem Gebäude zu stehen. Er riss die Tür auf und sprang ins Häuschen.

Mark stand mit dem Unbekannten an den Pissoirs.

Der Mann fuhr herum. „Was soll das?", rief er erschrocken und starrte Ben an.

„Keine Angst. Wir wollen dir nichts tun", sagte Mark ruhig und hob beruhigend die Hände. „Wir wollen nur wissen, was das mit den Nachrichten soll?"

„Welche Nachrichten?", fragte der Mann verwirrt.

„Die, die du meinem Freund seit Wochen schickst?"

Ben bewunderte, wie sachlich Mark in diesem Moment war.

Der Mann blickte fragend zwischen Mark und ihm hin und her. „Wenn ihr mein Geld wollt, bitte." Er zog seine Brieftasche aus der Hose und hielt sie Mark hin. „Aber lasst mich zufrieden."

„Wir wollen dein Geld nicht. Was wir wollen, ist eine Erklärung!", erwiderte Ben, noch immer nach Atem ringend, und trat einen Schritt auf die beiden zu. Er stand jetzt im Türrahmen und blockierte diesen.

„Ich verstehe nicht. Ich wollte nur ein bisschen Spaß, deswegen habe ich die Nummer angerufen", stammelte der Mann.

„Wo hast du die Nummer her?", fragte Mark und ging einen Schritt auf den Mann zu.

„Na die, die da drinnen steht." Er deutete auf eine der Kabinen.

Ben hechtete in die Toilette und aktivierte die Taschenlampe an seinem Handy, um in der dämmrigen Kabine besser sehen zu können. Er leuchtete die Wand ab und stockte. Da stand mit einem schwarzen Filzstift geschrieben: ‚Sex? Ruf mich an.' Darunter erkannte er seine alte Telefonnummer, die durchgestrichen war. Unter dieser befand sich seine neue Nummer. Bens Kopf war schlagartig leer. Er starrte ungläubig auf die Schmiererei.

„Kann ich jetzt bitte gehen?", fragte der Fremde.

„Kannst du", erwiderte Ben tonlos aus der Kabine, ohne den Blick von der Aufschrift zu nehmen. „Entschuldige. Wir wollten dich nicht erschrecken. Aber da hat uns wohl einer einen seltsamen Streich gespielt. Ich habe meine Nummer nicht hierher geschrieben."

„Schon okay. Macht's gut." Der Mann drehte sich um und verließ eilig das Häuschen. „Lauter Freaks", hörte er ihn leise vor der Tür fluchen.

Ben fotografierte die Schmiererei an der Wand. „Hast du zufällig ein Taschentuch dabei?"

Mark kramte in seinen Taschen und zog eine Packung Papiertaschentücher heraus, die er ihm reichte. Ben nahm eins heraus. Er ging zum Waschbecken und feuchtete es an. Kurz darauf war seine Nummer nur noch ein unlesbarer dunkler Fleck. Zufrieden betrachtete er sein Werk, dann verließen auch sie die Toilette.

„Wer könnte das gewesen sein?", fragte Mark auf dem Rückweg.

Ben schüttelte ungläubig den Kopf. „Keine Ahnung. Aber es muss jemand sein, der wusste, dass ich meine Nummer gewechselt habe." Ein Hauch von Paranoia durchfuhr ihn.

„Kennst du die Schrift?", forschte Mark weiter.

Ben zog sein Handy aus der Tasche und betrachtete das Foto, das er gemacht hatte. Doch die Schrift sagte ihm nichts.

„Egal, jetzt ist die Nummer weg. Es sollte Ruhe herrschen." Mark legte seinen Arm um Bens Hüfte und zog ihn an sich.

„Das hoffe ich."

Kapitel 22 - Mark - Nichts in der Hand

Nachdem Bens Nummer nur noch ein dunkler Fleck an einer Toilettenwand war, kehrte wieder Ruhe ein, doch ihn beschäftigte die Angelegenheit weiterhin. Mark war schließlich Stevens Freund Hunter eingefallen, der bei der Polizei arbeitete. Um Ben zu beruhigen, hatte er Steven um ein Treffen gebeten. Mark hatte die beiden zu einem Abendessen in ihrer Wohnung eingeladen. Da Ben den ganzen Tag in der *Firestation* gearbeitet hatte, stand wie schon so oft Pizza vom Lieferdienst auf dem Speiseplan.

Mark deckte gerade den Tisch, als es an der Tür läutete. Steven konnte es nicht sein, da noch fast eine Stunde Zeit war. Er legte das Besteck beiseite und öffnete.

„Hey", begrüßte ihn Andy. „Alles gut bei euch? Wir haben uns schon ewig nicht mehr gesehen, deswegen wollte ich mal kurz vorbeischauen. Oder störe ich?" Neugierig lugte er in die Wohnung.

„Nein – komm rein. Wir sind zwar verabredet, aber ich kann den Tisch auch decken, während du ein Ginger Beer trinkst und mir dabei Gesellschaft leistest." Mark zwinkerte Andy zu, gab ihm mit dem Kopf ein Zeichen reinzukommen und ging zurück, um das Besteck zu platzieren. „Wie geht es dir denn?"

„Ach, eigentlich ganz gut." Als wäre er hier zuhause, steuerte Andy den Kühlschrank an und holte sich eine Flasche heraus. „Möchtest du auch eins?"

Mark schmunzelte mit welcher Selbstverständlichkeit er sich in ihrer Wohnung bewegte. „Nein danke – aber lass es dir schmecken."

Andy öffnete die Flasche und nahm breitbeinig am Tresen Platz.

„Was machen deine Jungs?", fragte Mark schmunzelnd.

„Es hat sich ausgejungt", erwiderte Andy stolz und nahm einen Schluck aus der Flasche.

„Wie das? Was ist passiert?" Mark stellte das Decken ein und sah verdutzt zu seinem Nachbarn.

„Ich war es leid. Bis zum Sonnenaufgang in den Clubs, immer auf der Piste und dann diese Gespräche." Entnervt blickte er nach oben und rollte die Augen. „Wenn ich es genau nehme, fühlte ich mich älter, als ich es sowieso schon bin." Er lachte auf.

„Das klingt nach dem alten Andy." Mark legte das Besteck auf den Tisch, ging zu ihm und klopfte ihm auf die Schulter. „Ich freue mich, dass du zur Einsicht gekommen bist."

„Na ja, ganz von allein ist das nicht passiert." Er wiegte seinen Kopf verhalten hin und her, wobei er Mark angrinste. „Ich habe jetzt eine Therapeutin."

„Wow", entfuhr es Mark. „Erzähl."

„Vor ein paar Wochen habe ich einen Zwanzigjährigen abgeschleppt. Traumhafter Sex …" Er bekam einen schwärmerischen Blick. „Aber am nächsten Morgen saßen wir beim Frühstück und mir fiel nichts ein, über das ich mich mit ihm hätte unterhalten wollen. Er war einfach nur ein Stück Fleisch, das zufällig in meiner Küche saß und irgendwas über Follower und so einen Kram gebrabbelt hat. Einer dieser Influencer. Als ob das ein Beruf wäre." Andy verdrehte die Augen und schüttelte amüsiert den Kopf. „Und da war es dann. Ich fühlte mich leer. So als ob ich in einem falschen Leben gefangen wäre. Ich dachte zuerst, es läge an ihm. Doch als er weg war, wurde es nicht besser."

„Und da hast du den Entschluss gefasst, dir einen Therapeuten zu suchen?", fragte Mark, der noch immer nicht glauben konnte, was er hörte.

„Nicht ganz. Es waren noch zwei, drei Tage mit Heulkrämpfen nötig. Aber dann. Und es stand für mich fest, es musste eine Therapeutin sein. Sicher ist sicher – du verstehst." Andy grinste ihn verlegen an. „Wenn man es genau nimmt, habe ich das erste Mal drüber nachgedacht, nachdem das mit Kian vorbei war."

Mark schüttelte sich innerlich, als er den Namen hörte. „Sie scheint dir gutzutun, deine Therapeutin", bemerkte er anerkennend. Andy war nicht wiederzuerkennen. Lässig lümmelte er auf dem Hocker und schien komplett in sich zu ruhen. Er strahlte das Selbstbewusstsein und die Lebensfreunde aus, die Mark von ihm gewohnt war und die er in den letzten Monaten so sehr an ihm vermisst hatte.

„Ja, das tut sie. Weißt du, ich habe inzwischen verstanden, dass alles seine Zeit hat und jedes Alter seine Vorzüge. Ich möchte mir nicht mehr stundenlang den Kopf zerbrechen, was gerade trendy ist oder was andere über mich denken könnten. Ich möchte nicht mehr in Fastfood-Restaurants mein Essen in zwei Minuten in mich schlingen, nur damit ich dann im Bett liege und nicht schlafen kann und all diese Dinge. Und ich möchte, dass da einer ist, bei dem ich sein kann, wie ich eben bin. Der sich für mich interessiert und dafür, wie es mir geht." Er blickte Mark fest in die Augen, dann nahm er einen großen Schluck Ginger Beer und nickte, was mehr ihm, als Mark galt.

Mark lächelte anerkennend. „Und genau so einen wirst du finden. Das weiß ich." Während er es sagte, hörte er, dass Ben nach Hause gekommen war.

„Ich bin zuhause", rief er aus dem Flur in die Wohnung. „Andy, schön dich zu sehen", begrüßte er ihren Nachbarn, als er in die Küche kam. Er lief zu ihm und schwang seine Arme um ihn.

„Ich bin schon wieder weg. Ich wollte euch nur auf den aktuellen Stand bringen."

Ben blickte fragend zu Mark.

„Ich erzähl dir später alles."

„Dann viel Spaß beim Essen." Andy trank mit einem Schluck die Flasche leer und stand auf. „Bis die Tage." Schon war er gegangen.

„Was war das?", fragte Ben, doch bevor Mark antworten konnte, klingelte es erneut an der Tür.

„Andy ist wieder Andy." Mark ging zur Gegensprechanlage und drückte diese.

„Wir sind es", hörte er Steven.

Mark betätigte den Öffner, sein Blick fiel auf die Anzeige des Lifts, die nach oben zu zählen begann.

Kurz darauf schoben sich die Lifttüren auseinander und Steven stürmte heraus. Ihm folgte ein großgewachsener, attraktiver Mann, mit braunen Haaren und einem gepflegten Fünftagebart. Steven sprang auf Mark zu und umarmte ihn.

„Das ist Hunter", stellte er seine Begleitung voller Stolz vor.

Hunter reichte Mark die Hand. „Schön, dich kennenzulernen. Also im wahren Leben. Nach allem, was mir Steven schon erzählt hat, habe ich das Gefühl, ich würde dich bereits kennen." Er lachte auf, seine blaugrauen Augen leuchteten.

Mark verstand, was Steven an ihm fand. Ein Ausbund an Sympathie.

„Das geht mir ganz ähnlich. Ich freue mich, dich endlich mal zu treffen. Kommt doch rein." In Bens Begrüßung platzte der Pizzabote.

„Ich hoffe, es ist in Ordnung, dass wir nicht selbst gekocht haben?", fragte Mark. „Ben hat den ganzen Tag gearbeitet und meine Kochkünste wollte ich euch nicht zumuten."

„Ich liebe Pizza", schwärmte Hunter und schnupperte in einen der Kartons. „Wenn die so schmeckt, wie sie duftet ..."

„Das werden wir gleich wissen." Mark achtelte die Pizzen und stellte sie auf den Tisch. „Bitte. Greift zu."

Hunter war der Erste, der sich ein Stück schnappte. „Hmm. Es gibt nichts Besseres als Pizza."

„Lass das mal nicht Godric hören." Steven knuffte ihn liebevoll in die Seite. „Er gibt sich immer solche Mühe, wenn er kocht."

„Wer ist Godric?", fragte Ben.

„Sein Butler", erklärte Steven, während Hunter neben ihm kauend nickte.

„Du hast einen Butler?" Mark sah ihn erstaunt an. „Ich dachte, du bist bei der Polizei?"

Hunter schluckte. „Beides. Lange Geschichte. Er war zuvor bei meiner Familie und jetzt ist er bei mir. Aber Butler klingt immer so versnobt. Er ist inzwischen fast so etwas wie ein Familienangehöriger." Das nächste Stück wanderte auf Hunters Teller.

Mark beobachtete während des Essens Steven, der Hunter immer wieder verliebte Blicke zuwarf. Es war eine Wohltat für ihn, seinen Freund so glücklich zu sehen.

Nachdem Mark die Teller abgeräumt hatte, kam er mit einer neuen Flasche Rotwein zurück an den Tisch und schenkte nach.

„Nun, um ehrlich zu sein, haben wir ein kleines Attentat auf dich vor, Hunter", lenkte er ihr Gespräch in eine andere Richtung.

„Ich hoffe, ich kann euch helfen. Steven hat bereits eine kleine Andeutung gemacht. Was ist passiert?" So musste er wohl klingen, wenn er jemand verhörte, kam es Mark in den Sinn. Hunter hatte von einem Augenblick vom lockeren Plauderton in eine sachlich-nüchterne Stimmlage umgeschaltet.

Mark berichtetet zusammen mit Ben von ihren Erlebnissen der letzten Wochen.

„Nun, es ist nicht ganz mein Gebiet, aber ich würde sagen, das wird schwierig", begann Hunter. „Ihr könnt natürlich Anzeige gegen unbekannt erstatten. Ich kann euch allerdings jetzt schon sagen, dass diese im Sand verlaufen wird. So was wird als grober Unfug abgehandelt, außer ihr hättet Beweise oder würdet den Täter auf frischer Tat ertappen."

„Keine Chance?", fragte Ben verunsichert.

Hunter schüttelte voller Bedauern den Kopf. „Ist denn, seitdem ihr die Nummer unkenntlich gemacht habt, noch etwas vorgefallen?"

Mark sah zu Ben. „Seitdem ist Ruhe."

„Meistens sind derartige Sachen nur dumme Scherze. Es tut mir leid, dass ich euch da nicht helfen kann." Hunter blickte zu Steven. „Ich kann verstehen, dass so etwas an einem nagt. Vielleicht gibt sich der Scherzkeks ja noch zu erkennen und entschuldigt sich."

„Das glaube ich nicht. Trotzdem vielen Dank. Ich hoffe, du bist uns nicht böse, dass du wegen uns Überstunden machen musstest", sagte Mark.

„Das waren keine Überstunden. Würde ich Überstunden machen, würde es hier eine Leiche geben", entgegnete Hunter mit ernstem Gesichtsausdruck, bevor er ihm grinsend zwinkerte.

In den nächsten Tagen spazierte Ben fast täglich durch den Regent's Park am Toilettenhäuschen vorbei, in der Hoffnung, den Schmierer zu erwischen. Irgendjemanden zu treffen, der seine Telefonnummer kennen könnte und dem er es zutrauen würde, sie an die Wand geschrieben zu haben. Nach dem Essen mit Steven und Hunter hatte er immer öfter mit dem Gedanken gespielt, dass es sich bei dieser Geschichte wirklich nur um einen schlechten Scherz einer ihrer Bekannten gehandelt hatte. Auch Marks ehemaliger Kollege, Richard, war Ben in den Kopf gekommen. Hatte dieser in der Vergangenheit doch öfter versucht, ihnen zu schaden. Allerdings hatten sie zum einen bereits über ein Jahr nichts mehr von ihm gehört und zum anderen wüsste Ben nicht, wie dieser an seine Nummer hätte kommen können. Nein – es musste jemand sein, der mit ihnen zu tun hatte. Ben hatte sich zwar eine neue Nummer besorgt, diese jedoch fast schon verschwenderisch an seine Freunde und Bekannten verteilt. Warum auch nicht?

Inzwischen war annähernd eine Woche vergangen – Ben hatte bisher niemanden, den er kannte, in der Gegend gesehen. War er in den letzten Tagen immer alleine durch den Park gelaufen, begleitete ihn heute Steph. Nachdem sie einige Zeit nichts mehr miteinander unternommen hatten, war Ben froh gewesen, als er sich bei ihm gemeldet hatte.

Gemeinsam schlenderten sie den Weg entlang. Erst heute fiel Ben so richtig auf, dass es Herbst geworden war. Die Bäume hatten ihr grünes Kleid gegen ein farbenfroheres eingetauscht, das nun mit jeder Windböe dünner wurde. Auf den Wegen lagen unzählige der bunten Blätter wie ein endloser Teppich in Orange, Rot und Braun. Die Sonne schickte vereinzelt ihre Strahlen durch die Lücken der Bäume und zauberte kleine und große leuchtende Punkte auf den Belag.

„Es war eine gute Idee, spazieren zu gehen." Steph lächelte Ben an. „Das Farbenspiel ist gigantisch. Ich wusste gar nicht, wie traumhaft es um diese Jahreszeit hier ist."

Ben lief mit den Händen in seinen Hosentaschen vergraben neben ihm her. „So ganz uneigennützig war es nicht, dass wir hier sind", gestand er und schaute zögerlich zu Steph.

„Was meinst du?"

„Ich hoffe, jemanden zu sehen."

Steph blieb stehen. „Jemanden zu sehen? Mark? Hat er eine Affäre?"

Ben lachte auf und erzählte Steph die Geschichte mit den Anrufen und seiner Nummer im Toilettenhäuschen.

„Und du weißt nicht, wer es gewesen ist? Keinen Verdacht?" Steph rieb sich an der Wange, während er ihn ansah.

Ben schüttelte den Kopf.

„Wurdest du noch einmal belästigt, seit ihr die Nummer unkenntlich gemacht habt?"

„Nein, seitdem ist Ruhe. Keine Nachrichten mehr und auch keine Anrufe."

„Dann war es bestimmt nur ein schlechter Scherz und der, der ihn gemacht hat, traut sich nicht, es zuzugeben." Steph ging weiter und kickte einen Stein, der auf dem Weg lag, kraftvoll in ein Gebüsch. „Manche Leute haben einen seltsamen Humor. Wie laufen die Hochzeitsvorbereitungen?"

„Ja, das ist auch so ein Problem. Die St. Henrys Chapel hat uns gekündigt und wir haben noch nichts Neues." Ben war über sich selbst erstaunt, wie gelassen er diese Tatsache momentan nahm.

„Was?", rief Steph entsetzt und blieb stehen. „Die Hochzeit ist in acht Wochen und da bist du so ruhig? An deiner Stelle hätte ich Panik ohne Ende."

„Ich hatte Panik, das kannst du mir glauben. Doch dann hat Mark mir klar gemacht, dass es nichts bringt, Angst zu haben. Wir suchen gerade nach einer Alternative." Er hatte keine Ahnung, wie diese aussehen könnte, doch er war sich sicher, dass sie eine Lösung finden würden.

„Ist Mark immer so unbekümmert? Man könnte fast meinen, er will, dass etwas schiefgeht", fragte Steph schnippisch.

Ben knuffte ihn gegen die Schulter. „Wieso sollte er das wollen? Er ist eben gelassener in solchen Sachen. Ich denke, das bringt sein Job mit sich."

„Weiß nicht – vielleicht hat er Zweifel? Es wäre nicht das erste Mal, dass einer kurz vor der Hochzeit kalte Füße bekommt." Forschend sah er zu Ben.

„Sagt der, der keine Beziehung will." Ben grinste.

„Mögen möchte ich ja, nur finden ist schwierig." Er zuckte mit den Schultern und sein inzwischen verlegener Blick traf Ben. „Ach, ich weiß auch nicht. Hör nicht auf mein Gerede. Er wird schon keine kalten Füße bekommen."

Ben blieb stehen.

„Was ist?", fragte Steph.

„Da vorne ist das Toilettenhäuschen." Ben deutete verhalten auf das kleine Gebäude.

Steph lachte. „Das ist ja fast wie eine Sucht für dich. Was würde es dir denn bringen, wenn du hier jemanden triffst, den du kennst?"

„Ich würde …" Ben überlegte.

„Würdest du ihn fragen, ob er vielleicht zufällig deine Nummer an die Wand geschrieben hat? Mehrfach!"

Schweigend blickte Ben zu Boden und dachte nach. In gewisser Weise hatte er recht, was würde ihm das bringen? Selbst wenn er hier einen Bekannten sehen würde. Dieser Jemand würde es nicht zugeben und er hätte keinen Beweis, dass er es gewesen war. Im Grunde genommen konnte hier jeder rein zufällig vorbeikommen und dann würde sich Ben immer fragen, ob es diese Person war. Vielleicht sogar einen Freund fälschlicherweise verdächtigen.

„Du hast recht. Es würde nichts bringen." Ben war froh, mit ihm gesprochen zu haben. Er fühlte sich auf eigentümliche Art erleichtert.

„Dann würde ich vorschlagen, wir gehen jetzt einen Kaffee trinken und genießen diesen tollen Herbstnachmittag."

Ben lächelte ihn dankbar an. „Weißt du was? Das ist eine hervorragende Idee."

Sie waren so in ihr Gespräch vertieft gewesen, dass es Ben nicht einmal mitbekommen hatte, wie sie am Häuschen vorbeiliefen. In einiger Entfernung kam ihnen ein Mann entgegen, der in ihre Richtung winkte.

„Kennst du den?", fragte Ben.

Steph blickte zu dem Mann, der sie nun fast erreicht hatte.

„Hey Steph. Lange nicht gesehen. Ich habe dich vermisst. Wo treibst du dich rum?" Der Mann blieb vor ihnen stehen und lächelte Steph vielsagend an.

Ben musterte ihn. Er hatte nach seiner Einschätzung die Mitte dreißig knapp überschritten, ein sportliches Auftreten und sah wirklich nicht schlecht aus. Braune Augen, ein dichter Bart, doch seine Gesichtshaut war vernarbt. Es waren die typischen Narben, die man nach einer stärkeren Akne bekam.

„Paul", stieß Steph hervor. „Ich war unterwegs. Entschuldigst du uns? Wir haben einen wichtigen Termin." Steph umrundete den Mann, ohne ihn groß weiter zu beachten, und zog Ben mit sich. Dieser drehte sich noch einmal um. Paul war stehengeblieben und sah ihnen mit fragendem Blick nach.

„Was war das denn?", erkundigte sich Ben.

„Ein Verflossener, der nicht loslassen kann." Stephs Antwort war kurz und abweisend.

„Er wirkte nett. Was ist schiefgelaufen?"

„Nicht alle, die nett wirken, sind es auch. Können wir über etwas anderes sprechen, bitte?"

Ben merkte, dass er einen wunden Punkt erwischt hatte, und schwieg, obwohl ihn die Geschichte wirklich interessiert hätte.

Schließlich erreichten sie das Café. Steph war nach der Begegnung im Park überaus wortkarg gewesen, doch kaum saßen sie und hatten ihre Bestellung aufgegeben, besserte sich seine Laune allmählich und es wurde noch ein schöner Nachmittag. Während Ben und Steph ihren Kuchen genossen, schwelgten sie in Erinnerungen an vergangene Zeiten.

Kapitel 23 - Ben - Einmal Himmel und zurück

Ben sah auf die große Vintageuhr über dem Kamin, in dem das künstliche Feuer vor sich hin knisterte. Noch eine knappe Viertelstunde und er hatte Feierabend. Die *Firestation* füllte sich allmählich mit den Leuten aus den umliegenden Firmen, die, bevor sie nach Hause gingen, ein gemütliches Bier im Pub trinken wollten.

Unter anderem betrat Tom den Pub und steuerte auf den Tresen zu, hinter dem Ben gerade Bier zapfte.

„Hey Tom", begrüßte er ihn. „Was führt dich hierher? Auch ein Feierabendbierchen?"

„Nein, heute nicht. Heute bin ich in meiner Funktion als Trauzeuge unterwegs." Tom setzte sich auf einen freien Stuhl an den Tresen und grinste ihn geheimnisvoll an.

Ben ließ den Zapfhahn los und stellte das überschäumende Glas zum Abtropfen ab. „Als Trauzeuge?", fragte er verwundert. „Kommt Mark auch?"

„Nicht so ganz." Er stützte sich mit seinen Händen am Tresen ab und kippelte mit dem Barhocker. „Er hat mich beauftragt, dich abzuholen. Und bevor du fragst, ich kann dir weder sagen, wohin wir gehen, noch was dort ist."

Ben schmunzelte und hielt das nächste Glas unter den Zapfhahn. „Kannst du nicht oder willst du nicht?"

„Ich darf nicht. Es ist eine Überraschung."

Susan kam in den Pub. Sie winkte von der Tür aus Ben zu und verschwand im Privatbereich, wo sich das Personal umziehen konnte.

„Da kommt schon die Ablösung." Ben nickte in ihre Richtung und sah Tom an.

„Wie lange brauchst du noch?", erkundigte er sich und stand auf.

„Zehn Minuten etwa. Und dann?" Ben stellte die vier Gläser Bier auf den Tresen und hielt dem Gast, der darauf wartete, das Kartenlesegerät hin.

„Dann fahr ich dich zu eurer Wohnung. Du hast zwanzig Minuten, um dich zu duschen und umzuziehen. Mark hat dir etwas Passendes zurechtgelegt. Anschließend bringe ich dich zum Zielort." Tom ratterte das Programm herunter, als hätte er es auswendig gelernt.

Ben lachte. „Das klingt wie in einem *James Bond* Film."

„Fast. Aber dieses Mal, *Mrs Moneypenny*, geht es nicht um Leben und Tod." Tom zwinkerte ihm zu. „Ich erwarte dich vor der Tür." Er drehte sich um und verließ den Pub.

Nachdem Susan ihn abgelöst hatte, schnappte sich Ben seine Tasche und ging nach draußen. Die Sonne stand bereits tiefer am noch immer strahlend blauen Himmel. Tom lehnte an einem Black Cab. Als er Ben sah, stieß er sich ab und hielt ihm die Tür auf, sodass er direkt einsteigen konnte.

„Einen kleinen Tipp könntest du mir wenigstens geben", versuchte Ben sein Glück. Innerlich zerplatzte er fast vor Neugier.

Ein amüsiertes Grinsen eroberte Toms Gesicht. „Keine Chance."

„Ist es in London, wo wir hinfahren?" Tom glaubte doch nicht im Ernst, dass er sich so leicht geschlagen geben würde.

„Wir fahren zu eurer Wohnung und die ist in London." Toms Blick kreuzte sich mit dem des Fahrers im Rückspiegel.

„Und danach?", forschte Ben weiter.

„Ist mir entfallen." Er klopfte sich mit der Hand gegen die Stirn.

Ben zückte sein Handy. „Dann rufe ich jetzt Mark an."

„Bitte", erwiderte Tom auffordernd.

Ben klickte Marks Kontakt an. Es klingelte, dann ging die Mailbox ran.

„Wir sind da." Tom deutete nach draußen. Und tatsächlich war das Black Cap in die Straße eingebogen, in der ihre Wohnung lag.

Das Taxi hielt vor dem Haus. Tom sah auf die Uhr. „Wir haben fünfzehn Minuten."

Ben stieg aus und sprintete durch die Lobby zum Lift. Er fuhr nach oben, rief Andy, der gerade seine Wohnungstür abschloss, ein kurzes „Hallo" zu und eilte in die Wohnung. Dort lief er geradewegs ins Bad, zog sich aus und sprang unter die Dusche.

Frisch geduscht und wieder trocken rannte Ben nackt ins Schlafzimmer. Auf dem Bett lag eine seiner neueren Jeans, ein weißes Hemd und ein Freizeitsakko. Auf dem Hemd lag eine Karte auf der *Anziehen* stand.

„Wow", bemerkte Tom anerkennend, nachdem Ben noch vor der vereinbarten Zeit wieder am Taxi ankam. „Wenn ich nicht schon vergeben wäre und du nicht bald heiraten würdest …"

„Spinner." Ben knuffte ihn grinsend gegen die Schulter und sprang zurück ins Taxi.

„Also. Wo fahren wir jetzt hin?", fragte er Tom.

„Zu einem Date." Er gab dem Fahrer ein Zeichen und dieser fuhr los.

Ben sah aus dem Fenster. Es ging Richtung *Covent Garden*, kurz darauf passierten sie den *Trafalgar Square*. Schon tauchte Big Ben auf. Ben sah fragend zu Tom, der ihm mit einem breiten Grinsen gegenübersaß und mit den Schultern zuckte. Nachdem sie die Westminster Bridge überquert hatten, hielt das Taxi an der Statue des South Bank Löwen.

„Wir sind da." Tom steckte dem Fahrer einen Schein zu, der ordentlich Trinkgeld enthielt. „Passt so. Vielen Dank."

Sie stiegen aus und das Taxi fuhr mit einem begeistert lächelnden Fahrer davon.

„Und jetzt?" Ben sah sich um. Der Weg zum London Eye war noch immer recht bevölkert, obwohl die meisten Attraktionen, wie das *Sea Life*, das *Dungeon* und *London Eye*, bereits geschlossen hatten.

„Wenn du mir bitten folgen würdest." Tom sprang leichtfüßig die Treppe nach unten. Ben folgte ihm, so gut er konnte.

Als der Ticketschalter für *London Eye* in Sichtweite kam, entdeckte er Mark. Er stand mit einem Strauß roter Rosen vor dem Eingang.

„Den Rest schaffst du jetzt alleine. Einen schönen Abend." Tom klopfte Ben auf die Schulter, winkte Mark zu und ging den Weg zurück, den sie gekommen waren.

Ben lief auf Mark zu. „Was machst du?" Er umarmte ihn und gab ihm einen Kuss.

„Dich überraschen." Mark überreichte Ben die Blumen und deutete auf den Einlass zum London Eye. „Aber die korrekte Frage müsste lauten, was wir machen."

Ein Mann in einer Dienstuniform stand, mit vor dem Bauch verschränkten Händen, daneben und blickte auffordernd zu ihnen herüber. Die Tür zu einer der Gondeln war geöffnet. Ben entdeckte einen Tisch mit weißer Tischdecke und zwei Stühle. Er reckte sich, um mehr zu sehen. Der Tisch war eingedeckt und zwei silberne Essensglocken standen darauf.

„Darf ich bitten?" Mark hielt Ben seinen Arm hin, sodass dieser sich einhaken konnte. „Weißt du, ich dachte mir, wir gönnen uns mal einen Abend Auszeit – ohne den ganzen Klimbim der letzten Wochen." Sie schlenderten gemütlich auf die Gondel zu.

„Aber es hat doch schon geschlossen. Wie hast du das gemacht?", fragte Ben mit einer Mischung aus Unglauben und Neugier.

Mark lachte. „Na, wie schon? Martin kennt den Manager. Du verstehst."

Auch Ben musste lachen. „Was machen wir, wenn Martin irgendwann einmal sesshaft wird?"

„Das überlegen wir, wenn es so weit ist." Er führte Ben in die Gondel. Dann zog er den Stuhl hervor, sodass dieser sich setzen konnte. Kaum saß auch Mark, schlossen sich die Türen und das Riesenrad setzte sich in Bewegung. Während die Sonne ihre letzten Strahlen schickte, schenkte Mark den Rotwein ein. Im Inneren leuchtete die Gondel im Licht der untergehenden Sonne orangegolden auf. Dann verschwand die glühende Scheibe in einem flammenden Rot am Horizont und in der Gondel flammten Lichterketten auf.

Mark hob sein Glas. „Auf uns." Klingend stieß sein Glas an Bens. Nachdem er einen Schluck genommen hatte, stellte er es ab und zog sein Handy aus der Tasche.

„Was machst du?" Ben beobachtete ihn bei seinem Tun.

„Wir sind nicht mehr auf der Erde, also stelle ich es ihn den Flugmodus. Dieser Abend gehört nur uns beiden." Er deutete zur Scheibe, hinter der sich die Stadt ausbreitete. „Und London.

Keine schlechten Nachrichten, kein Weddingplaner, keine Hochzeit – nur wir beide und die Stadt."

Ben lächelte. Auch er zog sein Handy aus der Tasche und stellte es um. „Weißt du eigentlich, wie sehr ich dich liebe?"

Mark lächelte. „Nicht annähernd so sehr wie ich dich." Er stand auf und lief um den Tisch. Bei Ben angekommen hob er die Glocke vom Geschirr. „Ich hoffe, es schmeckt dir."

Ben blickte auf seinen Teller. Ein massiges, verführerisch duftendes Steak mit krossen Kartoffelspalten und einem großen Tupfer Pfeffersoße befand sich darauf.

„Und wenn du möchtest, gibt es danach noch ein kleines Dessert." Mark deutete auf eine Kühltasche, die in der Ecke stand. Ben erhob sich und umarmte Mark. Er konnte nicht verhindern, dass sich Tränen der Rührung in seinen Augen sammelten. Unfähig etwas zu sagen, drückte er sich an Marks Brust und hielt ihn so fest, wie er nur konnte.

Mark löste sich aus der Umklammerung. Er hob sein Kinn sanft mit Daumen und Zeigefinger und küsste ihn zärtlich. „Jetzt wird erst mal gegessen. Für Kuscheln haben wir später noch Zeit."

„Später? Wie lange dürfen wir hierbleiben?"

„Nachdem wir die einzigen Gäste sind, so lange wir wollen."

Das Essen schmeckte vorzüglich. Sie lachten und unterhielten sich die komplette erste Runde des Rads, wobei das Thema Hochzeit nicht einmal angeschnitten wurde. Stattdessen schwelgten sie in Erinnerungen und machten Pläne für die Zukunft.

Als sie den Boden das zweite Mal überquert hatten, stand Ben auf und ging an die Scheibe, auf der Seite, die zu Big Ben zeigte. Die Gondel hatte die halbe Höhe erreicht. Mark trat von hinten an ihn und legte seine Arme um seinen Bauch, während er sein Kinn sanft auf Bens Schulter ablegte. Ben winkelte ein wenig seinen Kopf an, sodass er Marks berührte. Er fühlte sich geborgen und erhaben.

Langsam glitten sie höher. Unter ihnen breitete sich das funkelnde Lichtermeer der Stadt aus und über ihnen leuchtete der volle Mond. Ben kam er heute wesentlich größer vor als gewöhnlich. Sein Blick wanderte wieder zur Stadt. Er spürte förmlich, wie das Leben in den Straßen, die sich wie glühende Fäden durch die Häuserschluchten zogen, pulsierte. Leuchtreklamen blinkten ihm entgegen und wirkten dabei, als wären sie Teil einer Miniaturwelt. Straßenlaternen säumten wie kleine Sterne die Wege, durch die sich der Verkehr quälte. Doch hier oben herrschte Ruhe. Er fühlte sich wohlbehütet wie in einem Kokon.

Die Gondel hatte den Höhepunkt überschritten und begab sich wieder auf den Weg nach unten.

„Gefällt es dir?", raunte Mark ihm ins Ohr.

„Es ist himmlisch. Ein Abend für die Ewigkeit gemacht." Ben war ergriffen. Er fühlte sich wie zwischen Traum und Wirklichkeit.

Mark legte seine Wange an die von Ben. „So wird es jetzt immer sein. Denn das ist alles, was zählt. Nur du und ich." Seine Stimme war tief und beruhigend und er wusste, dass jedes Wort genau so gemeint war, wie er es sagte.

Ben schmiegte sich an ihn. Schon hatte das Rad eine weitere Umdrehung geschafft und begab sich wieder nach oben.

„Von hier oben ist alles so friedlich, so bunt und so schön und alle Probleme scheinen so klein", sagte Ben gebannt.

„Das war auch etwas, was ich dir zeigen wollte."

Ben drehte sich zu Mark und sah ihn fragend an.

„Im Grunde ist es nur eine Sache des Blickwinkels. Wir haben uns, und wir stehen über allem. Wenn dir etwas Sorgen bereitet, lehne dich zurück und betrachte es mit etwas Abstand. Dann ist es lange nicht mehr so mächtig", sagte Mark liebevoll.

Ben verstand, denn jetzt in diesem Augenblick, hier oben, waren alle Sorgen wie weggeblasen. Er beschloss, diesen Moment festzuhalten und sich immer daran zu erinnern, wenn ihm wieder einmal alles über den Kopf zu wachsen schien.

Sie drehten noch ein paar Runden, ehe sie sich kurz vor Mitternacht auf den Weg nach Hause machten. Dieser Abend im Himmel über London hatte Ben zurückgeholt und geerdet. Er wusste einmal mehr, um nichts in der Welt würde er Mark loslassen.

Kapitel 24 - Mark - Sabotage?

Ein paar Tage waren vergangen. Das Hochgefühl ihres Abends im London Eye war für Mark verflogen, er fühlte sich inzwischen, wie auf eine Folterbank gespannt. Seit über einer Woche hatte sich Reginald nicht mehr gemeldet und fragte Mark bei ihm nach, wurde er vertröstet. War dieser Umstand ein gutes Zeichen oder eher ein schlechtes? Vor Ben tat er gelassen, um ihn nicht zu beunruhigen. Je nervöser Mark wurde, desto mehr Ruhe schien er groteskerweise nach Außen hin auszustrahlen. Ben wirkte seit dem Abend im London Eye auf ihn so entspannt wie seit Wochen nicht mehr.

Mark konnte es fast nicht glauben, als Reginalds Nummer auf seinem Handy erschien. Gespannt nahm er das Gespräch entgegen.

„Hallo Mark", meldete sich Reginald. „Können wir uns kurzfristig treffen?"

„Ja sicher, gibt es Neuigkeiten?" Fieberhaft wartete Mark auf seine Antwort.

„Allerdings. Ich komme heute Abend vorbei", antwortete er knapp.

„Ist wieder irgendwas passiert?" Ihm schwante Böses.

„Heute Abend. Bye." Schon hatte er aufgelegt.

Mark wartete zusammen mit Ben am Abend ungeduldig in ihrer Wohnung darauf, von Reginald aus ihrer Anspannung erlöst zu werden. Der Lift war bereits auf dem Weg nach oben.

Es läutete an der Wohnungstür und Mark öffnete. Reginald stand in einem schwarzen Anzug vor der Tür. Als Mark genauer hinsah, bemerkte er, dass der Anzug nicht rein schwarz war. Der Stoff war mit Raben bedruckt, die sich miteinander im Kampf zu befinden schienen. Marks Blick glitt zu seiner Brille, aus deren

Rahmen sich kleine schwarze Kunststofffedern schälten. Kühl funkelte er ihn an, während seine Mundwinkel deutlich nach unten zeigten.

„Guten Abend", begrüßte er Mark ungewohnt sachlich, nicht freundlich und warm. Vielmehr zischte seine Begrüßung wie ein dumpfer Peitschenhieb in Marks Ohren.

„Hallo Reginald. Ist alles okay bei dir?", erkundigte sich Mark vorsichtig.

„Nicht im Geringsten. Darf ich?" Er deutete in den Flur.

„Natürlich. Wieso fragst du? Oder wurdest du über Nacht zum Vampir, der eine Wohnung nur auf Einladung betreten kann?" Mark versuchte, die angespannte Atmosphäre mit einem Lächeln aufzulockern.

Reginald schien nicht zu Scherzen aufgelegt zu sein und quittierte seine Bemerkung mit einem strafenden Blick. Er marschierte strammen Schrittes an ihm vorbei ins Wohnzimmer.

Mark schloss verwundert die Tür und folgte ihm.

„Hey Reginald", begrüßte ihn Ben, der gerade aus der Küche kam, fröhlich mit einem Lächeln.

Ein unterkühltes „Hallo", begleitet von einer hochschnellenden Augenbraue, war die Antwort.

Nachdem auch Ben seine schlechte Laune zu bemerken schien, huschte sein eingeschüchterter Blick sofort zu Mark.

„Setz dich doch." Mark deutete auf einen der Stühle am Esstisch.

„Nicht nötig. Vielen Dank. Ich stehe lieber." Er wirkte, als wäre er eine Flasche Sekt, die zu heftig geschüttelt worden war. Mark konnte ihm ansehen, wie bemüht er um Fassung rang. „So etwas ist mir noch nicht passiert. Kretin, unprofessioneller Nichtsnutz!", polterte Reginald mit einem Mal los und gestikulierte dabei ausschweifend mit den Händen, während er auf einer imaginären Linie hin und her lief.

Mark warf Ben einen fragenden Blick zu, der hilflos mit den Schultern zuckte.

„Entschuldige die Frage, aber von was sprichst du?", schob Mark zwischen seine Schimpftiraden.

„Ich spreche von eurem Trauredner, der mir heute abgesagt hat. Er hat wohl einen Termin übersehen, den er schon vor euch zugesagt hatte." Ein abfälliges Lachen hickste aus seinem Mund und er stoppte.

Marks Blick fiel auf Ben. Er stand wie versteinert am Küchentresen. Jegliche Farbe war aus seinem Gesicht gewichen.

„Und jetzt?", fragte Mark.

„Jetzt wird es sportlich. Sergej sitzt bereits über unserer Kartei und telefoniert rum. Wir bekommen das hin." Sein Blick heftete sich an Mark. „Eins könnt ihr mir glauben: Dieser Schwachkopf wird von mir nie wieder einen Auftrag bekommen", donnerte er.

„Verstehe ich das richtig?", wisperte Ben mit hängenden Schultern und glasigem Blick. „Wir haben keinen Ort mehr, an dem wir heiraten können, und jetzt auch niemanden mehr, der uns traut?"

Reginald blickte fragend zu Mark, der kaum merklich mit dem Kopf schüttelte. Er räusperte sich, lief zu Ben und legte seinen Arm tröstend um ihn. „Nein. Wir haben nur eine kleine Planänderung. Ich habe eine Lösung gefunden, was den Ort angeht, und auch die Kleinigkeit mit dem Trauredner wird sich schon sehr bald in Wohlgefallen auflösen. Das verspreche ich dir." Liebevoll tätschelte er Ben die Schulter.

Mark beobachtete die beiden. Er war erstaunt über die Fähigkeit Reginalds, seine Stimmung zu wechseln. War er gerade noch wie eine explodierende Dampfwalze in die Wohnung gestürmt, klang er jetzt beinahe wie eine schwule Mutter Theresa. Bei Ben schien seine beschwichtigende Art Wirkung zu zeigen. Er erschien längst nicht mehr so verzweifelt wie vor einigen Augenblicken und auch die Farbe war in sein Gesicht zurückgekehrt.

Reginald wandte sich an Mark. „Vertraut ihr mir?"

Dieser blickte verwundert zu ihm. „Ja, natürlich. Warum fragst du?"

Seine Mundwinkel zogen sich weich nach oben. „Ich werde euch die schönste Hochzeit bescheren, die ihr euch vorstellen könnt. Ich brauche nur euer Vertrauen und den Willen, euch überraschen zu lassen."

Marks Blick schweifte zu Ben, der verhalten lächelte, ihm jedoch zunickte.

„Das hast du", sagte Mark.

„Dann darfst du mich jetzt zur Tür begleiten." Reginald ließ Ben wieder los, nickte ihm noch einmal aufmunternd zu und schwebte Richtung Flur. Als Mark die Tür öffnete, um ihn hinauszugeleiten, raunte er ihm zu. „Hier stimmt etwas nicht. Können wir morgen telefonieren?"

Mark wusste nicht, was er von dieser Aussage halten sollte. „Was meinst du?"

„Wir telefonieren morgen", flüsterte Reginald, um gleich danach „Schönen Abend, Ben" in die Wohnung zu rufen.

Mark sah ihm nach, bis er im Aufzug verschwunden war. In seinem Kopf rasten die Gedanken. Auf was hatte er angespielt? Sofort kam ihm Richard in den Sinn. Könnte es sein, dass er wieder seine Finger im Spiel hatte? *Jetzt sei nicht so paranoid*, sagte sich Mark und ging zurück in die Wohnung.

Voller Spannung fuhr er am nächsten Tag in die Firma. Er rief Colin ein kurzes „Guten Morgen" zu und eilte in sein Büro, wo er die Tür schloss. Ohne wie üblich seinen Laptop zu starten, setzte er sich an seinen Schreibtisch und wählte Reginalds Nummer.

„Daniels", meldete sich dieser kurz darauf.

„Hey, hier ist Mark." Unruhig ruckelte er auf seinem Stuhl.

„Oh, hallo Mark, danke, dass du anrufst." Er hatte wieder seinen geschäftlichen Tonfall aufgesetzt. Mark wusste inzwischen, dass er dies nur tat, wenn es um Verträge ging oder Dinge, die nichts mit der Hochzeitsplanung selbst zu tun hatten.

„Nach deinen Andeutungen gestern: Was ist los?" Seine Nervosität steigerte sich unaufhörlich. „Was meintest du damit, dass etwas nicht stimmt."

„Ich habe noch einmal mit der St. Henrys Chapel telefoniert. Mir kam es seltsam vor, dass sich angeblich ein Gemeindemitglied beschwert haben soll. Die Gegend, in der die Kapelle steht, gilt im Allgemeinen als überaus liberal und der Vorsitzende des Kirchengemeinderats ist selbst schwul."

Mark beugte sich vor und stützte sich auf den Schreibtisch. „Ich verstehe nicht."

„Ich habe seine Sekretärin angerufen und ihr ein bisschen Honig ums Maul geschmiert. Von ihr kam die Absage. Sie hat mir erzählt, dass ihr der Kirchengemeinderatsvorsitzende selbst aufgetragen hatte, uns den Vertrag zu kündigen. Sie konnte nicht verstehen aus welchem Grund, und sie hat auch nichts mitbekommen, dass irgendwelche Beschwerden diesbezüglich eingegangen wären." Reginald klang, als wäre er einer riesigen Verschwörung auf der Spur und hätte Angst, abgehört zu werden.

„Warum sollte dieser Vorsitzende so etwas erfinden?" Mark versuchte, die Informationen zusammenzusetzen, wurde jedoch nicht schlau daraus.

„Das kann ich dir nicht sagen. Er war für mich nicht zu sprechen. Aber ich bin mehr als verwundert."

Mark hörte, wie sich Reginald anscheinend gegen seine Stuhllehne fallen ließ. „Würde es etwas bringen, wenn ich versuche, mit ihm zu reden?", fragte er.

„Nein. Euer Termin ist leider nicht mehr frei. Aber kommen wir zum Trauredner. Ich meine mich zu erinnern, dass er erwähnt hat, jemanden aus eurem Umfeld zu kennen", raunte er verhalten und schien zu überlegen.

„Aus unserem Umfeld?", hakte Mark nach. „Wer sollte das sein?"

„Das weiß ich nicht. Er ist nicht mehr erreichbar. Entweder ist besetzt oder er geht nicht ran. Versteh mich nicht falsch, Mark, aber gibt es jemanden, der euch die Hochzeit nicht gönnt, oder habt ihr Menschen, die euch nicht zugetan sind?"

Eine Gänsehaut raste über Marks Körper, während er überlegte. Sofort fiel ihm Richard ein. „Ich hatte einen Kollegen, dem solche Sachen zuzutrauen wären. Er hat ein paarmal versucht, unsere Beziehung zu sabotieren."

„Und? Wäre es möglich, dass dieser ehemalige Kollege hinter all dem steckt?", fragte Reginald.

„Ich denke nicht. Er wurde vor über einem Jahr entlassen. Seitdem habe ich nichts mehr von ihm gehört und wie ich mitbekommen habe, lebt er nicht mehr in London. Vielleicht sind das alles nur Zufälle. Ich denke, wir sollten unsere Energie darauf richten, etwas Neues zu finden", wiegelte Mark ab. Beim Gedanken an Richard zog sich alles in ihm zusammen.

„Du hast recht. Ich wollte nur, dass du es weißt. Gestern wollte ich nichts sagen, wegen …" Reginald räusperte sich. Er schien ein wenig verlegen zu sein.

„Ben", vervollständigte Mark den Satz. „Ich weiß, er reagiert sehr emotional, wenn es um die Hochzeit geht. Danke, dass du so offen zu mir warst." Für Mark fühlte es sich in diesem Augenblick an, als würde er mit einem Freund telefonieren.

„Weißt du, Mark, ich plane zwar jeden Tag Hochzeiten, aber manchmal gibt es eben Paare, die besonders sind. Wie sagt man so schön, der Funke springt über. Ihr seid eines dieser Paare. Es liegt mir am Herzen, dass ihr den schönsten Tag haben werdet." Seine Rührung war deutlich zu hören und sprang sofort auch auf ihn über. Mark sah ihn vor seinem geistigen Auge vor sich sitzen und ein Tränchen verdrücken. Er schluckte, ein Kloß hatte sich in seinem Hals gebildet und er spürte, wie seine Augen feucht wurden. Hastig wischte er mit der Hand über sie. „Danke Reginald", sagte er schnell mit gebrochener Stimme.

„Ich melde mich", säuselte Reginald in den Hörer und legte auf.

Mark lehnte sich zurück. Einen Augenblick lang überlegte er, Ben anzurufen, um ihn von Reginalds Verdacht zu erzählen, doch er entschied sich dagegen. Was sollte es bringen, ihn mit irgendwelchen Verdächtigungen zu konfrontieren, von denen Mark nicht wusste, ob sie real waren oder nicht? Es genügte, dass er davon wusste. Mark würde ein wenig wachsamer sein. Jetzt war das Einzige, das zählte, dass er Ben heiraten würde. Es war für ihn der Startschuss in eine Zukunft voller Freude. Eine Zukunft mit Ben.

Er lächelte. Vor seinem inneren Auge sah er sich mit ihm in Schaukelstühlen auf einer Veranda sitzen. Beide waren sie alt und grau und sahen den Eichhörnchen zu, wie sie durch die Wiese sprangen und die Bäume hochjagten. Das war das Ziel und ihre Hochzeit die erste Hürde, die sie auf diesem Lauf zu nehmen hatten. Eine wunderschöne und leicht zu nehmende Hürde.

Mark stieß sich mit seinem Fuß am Boden ab, sodass er sich zusammen mit seinem Stuhl um 180 Grad drehte. Er blickte durch die Glaswand nach draußen. London lag ihm zu Füßen. In diesem Moment spürte er dieses spezielle Gefühl, das er immer wieder hatte, seit er Ben kannte. Dieses Gefühl von *alles ist möglich*.

Kapitel 25 - Mark - Nur ein Hemd

Am Abend fuhr er pünktlich seinen Laptop herunter, da er mit Ben verabredet war. Sie wollten sich in einem kleinen Laden gegenüber von Harrods treffen, um sich ihre Anzüge zu kaufen. Ben war vor einigen Wochen beim Bummeln in diesen Laden geraten und hatte sich vom Fleck weg in eins der Modelle verliebt. Heute hatten sie einen Termin bei dem Schneider, um die Anzüge abzuändern.

Gut gelaunt rannte Mark durch den einsetzenden Regen zur U-Bahn. An einem kleinen Kiosk am Eingang zu den Gleisen kaufte er sich eine der Klatschzeitungen. Ihm war heute nach übertriebenen Schlagzeilen und dem neusten Tratsch aus dem Königshaus. Kurz darauf saß er in der U-Bahn Richtung Knightsbridge und amüsierte sich über die reißerische Berichterstattung.

Es dämmerte bereits, als Mark aus der Undergroundstation kam. Die Straßenbeleuchtung brannte und der Regen fiel in langen Fäden vom Himmel, bevor er sich beim Auftreffen auf die Straße in kleine Krönchen verwandelte, die glitzernd zerstoben. Der Wind zupfte die bunten Blätter von den Bäumen, die den Gehsteig zierten, und trieb sie vor sich her. Er blickte über die Straße und entdeckte den kleinen Laden, in dem er mit Ben verabredet war. Das Licht, das aus den Schaufenstern leuchtete, fiel warm auf die Straße. Der Verkehr kroch an ihm vorbei, wobei sich die Scheinwerfer der Autos und die der Straßenlaternen tausendfach auf der nassen Fahrbahn spiegelten. Mark öffnete die Zeitung, die er noch unter dem Arm geklemmt hatte, und hielt sie sich über den Kopf, bevor er sich zwischen den stehenden Autos auf die andere Straßenseite durchschlängelte. Londons Klatschpresse war eben zu vielen Dingen zu gebrauchen.

Als er am Schaufenster vorbeilief, sah er Ben schon im Laden sitzen. Er tippte gedankenversunken auf seinem Mobiltelefon.

Mark eilte in den Eingang. Dort faltete er die Zeitung zusammen und warf sie in den Papierkorb neben der Ladentür. Ein lauter Gong erklang, als er die Tür öffnete. Ben sah auf und lächelte ihn an. Mark lief auf ihn zu und drückte ihm einen Kuss auf die Wange.

„Ah, da ist ja der Gatte", hörte Mark eine männliche Stimme hinter seinem Rücken sagen. Er drehte sich um. Hinter ihm stand ein blonder Riese. Der Verkäufer überragte Mark um gut einen Kopf. Sowohl Kopfhaare als auch Augenbrauen und Schnäuzer schienen mit viel Pomade in Form gebracht worden zu sein. Seine blauen Augen musterten ihn durch die Nickelbrille auf seiner Nase von Kopf bis Fuß.

„Der zukünftige Gatte", verbesserte Mark ihn und lächelte Ben verschmitzt an.

Der Hüne lachte auf. „Mit wem fangen wir an?"

Hatte er einen leichten italienischen Akzent? Gab es blonde blauäugige Italiener? Bevor Mark weiter darüber nachdenken konnte, hatte sich der Verkäufer bereits einen der Anzüge geschnappt und Ben in einen Gang neben den Umkleidekabinen manövriert. Mark schlenderte derweilen an den Kleiderständern entlang und betrachtete die Anzüge, bis seine Aufmerksamkeit auf ein Regal mit Hemden fiel. Doch noch bevor er sich näher damit beschäftigen konnte, kam der Verkäufer schon mit Ben in den Laden zurück.

„Fehlt etwas?", erkundigte sich Mark.

„Mitnichten, Ihr zukünftiger Gatte ist fertig", teilte der Riese lächelnd mit.

„So schnell?", fragte Mark verwundert.

„Bei meinem Körper muss eben nicht viel geändert werden." Bens Mundwinkel rutschten in ein selbstsicheres Lächeln.

„Es war, als ob dieser Anzug nur für ihn gemacht worden wäre", ergänzte der Verkäufer und musterte Ben anerkennend. „Nur ein, zwei kleine Änderungen. Nichts Dramatisches. Wollen wir?" Er winkte Mark zu sich.

Mark folgte ihm in den Gang. Auf der linken Seite gingen sie in ein kleineres Zimmer. Der Raum war spärlich eingerichtet – ein Tisch, ein Stuhl und eine abgeteilte Umkleide mit samtrotem Vorhang. Trotz seiner kargen Einrichtung wirkte er, vor allem durch die farbenfrohe Blumentapete, freundlich und einladend. Auf dem Tisch lagen allerlei Nähutensilien. Der Hüne nahm das Maßband und begann Marks Körper abzunehmen.

„Sehr schön, sehr schön. Und jetzt bitte einmal anprobieren." Er deutete auf den Anzug, der an der Umkleidekabine hing. Mark nahm den Kleiderbügel mit in die Umkleide, kurz darauf kam er auf Socken wieder heraus und platzierte sich vor dem Verkäufer. Mit prüfendem Blick umrundete dieser Mark.

„Perfekt", murmelte er. „Er sitzt perfekt."

Mark vernahm seine Worte voller Genugtuung. „Sind wir dann fertig?"

Mit ungläubigem Blick umrundete er ihn erneut, zupfte am Ärmel, dann am Bund des Sakkos und fuhr mit seinen Fingern in den Hosenbund. „Es sieht so aus." Er lächelte Mark bewundernd an.

„Dann kann ich mich wieder umziehen?", fragte er und empfand ein wenig Genugtuung, dass auch sein Anzug perfekt passte.

„Können Sie. Wollen Sie ihn sofort mitnehmen oder auch nächste Woche, wenn der Ihres Verlobten fertig ist?"

Mark ging zurück in die Umkleide. „Ich denke, wir machen das nächste Woche zusammen. Ich würde die Anzüge aber heute schon zahlen. Wäre das in Ordnung?" Ihm fiel das Regal mit den Hemden ein. „Und ich muss noch kurz bei den Hemden schauen."

„Liebend gern. Geht es um ein spezielles Hemd?", erkundigte er sich geschäftig.

„Ich habe da eins im Auge." Er reichte dem Verkäufer den Anzug, den dieser fein säuberlich auf den Bügel hängte, dann ging Mark zurück in den Laden.

„Und?", fragte Ben.

„Keinerlei Änderungen." Mark lächelte amüsiert.

„Das kann nicht sein." Ben sah ihn skeptisch an.

„Es ist so", bestätigte der Verkäufer. „Ein perfektes Paar."

Bevor Ben etwas erwidern konnte, hatte Mark bereits die Hemden angesteuert.

„Was willst du bei den Hemden? Du hast doch schon so viele", bohrte Ben nach.

„Die sind alle einfarbig. Ich möchte mal etwas Flippigeres, so wie das hier." Mark zog ein hellblaues Hemd aus dem Regal, auf dem bunte Fische und Muscheln abgebildet waren.

Ben hob einen Ärmel hoch, verzog den Mund und schüttelte den Kopf. „Das wäre ein Hemd für Reginald, aber nicht für dich!"

„Wenn ich mich hier einmal kurz einmischen dürfte", sprang der Verkäufer Mark zu Seite. „Ich denke, dieses Hemd steht Ihnen perfekt. Es ist nicht nur überaus sportlich, sondern betont auch die Farbe Ihrer Augen. Zudem gibt es zurzeit dreißig Prozent Rabatt auf alle Hemden dieser Kollektion."

Marks Blick glitt von dem Hemd in seiner Hand zu Ben, dem deutlich anzusehen war, dass er wenig begeistert war. Doch er hatte sich bereits bis über beide Ohren in das Hemd verguckt. „Packen Sie es ein. Größe 41." Mark zahlte und verließ gefolgt von Ben den Laden.

„Du hast dich über den Tisch ziehen lassen", brummte dieser ihm vor der Tür zu.

Mark sah ihn verwundert an. „Wie kommst du auf so was?"

„Du hast dich von dem Verkäufer bequatschen lassen. Das Hemd ist furchtbar und es steht dir null." Ben vergrub seine Hände in den Hosentaschen und funkelte Mark beleidigt an.

„Was regst du dich wegen dieses Hemds so auf?" Mark spürte, wie der Ärger in ihm aufstieg. Er sah ihn fragend an und konnte seine übertriebene Reaktion in keiner Weise nachvollziehen.

„Schon gut", presste Ben heraus und machte sich auf den Weg zur U-Bahn. Mark folgte ihm mit einer Schrittlänge dahinter. Er kannte dieses Verhalten von ihm aus einigen Auseinandersetzungen und wusste, dass es wenig Sinn ergab, die Diskussion zu suchen, solange seine Laune so war, wie sie gerade war. Unweigerlich schlich sich jedoch der Gedanke in seinen Kopf, ob es jetzt immer so sein würde. Ob er für den Rest seines Lebens mit Schweigen bestraft werden würde, wenn er eine Entscheidung traf, die Ben nicht behagte. Beklemmung kroch in seine Glieder.

Er hielt Ben fest im Blick, in der Hoffnung, dieser würde sich umdrehen und sich entschuldigen, aber diesen Gefallen tat er ihm nicht. Schweigend stapfte er zur U-Bahn-Station, schweigend saß er neben Mark in der Bahn und genauso schweigend lief er von der Bahn nach Hause.

Mit Marks Unverständnis wuchs auch sein Unmut. Er hatte sich auf einen entspannten Abend gefreut, doch ein solcher schien in unerreichbare Ferne gerückt zu sein. Ben schloss auf und betrat die Wohnung, ohne ihn dabei eines Blickes zu würdigen. Er zog die Schuhe aus, hängte seine Jacke an die Garderobe und ging geradewegs ins Schlafzimmer. Mark blieb an der Tür stehen und beobachtete ihn dabei. Als Ben verschwunden war, entledigte er sich ebenfalls seiner Schuhe und der Jacke. Still setzte er sich auf die Couch und schaltete den Fernseher an, um sich etwas abzulenken. Sollte Ben ruhig zicken, er brauchte nur ein bisschen Geduld, dann würde er einsehen, wie kindisch sein Verhalten war und sich bei ihm entschuldigen.

Ein wenig hatte er die Hoffnung, dass es genauso laufen würde, dass sie vielleicht gleich Arm in Arm auf der Couch liegen würden. Mark konnte Bens Nähe förmlich spüren, er brauchte nur ein bisschen Geduld.

Er zappte durch die Kanäle in der Erwartung, etwas Interessantes zu finden, doch es lief nur Mist, wie er fand. Hinter sich hörte er, wie Ben aus dem Schlafzimmer kam.

Das ging ja schnell, dachte Mark und machte sich bereit Ben großherzig zu vergeben und ihn in die Arme zu schließen. Allerdings er hatte seine Rechnung ohne seinen zukünftigen Ehemann gemacht. Dieser lief direkt an ihm vorbei, ohne ihn eines Blickes zu würdigen. Er ging in die Küche, holte sich ein Glas aus dem Schrank und schenkte sich Wasser ein. Mark beobachtete ihn aus den Augenwinkeln in der Annahme, auf seinem Rückweg würde er sich entschuldigen. Diese Hoffnung starb jedoch mit dem erneuten Zufallen der Schlafzimmertür.

Mark starrte auf den Fernseher und fühlte sich, als hätte er soeben eine Dusche mit Eiswasser abbekommen. Sein Magen zog sich zusammen. Er spürte, wie Hitze in ihm aufwallte und seine Halsschlagader spürbar zu pochen begann. *Was bildet er sich ein*, schoss ihm in den Kopf und er sprang auf. Schnellen Schrittes lief er zum Schlafzimmer und riss die Tür auf.

Ben lag auf dem Bett. Als Mark in das Zimmer hechtete, hob er seinen Kopf und blickte ihn ausdruckslos an.

„Sag mal, spinnst du? Was soll die Scheiße?", donnerte Mark in seine Richtung.

„Was willst du? Lass mich in Ruhe", entgegnete Ben müde und legte seinen Kopf wieder auf die Matratze.

„Was ich will? Ich will wissen, wieso du einen solchen Aufriss machst, nur weil ich mir ein Hemd gekauft habe? Von meinem Geld, wohlgemerkt, das ich mit meiner Arbeit verdient habe." Mark spürte eine Welle der Wut auf sich zurasen. Er ballte seine Hände zu Fäusten. Ein kleiner Teil von ihm versuchte noch, sich unter Kontrolle zu halten, doch dieser Versuch war von vorneherein zum Scheitern verurteilt. Seine Stimme schwoll mit jedem Wort an.

„Eins, das dir nicht steht und das mir nicht gefällt." Bens Stimme zitterte.

„Mein Hemd, mein Geld, meine Entscheidung", schrie Mark jetzt.

„Wir werden heiraten. Also treffen wir in Zukunft alle Entscheidungen zusammen." Ben setzte sich auf und schickte imaginäre Blitze durch den Raum. Ihm war ebenfalls anzumerken, wie seine Wut hochkochte.

Mark blieb die Luft weg. „Ich soll dich bei jedem Hemd oder bei jeder Socke, die ich kaufe, um Erlaubnis bitten?", fragte er in einem scharfen Tonfall.

Ben sah mit kühlem Blick zu ihm und schwieg.

„Wenn das so ist, sollten wir vielleicht noch einmal darüber nachdenken, ob wir wirklich heiraten sollen," rutschte es aus Mark heraus. Er fühlte sich mit einem Mal schwach und müde.

Ben schoss hoch. „Ja, vielleicht sollten wir das."

„Weißt du was? Ich habe keine Lust mit dir wegen so etwas Unwichtigem zu streiten." Mark ließ die Schultern nach unten sacken und senkte den Kopf. „Wir reden später, wenn wir uns abgeregt haben."

Er drehte sich um und ging in sein Arbeitszimmer. Dort ließ er sich auf seinen Drehstuhl sinken und starrte zum Fenster. Ärger über sich selbst wallte auf. Darüber, dass er diesen Streit so dermaßen hatte eskalieren lassen.

Allmählich flaute seine Wut ab und es tat ihm leid, Ben so angeschrien zu haben. Immer wieder ging er in Gedanken die

Situation ab dem Hemdenkauf durch. An welcher Stelle war es schiefgelaufen? Mark konnte sich keinen Reim darauf machen, es war doch nur ein Hemd.

Das Zufallen der Wohnungstür holte ihn aus seinen Gedanken. Er stand auf und öffnete leise die Tür. Vorsichtig lugte er hinaus. Außer Coop war niemand zu sehen. Mark ging sachte zum Schlafzimmer. Es war leer, genau wie das Badezimmer und die Küche. Ben war gegangen.

Kapitel 26 - Ben - Verletzter Stolz

Der kalte Wind pfiff Ben um die Nase, als er durch die Drehtür auf den Bürgersteig kam. Zum Glück hatte es inzwischen aufgehört zu regnen. Mit Tränen in den Augen blickte er nach oben. Er meinte, zu erkennen, wie das Licht im Wohnzimmer angeschaltet wurde. Ben zog sein Handy aus der Tasche – keine Nachricht, kein Anruf. Missmutig stopfte er es zurück in seine Hose und sah sich um. Ein eisiger Schauder überrollte ihn und er hatte keine Ahnung, was er jetzt tun sollte. Mark wollte ihn nicht mehr heiraten. Das war das Einzige, das Ben in seinem Kopf hatte und dieser Gedanke hatte dafür gesorgt, dass er das Gefühl bekommen hatte, die Wohnung würde ihn erdrücken. Er hatte rausgemusst, weg von diesem Gedanken, weg aus dieser Situation und weg von Mark.

Ratlos blickte er sich um. Steph kam ihm in den Kopf. Aber er drängte den Gedanken beiseite. Er würde sich nicht bei seinem Ex-Freund ausheulen und sich von ihm trösten lassen. Es gab nur einen Ort, an den Ben gehen konnte und wollte – nach Hause. Aber nicht zu seinen Eltern – die beiden waren eindeutig im Team Mark. Es musste jemand sein, der neutraler war. Jemand wie seine Schwester. Romina würde ihn verstehen.

Ohne sich noch einmal umzudrehen, lief Ben los. Die U-Bahn wollte er nicht nehmen. Zu viele Menschen, zu viel Lärm. Er brauchte Ruhe und wollte allein sein. Nur so konnte er seine Gedanken fließen lassen. Der Regen und die Dunkelheit hatten die Menschen in ihre Wohnungen getrieben, sodass kaum jemand unterwegs war.

Ben lief in Richtung des kleinen Parks, der die Verbindung zwischen dem Stadtviertel seiner Eltern und dem, in dem er mit Mark lebte, war. Nach einer guten Viertelstunde verließ Ben die Straße und bog in den Park. Als er ein paar Minuten gegangen war, ebbte das Geräusch des fließenden Verkehrs allmählich ab, bis es ganz verstummte. Ben blieb stehen und lauschte. Lediglich das leise Rauschen des Windes in den Ästen der Bäume war zu hören. Das fahle Licht der vereinzelten Laternen sorgte für ein wenig Orientierung.

Ben lief gemächlich über den knirschenden Kiesweg, während er nachdachte. Sollte er Romina erzählen, warum sie gestritten hatten? Das musste er. Zum einen war sie die Neugierde in Person und zum anderen fand er, dass sie es verdiente, die Wahrheit zu erfahren, wenn er ohne Anmeldung bei ihr auftauchen würde. Er überlegte sie anzurufen und vorzuwarnen, doch Ben befürchtete, dass sie ihn zusammenfalten und nach Hause zu Mark schicken würde. Mark kam ihm in den Sinn. Hatte er ihn wirklich verlassen? Konnte er das überhaupt? Sie wollten doch heiraten. Alles war geplant, die Gäste eingeladen.

Nein, fiel es Ben ein. Mark dachte darüber nach, eben genau das nicht zu tun. Die Gäste waren zwar eingeladen, aber was hieß das schon. In Gedanken versunken suchte er nach einer passenden Ausrede, um die Gäste wieder auszuladen. Sehnsucht flammte in ihm auf. Die Sehnsucht nach Marks Umarmung. Er konnte ihn fast riechen, ihn spüren. Ben schob die Gedanken beiseite und konzentrierte sich wieder auf seinen Weg. Sein Handy vibrierte in seiner Hosentasche. *Mark* schoss es ihm in den Kopf und er zog es eilig heraus.

Los, besorg's mir, las Ben und wusste ihm ersten Augenblick, nichts mit dieser Nachricht anzufangen. Wie konnte das sein? Sie hatten seine Nummer im Toilettenhäuschen unkenntlich gemacht. Oder kam die Nachricht vielleicht vom Urheber des Ganzen? Wieso schrieb er gerade jetzt, wo er allein war? Hatte dieser jemand ihn beobachtet? Ben hörte ein Rascheln in einem der Büsche hinter sich. Er aktivierte die Taschenlampe an seinem Mobiltelefon und leuchtete das Gestrüpp ab.

„Hallo?", rief er und versuchte, dabei selbstsicher zu klingen, was ihm nur bedingt gelang. Er erhielt keine Antwort, lediglich ein paar der Äste wippten sanft im Wind. Ein kalter Schauder lief Ben über den Rücken. Wenn es jemand auf ihn abgesehen hatte, war jetzt der richtige Moment, um zuzuschlagen. Es war dunkel und er war allein. Niemand wusste, wo er war.

Ben sah auf sein Handy. Der Akku war bereits im roten Bereich, also schaltete er die Taschenlampe wieder aus. Er wandte sich um und ging weiter. Das unheimliche Gefühl in ihm nahm zu und seine Beklemmung stieg. Ohne es zu wollen, lief er schneller. Da! Er blieb stehen und drehte sich erneut um. Waren das nicht Schritte hinter ihm gewesen? Sein Körper kribbelte vor Anspannung. Er aktivierte erneut die Taschenlampe und leuchtete den Weg, den er gekommen war, ab. Doch es war niemand zu sehen. Sein Handy vibrierte aufs Neue. Ben las die Nachricht, die soeben eingegangen war. *Ich warte. Oder soll ich dich holen?*

Bens Herz trommelte gegen seinen Brustkorb. Schweiß bildete sich auf seiner Stirn. Mit einem Mal hatte er das Gefühl, nicht mehr allein zu sein. Er schob das Handy in seine Tasche und hastete weiter. Seine Beine erhöhten wie von selbst das Tempo, immer schneller und schon, ohne es wirklich zu wollen, rannte er. Nein – es war kein Rennen, es war eine Flucht.

Endlich erreichte er den anderen Rand des Parks und stürzte in den scheinbaren Schutz des Lichts der Straßenbeleuchtung. Sein Handy summte erneut. Ben ließ es vibrieren und rannte weiter. Er sprintete die Straßen entlang und stoppte erst, als er vor Rominas Haus angekommen war. Stürmisch drückte er die Klingel und sah sich immer wieder um, bis seine Schwester endlich die Tür öffnete.

„Ben?", fragte sie erstaunt. „Was machst du denn hier und wie siehst du bloß aus?"

„Darf ich reinkommen?", keuchte er und blickte noch einmal hinter sich, dann schob er sich an seiner Schwester vorbei ins Haus. „Bist du allein?"

„Ja." Sie war sichtlich verdattert. „John ist mit Jack beim Sport und Jonathan ist schon im Bett. Was ist denn los? Wieso schwitzt du so?" Ihr besorgter Blick wanderte an ihm nach oben und hakte sich in seinen.

Ben lief ins Wohnzimmer und ließ sich auf die Couch fallen. „Ich dachte, ich werde verfolgt." Er zupfte sich zwei Papiertaschentücher aus der Box, die Romina unter ihrer antiken Tischleuchte auf dem Beistelltischchen stehen hatte, und tupfte sich die Stirn ab.

„Verfolgt? Von wem? Was ist mit Mark?" Sie war im Türrahmen stehengeblieben und schaute ihren Bruder ratlos an.

Ben schossen die Tränen in die Augen. Er vergrub das Gesicht in seinen Händen. Doch es gelang ihm, seine Fassung zurückzuerlangen. Erneut rupfte er ein Tuch aus der Box und wischte sich über das Gesicht. „Mark will mich nicht mehr heiraten."

Ein verstehendes Lächeln drängte sich auf ihre Lippen. Sie ging zu Ben und setzte sich neben ihn. Dann zog sie ihren Bruder in eine Umarmung und strich ihm sanft über den Rücken. „Ihr werdet heiraten", raunte sie ihm ins Ohr.

Ben schüttelte den Kopf. „Werden wir nicht", schluchzte er.

Romina entließ ihren Bruder aus ihrer Liebkosung. „Und was macht dich da so sicher?"

Ben starrte sie an und schniefte. Dann berichtete er ihr von dem Streit.

„Weißt du, Brüderchen, es ist ganz normal, wenn man vorher ein bisschen kalte Füße bekommt. Warum warst du denn so sauer? Es war doch nicht wegen des Hemdes, oder?" Ungläubig beäugte sie ihn.

„Doch!", platzte es trotzig aus Ben heraus. Er senkte sein Gesicht und schwieg.

„Nein, war es nicht", erwiderte Romina ruhig. „Ich erzähl dir jetzt mal was. John und ich hatten zwei Wochen vor unserer Hochzeit einen Riesenstreit. Bei uns ging es ums Essen. John wollte Pizza zum Abendessen machen und ich wollte Salat."

Ben sah fragend zu Romina. „Und deswegen habt ihr gestritten?"

„Und wie. An diesem Abend war ich, genauso wie du jetzt, überzeugt, dass wir niemals heiraten werden. Ich saß im Schlafzimmer, hab mir die Seele aus dem Leib geweint und überlegt, mit welcher Ausrede wir unsere Gäste wieder ausladen. Ich habe mich so geschämt." Ein Schmunzeln schob sich auf ihre Lippen.

„Kenn ich! Aber wegen Pizza und Salat?", fragte Ben skeptisch.

„Es ging natürlich nicht um Pizza und Salat. In Wahrheit ging es um meine Angst, dass ich irgendwann für John nicht mehr attraktiv sein könnte." Mit einem mütterlichen Blick sah sie ihn an.

Ben streifte sich seine Schuhe von den Füßen und setzte sich im Schneidersitz so auf die Couch, sodass er Romina zugewandt war. „Verstehe", murmelte er.

„Also – um was geht es bei dir?", fragte Romina.

Ben senkte seinen Kopf erneut. Mit seiner Hand fuhr er über seinen großen Zeh. „Ich denke …", sagte er vorsichtig und stockte. „Es könnte sein, dass ich Angst davor habe, Mark könnte eigene Entscheidungen treffen. Ohne mich."

Romina legte ihre Hand auf Bens Knie. „Aber Mark ist erwachsen. Er trifft schon sehr lange seine eigenen Entscheidungen. Und eine dieser Entscheidungen war es, dich heiraten zu wollen."

„Ich weiß", flüsterte Ben. „Aber was ist, wenn er eines Tages die Entscheidung trifft, nicht mehr mit mir zusammen sein zu wollen?"

Romina lachte leise auf. „Daher weht der Wind? Das kann natürlich passieren. Weißt du, Mark liebt dich über alles und wie ich ihn kenne, weiß er sehr genau, was er will und auch, was es bedeutet, jemanden zu heiraten."

„Und ich liebe ihn", verteidigte sich Ben.

„Das weiß ich, Bruder. Dann musst du ihm aber auch seinen Freiraum lassen. Du kannst nicht erwarten, dass er jede seiner Entscheidungen mit dir abspricht. Lass ihm Luft zum Atmen. Es gibt da einen Spruch, der sehr wahr ist. *Was du liebst, lass los, kommt es zurück, bleibt es für immer bei dir.* Eine gute Beziehung lebt vom Geben und Nehmen. Jeder sollte sich frei entfalten können und sei es nur dadurch, dass man sich ein Hemd kauft, das der andere vielleicht nicht so überragend findet."

Ben verstand, was ihm seine Schwester sagen wollte. Mit einem Mal kam er sich unglaublich dumm vor, wegen so einer Kleinigkeit mit Mark gestritten zu haben. Im gleichen Augenblick wuchs seine Sehnsucht nach ihm.

„Vorschlag. Du bleibst heute Nacht hier, ich rufe Mark an, damit er weiß, wo du bist, und wir machen einen Bruder-Schwester-Abend. Und morgen fährst du zu ihm und ihr sprecht euch aus.

Ich denke, ihr solltet vielleicht mal eine Nacht getrennt bleiben, um beide wieder runterzukommen. Wie klingt das für dich?" Lächelnd knuffte sie Ben gegen die Schulter.

Dieser nickte erleichtert. „Du bist eine weise Frau", sagte er dankbar.

Romina lachte. „Das fällt dir erst heute auf?"

Nachdem sie kurz mit Mark telefoniert hatte, verschwand sie in der Küche und tauchte mit einer großen Schüssel Popcorn wieder im Wohnzimmer auf. Sie löschte das Licht und schaltete den Fernseher an.

„Was schauen wir?", fragte Ben.

„Was schon? Bei Beziehungsproblemen gibt es nur einen richtigen Film – *Bridget Jones*." Romina grinste ihren Bruder an und startete den Film.

Ben lag im Bett. Der Regen tippte an die Scheibe. Er wälzte sich von einer Seite auf die andere, an Schlaf war nicht zu denken. Es fehlte jemand, der ihn in den Arm nahm. Er drehte sich zurück zum Fenster und legte den Kopf auf seinen Arm. Mit der anderen Hand fuhr er sanft vom Handgelenk den Unterarm hinauf. Es kitzelte und fühlte sich gut an. Aber es war kein Vergleich dazu, wenn Mark das tat. Eine Träne löste sich und tropfte von seiner Wange. Seine Sehnsucht wuchs so sehr, dass sein ganzer Körper schmerzte. Er sah auf die Uhr, die auf dem Nachttischchen stand. Kurz vor fünf. Viel zu früh. Ben beschloss noch eine Stunde zu warten und dann nach Hause zu gehen.

Er versuchte die Tropfen, die an die Scheiben klopften, zu zählen. Sein Blick fiel erneut zur Uhr. Zwei Minuten waren vergangen. Er gähnte. Ob Mark auch wach lag? Die Uhr sprang eine weitere Minute nach vorn. Er drehte sich auf die andere Seite. Würde ihm Mark verzeihen? Wieder wechselte er die Position, dabei nahm er sich vor, dieses Mal nicht auf die Uhr zu sehen. Vergebens. Zwei weitere Minuten waren geschafft. Quälend langsam verstrich die Zeit, bis die Anzeige endlich auf sechs Uhr sprang. Leise stand er auf und zog sich an, dann schlich er nach unten und pinnte Romina eine Nachricht an den Kühlschrank, dass er nach Hause gegangen sei.

Als er das Haus verlassen hatte, war es noch dunkel gewesen. Ben hatte den gleichen Weg genommen wie am Vorabend. Obwohl es im Park genauso finster war wie am Abend zuvor, hatte er heute seinen Schrecken verloren. Die Sehnsucht nach Mark und die Frage, ob dieser ihm verzeihen würde, beherrschten sein Denken.

Auf den Straßen erwachte allmählich das Leben und als Ben eintraf, bezog Joe, der Portier, gerade seinen Posten.

Er nickte Ben freundlich zu, als dieser durch die Lobby zum Lift lief. Bens Herz schlug ähnlich stark wie nach ihrem Streit, dieses Mal nur aus einem anderen Grund. Dieses Mal war es die Sorge, dass ihm Mark nicht verzeihen würde, die ihm das Blut mit erhöhtem Druck durch den Körper pumpte. Mit einem *Bing* öffneten sich die Lifttüren. Bens Blick fiel auf ihre Wohnung. Er ging leisen Schrittes auf sie zu und schloss auf.

Vorsichtig lugte er hinein. Die Wohnung lag im Dunkeln – Mark schien noch zu schlafen. Ben schlüpfte in den Flur und zog die Tür lautlos zu. Nachdem er seine Schuhe abgestellt hatte, ging er ins Wohnzimmer.

Mark lag auf dem Sofa und schlief. Coop hatte sich zwischen ihn und die Rückenlehne gequetscht und träumte ebenfalls. Als er Ben bemerkte, hob der Kater kurz den Kopf und sah ihn mit zusammengekniffenen Augen an. Nachdem er Bens Gefahrenpotenzial wohl auf gering eingestuft hatte, vergrub er ihn jedoch gleich wieder und schloss seine Augen mit einem leisen Seufzer.

Ben setzte sich in den Sessel und beobachtete Mark. Gleichmäßig hob und senkte sich seine Brust. Als er so vor ihm saß, wurde ihm einmal mehr bewusst, wie sehr er Mark liebte. Er wollte keinen Tag mehr ohne ihn sein. Ein Leben ohne ihn war unvorstellbar für ihn. Mark war sein Zuhause.

Nachdem er ein paar Minuten still dagesessen hatte, stand er auf und kniete sich neben ihn. Sanft strich er über seine Wange. Dieses wunderschöne und so vertraute Gesicht. Bens größter Wunsch in diesem Augenblick war es, es wieder lachen zu sehen.

Zaghaft öffnete Mark die Augen, um im nächsten Moment hochzuschrecken. Wirr sah er Ben an. „Du?", murmelte er.

„Sprichst du noch mit mir?", fragte Ben vorsichtig.

Marks Körper verlor an Anspannung. Er streckte ihm seine Hand entgegen. „Warum sollte ich denn nicht mehr mit dir sprechen?" Er setzte sich auf. „Willst du mir sagen, was gestern los war?"

„Da gibt es nicht viel zu sagen, außer dass es mir furchtbar leidtut. Ich denke, ich hatte Angst dich zu verlieren." Voller Scham senkte er seinen Kopf.

„Mich zu verlieren? Wie kommst du auf so etwas?" Mark war sein Erstaunen deutlich anzuhören.

Ben hob den Kopf wieder und zuckte mit den Schultern. „Ich war einfach doof."

„Das war ich genauso. Natürlich will ich dich noch heiraten. Aber ich will auch mein Selbst nicht am Altar abgeben müssen. Ich möchte immer noch ich sein können, selbst dann, wenn ich Teil eines Wirs bin", entgegnete Mark mit sanfter Stimme.

„Das sollst du auch sein." Er nahm Marks Hand und küsste ihn behutsam auf seinen Handrücken.

„Ist alles wieder gut?", erkundigte sich Mark verhalten.

Ben nickte und wurde im nächsten Augenblick mit auf die Couch gezogen, was Coop mit einem entsetzten Miauen aufspringen ließ.

Mark schlang seine Arme um ihn und drückte ihn fest an sich. „Ich liebe dich", flüsterte er ihm ins Ohr.

Ein Klingeln an der Tür verhinderte, dass Ben antworten konnte. „Wer ist das?"

Mark sah ihn überrascht an. „Keine Ahnung."

Ben blickte zur Uhr, es war kurz vor acht. „Ich sehe nach." Vorsichtig drückte er sich aus Marks Umarmung ab und ging zur Tür. Es klingelte erneut. Ben öffnete und stand vor Reginald. Er trug einen blutroten Anzug und funkelte ihn aufgebracht an.

„Euch geht es wohl zu gut." Mit diesen Worten drückte er sich an Ben vorbei und eilte ins Wohnzimmer.

Ben ließ die Tür zufallen und folgte ihm. Reginald hatte sich vor dem Küchentresen aufgebaut. Er erinnerte ihn an einen aufgeplusterten Pfau, nur eben in Rot.

„Wisst ihr, wie sehr ich mir den Arsch aufgerissen habe, um euch diese Hochzeit zu organisieren. Und ihr wollt sie canceln?"

„Aber wir haben uns ...", fuhr im Mark ins Wort.

„Ruhe! Jetzt rede ich. Was fällt euch eigentlich ein? Glaubt ihr, das hier ist Spaß?" Seine Stimme überschlug sich. „Glaubt ihr, ihr seid die Einzigen, die sich mal in die Haare bekommen? Ich sitze seit Wochen an dem Konzept. Ständig sagt jemand ab. Und wer sorgt für Ersatz? Ich sorge für Ersatz! Und womit bekomme ich das gedankt? Mit einem hochzeitsvernichtenden Streitchen." Reginald fuchtelte wild mit seiner Hand zwischen Mark und Ben hin und her. Seine Gesichtsfarbe hatte inzwischen fast den Farbton seines Anzugs erreicht.

„Los!" Reginald deutete auf Ben. „Versöhnen – s o f o r t!"

„Aber .. wir haben uns doch schon versöhnt", stotterte Ben ängstlich.

Reginalds Blick glitt zu Mark, der ihm grinsend zunickte.

„Habt ihr?"

Auch Ben nickte.

„Wieso sagt ihr das nicht gleich?" Als hätte jemand einen Schalter umgelegte, schob sich ein Lächeln auf seine Lippen und seine Gesichtsfarbe wechselte wieder zu einem gesünderen Farbton.

„Woher wusstest du überhaupt von unserem Streit?", fragte Ben.

Mark blickte betroffen zu ihm. „Von mir. Als du gestern geflüchtet bist, habe ich in der Aufregung eine Nachricht an ihn geschrieben." Dann wandte er sich an Reginald. „Was hast du gerade damit gemeint? Ständig sagt einer ab?"

Reginald ließ sich auf einen der Hocker sinken. „Gestern hat der Landgasthof, in dem ihr feiern wolltet, abgesagt. Sie haben angeblich einen Wasserschaden." Ermattet rieb er sich mit beiden Händen übers Gesicht.

„Ist das dein Ernst?", fragte Mark und schoss hoch.

„Leider ja. Deswegen muss ich auch gleich wieder los. Eventuell habe ich schon einen Ersatz." Abschätzend glitt sein Blick zwischen Mark und Ben hin und her.

„Warte mal. Wir haben keinen Ort mehr, an dem wir heiraten können, keinen Trauredner und jetzt auch keinen Platz mehr zum Feiern?", resümierte Mark resigniert, während er sich wieder auf die Couch sinken ließ.

„Ich bekomme das hin. Versprochen." Reginald stand auf. „Ich habe für alles bereits ein paar Varianten. Lasst mir bitte noch ein paar Tage, um einige Dinge abzuklären, und dann setzen wir uns zusammen und suchen die beste heraus."

„Wir vertrauen dir!", sprang ihm Ben zur Seite. „Du machst das."

„Danke", flötete Reginald. Er stand auf und ging zur Tür. Bevor er im Flur verschwand, drehte er sich noch einmal um. „Und nicht wieder streiten. Verstanden?"

„Verstanden und versprochen", sagte Ben lächelnd.

„Wieso bist du so … gelassen?" Mark sah Ben verwundert an, als Reginald gegangen war. „Unsere Hochzeit löst sich gerade in Luft auf."

„Weil ich weiß, dass alles gut werden wird. Wir haben uns, das ist alles, was zählt. Findest du nicht?" Ben schwang sich auf Marks Schoß, sodass er ihn ansehen konnte, und legte ihm seine Arme um den Hals.

„Ich fand das schon die ganze Zeit, aber du warst bei jedem Rückschlag nervlich am Boden." Mark schien noch nicht zu glauben, dass bei Ben ein solches Umdenken stattgefunden hatte. Skeptisch beäugte er ihn.

Ben lachte. „Das war der Ben von gestern."

„Und was ist passiert, dass der Ben von heute so entspannt ist?" Ungläubig hielt er ihn im Blick.

„Ihm wurde klar, was wirklich zählt." Bens Handy vibrierte in seiner Hose.

Er zog es heraus, blickte auf den Bildschirm und konnte nicht glauben, was er sah. Während sein Telefon im Nachtmodus gewesen war, waren siebenundzwanzig Nachrichten eingegangen. Erneut summte es und zeigte den Eingang der achtundzwanzigsten. Ben öffnete den Messenger und zählte vier unterschiedliche Nummern.

„Was ist denn?", hakte Mark nach, nachdem er Bens zweifelnden Blick bemerkt hatte.

Ben hielt ihm sein Handy hin, sodass er den Bildschirm sehen konnte. Mark kniff die Augen zusammen, kurz darauf riss er ihm das Handy aus der Hand und scrollte durch die Nachrichten. „Wie ist das möglich? Wir haben die Nummer unkenntlich gemacht."

Ben sackte verzweifelt zusammen. „Wer weiß, wo sie noch überall steht. Ich kann mir doch nicht schon wieder eine neue Nummer besorgen."

„Das wirst du auch nicht. Wir finden heraus, was hier gespielt wird. Ich habe am Vormittag einen Termin, den ich nicht absagen kann. Du schaltest dein Telefon auf stumm. Schau am besten gar nicht drauf. Heute Nachmittag gehen wir in den Park."

„Ich werde gleich hingehen und nachsehen!" Bens Atmung kam stoßweise.

„Nein! Das machen wir zu zweit. Wir wissen nicht, wer dahintersteckt, und so wie das hier aussieht", Mark deutete auf Bens Mobiltelefon, „ist das nicht einfach nur ein dummer Scherz."

Kapitel 27 – Ben – Ein Häuschen im Park

Wie von Mark vorgeschlagen, war Bens Handy von ihm in den Flugmodus versetzt worden. Zuvor hatte er noch mit Romina und seiner Mutter telefoniert, um sie vorzuwarnen, dass sie sich keine Sorgen zu machen brauchten, wenn er nicht erreichbar sein würde. Ben begründete seine telefonische Abwesenheit mit einem Akkuschaden, den er reparieren lassen musste. Die beiden mussten nicht wissen, was wirklich vor sich ging.

Am Nachmittag war er von Mark abgeholt worden. Gemeinsam hatten sie sich auf den Weg in den Regent's Park gemacht und steuerten nun auf das kleine Gebäude zu. In Marks Rucksack befanden sich neben schwarzer und weißer Sprühfarbe, auch ein Lappen und ein Döschen Waschbenzin.

Schweigend liefen sie die Wege entlang. Ben fiel auf, dass sich der Park in den paar Tagen, seit er das letzte Mal hier gewesen war, erneut gehörig verändert hatte. Die Bäume hatten ihre Blätter inzwischen komplett abgeworfen. Wie dunkle Gerippe ragten ihre Äste trist in den Himmel. Auch auf den Wegen war die bunte Farbenpracht verschwunden. Schmutz und Erde waren durch den ständigen Regen über die Blätter am Boden gespült worden. Das Rot, Orange und Gelb hatte sich in eine matschigbraune Fläche verwandelt. Die Umgebung passte zu Bens Stimmung. Im Augenwinkel bemerkte er, wie Mark zu ihm herübersah.

„Mach dir keine Sorgen. Wir bekommen das hin." Er nahm Bens Hand.

„Ich hoffe es." Ben bemühte sich um ein Lächeln.

„Da vorne ist es." Marks Augen waren auf das kleine Gebäude gerichtet.

Ben folgte seinem Blick und tatsächlich waren sie schon fast am Toilettenhäuschen angekommen. Er war so mit seinen Gedanken beschäftigt gewesen, dass ihm der Weg heute viel kürzer vorgekommen war.

Vor dem Häuschen blieben sie stehen.

„Du wartest hier. Ich sehe nach." Mark ließ seine Hand los und wollte zur Tür laufen.

„Nein. Ich gehe mit rein", widersprach er und folgte ihm.

Das Gebäude war verlassen. Ben ließ den Blick durch den Raum schweifen. Der Vorraum wirkte, als wäre er frisch gereinigt worden. Vorsichtig ging er weiter in den Raum dahinter, in dem sich die Kabinen befanden. Mark folgte auf dem Fuß.

Ben stockte. Über einem der Pissoirs entdeckte er seine Nummer, mit einem schwarzen Filzstift so groß geschrieben, dass er sie von der Tür aus lesen konnte. Darüber war ‚Lust? Ruf mich an', zu lesen.

„Das gibt's doch nicht", flüsterte Mark. Er öffnete seinen Rucksack, nahm den Lappen und das Waschbenzin heraus und drückte ihn Ben in die Hand. Nachdem er einen kleinen Schwall des Benzins auf den Lappen gekippt hatte, ging er zu der Schmiererei und rieb daran.

„Und?", fragte Ben. Er versuchte, um Mark herumzuschauen, doch sein Rücken verdeckte das meiste der bekritzelten Wand. „Geht es weg?"

„Perfekt." Er trat einen Schritt zurück. Lediglich ein hellgrauer Fleck zeugte davon, dass an dieser Stelle einmal etwas gestanden hatte.

Ben ging zu einer der Kabinen und spähte hinein. Er traute seinen Augen kaum. An jeder der Kabinenwände stand dasselbe, wie an der Wand im Vorraum. „Hier ist es auch", rief er zu Mark.

„Und hier auch", hörte er ihn aus der Nachbarkabine. „An jeder Wand."

Genauso verhielt es sich mit den restlichen drei Kabinen.

„Hoffentlich reicht das Benzin." Mark kippte einen weiteren Schwall auf den Lappen und begann zu reiben. Zu ihrem Glück waren die Kabinenwände beschichtet, sodass sich die Schrift schon beim ersten Kontakt mit dem Lösungsmittel wegwischen ließ.

„Ihr seid zu früh", hörte Ben eine Stimme in seinem Rücken und fuhr herum. Hinter ihm stand der Kerl, den sie bei ihrem letzten Besuch in Verdacht gehabt hatten.

„Du?", schoss es aus Ben.

Mark schob seinen Kopf aus der Kabine, in der er stand. „Dich kenn ich doch."

Der Mann nickte. „Richtig. Wir hatten schon einmal das Vergnügen."

„Was meinst du damit, dass wir zu früh sind?", hakte Mark nach und kam ganz aus der Kabine. „So wie es aussieht, sind wir eher zu spät." Er deutete hinter sich.

„Ich war neugierig nach unserem letzten Treffen und habe immer wieder vorbeigesehen." Sein Blick heftete sich an Mark.

„Warum?", fragte Ben verwundert.

„Zum einen gehe ich hier sowieso regelmäßig vorbei und zum anderen habt ihr mir irgendwie leidgetan. Ich würde auch nicht wollen, dass mit meiner Nummer Unfug getrieben wird. Und gestern Abend habe ich ihn dann gesehen." Er klang ein wenig triumphierend dabei.

„Den Schmierer?" Ben wurde hellhörig. Hoffnung, aber auch Freude machte sich in ihm breit, darüber, endlich einen echten Hinweis zu haben.

Der Fremde nickte. „Es war reiner Zufall. Er kam herein, als ich gerade meine Hände wusch. Ich kannte ihn, vor ein paar Wochen hatten wir eine etwas intensivere Begegnung hier." Er zwinkerte den beiden zu. „Aber ich hab ihn auch zwischendurch öfter mal um das Häuschen herumschleichen sehen."

„Weißt du, wie er heißt?", fragte Mark drängend.

„Nein – tut mir leid. Ihr wisst, wie das hier läuft." Der Mann wehrte mit seinen Händen ab. „Keine Namen, keine Fragen."

„Wie kommst du drauf, dass er für die Schmierereien verantwortlich ist?" Mark sah fragend zu Ben.

„Ganz einfach. Ich hatte ein komisches Gefühl. Also bin ich raus und hab da drüben gewartet." Er deutete in die Richtung, in der sich der Weg befand. „Ungewöhnlich lange gewartet", schob er nach. „Als er nach fast einer Viertelstunde wieder rauskam, sah er sich um und lief davon." Er überlegte. „Nein, er rannte schon fast. Mir kam das alles seltsam vor. Was macht jemand so lange alleine auf einer Toilette? Also bin ich wieder rein und habe nachgesehen und deine Nummer auf wirklich allen Wänden gefunden. Da nur er und ich hier waren, muss er es gewesen sein."

„Warum hast du uns nicht angerufen?", fragte Ben und deutete in die Kabine. „Die Nummer hattest du doch."

„Ich habe schon einmal bei dir angerufen." Ein entschuldigendes Grinsen schlich sich auf sein Gesicht. „Ich hatte im ersten Augenblick Sorge, dass ihr mich wieder verdächtigt. Aber die Geschichte hat mich beschäftigt, deswegen bin ich hier."

„Kannst du den Mann beschreiben?", fragte Mark.

Ben bewunderte, wie nüchtern er bleiben konnte, er selbst wollte den Fremden am liebsten schütteln, damit er endlich mit der Sprache rausrückte.

„Gutaussehender Durchschnittstyp. Etwa so groß wie ich."

„Haarfarbe, Augenfarbe?"

Bei Mark schien die Ungeduld zu wachsen.

Der Mann schüttelte den Kopf. „Es war jedes Mal dunkel. Aber er trägt immer ein weißes Cap, über das er die Kapuze seines Hoodies gezogen hat, und er hat wohl seine festen Zeiten. Meistens zwischen acht und neun Uhr abends."

„Das könnte uns weiterhelfen." Mark klang entschlossen.

„Danke, dass du uns geholfen hast", meinte Ben leise. „Das hättest du nicht tun müssen."

„Ich weiß. Wie gesagt, ihr habt mir leidgetan. Ich hoffe, ihr schnappt ihn." Der Mann tippte sich mit zwei Fingern an eine imaginäre Hutkrempe und verließ das Häuschen.

Ben blickte fragend zu Mark. „Meinst du, da ist was dran?", fragte er im Flüsterton.

Mark zuckte mit den Schultern. „Was hätte er davon, uns zu belügen?"

„Also dann, heute Abend wieder hier." Ben sah auf die Uhr, noch knapp fünf Stunden, bis die beschriebene Uhrzeit erreicht war.

Um kurz nach halb acht bezogen die beiden ihren Posten hinter einem der Büsche, von dem sie den Eingang gut einsehen konnten, und warteten. Nach etwa einer viertel Stunde knuffte Mark Ben sanft in die Seite und deutete mit dem Kopf auf eine der Parkbänke, die etwa zwanzig Yards entfernt stand. Ein Mann hatte darauf Platz genommen. Als Ben genauer hinsah, erkannte er im diffusen Licht der Laterne, den Typen, der ihnen am Nachmittag den Tipp gegeben hatte.

„Die Verstärkung ist da", flüsterte er Mark zu.

Mark lächelte und nickte. „Heute bekommen wir ihn."

„Ich hoffe es."

Die Zeit verrann. Bens Blick glitt unentwegt den Weg entlang. Hin und wieder lief jemand dicht an ihnen vorbei, doch niemand ging in das Häuschen und keiner passte auf die Beschreibung, die sie bekommen hatten.

Je länger sie warteten, desto mehr schwand Bens Zuversicht. „Ich glaube nicht, dass er heute noch kommt." Er deutete auf seine Uhr, die 20:44 Uhr anzeigte.

„Wir warten bis kurz nach neun", schlug Mark leise vor.

Ben spähte erneut zu dem Fremden auf der Bank. Mit überschlagenen Beinen tippte er auf seinem Handy herum und ließ immer wieder seinen Blick über den Weg schweifen.

Weitere Minuten verrannen. Ben schaute erneut zu ihrem unbekannten Freund, der noch immer entspannt auf der Bank lümmelte und auf seinem Handy spielte. Doch mit einem Mal nahm er Haltung an und sah in die andere Richtung. Ben folgte seinem Blick. Ein Mann kam den Weg auf das Häuschen zu geschlendert. Als er näher kam, erkannte Ben das weiße Cap, das unter der Kapuze des Pullovers hervorblitzte. Auch Mark hatte ihn entdeckt. Der Mann schien es nicht besonders eilig zu haben. Ben versuchte, sein Gesicht zu erkennen, doch in der Dunkelheit, wirkte es wie ein dunkler Fleck unter der Kapuze. Lediglich sein Gang kam Ben sonderbar vertraut vor.

Der Mann bog ab und betrat die Toilette. Kaum war er in der Tür verschwunden, ging das Licht an. Mark schoss hinter dem Gebüsch hervor und lief leisen Schrittes auf das Häuschen zu. Ben folgte ihm. Sein Blick fiel wieder zu dem Mann auf der Bank. Er winkte ihnen zu und nickte, blieb jedoch sitzen.

Vor der Tür angekommen, hielt Ben Mark fest. „Du bleibst erst mal hier", flüsterte er und deutete an die Wand neben der Tür.

Mark schüttelte den Kopf. „Ich komme mit rein."

Vorsichtig öffnete Ben die Tür und schlich sich in den Vorraum, wo sich die Waschbecken befanden. Eine der Deckenleuchten schien defekt zu sein, stroboskopartig flackerte das Licht und sorgte in dem gekachelten Raum für eine gespenstische Atmosphäre. Niemand war zu sehen, nur aus dem Nachbarraum hörte Ben leise Geräusche, die er nicht deuten konnte. Vorsichtig lugte er durch die offenstehende Tür. Der Mann stand mit dem Rücken zu ihm an einem der Pissoirs. Ben betrachtete ihn von hinten. Kannte er ihn? Nein, das war er nicht?

Er wollte sich schon zurückziehen, als er sah, dass der Mann sich nicht seiner Notdurft entledigte, sondern etwas an die Wand schrieb. Ben beugte sich vorsichtig zur Seite, um besser sehen zu können. Er hielt die Luft an – der Unbekannte war dabei, seine Handynummer wieder ans Mauerwerk zu schreiben.

„Was soll das?", donnerte es aus ihm heraus und er baute sich im Türrahmen auf. Mark trat von hinten an ihn heran.

Der Schmierer stockte und richtete sich auf.

„Umdrehen!", befahl Mark.

Zunächst verharrte der Mann regungslos. Ben hatte den Eindruck, er würde seine Optionen überdenken. Doch er hatte keine. Sie versperrten ihm den einzigen Ausgang, und sie würden auf keinen Fall weichen. Zu genau diesem Schluss schien auch der Fremde gekommen zu sein, denn langsam drehte er sich um. Noch in der Bewegung schob er die Kapuze nach hinten und nahm sein Cap ab.

Ben sah ihn fassungslos an.

„Du?", schoss es entsetzt aus seinem Mund. „Warum?" In seinem Kopf herrschte pures Chaos. Unzählige Gedankenfetzen kollidierten. Nach ein paar Sekunden fing er sich wieder. Mit einem Mal fühlte er eine befremdliche Ruhe in sich aufsteigen. Als ob ein Schalter umgelegt worden war und seine Emotionen ausgeknipst hätte. „Kannst du uns bitte alleine lassen?", sagte er ruhig, aber bestimmt zu Mark.

„Ich bin vor der Tür", erwiderte dieser und ließ Ben mit Steph zurück. Als die Tür ins Schloss gefallen war, wandte sich Ben wieder ihm zu.

„Du warst das? Die ganze Zeit?" Er wollte es nicht wahrhaben und konnte es nicht glauben, auch wenn alles dafür sprach.

Steph nickte stumm und funkelte Ben an.

„Warum?", fragte er, in der Hoffnung, dass es eine nachvollziehbare Erklärung geben würde. Sie hatten sich in den letzten Monaten doch wieder so gut verstanden.

„Ist das wichtig?", rotzte ihm Steph entgegen.

„Ich denke schon. Wir sind Freunde. Zumindest dachte ich das." Ben versuchte, in seinem Kopf zusammenzusetzen, was nicht zusammenpassen wollte.

Steph lachte auf. „Das hättest du wohl gerne. Ein bisschen mehr Perfektion in deinem ach so perfekten Leben."

„Mein Leben ist nicht perfekt", konterte Ben und hatte den Eindruck, sich verteidigen zu müssen.

„Ist es nicht? Den perfekten Mann in der perfekten Wohnung mit der perfekten Familie, auf dem Weg, Karriere als Fotograf zu machen, kurz vor der perfekten Hochzeit." Stephs Stimme war durchzogen von Hohn.

„Ich versuche, das Leben zu leben, das ich möchte, genau wie du es tust. Wirfst du mir vor, dass ich eine Beziehung habe, in der ich aufgehe? Wenn du das wolltest, könntest du es auch jederzeit haben." Kampfgeist regte sich in ihm. Was bildete sich Steph ein, ihm vorzuwerfen, dass er glücklich war.

Der lachte auf. „So einfach ist das leider nicht. Zumindest nicht in meiner Welt. Seit wir uns getrennt haben, hat keine Beziehung mehr länger als zwei Monate gehalten."

Ben sah ihn fassungslos an. „Das tut mir leid, aber was hat das mit mir zu tun? Wenn du dich erinnerst, ich war dir damals nicht genug. Aber egal wie es war – was wolltest du hiermit bezwecken?" Ben deutete auf die begonnene Schmiererei.

Steph folgte seinem Blick, dann sah er ihn ausdruckslos an und zuckte mit den Schultern. „Keine Ahnung. Ich wollte einfach, dass du nicht so dermaßen glücklich bist. Dein Glück war wie ein Messer, das ständig auf mich eingestochen hat, seit ich dich bei deiner Vernissage erkannt habe."

„Sag mal, spinnst du?" Bens Stimme schwoll an, je mehr er hörte.

Steph schwieg.

„Hättest du mal ein wenig genauer hingesehen, wäre dir vielleicht aufgefallen, dass mein Leben im Moment alles andere, als perfekt ist. Und von meiner ach so perfekten Hochzeit sind lediglich der Termin und die Torte übriggeblieben." Endlich spürte Ben wieder etwas. Wut stieg in ihm auf.

Ein zufriedenes Grinsen breitete sich auf Stephs Gesicht aus. „Vielleicht hast du einfach den falschen Leuten vertraut. Deine Menschenkenntnis war nie besonders gut."

„Sprichst du von unserem Hochzeitsplaner?" Ben war verunsichert.

„Hat er denn schon etwas gefunden, wo ihr heiraten könnt?", fragte Steph herablassend. „Oder einen neuen Trauredner?"

Ben stockte. „Woher weißt du, dass wir einen neuen Trauredner brauchen?"

Stephs Augen rutschten für eine Millisekunde zu Boden.

„Das habe ich dir nicht erzählt. Also steckst du auch hinter den Absagen?"

„Was soll's." Er lachte gehässig auf. „Ist doch egal."

Bens Wut hatte ihren Höhepunkt erreicht. Doch schlagartig wurde er ruhiger. „Du wirst dich in Zukunft von uns fernhalten." Seine Stimme zitterte. Er zog sein Handy aus der Tasche. Bevor Steph reagieren konnte, hatte er ein Foto von ihm gemacht.

„Noch eine solche Nummer und ich zeige dich an." Er drehte sich um und verließ den Raum, ohne Steph eines weiteren Blickes zu würdigen. Er wollte raus. Mit ihm am selben Ort zu sein, fühlte sich mit einem Mal an, als wären unzählige Seile um seinen Körper geschwungen, die sich allmählich immer fester zuzogen. Als er vor das Häuschen trat, atmete er tief durch. Mark und der Fremde standen zusammen neben der Tür und blickten ihn an.

„Ist alles okay?", fragte Mark fürsorglich.

Ben sah zu ihm. „Ich glaube ja. Aber ich muss jetzt erst mal ein bisschen alleine sein. Würde es dir etwas ausmachen, vorzugehen? Ich komme gleich nach."

„Natürlich nicht. Bitte sei vorsichtig." Mark klang besorgt.

„Bin ich. Keine Angst." Ben sah den Mann neben Mark an. „Vielen Dank, dass du uns geholfen hast."

„Gern geschehen, aber du brauchst dich nicht zu bedanken. Wer weiß, vielleicht ergibt sich irgendwann mal die Situation, in der ihr mir helfen könnt. Du weißt ja, man sieht sich immer zweimal im Leben." Er zwinkerte Ben zu und verabschiedete sich.

Als er sich schon ein paar Schritte entfernt hatte, rief ihm Ben hinterher. „Wie heißt du eigentlich?"

„Du weißt, wie das hier läuft. Keine Namen. Keine Fragen."

Kapitel 28 – Mark – Lichtlein in der Dunkelheit

Zwei Wochen waren seit dem Abend im Park vergangen. Der Oktober neigte sich dem Ende entgegen und bis zur Hochzeit waren es nur noch knappe sechs Wochen. Reginald und Sergej arbeiteten mit Hochdruck daran, Ersatz für die ausgefallenen Locations zu finden, und auch Mark und Ben hatten sich mit eingeschaltet. Doch egal, wo sie nachgefragt hatten, hatte es Absagen gegeben. Mark war es inzwischen gleich geworden, wo sie heiraten würden. Zur Not gäbe es eben eine Trauung in ihrem Wohnzimmer mit einer Party in der *Firestation*. Hauptsache, er konnte Ben sein Jawort geben. Erstaunlicherweise war Ben trotz des ganzen Chaos ungewöhnlich entspannt.

Nachdem sie Steph überführt hatten, herrschte Ruhe. Seit diesem Abend war Ben immer gelassener geworden. Mark beobachtete ihn von Zeit zu Zeit, da er anfangs den Verdacht gehegt hatte, Ben würde nur so tun, um ihn nicht zu beunruhigen. Doch Mark kannte ihn zu gut. Er kaute weder an seinen Fingernägeln noch zupfte er in unbeobachteten Momenten an den Lippen. Ganz im Gegenteil, Ben trällerte Lieder, wenn er beschäftigt war, er schlief sofort nach dem Zubettgehen ein und wirkte überaus aufgeweckt.

Am Vortag hatte sich Reginald endlich bei Mark gemeldet und für den heutigen Abend um ein Treffen bei ihm im Büro gebeten. Pünktlich zur verabredeten Zeit waren Mark und Ben bei ihm eingetroffen.

Nachdem sie geklingelt hatten, öffnete Sergej die Tür und blickte ihnen gewohnt kühl entgegen.

„Hallo Sergej, wir haben einen Termin", trällerte Mark gut gelaunt.

„Ich weiß." Er ging in den Flur. „Er wartet oben, in seinem Büro." Wortlos ging er, von Mark und Ben gefolgt, die Treppe hinauf. „Ihr kennt euch aus." Mit mürrischem Blick verschwand er in einem der Nebenzimmer.

Mark klopfte an die Tür. Von innen hörte er Reginald flötend „Ja, bitte" rufen. Er sah zu Ben, der ihn nickend aufforderte, weiterzugehen. Mark schöpfte noch ein wenig mehr Hoffnung – Reginald schien gut gelaunt zu sein, was in den letzten Wochen immer seltener vorgekommen war.

Als Mark die Tür öffnete, stand er mit einem strahlenden Lächeln auf und lief auf die beiden zu. Er hatte inzwischen gelernt, dass Reginalds Anzüge oftmals sein Innerstes nach außen trugen. Heute hatte er einen, bei dem auf der Hose eine sattgrüne Wiese zu erkennen war. Aus der Wiese ragten Blumenstängel, die auf dem Sakko in leuchtend gelben Sonnenblumen endeten. Das Motiv setzte sich in seiner Brille fort, deren Glaseinfassung ebenfalls in leuchtendem Gelb gehalten war.

„Meine Lieben, ich freue mich überaus, euch zu sehen", säuselte er und umarmte zuerst Mark und dann Ben. „Schön, dass es geklappt hat. Bitte, nehmt doch Platz. Ein Käffchen oder etwas Härteres?"

„Brauchen wir denn etwas Härteres?", erkundigte sich Mark verunsichert, schob aber ein Lachen hinterher, das seine Unsicherheit verdecken sollte.

Reginald gluckste und winkte ab. Er deutete auf die Stühle vor seinem Schreibtisch. Noch bevor die beiden antworten konnten, hatte er schon die Gegensprechanlage bedient. „Herzchen, bringst du uns drei Kaffee? Bei mir bitte einen Spritzer Karamellsirup – vielen Dank."

„Deiner guten Laune entnehme ich, dass du positive Neuigkeiten für uns hast?" Mark rieb nervös seine Oberschenkel, als er Platz genommen hatte.

Reginald kicherte zufrieden in sich hinein. „Gemach junger Mann, gemach. Zuerst möchte ich über die Vergangenheit mit euch sprechen, damit wir dieses zugegebenermaßen unerfreuliche Kapitel endlich abschließen können."

„Die Vergangenheit?", hakte Ben nach und richtete sich auf.

Reginald wurde schlagartig ernst. „Richtig! Ich hatte euch doch erzählt, dass der Trauredner, den ich für euch gefunden hatte, jemanden aus eurem Umfeld kennt."

Mark nickte. „Lass mich raten. Es war Steph, den er kannte."

Reginald nickte. „Die beiden sind wohl befreundet oder so etwas in der Art. Nachdem er auf keinen meiner Kontaktversuche reagiert hat, hat ihn Sergej vor seiner Wohnung abgepasst. Mehr als dass sie sich kennen, war leider nicht herauszubekommen. Ich nehme auch an, dass dieser Steph hinter der Geschichte mit der St. Henrys Chapel steckt. Ich habe mir erlaubt, dort im Sekretariat vorbeizuschauen. Mrs Miller, die Sekretärin, hat mich ja immer ein bisschen auf dem Laufenden gehalten. Sie hat herausgefunden, dass dieses Schreiben, aufgrunddessen uns abgesagt wurde, von keinem aus ihrer Gemeinde geschickt wurde. Als ich ihr das Foto von Steph gezeigt habe, hat sie ihn erkannt. Sie hat ihn einige Male mit dem Vorsitzenden des Kirchengemeinderats gesehen. Ob das etwas zu bedeuten hat, darüber will ich mir keine Meinung erlauben." Reginald lehnte sich in seinem Stuhl zurück. „Aber seltsam ist es schon. Wie sage ich immer, wenn etwas aussieht wie Fisch, riecht wie Fisch und schmeckt wie Fisch, ist es meistens ein Fisch."

„Ich würde es Steph inzwischen zutrauen. Wenn man es genau nimmt, bin ich am meisten schuld an allem. Ich habe ihm vertraut, und ich habe ihm die ganzen Informationen gegeben. Ohne mich hätte er einige der Dinge nie erfahren." Ben senkte seinen Kopf und umklammerte seine Knie.

Mark legte die Hand auf die seine. „Du konntest ja nicht wissen, dass das alles solche Ausmaße annimmt." Er lächelte Ben aufmunternd an. „Was ist mit der Partylocation? Steckt Steph da auch mit drin?"

„Nein. Die hatten wirklich einen Wasserrohrbruch", antwortete Reginald. „Ich war sicherheitshalber vor Ort." Er setzte sich auf und rieb sich über das Kinn. „Nicht schön. Aber kommen wir nun vom Unerfreulichen zu den erfreulicheren Dingen." Reginalds überbordendes Lächeln war zurück, als hätte jemand den Schalter umgelegt.

„Du hast also etwas gefunden?", fragte Ben.

Reginald zwinkerte ihm zu. Ein geheimnisvolles Lächeln eroberte seine Lippen, dann bediente er erneut die Gegensprechanlage. „Sergej, zum Ersten – wo bleibt der Kaffee?", donnerte er in das Mikrofon. Dann flötete er hinterher: „Und zum Zweiten – bringst du mir bitte die Mappe?"

Er hatte den Knopf noch nicht richtig losgelassen, als die Seitentür aufgeschoben wurde. Sergej balancierte ein Tablett mit drei Tassen Kaffee auf seinen Händen. Unter den Arm hatte er eine schmale Ledermappe geklemmt. Nachdem er vor jedem eine Tasse platziert hatte, überreichte er Reginald die Mappe und verließ den Raum wieder.

„Zucker, Milch? Ihr bedient euch." Reginald deutete auf dem Tisch herum, dann schlug er die Mappe auf, hielt sie jedoch so, dass Mark und Ben nichts von deren Inhalt sehen konnten.

„Jetzt spann uns doch nicht so auf die Folter." Mark kippte einen Spritzer Milch in seine Tasse. Seine Nervosität wuchs.

„Ist ja gut." Reginald lächelte amüsiert, dabei wiegte er sanft seinen Kopf hin und her. „Zuvor möchte ich noch betonen, dass ich das, was ich euch jetzt präsentieren werde, nicht allein geschafft habe. Ich hatte Unterstützung von euren Freunden und deiner Schwester, Ben." Er gluckste auf. „Interessante Frau. Ein wenig schräg. Kleiner Minderwertigkeitskomplex nehme ich an. Aber wirklich sympathisch." Er rührte seinen Kaffee. „Eins muss ich sagen, ihr habt wirklich sehr, sehr gute Freunde."

„Unsere Freunde?" Mark sah Ben erstaunt an.

„Was haben unsere Freunde damit zu tun?", hakte Ben nach.

„Das werdet ihr gleich sehen." Ein vergnügtes Kichern brach aus ihm heraus. „Lasst mich bei der Partylocation beginnen." Er räusperte sich und blätterte in seiner Mappe. „Kennt ihr *Kew Gardens*?", fragte er wie beiläufig beim Blättern.

„Ja, natürlich, das ist einer unserer Lieblingsparks. Wir sind alle paar Wochen dort." Mark fragte sich, was der Park mit ihrer Hochzeit zu tun hatte.

„Es gibt in *Kew Gardens* einen Bereich, der der Öffentlichkeit nicht zugänglich ist. Er wird nur von staatlichen Institutionen genutzt. Dort steht ein großes Gewächshaus aus der viktorianischen Zeit."

Ben nickte. „Steven hat uns mal davon erzählt. Seine Universität hält dort die Jahresbestenfeiern ab." Ihm schien ein Licht aufzugehen, während er es sagte.

Reginald lachte. „Ganz genau. Steven ist ein gutes Stichwort. Er hat bei seiner Universitätsleitung gekämpft wie ein Löwe, um euch diese Location zu sichern und", Reginald stockte kurz, „hat es geschafft. Eure Party wird in *Kew Gardens* stattfinden. Also falls das in Ordnung für euch ist."

„Kein Scherz?", fragte Mark, seine Augen wurden feucht.

Reginald schüttelte den Kopf. „Kein Scherz!"

Mark schluckte. „In *Kew Gardens*", wiederholte er fassungslos, doch schon begann sein Hirn zu arbeiten. „Aber wir brauchen noch einen Caterer, die Hochzeitsdeko passt wahrscheinlich nicht mehr und die Einladungen müssen geändert werden."

„Alles erledigt. Ich kenne euren Geschmack inzwischen ein bisschen und bei den restlichen Fragen haben mir Romina und Tom geholfen. Die Einladungen sind neu gedruckt und gehen morgen an alle Gäste. Sobald ich eure Zustimmung habe."

„An alle Gäste? Die Gästeliste ist nicht mehr aktuell", hakte Ben entsetzt nach.

„Ich habe mit erlaubt, Steph herunterzunehmen. Ich bin davon ausgegangen, dass das in eurem Interesse wäre."

Ben lächelte Reginald zustimmend an.

„Das ist … ich bin sprachlos", raunte Mark glücklich.

„Wir sind doch noch gar nicht fertig", säuselte Reginald vergnügt.

„Wie willst du das toppen?", sagte Mark ergriffen und suchte Bens Blick.

Reginald senkte launig lächelnd seinen Kopf, um sich wieder der Mappe zu widmen „Kommen wir zu dem Ort, an dem ihr euch das Jawort geben werdet."

Mark schluckte und sah Ben an. Dieser drückte seine Hand.

Reginald begann in seinen Unterlagen zu wühlen. Er blätterte sie mit fragendem Blick durch. „Wo ist es denn?", murmelte er. „Ah hier." Freudig zog er ein Foto aus der Mappe und legte es vor Mark und Ben.

„Das ist Westminster Abbey", stellte Mark fest. „Was hat das mit der Trauung zu tun?"

„Sagt euch Heinrich der Achte etwas?"

Die beiden nickten stumm, doch Mark hatte keine Ahnung, auf was das hinauslaufen sollte.

„Nun, Aiden, der Lebensgefährte eures Freundes Neal, ist im Chor der Westminster Abbey. Als ich mit Neal gesprochen habe, war er mit anwesend. Und nachdem ich den beiden von eurer Misere erzählt habe, wurde Aiden auf einmal still. Zwei Tage später rief er mich an. Er hatte einmal etwas von einer Möglichkeit gehört, in der Abbey zu heiraten." Reginald nahm seine Tasse und nippte daran. Er schloss die Augen und brummte zufrieden in sich hinein. „Ein Traum." Dann öffnete er sie wieder und räusperte sich. „Ich schweife ab. Wo waren wir? Genau. Aiden. In den Archiven der Abbey fand er das entsprechende Dekret. Heinrich der Achte hatte zu seinen Lebzeiten verfügt, dass jeder, der im Stadtteil Westminster geboren wurde, einmal in seinem Leben in Westminster Abbey heiraten darf." Er schmunzelte und winkte ab. „Bedenkt man, wie oft Heinrich der Achte verheiratet war und was er alles mit seinen Ehefrauen angestellt hat, um frei für die Nächste zu sein – eine Ungeheuerlichkeit, dass es nur einmal im Leben möglich ist."

Marks Blick glitt von Reginald zu Ben und wieder zurück. „Das ist interessant, bringt uns aber nicht weiter. Weder Ben noch ich sind dort geboren." Marks Anspannung wuchs, während er auf die Pointe wartete.

Reginald senkte betrübt seinen Blick und schwieg. Mark beobachtete ihn ratlos. „Das ist schlecht", sagte er schließlich. Er rieb sich das Kinn, bevor er fortfuhr. „Aber es liegt im Bereich des Möglichen, dass ich dort geboren bin. Und zufälligerweise steht ebenfalls in diesem Dekret, dass das Heiratsrecht weitergegeben werden kann. Das ist mein Geschenk an euch. Ich gebe dieses Recht an euch weiter."

Marks Gehirn versuchte, die Informationen zu verarbeiten.

Ben schien dabei schneller zu sein. „Aber wenn du uns dein Recht abtrittst und einmal selbst dort heiraten möchtest, kannst du das nicht mehr."

Reginald kicherte. „Ich bin kurz vor der Sechzig. Na ja, vielleicht knapp drüber. Und auch wenn ich es liebe, Paaren an ihrem schönsten Tag zur Seite zu stehen, bin ich selbst doch lieber alleine. Also keine Angst, mein Recht würde irgendwann einmal ungenutzt verwirken."

„Und du willst es uns geben? Bist du dir da sicher? Wir finden bestimmt noch etwas anderes", sagte Mark, der nun auch begriff, was Reginald ihnen anbot.

„Wisst ihr, trotz all der Paare, die ich begleitet habe, seid ihr zwei mir besonders ans Herz gewachsen. Ich fühle mich – wie soll ich es ausdrücken – ein bisschen als Teil eurer kleinen verrückten Familie. Der Opa in eurem Club, sozusagen." Reginald lachte auf. „Und es ist mir ein Herzensanliegen, euch glücklich zu sehen", säuselte er, zupfte sich ein Taschentuch aus der Box auf dem Schreibtisch und tupfte sich die Augenwinkel trocken. Dann donnerte er: „Also Ende der Diskussion. Ihr heiratet in Westminster Abbey und Punkt."

Mark saß perplex auf seinem Stuhl und starrte Reginald an, als Ben aufsprang und ihm um den Hals fiel. Er gab Mark einen langen Kuss, dann stürmte er zu Reginald und umarmte diesen ebenfalls. „Danke, ich weiß nicht, was ich sagen soll", rief er und ließ von ihm ab.

Reginald strich sich verlegen das Sakko glatt und ruckelte sich auf seinem Platz in eine bequeme Sitzposition.

Endlich konnte sich auch Mark freuen. „Wir heiraten in Westminster Abbey und feiern in *Kew Gardens*", sagte er mit einem breiten Grinsen im Gesicht. „Fehlt nur noch Prinz Harry als Trauredner", witzelte er.

„Nun, mit dem kann ich nicht dienen", erwiderte Reginald amüsiert, „Der ist mit dieser ... Amerikanerin ... beschäftigt." Angesäuert verzog er das Gesicht. „Was dieses Thema betrifft, bitte ich euch, mir zu vertrauen. Wer euer Trauredner sein wird, werdet ihr erst bei der Trauung erfahren. Ihr vertraut mir doch?" Reginalds Augenbraue schoss nach oben. Er blitzte die beiden kritisch an, bevor sich ein Lächeln auf seine Lippen schob.

„Wie könnten wir nicht?", sagte Mark gerührt.

Kapitel 29 - Mark - Der Tag vor der Hochzeit

Wie im Flug waren die letzten Wochen vergangen. Nur noch einen Tag und eine Nacht und Mark würde endlich Ben sein Jawort geben. Seitdem Reginald ihnen eine wahre Traumhochzeit organisiert hatte, war auch Mark wieder merklich entspannter geworden. Ein wenig amüsierte er sich über sich selbst. Wartete er doch jeden Tag darauf, dass seine Nervosität steigen würde, aber genau das Gegenteil war der Fall – er wurde von Tag zu Tag gelassener.

In sich hinein lächelnd saß er in der U-Bahn, auf dem Weg ins Büro. Hochzeit hin, Hochzeit her. Er hatte es zur Tradition gemacht, seinen Kollegen am Nikolaustag eine Süßigkeit auf ihre Schreibtische zu stellen, daran würde auch seine morgige Hochzeit nichts ändern. Die Schokoladennikoläuse hatte er bereits in der Kaffeeküche seiner Abteilung in einem Schrank deponiert. Dieser Schrank, so wusste er, wurde so gut wie niemals geöffnet.

Als Mark in seiner Firma ankam, lag das Gebäude fast komplett im Dunkeln. Er blickte am Wolkenkratzer nach oben – nur eine Handvoll Fenster leuchteten in die Düsternis und zeugten davon, dass schon einige seiner Kollegen arbeiteten.

Mark fuhr mit dem Lift nach oben und stieg aus. In Colins Büro brannte bereits Licht. Mark schlich sich in die Küche und schloss leise die Tür hinter sich.

Er kniete sich vor den offenen Schrank und zog den großen Karton aus dem untersten Fach. Zufrieden blickte er auf den Inhalt, dann löschte er das Licht in der Küche und öffnete vorsichtig die Tür. Im Halbdunkel des Büros entdeckte er eine Gestalt, die auf Colins Büro zuzulaufen schien. Mark schloss die Tür wieder ein Stück und lugte durch den Spalt nach draußen. Er erkannte Burt. Dieser schritt mit einer roten Rose an ihm vorbei, ohne ihn zu bemerken.

Vor Colins Tür blieb er stehen und klopfte. Mark hörte seinen Partner „Ja, bitte?" rufen. Burt drückte die Klinke und betrat das Büro.

Die Neugier packte Mark. Er schlich sich hinter den Kopierer, der in einer dunklen Ecke neben Colins Büro stand.

„Keine Rosen mehr im Büro", hörte er Colin durch die offenstehende Tür.

„Aber ...", wollte sich Burt verteidigen.

„Keine Rosen! Was machst du überhaupt um diese Zeit schon hier?", fragte Colin. Er versuchte, den Boss heraushängen zu lassen, Mark hörte jedoch deutlich die Rührung zwischen den Zeilen.

„Ich wollte dich etwas fragen."

„Na dann frag." Mark hätte ihm am liebsten eine Ohrfeige gegeben, so selbstverliebt, wie er klang. „Burt!", rief Colin nun lauter. „Steh sofort wieder auf. Hier wird nicht gekniet."

„Nein. Jetzt bist du mal still!", fuhr ihm Burt bestimmt dazwischen.

Mark musste schmunzeln, Burts Geduld schien endlich am Ende.

„Du hältst mich jetzt schon monatelang hin und ich mache das alles mit. Weil ich dich liebe, aber jetzt musst du dich entscheiden." Burts Stimme klang nicht so, als hätte Colin eine Wahl. „Wir sind beide morgen bei Mark eingeladen, und ich möchte mit dir zusammen auf diese Hochzeit gehen." Innerlich machte Mark eine Faust und zog diese durch. Endlich sorgte Burt für klare Verhältnisse!

„Aber Burt. Wir gehen doch zusammen auf die Hochzeit", quiekte Colin beschwichtigend und lachte verlegen auf. Mark schmunzelte. Ein wenig erinnerte ihn seine Stimme an einen Jungen im Stimmbruch.

„Nicht zusammen als Colin und Burt, sondern zusammen als Paar." Für Mark klang es fast wie ein Befehl. Wie gerne hätte er Burt angefeuert.

„Stehst du jetzt bitte wieder auf Burt?"

„Erst möchte ich eine Antwort. Und ich möchte noch erwähnen, dass das jetzt mein letzter Versuch ist. Mein Karten liegen auf dem Tisch, aber ich möchte keine Spielchen mehr spielen. Ich liebe dich und ich möchte mit dir zusammen sein. Du musst dich jetzt entscheiden." War das wirklich Burt, der da sprach? Gespannt rückte Mark noch näher heran.

Er richtete seine Ohren konzentriert auf das Geschehen hinter der Wand. Eine quälend lange Zeit sprach niemand ein Wort, bis Colin etwas antwortete, allerdings so leise, dass Mark es nicht verstehen konnte.

„Sag das noch mal", hörte er Burt.

Colin räusperte sich. „Es wäre eine Ehre für mich, dich als meinen Partner zu dieser Hochzeit zu begleiten", sagte Colin laut und deutlich und fügte dann etwas leiser hinzu, „weil ich dich auch liebe."

Mark traute seinen Ohren nicht. Vor Rührung bekam selbst er feuchte Augen.

„Dann sind wir jetzt zusammen?", rief Burt begeistert.

„Wenn du das noch möchtest? Ich war echt fies zu dir. Es tut mir leid", erwiderte Colin, „Es ist nur ..."

„Was?", fragte Burt. In seiner Stimme schwangen Zweifel mit.

„Es ist nur, dass ich es mir lange nicht eingestehen wollte, was ich für dich empfinde, aber ich liebe dich. Schon sehr lange und mehr, als du vielleicht ahnst."

Wieder herrschte Stille. Mark fiel ein Stein vom Herzen. Endlich. Endlich hatte es Colin zugegeben. Die Genugtuung, recht gehabt zu haben, wurde von seiner überbordenden Freude für die beiden zur Seite verdrängt.

„Burt, bitte hör auf zu weinen und steh endlich auf", befahl Colin.

Mark vernahm ein Geräusch, welches vermuten ließ, dass sich Burt erhoben hatte, gleich darauf drangen Kussgeräusche an sein Ohr. Er schlich zurück in die Küche. Dort wartete er ein paar Minuten, bevor er zu seinem Mobiltelefon griff und Colins Nummer wählte. Es klingelte dreimal, ehe dieser abhob.

„Hey, guten Morgen", sagte Mark in einem unterdrückten Ton.

„Ist alles okay? Du klingst du seltsam", fragte Colin.

„Ich bin in zehn Minuten im Büro. Du weißt, es ist Nikolaus. Ist schon jemand da?"

Colin räusperte sich. „Ähm. Nein. Nur ich."

„Sehr gut, dann bis gleich."

Mark legte auf und öffnete die Tür wieder einen Spalt. Kurz drauf sah er Burt hinauseilen. Nachdem Burt gegangen war, schnappte er sich den Karton und begann die Nikoläuse auf den Schreibtischen zu verteilen. Als er an Colins Büro vorbeikam, winkte dieser ihm zu und grinste dabei wie ein Honigkuchenpferd.

Mark öffnete die Tür. „Na, schon fleißig?"

„Ja, sicher. Der frühe Vogel fängt den Wurm."

Mark konnte gerade noch verhindern, darauf etwas zu erwidern. „Dann viel Spaß beim Fangen. Wir sehen uns morgen."

„Ich freu mich und bloß keine kalten Füße bekommen." Colin zwinkerte ihm zu.

„Keine Sorge. Ich werde da sein." Er schloss schmunzelnd die Tür und widmete sich wieder seiner Aufgabe.

Kapitel 30 - Mark - Weddingday

Mark öffnete die Augen und schaute zum Fenster. Obwohl die Sonne hereinschien, wirbelten Schneeflocken vor der Scheibe. Sein Blick glitt zur Decke. Er hörte in sich hinein. Sein Herz schlug ruhig, noch immer keine Spur von Aufregung – ohne sich zu regen, blieb er auf dem Rücken liegen und genoss diesen Moment der Stille. Ben hatte die Nacht bei seinen Eltern verbracht. So will es die Tradition, wie er gemeint hatte.

Mark sah erneut nach draußen. Die wirbelnden Schneeflocken klopften weiter lautlos an die Scheibe. Gemächlich hob er die Bettdecke, um aufzustehen, doch im letzten Moment ließ er sie wieder auf sich sinken. Ein angenehm kühler Luftzug strich über seine Haut. Er wusste, ab dem Punkt, an dem er das Bett verlassen würde, würde er sich im Strudel des heutigen Tags befinden.

Einen Augenblick später begann sein Handy zu piepen. Jetzt gab es wirklich kein Zurück mehr. Schwungvoll sprang er auf und lief zum Fenster. In der Nacht hatte es geschneit und die Welt mit weißem Zuckerguss überzogen.

Wie passend, dachte er und schmunzelte. Genau wie damals, als sie sich kennengelernt hatten. Er streckte sich und machte sich auf den Weg ins Bad.

Eine Dusche, einen Kaffee und einen Cookie später fühlte er sich wach und gestärkt. Zeit, in die Achterbahn einzusteigen und sich bis an die höchste Stelle ziehen zu lassen.

Sein Anzug hing an der Schlafzimmertür in einer Hülle. Das Hemd und die Fliege lagen auf der Anrichte bereit und die neuen Schuhe standen neben der Garderobe.

Mark ging zurück ins Schlafzimmer und holte die Ringe aus der Kommode. Er öffnete das Kästchen und strich über die frisch polierten Rundungen. Noch ein paar Stunden und sie würden ihre Finger zieren und zum Symbol ihrer Verbundenheit werden.

Zufrieden lächelnd klappte er die Box wieder zu, während er in die Küche ging. Dort stellte er sie auf den Küchentresen. Er lief zurück ins Schlafzimmer, zog den Reißverschluss der Anzughülle auf und legte den Anzug aufs Bett. Nachdem er in die Hose geschlüpft war, zog er sich das Hemd über und fädelte den Gürtel in die Schlaufen. Es klingelte. Er klickte die Schnalle ein.

Auf Strümpfen eilte Mark zum Türöffner. Tom war pünktlich, wie immer. Er öffnete die Tür und lehnte sie an, bevor er zurück ins Schlafzimmer lief.

Bis Tom die Wohnung betrat, war Mark fertig angezogen.

„Wow. Du solltest öfter heiraten," witzelte Ton anerkennend, als er ihn sah.

Mark lachte auf. „Ich habe es nicht vor. Einmal reicht."

„Bist du nervös?", erkundigte sich Tom und musterte ihn.

Mark horchte in sich hinein. „Nein. Alles ruhig." Er sah zur Uhr. Kurz nach elf. Für dreizehn Uhr war die Trauung angesetzt.

„Hast du jetzt eine Ahnung, wer euch trauen wird?" Tom setzte sich auf einen der Hocker am Tresen.

Mark schüttelte den Kopf. „Ich dachte, du weißt vielleicht was?"

„Ich?" Tom hob abwehrend die Hände und lachte auf. „Ich bin nur der Trauzeuge."

„Eben!" Mark checkte sein Aussehen im Spiegel.

„Hast du keine Angst, dass Reginald jemanden hat, der euch unsympathisch ist? Ich würde es wissen wollen." Er rieb sich über sein frisch rasiertes Kinn.

Mark musste schmunzeln, Reginald würde niemals etwas in dieser Richtung riskieren, so gut kannte er ihn inzwischen. „Nein. Wir vertrauen ihm voll und ganz. So hat es ein bisschen mehr von einem Abenteuer."

Es klingelte erneut. Mark blickte erwartungsvoll zu Tom.

„Das wird die Limousine sein."

„Limousine?", fragte er, da er davon ausgegangen war, dass sie mit einem Taxi zur Trauung fahren würden.

„Ja, sicher. Ich dachte mir, es wäre dem Anlass entsprechender. Bei deinem zukünftigen Gatten sollte in diesem Augenblick ebenfalls eine vorfahren."

Mark strahlte und umarmte Tom. „Du bist der beste Trauzeuge, den man sich vorstellen kann."

Dieser löste sich aus der Umarmung und klopfte ihm auf die Schulter. „Der beste Trauzeuge für den besten Freund. Aber warte erst einmal den Tag ab, vielleicht ändert sich ja deine Meinung noch." Er zwinkerte Mark verschmitzt zu.

Bevor er weiter nachfragen konnte, klingelte es erneut, und Tom ging an die Sprechanlage.

„Wir sind in fünf Minuten unten", sagte er in den Hörer, legte wieder auf und blickte zu Mark. „Fertig?"

Mark sah an sich hinunter. „Ich denke, ja."

„Was ist mit deinem Einstecksträußchen?" Tom deutete auf Marks Reverse.

„Danke." Er rannte ins Schlafzimmer. Das Sträußchen lag noch auf der Kommode. Er zog es durch das Knopfloch und ging zurück.

Tom schüttelte grinsend den Kopf und richtete es. „So sollte es besser aussehen. Jetzt ist es perfekt." Er trat einen Schritt zurück und begutachtete Mark. „Dann wollen wir mal sehen." Tom zog aus seinem Sakko ein blaues Stofftaschentuch und reichte es Mark.

„Was soll ich damit?" Er sah ihn verdutzt an.

„Einstecken." Tom zog einen Penny aus der Hosentasche und hielt ihn ihm hin. „Der kommt in deinen Schuh. Dann haben wir etwas Blaues und etwas Neues." Tom deutete auf das Ansteckstäußchen und griff erneut in seine Hosentasche. „Fehlt noch etwas Altes und etwas Geliehenes." In seiner Hand lagen zwei Manschettenknöpfe. „Die sind von meinem Großvater. Morgen bekomme ich sie zurück." Er zwinkerte Mark an und tauschte die neuen Manschetten gegen seine aus. „Fertig."

Ein erneutes Läuten an der Tür ließ sie zusammenzucken.

„Wir müssen los." Tom lief zur Tür, indessen sich Mark seinen Schlüssel schnappte und ihm folgte.

Er staunte nicht schlecht, als er durch die Drehtür auf den Gehsteig kam. Tom hatte eine Stretchlimousine gemietet. Mark lachte auf, als der Fahrer die Tür aufhielt, sodass er einsteigen konnte. Er nahm Platz, und er musste an den Abend von Bens

Ausstellung denken. Die gleiche Situation, nur vertauschte Rollen. Tom folgte ihm und machte es sich ebenfalls bequem.

„Ein Gläschen Sekt zur Einstimmung?", fragte er, nachdem der Wagen losgefahren war.

„Lieber nicht. Nicht dass ich am Ende vergesse, Ja zu sagen." Er zwinkerte Tom zu, dann blickte er aus dem Fenster und sah die Stadt an sich vorbeiziehen. *London Eye* rückte in ihr Blickfeld und schon war Westminster nicht mehr weit. Je näher sie ihrem Ziel kamen, desto mehr wuchs in Mark die Vorfreude. Wie im Zeitraffer rasten die Ereignisse der letzten Jahre vor seinem inneren Auge vorbei. Ein Lächeln zupfte an seinen Mundwinkeln, wenn er an den Abend dachte, als er Ben das erste Mal getroffen hatte.

„An was denkst du?", fragte Tom.

„Ach nichts." Mark sah ihn lächelnd an. „Einfach nur daran, wie alles gekommen ist."

Der Wagen fuhr über die Westminster Bridge und bog am Big Ben links ab. Kurze Zeit drauf hielt er direkt vor dem Haupttor von Westminster Abbey. Der Fahrer stellte den Motor ab, bevor er ausstieg und den beiden die Tür aufhielt.

Mark bedankte sich freundlich lächelnd, dann ging er mit Tom an seiner Seite auf die Abbey zu. Sein Blick suchte den seines Freundes, nachdem sie an den Stufen zum Eingang angekommen waren. „Weißt du, ich fühle mich gerade ein bisschen, als würde ich träumen."

„Dann träum weiter, denn es fängt gerade erst an." Tom legte seine Hand auf Marks Schulter. „Bereit?"

„Ich war nie mehr zu etwas bereit." Mark setzte seinen Fuß auf die erste Stufe. Als er das Tor durchschritt, begann sein ganzer Körper zu kribbeln. Ein gutes Kribbeln. Und jetzt, genau in diesem Augenblick, fühlte er das erste Mal Aufregung. Sein Puls stieg spürbar an und warme Schauer jagten über seine Haut.

Sie gingen durch den Vorraum. Das Gemurmel der Gäste, die auf den Bänken dahinter saßen, wurde mit jedem Schritt lauter. Mark trat in den Gang, in dem rechts und links Freunde, Kollegen und Familien in den Reihen Platz genommen hatte. Die kleinen roten Lampenschirme, die zwischen den Bänken angebracht waren, zauberten eine ganz besondere Atmosphäre. An den

Holzpfosten dazwischen steckten Sträuße mit weißen und roten Rosen.

Mark schritt gefolgt von Tom den Gang entlang. Ein breites Grinsen hatte sich in seinem Gesicht zementiert und wollte nicht weichen. Er ließ den Blick durch die Reihen schweifen, suchte die Blicke der Anwesenden und nickte hin und wieder dem ein oder anderem freundlich zu. Zwischen all den Menschen entdeckte er auch Bens Tante Magda. Er sah es nicht genau, doch er hätte schwören können, dass sie abschätzig den Kopf schüttelte. Zumindest hätte es ihn nicht gewundert, so wie er sie kannte.

Schließlich hatten sie das Ende des Gangs erreicht. Vor dem Podest, auf dem sich der Altar befand, standen zwei Stühle, die über und über mit Blumen geschmückt waren. Mark platzierte sich davor und drehte sich zu der Gemeinde.

Sein Blick fiel auf die erste Bank, auf der Tom gerade neben Oliver Platz genommen hatte. Daneben saß Rominas Familie, Bens Eltern und – Mark hielt für einen Moment inne. Neben Wanda lächelte ihm seine Mutter entgegen und nickte zur Begrüßung. Doch schon wurde er von erneutem Gemurmel abgelenkt. Aus einem Seitengang trat Neals Freund Aiden. Mark erkannte ihn sofort an seinen feuerroten Haaren. Hinter ihm folgte der Männerchor der Abbey. Sie stellten sich auf der rechten Seite auf. Aiden ging an das Pult, das neben den Sängern stand, und klopfte dreimal mit einem Stöckchen dagegen. Er hob es an und nickte dem Chor zu. Die Hochzeitsgäste verstummten, was die innere Anspannung von Mark noch steigen ließ. Was geschah mit ihm? Sein Körper fühlte sich an, als würde er jeden Augenblick explodieren und doch war er ruhig zugleich.

Gesang erfüllte den Raum. Mark stiegen im gleichen Augenblick Tränen in die Augen und er begann zu schweben. Um ihn herum versank alles. Für einen Moment war nur er hier. Er und dieser Gesang, noch nie war er so bei sich gewesen wie jetzt, hier in dieser Kirche. Sein verschleierter Blick fiel auf Ben. Ben, der mit einem Strauß in der Hand, an der Seite von Romina, den Gang entlang auf ihn zuschritt. Mark fühlte seinen Puls bis in die Zehenspitzen. Und dann war er bei ihm. Romina übergab ihm die Hand ihres Bruders, nahm das Sträußchen an sich und setzte sich. Marks Blick ruhte auf Ben. Er versuchte jedes Detail in sich aufzunehmen und zu speichern. Das war der Moment, an den er sich bis an sein Lebensende würde erinnern wollen. Bens liebevoller Blick, die zarten Fältchen um seine Mundwinkel und die kleine Strähne, die ihm auf die Stirn fiel.

„Ich liebe dich", flüsterte Mark ihm zu und kämpfte gegen ein Schluchzen an.

„Ich liebe dich auch. Mehr als du dir vorstellen kannst", raunte Ben zurück.

Der Gesang verstummte. Ein Räuspern ließ die beiden zum Altar blicken. In einem schwarzen Smoking mit strahlend weißem Hemd stand Reginald vor ihnen. Marks Blick suchte fragend Bens, dann begriff er.

„Ich möchte euch alle herzlich begrüßen, bitte nehmt Platz."

Während hinter ihren Rücken Geraschel davon zeugte, dass sich ihre Gäste niederließen, nahmen auch Mark und Ben vor Reginald Platz.

„Ihr wundert euch bestimmt, was der kleine alte Mann hier macht." Sein strenger Blick wich einem vergnügten Glucksen. „Mark. Ben." Er sah von einem zum anderen, dann in die Sitzreihen und wieder zurück zu Mark. „Liebe Gäste. Ich musste nicht lange nachdenken, wer euch heute trauen soll. Wir drei hatten eine aufregende Reise zusammen. Eine Reise, während der ihr mir sehr ans Herz gewachsen seid." Erneut gluckste er auf und richtete seinen Blick wieder ins Kirchenschiff. „Und ich möchte festhalten, dass es das erste Mal ist, dass ich so etwas tue. Und wenn ich mein Alter bedenke, wahrscheinlich auch das letzte Mal." Gelächter erfüllte die Abbey.

Es folgte eine flammende Rede über Freundschaft und die Liebe. Überaus pointiert schilderte er ihr Kennenlernen und die Vorbereitungen zum heutigen Tag. Mark hielt Bens Hand fest in seiner. Hin und wieder trafen sich ihre Blicke und er fühlte sich so verliebt wie am ersten Tag. Er wusste, dass er den Mann heiraten würde, mit dem er den Rest seines Lebens verbringen wollte.

Nachdem Reginald geendet hatte, trat Charles an das Pult. „Ich bin heute hier nicht nur auf der Hochzeit einer meiner treusten Mitarbeiter. Mark war, vom ersten Tag an, wie ein Sohn für mich. Und ich freue mich, dass er in Ben den Mann gefunden hat, den er verdient." Er zwinkerte Ben zu. „Du im Übrigen auch."

Nach Charles kam Henry, der von Marks erstem Besuch bei ihnen berichtete. „Er war mir sofort sympathisch. Mark ist für mich inzwischen wie ein zweiter Sohn." Dabei war Henry so gerührt, dass ihm mehrmals die Stimme brach.

Neal erkannte ohne Umschweife an, dass Ben der Richtige für Mark war. „Ich war die Generalprobe und das hier ist die Uraufführung. Eine, in der einfach alles stimmt. Wenn ich in eure glücklichen Gesichter sehe, hoffe ich, dass ich irgendwann einmal am gleichen Punkt sein werde." Sein Blick fiel auf Aiden, dessen Gesichtsfarbe sofort auf Rot sprang.

Tom erzählte von seiner Freundschaft zu Mark und davon, dass er ihm mit Ben einen weiteren besten Freund gebracht hatte. Am Schluss kam Romina. Ihre Rede war ein liebevoller Anpfiff, weil sich die beiden so lange Zeit gelassen hatten, bis sie endlich den Schwager bekam, den sie schon immer wollte.

„Kommen wir nun zu dem Augenblick, wegen dem wir heute alle hier sind. Ich möchte euch bitten, aufzustehen." Reginald deutete mit seiner Hand den beiden und allen anderen an, sich zu erheben. „Die Ringe habt ihr?", flüsterte er ihnen zu.

Mark klopfte an die Tasche seines Sakkos. Eiseskälte durchfuhr ihn. Sie war leer. Er tastete an die andere Tasche, doch auch sie war leer. Ein Bild schoss ihm in den Kopf. Das Bild einer kleinen Box auf dem Tresen in ihrer Küche.

„Die Ringe habe ich." Mark fuhr herum. Hinter ihm stand Tom. Er reichte Mark das Sträußchen, in das die Ringe gebunden waren, und zwinkerte ihm zu.

Erleichtert blickte Mark zu Ben, der bemüht war, ein Lachen zu unterdrücken.

„Nun denn." Reginald richtete seinen Blick auf Mark. „So frage ich dich, Mark Schuster, möchtest du den hier anwesenden Ben Smith zu deinem Mann nehmen? Ihn lieben und ehren an guten wie an schlechten Tagen? Willst du das Schöne und Gute mit ihm teilen und ihm bei Sorgen und Nöten treu zur Seite stehen? So antworte hier und jetzt, im Beisein eurer Familien und Freunde, mit *Ja, ich will.*" Reginald blickte freundlich fordernd zu Mark.

Mark sah Ben tief in die Augen und drückte seine Hand, dann löste er das Band von Bens Ring und zog ihn aus dem Strauß. „Ja, das will ich", sagte er, ein wenig lauter als beabsichtigt, während er Ben den Ring auf den Finger schob. Seine Augen begannen zu glänzen. Schon als Reginald die Traufrage gestellt hatte, waren heiße Schauer über seinen Körper gejagt.

Reginald nickte zufrieden. „Ich hatte nichts anderes erwartet", kommentierte er Marks Antwort und kicherte vergnügt. Er räusperte sich. „Entschuldigung." Dann wandte er sich Ben zu. „Ich frage dich, Ben Smith, möchtest du den hier anwesenden Mark Schuster zu deinem Mann nehmen. Ihn lieben und ehren an guten wie an schlechten Tagen? Willst du das Schöne und Gute mit ihm teilen und ihm bei Sorgen und Nöten treu zur Seite stehen? So antworte hier und jetzt, im Beisein eurer Familien und Freunde, mit *Ja, das will ich*."

Ben drehte sich zu Mark. Er nahm den Ring aus den Blumen und steckte ihn Mark an den Finger. Es fühlte sich für Mark an, als würde er etwas bekommen, das schon immer an diese Stelle gehört hatte, als er den Ring an seinem Finger betrachtete. „Ja, das will ich." Ben schluckte. Wie Mark erkannte, hatte sich auch über seinen Blick ein schillernder Schleier gelegt.

Reginald lächelte zufrieden. „Nachdem ihr beide meine Frage mit *Ja* beantwortet habt, erkläre ich euch hiermit als verheiratet. Ich bitte darum, dass ihr euer Versprechen mit einem Kuss besiegelt."

Mark nahm zärtlich Bens Gesicht in seine Hände und zog ihn an sich. Sanft berührten sich ihre Lippen. Er spürte unzählige winzige Explosionen in seinem Körper. Dieser Kuss bedeutete so viel mehr für ihn als alle anderen Küsse in seinem Leben. Nach einer kleinen Unendlichkeit ließ er Ben wieder los und sah ihm tief in die Augen. Bens Augen wirkten mit einem Mal verändert, viel offener als die tausende Male, die er zuvor in sie geblickt hatte. Er hatte den Eindruck, als würde er ihm in diesem Moment direkt in seine Seele sehen können. Ein Räuspern holte ihn zurück in die Abbey.

Reginald war zu ihnen getreten. „Die größte Ehre, die mir heute zuteil wird, ist es, euch als Erster gratulieren zu dürfen." Er reichte Mark seine Hand. Als Mark einschlagen wollte, brummte er. „Ach was soll's" und zog sie beide in eine feste Umarmung. „Ich wünsche euch alles erdenklich Gute und bleibt mir gewogen", raunte er, bevor er sich wieder von ihnen löste.

Mark bemerkte, dass auch er mit seiner Rührung zu kämpfen hatte. Reginald gab dem Chor ein Zeichen. Die ersten Töne von *Marry me* klangen durch den Raum. Mark nahm Ben an die Hand. Gemeinsam folgten sie Reginald, der vorgelaufen war, und gingen freudig strahlend den Gang entlang. Als sie die erste Bank hinter sich gelassen hatte, erhoben sich die Gäste und frenetischer Applaus brandete auf. So muss sich die Queen gefühlt haben, als sie hier entlanggeschritten war, schoss es Mark in den Kopf. Hinter ihnen reihten sich die Gäste in den Zug nach draußen ein.

Als sie durch die Hauptpforte aus der Abbey traten, standen nicht nur Bens Kollegen vor einem guten Dutzend Stehtischen und applaudierten ihnen, auch Sergej entdeckte er ein wenig abseits und musste unweigerlich schmunzeln. Er trug einen Anzug in Altrosa und klatschte mit mürrischem Blick rhythmisch in seine Hände. Sogleich war die Frage in Marks Kopf, ob er diesen Anzug freiwillig trug oder ihn Reginald dazu genötigt hatte.

Bens Boss kam mit einem Tablett, auf dem drei Gläser Sekt standen, auf sie zu.

„Auf euch. Herzlichen Glückwunsch!" Er nahm ein Glas und prostete ihnen zu.

Nach und nach drängten auch die anderen Gäste aus der Kirche. Unzählige Male wurden die beiden gedrückt, Hände geschüttelt und Tränen vergossen, bis ihnen alle gratuliert hatten.

Steven stellte sich zwischen sie und legte ihnen die Arme auf die Schultern. „Wisst ihr, dass das mit Abstand die ergreifendste Trauung war, die ich jemals erlebt habe?"

Andy, der vor ihnen stand, nickte zustimmend.

Neben ihm tupfte sich Martin mit einem Taschentuch eine Träne aus dem Augenwinkel. „Also wenn ich das alles so sehe", schniefte er, „sollte ich mir das mit der Beziehung vielleicht doch noch einmal überlegen."

Andys interessierter, strahlender Blick wanderte zu ihm.

Während der Sektempfang auf dem Vorplatz der Abbey lief, ging Mark lächelnd zu seiner Mutter. Er beugte sich zu ihr und flüsterte „Danke, dass du gekommen bist" in ihr Ohr.

„Du hast eine sehr sympathische Familie bekommen. Sie scheinen dich zu mögen", erwiderte sie betont nüchtern. Sie war nie der große Gefühlsdusel, doch Mark hörte deutlich die Freude in ihrer Stimme mitschwingen.

„Wenn, dann habe ich eine Familie dazubekommen. Du warst schon immer meine Familie."

Seine Mutter blickte ihn ergriffen an. Ein verschüchtertes Lächeln flog über ihre Lippen, doch sie schwieg.

„Ich habe mir erlaubt, eure Sitzordnung ein wenig zu korrigieren", hörte er Wanda hinter sich sagen. Mark drehte sich mit fragendem Blick zu ihr um. „Sophia sitzt jetzt bei uns am Tisch. Ich hoffe, das geht in Ordnung."

„Sophia?" Mark sah erstaunt seine Mutter an, während diese Wanda zulächelte. „Kennt ihr euch?"

„Ja, aber sicher. Ich habe Sophia vor ein paar Wochen besucht und letzten Dienstag war sie zum Kaffee bei uns", berichtete Wanda. „Schließlich sind wir jetzt eine Familie, da musste ich doch wissen, wer die Mutter meines Schwiegersohns ist. Und nachdem du es nicht für nötig gehalten hast, uns vorzustellen, habe ich das selbst in die Hand genommen." Sie schlug Mark leicht von hinten auf die Schulter und zwinkerte ihm lächelnd zu.

Das war eins der Dinge, warum Mark Wanda so mochte. Sie tat immer das Richtige zur richtigen Zeit und hatte ein großes Herz. Ihn packte das Bewusstsein, jetzt endgültig Teil dieser verrückten Familie zu sein. Er hatte mit Ben nicht nur seinen Traummann gefunden, sondern sie alle als Kirsche auf dem Sahnehäubchen mitbekommen. Und wie es aussah, war er dabei nicht allein. Er beobachtete seine Mutter, die von Wanda ein Stück auf die Seite gezogen worden war und jetzt mit ihr sprach. Es erweckte den Eindruck, als würden sich zwei alte Freundinnen unterhalten. Sie hielten Blickkontakt und lachten unbeschwert miteinander.

Reginald kam auf ihn zu. „Wir müssen los. *Kew Gardens* wartet", informierte er ihn. Freudig klatschte er in die Hände und winkte Sergej zu sich.

Wenig später stiegen Mark und Ben, begleitet von Reginald und seinem Assistenten, in die Limousine, mit der Mark gekommen war. Sie winkten durch das Fenster den Gästen zu, die sich ebenfalls anschickten, loszufahren.

Der Wagen hielt an einem Eingang, den Mark nicht kannte. Ein schmiedeeisernes Tor, das reich mit weißen und roten Blumen und Bändern geschmückt war, führte zwischen dichte Hecken. Der schneebedeckte Weg war mit kleinen sandfarbenen Kieselsteinen bestreut worden.

Mark half Ben aus der Limousine und sie folgten Reginald durch das Tor. Schon nach wenigen Metern tauchte hinter den Sträuchern ein Gebäude auf. Mark blieb ergriffen stehen und auch Ben stoppte.

Das Haus sah aus wie aus einem Märchen. Der hintere Teil erinnerte ihn an ein altes Cottage, das aus schweren Bruchsteinen gemauert worden war. Weiße hölzerne Sprossenfenster hoben sich von den dunkeln Wänden ab. Der vordere Bereich ging in einen übergroßen Wintergarten im viktorianischen Stil über.

„Gefällt es euch?", fragte Reginald.

Mark fing sich wieder. „Es ist … wunderschön." Er sah zu Ben, der mit offenem Mund neben ihm stand und schluckte. „Ich wünschte, dieser Tag könnte für immer bleiben." Schon fiel er Reginald um den Hals. „Danke. Es ist so viel besser als alles, was ich mir erhofft hatte."

„Ach, ihr übertreibt", wiegelte dieser verlegen ab.

„Stellt euch vorne an den Eingang. Eure Gäste sollten langsam eintreffen." Er deutete an die große, dunkle Holztüre im gemauerten Teil des Hauses.

Kaum hatten sie ihren Posten bezogen, trafen auch schon die ersten Gäste ein. Amüsiert beobachtete Mark bei allen das gleiche Schauspiel. Sie kamen auf den Weg, blieben ergriffen stehen, um dieses Weihnachtshochzeitswunder zu bestaunen, bevor sie gutgelaunt und lächelnd das Gebäude betraten.

Als alle drin waren, folgten Mark und Ben. Reginald hatte sie, genau wie sie es sich gewünscht hatten, an dem Tisch in der Mitte des Raums platziert.

Sie liefen durch die Tür und *Michael* begann *It´beginning to look at lot like Christmas* zu singen. Mark entdeckte ihren DJ, der in einer Nische des Raums hinter seinen Pulten stand. Als sich ihre Blicke trafen, zwinkerte dieser ihm grinsend zu und deutete mit seinem Kopf zu der Glasfront.

Durch die Scheiben sah man auf fünf wunderschön geschmückte Weihnachtsbäume, auf denen dick der Schnee lag. Sie waren rund um den Glasanbau in etwa gleichen Abständen platziert.

Ihre Gäste saßen an großen runden Tischen mit weihnachtlichen Gestecken, Kerzen und Schmuck auf anmutig geformten Stühlen. Die Stühle selbst waren mit weißen Hussen überzogen. Angeregtes Gemurmel mischte sich in die Musik. Einige winkten Mark zu, der mit Ben an der Hand auf ihren Tisch zuging, und lächelten ihnen zu. Mark zog einen der Stühle hervor und ließ Ben sich setzen, bevor auch er Platz nahm. Mit an ihrem Tisch saßen Romina, John, Oliver und Tom.

Verstohlen blickte Mark zu dem Tisch, an dem seine Mutter neben Wanda saß. Wanda und Sophia hatten ihre Köpfe dicht beieinander und unterhielten sich kichernd. Der Gesichtsausdruck seiner Mutter wirkte entspannt. Marks Blick fiel auf seinen Schwiegervater, der neben seiner Frau saß. Er bekam wohl gerade einen Vortrag von Tante Magda, wenn er die Situation richtig deutete. Henrys Kopf war gesenkt, während er mit dem Besteck spielte und Magda unaufhörlich zu reden schien. Ein Schmunzeln schob sich auf seine Lippen. Ihre Vorträge kannte er inzwischen zur Genüge. Er erfasste wieder seine Mutter. Sie schien sich blendend mit Wanda zu verstehen und sogar ein klein wenig Spaß zu haben. Mark wusste nicht, wann er sie das letzte Mal so ausgelassen erlebt hatte.

Wandas Blick fiel auf den Eingang. Sie flüsterte Sophia etwas ins Ohr und erhob sich von ihrem Platz. Mark folgte ihr mit seinem Blick und verstand.

Das Kuchenbuffet wurde aufgebaut, was Wanda, zusammen mit Reginald, akribisch beobachtete und hin und wieder Anweisungen gab. Als alle Kuchen an Ort und Stelle waren, winkte Reginald Mark zu. Dieser tippte Ben an, der mit Romina glucksend in ein Gespräch vertieft war.

„Ich glaube, wir müssen die Torte anschneiden", raunte er ihm zu und stand auf. Unter feierlichen Klängen wurde eine dreistöckige Torte hereingetragen. Mark staunte nicht schlecht, was der Patissier gezaubert hatte. Mit kleinen Figuren aus Marzipan waren über die drei Schichten Stationen ihrer Beziehung dargestellt.

„Wow", entfuhr es ihm, als er mit Ben an seiner Seite vor der Torte stand und sie genau betrachtete. „Fast zu schade, sie zu essen", flüsterte Ben ihm zu.

„Schau mal da – weißt du noch, als du mir auf dem Weihnachtsmarkt geholfen hast?", rief dieser begeistert und deutete auf die entsprechende Szene.

Reginald räusperte sich. „Ihr müsst sie jetzt anschneiden. Keine Sorge. Ich habe sie bereits aus allen Perspektiven fotografieren lassen." Damit reichte er Ben ein Messer, welches zwei Griffe hatte.

Kurz darauf landete das erste Stück auf einem der Teller, von den sich die beiden gegenseitig eine Gabel voll in den Mund schoben. Applaus brandete auf und auch die anderen Gäste begannen, das Buffet anzusteuern. Es dauerte nicht lange, bis die Gespräche abebbten. In das Klappern der Gabeln auf den Tellern mischten sich die Klänge von *White Christmas*.

Mark ließ seinen Blick erneut durch den Raum schweifen. Steven saß neben Hunter und sah diesen verliebt an. Sein Blick sprach Bände, aber auch der von Hunter zeigte Mark, dass er ihn zu vergöttern schien. Gleich daneben hatten Colin und Burt Platz genommen. Burt wirkte wie ausgewechselt. Mit stolzgeschwellter Brust hatte er seine Hand auf die Lehne von Colins Stuhl gelegt und kraulte ihn am Rücken. Mit verklärtem Blick aß Colin seine Torte, während seine Hand auf Burts Knie ruhte. Neben Burt saßen Martin und Andy. Mark stockte. Er konnte nicht hören, was sie sagten, aber er kannte beide inzwischen gut genug, um zu wissen, dass die Blicke, die sie tauschten, Interesse bekundeten. Ihre Körpersprache stand auf Flirten. Mark knuffte Ben und deutete mit seinem Kinn in ihre Richtung.

Ben lächelte. „Da scheint zusammenzukommen, was zusammengehört."

„Meinst du, das geht gut aus?", fragte Mark vergnügt.

„Ob du es glaubst oder nicht. Ich denke ja. Überleg mal – wer würde besser zusammenpassen als die beiden?"

„Wir", schoss es aus Mark.

Ben verzog lachend sein Gesicht. „Abgesehen von uns."

Wenn er so darüber nachdachte, hatte er recht. Beide hatten die gleichen Vorstellungen von Beziehung und ähnliche Interessen. Zudem gaben sie auch rein optisch ein überaus attraktives Paar ab. Er schmunzelte.

Und dann geschah genau das, was er befürchtet hatte – mit der Trauung war die Achterbahn auf ihrem Höhepunkt angekommen und nun raste sie die Strecke entlang und mit ihr die Zeit.

Reginald hatte sich ziemlich ins Zeug gelegt, sodass zu keinem Zeitpunkt auch nur eine Spur von Langeweile aufkam. Nach dem Kaffee wurde eine Fotobox aufgebaut, in der man in schrägen Verkleidungen Erinnerungsbilder schießen konnte. Einige der Gäste hatten Spiele vorbereitet und sogar ein Santa Claus war engagiert worden, der Ben und Mark vergnüglich die Leviten las.

Bald schon verabschiedete sich die Sonne. Mit ihrem Untergehen zogen Wolken auf und wie auf Kommando begann es, sanft zu schneien. Die Kellner entzündeten die Kerzen auf den Tischen. Auch die von der Decke hängenden Sterne leuchten auf. Ein lautes Raunen ging durch den Saal, als Reginald die Außenbeleuchtung einschalten ließ.

Nicht nur die Weihnachtsbäume vor den Fenstern leuchteten auf, auch rundherum in den Sträuchern und Bäumen waren Tausende Lichter versteckt. Sie bescherten der Hochzeitsgesellschaft ein funkelndes Wunder, das man durch die halbrunde Glasfassade in seiner ganzen Schönheit bestaunen konnte.

Nachdem Ben und Mark ihre Gäste mit einer kleinen Ansprache begrüßt hatten, wurde das Abendessen aufgetragen. Sie hatten mit Reginald ein Fünf-Gänge-Menü mit all ihren Lieblingsspeisen zusammengestellt. Als Nachspeise musste es für die beiden einen Sticky Toffee Pudding geben. Er schmeckte, wie Mark fand, fast genauso gut, wie der, den Ben zubereitete.

Schon während des Essens stieg in ihm allmählich die Aufregung. Heiraten, Ansprache halten, Torte anschneiden – das alles war ein Klacks, im Gegensatz zu dem, was er nach dem

Essen tun musste. Ben legte ihm sanft eine Hand auf sein Bein und drückte es zu Boden.

„Hör auf zu wippen", sagte er leise und lächelte. „Ich weiß, warum du so nervös bist."

Mark grinste verlegen, schwieg aber. Er kannte ihn eben.

„Sieh es als erste Aufgabe, die wir als Ehepaar zu meistern haben. Wir gehen da gemeinsam durch und werden dem anderen eine Stütze sein." Er zwinkerte ihm aufmunternd zu.

„Du hast recht", sagte Mark und versuchte, dabei gelassen zu klingen, doch in seinem Inneren war er kurz vor dem Bersten.

Immer wieder spähte er zu Reginald, der ihm schließlich ein Zeichen gab und aufstand. Er ließ sich vom DJ ein Mikrofon überreichen und stolzierte auf die Tanzfläche. Dort schaltete er es an und klopfte mit dem Finger auf die Spitze. Blechern klang sein Klopfen aus den Boxen wieder. Mark traten Schweißperlen auf die Stirn.

„Meine sehr verehrten Damen und Herren, liebe Gäste und vor allem, liebes Hochzeitspaar", begann Reginald. „Ein wunderschöner Tag liegt hinter uns. Wir haben zusammen gefeiert, gelacht und vorzüglich gegessen. Jetzt ist es an der Zeit, zu tanzen. Wenn ich euch zu mir bitten dürfte." Reginald winkte sie zu sich.

Mark erhob sich von seinem Stuhl, seine Beine fühlten sich an, als wären sie aus Gummi. Zitternd griff er nach Bens Hand. Du schaffst das, sagte er sich und streckte seine Brust heraus. Sie gingen auf die Tanzfläche und stellten sich neben Reginald. Die Anwesenden begleiten sie mit donnerndem Applaus, was bei Mark nicht dafür sorgte, dass er ruhiger wurde. *In zwei Minuten ist es vorbei*, redete er sich stumm Mut zu. *Zwei Minuten.*

„Bitte. Die Tanzfläche gehört euch." Reginald deutete schwungvoll auf den Boden und trat zur Seite.

Mark stellte sich zusammen mit Ben in Position. Dieser lächelte ihn aufmunternd an und die ersten Töne von *Can you feel the Love tonight* erklangen. Er wollte den ersten Schritt tun, doch ein lautes „Halt, noch nicht" von Reginald bremste ihn. Fragend schossen ihre Blicke zu ihm, während er zu ihnen auf die Tanzfläche getippelt kam.

„Entschuldigt. Wir machen das heute einmal anders. Maestro, bitte." Reginald zeigte zum DJ. Das Stück startete erneut. Sie nahmen wieder Haltung an. Er trat ein Stück zur Seite und hob das Mikrophon. Sie tanzten die ersten Schritte, dann begann er zu singen. Mark stutzte und blickte zu Ben, der ihn genauso fragend ansah, doch sie bewegten sich weiter im Takt der Musik. Er traute seinen Ohren kaum, Reginald klang genau wie das Original. Wie von allein schwebten sie über das Parkett.

Mark ging ganz in diesem Moment auf, während eine Gänsehaut über seinen Körper kroch. Ben lächelte verklärt und sah ihm dabei tief in die Augen. Sie versanken im Blick des anderen und die Welt um sie herum gab es für diesen Moment nicht mehr. Sie waren allein. Nur sie und die Musik.

Viel zu schnell endete das Lied. Mark entließ Ben, der seine Schwester ansteuerte und sie auf das Parkett zog, während er sich Tom griff. Kurz darauf war die halbe Hochzeitsgesellschaft auf der Tanzfläche.

„Euer Hochzeitsplaner ist ein Phänomen", hauchte Neal Mark, mit dem er nach Tom tanzte, ins Ohr. „Nicht nur, dass er euch diese Wahnsinnshochzeit organisiert hat, seine Rede war purer Zucker und jetzt kann er auch noch singen."

Marks zufriedener Blick fiel auf Reginald. Er stand mit dem Fuß wippend am Rand der Tanzfläche.

„Darf ich dich ablösen?", fragte Ben, der an sie herangetreten war.

„Gerne." Neal übergab Marks Hand an ihn und schnappte sich Aiden, dessen Gesicht sogleich erneut mit seiner Haarfarbe konkurrierte.

Wieder blickte Mark zu Reginald, neben dem Sergej tanzte. Er beobachtete ihn perplex, denn Sergej war ein fantastischer Tänzer, wenngleich er dabei ein Gesicht zog, als würde er jeden Augenblick den DJ verprügeln wollen.

Diesem gab Reginald ein Zeichen und die Musik wurde leiser und endete. Er nahm sich wieder das Mikrophon und pustete kurz hinein.

„Meine sehr verehrten Gäste, liebes Traupaar – es ist an der Zeit, den Strauß zu werfen. Ich bitte alle ledigen Männer und Frauen, sich hier aufzustellen." Er deutete an den Rand der

Tanzfläche. Kurz darauf hatten sich knapp zwei Dutzend Leute hinter Mark und Ben platziert, die sich umdrehten, sodass sie mit dem Rücken zu ihnen gewandt standen.

Reginald kam zu ihnen und überreichte Ben den Strauß.

Er nahm ihn an sich. „Eins, zwei, drei", zählten sie, wie aus einem Mund und warfen den Strauß über ihren Kopf nach hinten.

Noch bevor sie sich umdrehen konnten, hörte Mark Burt schon „Ich habe ihn" rufen. Marks Blick fiel auf seinen Kollegen, der Colin mit verliebtem Blick die Blumen überreichte. Colin warf sich ihm an den Hals und küsste ihn leidenschaftlich.

„Gestern hat er ihm noch verboten, ihm Blumen zu schenken", raunte Mark Ben zu und grinste.

Ben lachte auf. „So ändern sich die Zeiten."

Auf ein erneutes Zeichen von Reginald startete der DJ erneut die Musik. Nachdem dieses Mal Colin und Burt die Tanzfläche eröffnen mussten, strömten nun auch die anderen Gäste darauf.

„Gefällt es dir?", hauchte Mark Ben ins Ohr, während *Perfect* gespielt wurde. „Unsere Hochzeit!"

Ben lächelte. „Es ist die beste Hochzeit mit dem besten Mann, die ich mir vorstellen könnte." Mit einem langen Kuss besiegelte er seine Worte.

Kapitel 31 - Ben - Wieder Weihnachten

Ben bestaunte den Baum im Wohnzimmer seiner Eltern. Sein Blick wanderte über den Schmuck, den er bereits vor Wochen an die Äste gehängt hatte. Er konnte sich nicht sattsehen am funkelnden und blinkenden bunten Glas, in dem sich die vielen Kerzen spiegelten. Das Haus seiner Eltern war erfüllt von dieser speziellen magischen Atmosphäre eines Weihnachtsabends. Vor den Fenstern rieselte sanft der Schnee, die Flocken funkelten warm erhellt durch die Beleuchtung an den Rahmen. Durch die große Scheibe im Wohnzimmer sah der Schneemann zu ihnen herein.

In diesem Jahr war er von Mark und Jonathan gebaut worden. Jonathan hatte darauf bestanden, dass es sein neuer Onkel Mark mit ihm tun musste.

Ben lehnte sich zurück und beobachtete schmunzelnd das Treiben um sich herum. Rominas Kinder bauten ein Spiel auf, das Jack geschenkt bekommen hatte. Bens Eltern saßen zusammen mit Sophia auf dem Sofa und blätterten in ihrem Hochzeitsfotoalbum und Mark saß neben ihm, hielt seine Hand und schlürfte dabei seinen Eierpunsch.

Verklärt blickte Ben zu Mark. Seinen Mann Mark. Ein Schleier bildete sich auf seinen Augen, während er ihn beobachtete, wie er fröhlich lächelnd dem Spielaufbau folgte. Sein Mann – nicht mehr der Bekannte, der Freund oder der Lebensgefährte – sondern ab diesem Weihnachten der Ehemann. Ben dachte zurück. Er hätte niemals damit gerechnet, einmal mit seinem Mann und seiner Familie zusammen um dem Weihnachtsbaum zu sitzen. Er hatte es sich immer gewünscht, davon geträumt, doch nie wirklich damit gerechnet. Und jetzt saß er hier – wunschlos glücklich – neben Mark.

„Ist alles okay?" Mark stellte seine Tasse auf das Beistelltischchen und strich über Bens Knie.

„Mehr als nur okay", erwiderte Ben lächelnd. „Es ist perfekt."

Der Abend wurde schnell älter und schon schlug es Mitternacht. Romina verabschiedete sich und auch Wanda, Sophia und Henry kündigten an, ins Bett zu gehen. Bens Mutter hatte darauf bestanden, dass Sophia heute hierbleiben musste. Sie wollte sie nicht so spät abends alleine ans andere Ende der Stadt fahren lassen. Im ersten Stock hatte sie ihr das Gästezimmer hergerichtet. Mark hatte geschmunzelt, als er von Ben davon erfahren hatte. Es war das gleiche Zimmer, in das Wanda auch ihn in der ersten Nacht, die er hier im Haus verbracht hatte, gesteckt hatte. Für ihn schloss sich damit ein Kreis. Dieses Zimmer war für Mark der Eingang in seine Familie gewesen und so wie Ben seine Mutter kannte, geschah dies nun auch mit Sophia. Sie war nicht mehr nur Marks Mutter. Sie gehörte nun dazu – ohne Wenn und Aber.

Ben löschte die Lichter im Wohnzimmer. Lediglich die am Baum ließ er noch brennen. In der schummrig warmen Beleuchtung ging er zu Mark, der im dunklen Esszimmer an der Scheibe stand und nach draußen auf die Straße sah.

Er trat von hinten an ihn heran und schwang ihm die Arme um seinen Bauch, während er das Kinn auf seiner Schulter ablegte.

„Weißt du noch? Vor vier Jahren …", raunte Mark.

Ben lächelte. „Wie könnte ich das vergessen – du hast an der gleichen Stelle gestanden und auch aus dem Fenster gesehen. Es war unser erstes Weihnachten." Ein wohliges Kribbeln kroch ihm in den Nacken.

„Eine schöne Erinnerung", raunte Mark und nickte zur Straße. „Und sogar er ist wieder hier."

Ben hob seinen Kopf. Ein alter Mann in einem Santa-Claus-Kostüm stand auf dem Gehsteig vor dem Haus und winkte ihnen zu. Mark winkte zurück. Fast gleichzeitig schauten sie nach oben in den Himmel und sahen eine Sternschnuppe über sich verglühen.

„Die war ziemlich nah, findest du nicht?", fragte Ben, was Mark mit einem stummen Nicken bestätigte. Als sie wieder auf den Gehsteig blickten, war der Santa verschwunden.

„Er ist weg", stellte Mark fest.

„Sind sie das nicht immer?" Ein Lächeln schob sich auf Bens Lippen.

„Du hast recht. Verwunderlich. Aber sollen sie ruhig verschwinden und wieder auftauchen. Wer weiß, ob wir heute hier stehen würden, wenn es sie nicht geben würde", entgegnete Mark nachdenklich.

„Wie meinst du das?", fragte Ben.

Er drehte sich um und gab Ben einen zärtlichen Kuss. „Ich habe vor Kurzem über unser Kennenlernen nachgedacht und festgestellt, dass damals ziemlich viele Weihnachtsmänner daran beteiligt waren."

Ben kam sein Kollege in den Sinn. Er hatte damals einen Unfall mit einem Mann im Weihnachtsmannkostüm gehabt. Ben war eingesprungen und dadurch bei Mark in seiner Wohnung gelandet. Er schmunzelte. „Du hast recht. Sie scheinen unsere Glücksbringer zu sein."

„Mal schauen, was sie uns noch alles zaubern in den nächsten Jahren."

„Egal, was es sein wird, ich bin mir sicher, dass es wunderschön werden wird." Ben lächelte und da war es wieder, dieses wohlige Gefühl – er fühlte sich komplett.

Danke für das Lesen dieses Buchs.
Wenn Dir dieser Roman gefallen hat, würde ich mich über eine Bewertung oder eine Rezension in dem Shop, in dem Du dieses Buch gekauft hast, oder auf einem der Buchportale, freuen.

Um über meine neuen Projekte auf dem Laufenden zu bleiben, trage Dich in meinen Newsletter ein.
Du findest ihn unter www.wolfseptember.de

Meine bisher erschienen Bücher

Weihnachtsmänner in London

Mark blickt trostlosen Weihnachtstagen entgegen, und das, obwohl er sich gerade zum Fest der Liebe nach Geborgenheit sehnt. Doch nach der Trennung zu seinem Ex-Freund hat er die Suche nach Mr. Right aufgegeben – in einer schnelllebigen Gesellschaft, in der Partner gewechselt werden wie Unterhosen, kann ja niemand die große Liebe finden, richtig?

Aber dann trifft Mark auf Ben, den er zunächst für einen arroganten Kellner hält. Irgendwas jedoch zieht ihn an dem Mann mit den strahlenden Augen an. Auch Ben kann das Kribbeln in seinem Bauch nicht leugnen, sobald er in Marks Nähe ist. Doch als die zwei sich näherkommen, droht Marks neuer Job, die frische Beziehung aufs Spiel zu setzen. Oder kann es zwischen Schnee und Lebkuchen trotzdem ein Happy End für die Männer geben?

Mit Humor, Romantik, jeder Menge Weihnachtsmännern und einer Brise Magie stimmt diese weihnachtliche Geschichte perfekt auf die schönste Zeit des Jahres ein.

Liebesgrüsse aus London

Marks Leben könnte perfekter nicht sein: Noch immer ist Ben an seiner Seite, mit dem er glücklicher denn je ist. Sogar zusammengezogen sind sie inzwischen, sodass sie ihre Zweisamkeit voll auskosten können. Und auch jobtechnisch mangelt es Mark an nichts – im Gegenteil, denn er wird befördert und sieht neuen Chancen entgegen.

Wäre da nur nicht Marks und Bens überaus attraktiver Nachbar, der ihnen mit seiner charmanten Art den Kopf verdreht. Sowohl Mark als auch Ben zweifeln plötzlich an ihrer Beziehung. Doch dann überschlagen sich die Ereignisse privat und beruflich und Mark muss feststellen: Nicht nur sein Nachbar hat ein

Geheimnis, sondern auch bezüglich seiner neuen beruflichen Aufgabe wurde ihm übel mitgespielt, und Mark ahnt, wer dahintersteckt ...

In bewährt humorvoller Weise, geht die Geschichte von Mark und Ben weiter.

Grisper Castle

Tritt ein ins Grisper Castle und entdecke seine Geheimnisse .. Nach dem Tod seines Adoptivvaters flüchtet der junge Hexer Marek aus seiner Heimat Wien und landet als Bibliothekar auf dem schottischen Grisper Castle. Doch der attraktive Schlossherr Craig und dessen Angestellte erwecken schon bald sein Misstrauen: Welches dunkle Geheimnis rankt sich um das Schloss, seine Bewohner und das benachbarte Städtchen Darkmoor? Bei seinen Erkundungen stößt Marek auf etwas, das sein ganzes Leben augenblicklich umkrempelt und ihn in eine Welt voller Rätsel und übernatürliche Bedrohungen zieht ... Ein humorvoller und kunterbunt-düsterer Gay Romantasy Roman

Hunter B. Holmes: Studienfach Mord

Max Gibson ist Professor an einer der renommiertesten Universitäten in London. Bei den Studenten beliebt und von Kollegen geschätzt, ist es umso schockierender, als er während einer Vorlesung tot zusammenbricht.

Schnell stellt sich heraus, dass es sich dabei um Mord handelt. Hunter B. Holmes und sein neuer Partner David Cloverfield übernehmen den mysteriösen Fall, der sie in ein Netz aus Lügen, Liebe und Intrigen zieht, je tiefer sie in Max' Vergangenheit graben.

Doch nicht nur dieser Fall beschäftigt sie, auch ihre Privatleben halten viele Wendungen und Überraschungen für David und Hunter bereit. Zeit für Muffins und Kaffeekränzchen bleibt ihnen kaum, denn der Täter schlägt erneut zu.

Die Suche nach dem Mörder wird nicht nur für die beiden zu einem Spiel gegen die Zeit ...

Ingram Content Group UK Ltd.
Milton Keynes UK
UKHW041120210723
425492UK00018B/56

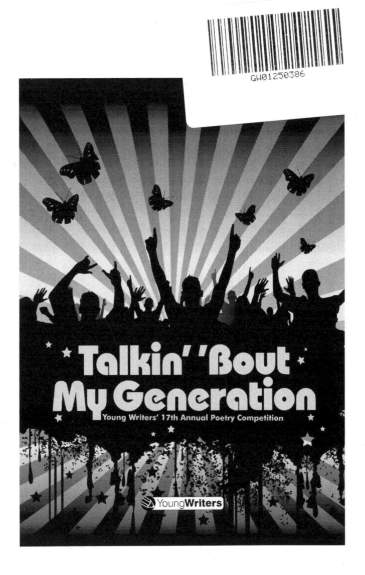

Eastern England
Edited by Mark Richardson

First published in Great Britain in 2008 by:
Young Writers
Remus House
Coltsfoot Drive
Peterborough
PE2 9JX
Telephone: 01733 890066
Website: www.youngwriters.co.uk

All Rights Reserved

© *Copyright Contributors 2008*

SB ISBN 978-1 84431 499 7

Foreword

This year, the Young Writers' *Talkin' 'Bout My Generation* competition proudly presents a showcase of the best poetic talent selected from thousands of up-and-coming writers nationwide.

Young Writers was established in 1991 to promote the reading and writing of poetry within schools and to the young of today. Our books nurture and inspire confidence in the ability of young writers and provide a snapshot of poems written in schools and at home by budding poets of the future.

The thought, effort, imagination and hard work put into each poem impressed us all and the task of selecting poems was a difficult but nevertheless enjoyable experience.

We hope you are as pleased as we are with the final selection and that you and your family continue to be entertained with *Talkin' 'Bout My Generation Eastern England* for many years to come.

Contents

Attleborough High School, Attleborough
Matthew Briggs (13)	1
Rochelle Warren-Peters (11)	1
Michael Edghill (13)	1
Genevieve Beck (11)	2
Elysia Morter (11)	2
Tammy Potgieter (11)	3
Ross Mitchell (13)	3
Molly Mitchell (13)	4
Abby Richards (13)	4

Breckland Middle School, Brandon
Adam Sheppard (11)	5
Molly Sellar (12)	5
Harrison Jackman & Anthony Jackman (11)	6
Quincy Moorer (11)	6
Charlea Philpot (11)	7
Kieran Sheward (12)	7
Adam Whybrow (11)	8
Rikki-Lee Bellingham (11)	9
Catherine McAndrew (11)	9
Amy Osborne (11)	10
Karlynn Edgeller (11)	10
Hollie Higgins (12)	11
Leah Mann (11)	11
Danny Woodger (12)	11
Callum Hartley (11)	12
Grace Allen (12)	12
Lyndsay Hocking (12)	13
Jake Fox (12)	13
Enya Gilyatt (11)	14
Megan Norton (12)	14
Yasmin Smith (12)	15
Billy Read (12)	15
Matthew Woods (12)	15
Ebony Elrick (13)	16
Abbie Hunter (12)	17
Liam Field (12)	17
Terry Norton (12)	18

Danielle Lambert (12)	18
Elliott Harris (12)	19
Kendall Savage (11)	19
Mia Long (12)	20
Tom Scarlett (12)	20
Rebecca Wing (12)	21
Rowan Reynolds (12)	21
Laura McMullan (12)	22
Kehani Ridge (12)	22
Samantha Reay (12)	23

Hethersett Old Hall School, Norwich

Jessica Warner (12)	23
Rebecca Starkie (7)	24
Kellie Sheridan (12)	24
Hannah Gaskin (12)	25
Olivia Kilby (11)	25
Kim Hazell (12)	26
Charlotte Bacon (13)	26
Ellie Davies (12)	27
Lucy Towndrow (11)	27
Bethany Shearing (12)	28
Harriet Harvey (9)	28
Anna-Arnella Titova (13)	29
Sophie Green (13)	30
Katie Clemitshaw (11)	30
Ashleigh Garrett (11)	31
Amelia Smith (11)	32
Charlotte Clarke (11)	32
Rose Herbert (12)	33
Catherine O'Neill (12)	33
Ellice Heaton (12)	34
Lily Johnson (11)	35

Ipswich School, Ipswich

Charlie Tozer (11)	35
Emma Knights (11)	36
Ross Tennant (11)	37
Archie Menzies (11)	38
Tim Morris (12)	38
Henry McDermott Brown (12)	39

Gemma Manning (12)	39
Luke Camilleri (11)	40
Darren Kappala-Ramsamy (11)	41
Emily Jeffery (12)	42
Sebastian Black (11)	43
Evie Taylor (11)	44
Sam Webb-Snowling (11)	44
Toby White (12)	45
Oliver Brown (11)	45
Thomas Cashen (12)	46
Finlay Hudson (11)	46
Tom Watson (12)	47
Angus Oliver (12)	47
Will Fisher (11)	48
Henry Hollins (12)	48
Michael Wright (12)	49
Matthew Godbold (12)	49
Michael Tanner (11)	50
Bertie Mortimer (11)	51
Edward Marshall (11)	52
Charlotte Wastell (11)	53
Liam Buckley (11)	53
Alexandra Olding (12)	54
Alexander Fitzsimmons (12)	55
Georgina Everett-Beecham (12)	56
Miles Burchell (11)	56
Sophie Hogan (11)	57
Anton Auty (12)	57
Georgina Westall (12)	58
Emily Bailey (11)	58
Caleb Bond (11)	59
Henry Mills (12)	59
Rory Hennell James (12)	60
Ben Clarke (11)	60
Andrew Bowly (11)	61
Freya Giddings (11)	61
Sam Galbraith (11)	62
Ross Hindle (11)	63
Elizabeth Broadway (12)	64
Cameron Farnan (11)	65
Rebecca Rowbotham (12)	66
Harry Wilsher (11)	67

Eleanor Moore (12)	68
Charles Alton (12)	68
Oscar Hastings (13)	69
Ellen Gale (12)	69
Emma Burn (12)	70
Dominic Holton (12)	71
Henry Cutting (11)	71
Benedict O'Donovan (11)	72

Kesgrave High School, Kesgrave

Eleanor Phillips (11)	72
Alex Scase (11)	73
Ross Branch (11)	73
James Donovan (12)	74
Nicholas Bowskill (12)	75
Matthew Thompson (11)	75
Rachel Walls (11)	76
Thomas Earl (11)	77
Isabelle Booth (12)	78
Hannah Phillips (11)	79
Holly Clouting (11)	80
Ella Hanley (11)	81
Catherine Tween (11)	82
Thomas Andrews (11)	83
David Brown (11)	84
Callum Mullett Nice (11)	85

Northgate High School, Ipswich

Elizabeth Ryan (15)	86
Jonathan White (14)	87

Reepham High School, Norwich

Fiona Sinclair (12)	88
Beth Taylor (12)	89
Beth Ward (13)	89
Elliott Lawrence (12)	90

Rosemary Musker High School, Thetford

Natasha Sims (12)	90
Charlotte Atkins (14)	91

Susannah Bradley, Lydia Cole & Scott Lampon (13)	91
April Blanchard (13)	92
Oliver Fisher (13)	92
Chloe Pynen (12)	93
Michelle Adey (15)	94
Craig Holmes (14)	95
Thomas McDonald (12)	96
Olivia Connelly (12)	96
Lauren Chappell (13)	97
Thomas Knowles (12)	97
Hayley Carden (11)	98
Kerry Sewell (13)	99
Leonie Evans (13)	100
Jessica Brockett (14)	100
Zoe Buck (13)	101
Ross Whyte (12)	101
Ben Barton (12)	102

Sheringham Woodfields School, Sheringham

Shane Cushion (12)	103

Stoke College, Sudbury

Jessica Garwood (13)	104
Joshua Fry (11)	104
Joanna Taylor (11)	105
Sophie Davidson (11)	106
Gabriella Yeomans (12)	107
Amy Dehner Holt (11)	108
Sarah Exton (11)	109
Kiki Norman (12)	110
Sophie Bragg (12)	110
Olivia May (11)	111
Lois Collinson (11)	111
Kiera Rosenwold (13)	112
Megan Parratt (14)	113
Fergus Rollit-Mason (12)	113

The Helena Romanes School & Sixth Form Centre, Great Dunmow

James Hughes (13)	114
Jade Cooper (12)	114

Hannah Wilkes (13)	115
Ben Hadfield (12)	115
Demi-Lee Tofts (13)	116
Amy Irving (12)	117
Rachel Foster (12)	117
Marie Barr (13)	118
Charlotte Hassell (11)	118
George Jackson (13)	119
Fabian Thompson (12)	119
Megan Clark (13)	120
Zoe Fraser (11)	120
Abbey Robinson (13)	121
Elliott Gooch (12)	121
Laura Whittick (12)	122
Sophie Hughes (12)	122
James Gray (12)	123
George Gehm (13)	123
Nicole Saunders (12)	124
Megan Lyons (12)	124
Emma Blackborrow (12)	125
Julia Beck (12)	125
Kerry O'Donovan (12)	126
Hannah Green (12)	126
Sophie Curran (12)	127
Rachel Norris (13)	127
Iona McGregor-Nelson (12)	128
Charlotte Wightwick (13)	128
Elizabeth Kelly (13)	129
Morgan Cubberley (11)	129
Sarah Crowley (11)	130
Isaac McHugh (11)	130

The King John School, Benfleet

Conor Swainsbury (12)	131
Adam Bass (12)	132
Dean Palmer (12)	133
Joel Costi-Mouyia (11)	133
Braden Clarke (11)	134
Kirsty Dyer & Melissa Turp (13)	134
Ryan Sinclair (12)	135
Michael King (12)	135

Emma Cullen (11)	135
Emily Birnie (11)	136
Jessica Williams (11)	136
Elizabeth Wisbey (13)	137
Paige Kemp (12)	137
Elizabeth Gray (12)	138
Emmy Dixson (12)	138
Liam O'Rahilly (11)	139
April Haddrell-Davison (11)	139
Jade Ford (12)	140
Annie Sexton (11)	140
Mollie Clark (12)	141
Charlie Higgon (13)	141
Kristian Fitsall (11)	142
Jessica Harvey (12)	142
Rachel Marshall (14)	143
Joshua Chapman (12)	143
Tilly Wilson (14)	144
Molly Banks (14)	145
Steven Humm (13)	145
James Hall (11)	146
Jordan Lewis (13)	146
Max Mingail (13)	147
Greg Bannister	147
Tyler Chipperfield-Brown (13)	148
Beth Campbell (12)	148
James Allen (13)	149
Sam Fink (11)	149
Adrian Pettitt (13)	150
Gemma Reeve (12)	150
Lauren Morrissey (14)	151
Jamie Lennox (13)	151
Alex Nash (13)	152
Dominic Allen (14)	152
Taylor Wahl (12)	153
Robert Huntley (11)	153
Amy Playfair (12)	154
Kirsty Palmer (11)	154
Elias Dellas (11)	155
Callum Roberts (13)	155
Chloe Taylor (13) & Stacey Curtis (14)	156
Katie Vickers (12)	156

Zoe Chaney (14)	157
Vanessa Tracey (13)	157
Thomas Fullarton & Louis Baucutt (13)	158
Rachel Roberts (11)	158
Role Adeosun (13)	159
Bethany Arter (13)	159
Cosy Coppillie (11)	160
Jarrett Banks (13)	160
Gemma Ford (11)	161
Forrest Kerry (13)	161
Zoe Holt (12)	162
Sam Cracknell (13)	163
Sophie Pepper (12)	163
Henry Brickwood (11)	164
James Rider (12)	164
Robyn Nightingale (12)	165
Faye Shillibeer (13)	166
Rianna Hart (14)	166
Laura Stratton (12)	167
Maria Lock (13)	167
Claudia Brown (11)	168
James Marshall (12)	168
Jordanne Burnett (12)	169
Jake Adams (11)	169
Daniel McIntyre (12)	170
Christian Estall (11)	170
Jessica Johnson (12)	171
Lewis Saye (11)	171
Paris Laver-Smith (12)	172
William Childs (11)	172
Charlie Bates (11)	173
Grace Davies (12)	173
Ellie Jones (11)	174
Montana Clarke (11)	175
Emma Braggs (12)	175
Lauren Pawsey (12)	176
Elysia James (13)	176
Kate Box (13)	177
Ella Glazier (12)	178
Reece Jones (11)	178
Christopher Dunn (13)	179
Ellie Dobbyn (12)	179

Lucy Jarvis (11)	180
Connor Selwood (12)	180
Emily Milne (13)	181
Jack Giles (12)	182
Abby Catmull (12)	183
Mollie Bolton (12)	183
James O'Halloran (11)	184
Kane Turner (11)	184
Clara Rail (13)	185
Lisa Street (12)	185
Alice Weightman (12)	186
Yanoula Dellas (12)	187
Tamar Butten (12)	188
Billie Hopkins (13)	188
Samantha Warren (13)	189
Matthew Pryce (12)	189
Charleigh Elgar (13)	190
Rebecca Hayes (11)	191
Ellis White (13)	192
Ben Couch (14)	193
James Alder (13)	194
Lily Henney-Cole (13)	194
Thomas Clark (12)	195
Emmie Scanlan (11)	195
Mason Law (11)	196
Jack Staines (11)	196
Alicia Estall (13)	197
Siân Jones (13)	197
Katie MacDonald (11)	198

William Edwards School, Grays

Sophie May (12)	199
Danny Conroy (11)	200
Scarlett Lamoureux (12)	200
Ellie Haden (11)	201
Jessica Feeney (11)	202
Abbie Goldstone (12)	203
Sarah Gray (11)	204
Hannah Gilbank (11)	204
Jack Pittman (11)	205
James Whitbread (11)	205

Rianna Devonshire (12)	206
Chloe May (11)	206
Ryan Wilkins (11)	207
Marc White (11)	207
Aaron Thompson (13)	208
Emily Sharland (12)	209
Josh Troy (12)	210
Bridie Turpin (12)	210

The Poems

Autumn

Below my feet are crispy brown leaves
Above the trees are clear skies
Above me are shivering bare branches
With birds tweeting from branches.

I'm wrapped up in coats
With scarves and gloves around me
Life is brought by evergreens
With twigs snapping below.

Matthew Briggs (13)
Attleborough High School, Attleborough

Being 11 Years Old

Being 11 is groovy . . .
There are so many things to do
I love going shopping with my family at the weekend
Hanging about with my friends outside is so cool
Going to school and having English with my favourite teacher
Doing dance rehearsals every other Sunday
Having fun at Wednesday Club!
Being 11 is groovy . . .

Rochelle Warren-Peters (11)
Attleborough High School, Attleborough

Music

A little bit of rap
A little bit of rock
Top it off with some hard core hip hop.

Jazz ain't cool
Reggae ain't sweet
Music is better with a solid beat.

Michael Edghill (13)
Attleborough High School, Attleborough

My Generation

This is my generation
My education
My train stops at advancing station

Gonna go to the top
That's where I'm gonna be
That's my stop
That's where you'll see me

This is my generation
My education
My train stops at advancing station

Gotta get to the top
That's where I'm gonna go
Gotta keep my cool
Gotta keep my flow.

Genevieve Beck (11)
Attleborough High School, Attleborough

Shy

When I'm with older generations
I am shy
I completely hide myself away
I'm quiet
I need my friends to be there with me
I'm thankful
They take the shyness out of me and then
I'm noisy
They make me excited and happy
I'm myself.

Elysia Morter (11)
Attleborough High School, Attleborough

2007 Rocks 'Dem All

I pour the mixture in the pan
And make myself a pancake
Then I gulp it down
Get out my chopper
And cycle round the lake.

I get bored, zoom home
And play games on the computer
Then I text my mates, go up town
On my electric scooter.

The moon comes out
I ride home over the land
Whilst listening to my all-time
Favourite band.

Before bed, I have a game
On my Xbox 360
Thank goodness
We ain't in the sixties!

Tammy Potgieter (11)
Attleborough High School, Attleborough

On The Ball City

City shoots
Norwich score!
The crowd is wild
They want some more.

The visitors run
Will City concede?
Oh no, they won 't
We can't be beat!

Ross Mitchell (13)
Attleborough High School, Attleborough

The World We Live In

Walking down the street
Everything seems nice
But really, if you care to look twice
You see something somewhat different
Sweets on the floor become useless pills
Rainbow-coloured puddles
Are only dirty spills
Fancy patterns on the ground
Are really bits of broken glass lying around
The old man laughing and joking in the tube
Is really a homeless man with no food
Children on the corner playing mums and dads
What are they to do when this becomes a reality
Then who will take pity?

Molly Mitchell (13)
Attleborough High School, Attleborough

Out Of The Window

I look out the window and what do I see?
I see the green grass waving at me
I see the sun shining down on me
I see the big trees whistling to me
And I feel the soft clouds cuddling me.

I look out the window and what do I really see?
I see the factories polluting me
I see the black clouds covering me
I see the traffic choking me
And I see the trees barely breathing for me.

Abby Richards (13)
Attleborough High School, Attleborough

My Perfect Day

Early in the morning
I'm up and washed and dressed
My mates arrive with games to play
They really are the best
Later we go out to play
Rounders, cricket and basketball
Then off to the park to climb a tree
I hope that we don't fall!
After lunch we ride our bikes
Until we're all worn out
Then we all sit and watch a film
Star Wars, our favourite, without a doubt
Suddenly it's getting dark
With the sun setting in the sky
It's time for all my friends to leave
I sadly say goodbye.

Adam Sheppard (11)
Breckland Middle School, Brandon

My Heart's Desire

Here I am 12 years old
Playing netball to my heart's content
Tomorrow it may all change
Listening to music could be my thing
McFly or Pink, whatever I think.

Now I have to put the netball away
Because homework is calling me away
Homework is boring but it has to be done
Especially if I want to achieve
What I desire for the rest of my life.

Molly Sellar (12)
Breckland Middle School, Brandon

Lost

Why do you lot have guns and knives
Dissing your family, off school you skive
Hanging with gangs with the brotherhood
Getting in trouble and doing no good?
Stealing from family, shops where you crowd
Disturbing the neighbours by acting too loud
Drinking and drugs are what you think's cool
But we look at you and we just see a fool.

Because of your life cut very short
Because of the drinks, drugs and guns that you brought
You think it's cool with all this stuff
Shooting at people you think it's tough.
Too many children are dying in our streets
The parents blame it on the rappers' beats
You can't blame the parents, rappers or school
These children have lost their boundaries and are needing more rules
So we all need to work together, we know it will be tough
But the trouble and mess in our streets, we've all had enough!

Harrison Jackman & Anthony Jackman (11)
Breckland Middle School, Brandon

Poem

I play football a lot, but hockey . . . not
The country where I come from was nice
But this country, what a surprise!
If you didn't know already, I am Dutch
And I love a chocolate sundae with loads of fudge
I hope you like my first poem, if not that's fine
I just move to Rome and in the future just wait and see
I will be the biggest Dutch/English poet to be
Goodbye and thank you very much
Mrs Matthams, let's stay in touch!

Quincy Moorer (11)
Breckland Middle School, Brandon

Becoming Famous

My dream is to become famous
It's a dream I could make come true
Not just to be a celebrity, but be a hero too
I think it's a job I could handle
A job that would be very fun
A job where the people will be my rays
And I'll be the shining sun.

There'll be cameras and people asking questions
I'll be in magazines and newspapers too
I might even be on TV
And make everyone else's wishes come true
I'll be loved and someone to look up to
I'll be someone who's worth the world
I'll be someone who's very important
To all of these boys and girls.

This dream won't just happen to me
But it might happen to you
And maybe if I become famous
Then maybe you will too!

Charlea Philpot (11)
Breckland Middle School, Brandon

Guitars

G rowing louder and louder through the silence and smoke
U nited as one with his band members
I ntros, solos, riffs and chords
T ouching our ears with effortless sound
A nger screaming from the chords of his neck
R ising above the roar of the crowd
S uddenly, the strings are alone and silence descends.

Kieran Sheward (12)
Breckland Middle School, Brandon

Misunderstood

They think that I smoke
They think I do drugs
They think that I drink
But I just don't care
Whatever they think.

I see them avoiding us
They think we mean trouble
They think me and my mates
Buy, sell and take
Drugs by the crate.

They seem suspicious
Of what could be under my coat
Do they think it's a pistol or a gun
Or maybe it's a knife?
But I just don't think that it's fun.

You see, people judge me
Just because of my style or my age
Or what clothes that I wear
And they think I'm a thug
But I don't really care.

You see, I'm nothing like that
They just can't see beyond
I'm just a kid in a hood
Well, I just feel so . . .
Misunderstood!

Adam Whybrow (11)
Breckland Middle School, Brandon

My Poem!

My generation has lots of things
Loads of gadgets
Some make pings.

Primary schools
Middle schools
High schools too
Most Middle schools
Have been shoved down the loo.

Swimming pools
Bowling alleys
So we can have fun
Hi-tech
Low-tech
Just get it done.

That's my poem
I know it's small
But make our school win
Because it's cool!

Rikki-Lee Bellingham (11)
Breckland Middle School, Brandon

Young People

Us young people love to listen to music
Us young people like to hang about with our friends
Us young people love to play video games
Us young people love to watch television.

Us young people hate school
Us young people hate doing our chores
Us young people hate being told off by parents or teachers
Us young people hate moaning old ladies.

Catherine McAndrew (11)
Breckland Middle School, Brandon

Being Young

Being young is supposed to be fun
That's what they all say
But all I get is hassle
Every passing day.

Whether it be night
Or whether it be day
Hassle, hassle, hassle
Always comes my way.

Hassle with my homework
Hassle when I play
Hassle from my parents
Every single day.

Why do people wanna be young?
I don't see how it's so much fun.

Amy Osborne (11)
Breckland Middle School, Brandon

Teenagers Today

Teenagers might be bored
But there's no need for fraud
They have nothing to enjoy
So they just annoy.

Maybe an arcade
Or a fun parade
To stop this silly nonsense
'Cause people have run out of tolerance.

Now we've got something to do
We won't annoy you
Come on, come on
There's something new
Arcade, parade, what shall we do?

Karlynn Edgeller (11)
Breckland Middle School, Brandon

Dolphins

Glide, dive, jump
Smoothly through the ocean sea
Gleaming like a ray of light
Clean, gentle, quick
With the touch of a silky skin
Beneath your hand
Swimming with confidence
As skilful as a fierce shark
Active, lively swiftly
Sliding through the sea
As it reaches its silent ocean bed.

Hollie Higgins (12)
Breckland Middle School, Brandon

Childhood

Childhood, childhood, it's so much fun
To shout and play and run, run, run
Play with your toys
Play kiss chase with boys
The fun never stops
Villain or cop
So while you grow up
Don't ever stop, stop, stop.

Leah Mann (11)
Breckland Middle School, Brandon

Football Nation - Haiku

My generation
Football's the main creation
Real teenage nation.

Danny Woodger (12)
Breckland Middle School, Brandon

Teenager Poem

Teenagers, teenagers, always chewing gum
Teenagers, teenagers, always sitting on their bum
Teenagers, teenagers, wearing baggy clothes
Teenagers, teenagers, no wonder they're not chose.

Teenagers, teenagers, they're not so bad
Even though they're always sad
They can be helpful, they can be funny
But only sometimes they're a right grumpy bunny.

This whole poem comes to say
That teenagers can be good in some way
Even though they are bad sometimes
It's just the teenage times.

So when you become a teenager
And you have a bad day
Don't worry, be happy and just walk away
Tomorrow's another sunny day!

Callum Hartley (11)
Breckland Middle School, Brandon

The Life Of A Newspaper Manager

I go to work moaning and moping
But that's my job I have to
All in all, I'm barely coping
But I do what I have to do.

After all, I need the money
Although it's barely enough to pay the bills
It's not at all funny
And I need to keep taking headache pills.

I'm under a lot of stress
I need a new headline story
It's really not fun working for the press
After a day in work, I feel rather poorly.

Grace Allen (12)
Breckland Middle School, Brandon

Go Green

Where would the world be in 3023?
We'll be travelling to school by boat
And living in houses that float.

They say you *must* take the bus
But nothing will ever stop us
That's what the careless grumps say
But the Earth's getting hotter by day.

Just stop the pollution
And please start saluting
The people that go green
And help our world become free!

So ditch your cars and grab the bus
Stop moaning, groaning and making a fuss
This is the world and reality
So make the world better for distant family.

Lyndsay Hocking (12)
Breckland Middle School, Brandon

The Poem

I am an animal alone
Why does everybody moan?
Nobody can hear my cry
Why does nobody hear me, why?
I am really cold
I am being covered in mould
I am sleeping in the street
All I can eat is rotten meat
I sleep in a box
My pillows are rocks
My place is covered in rats
I am an abandoned cat.

Jake Fox (12)
Breckland Middle School, Brandon

Kids With A Point

The 90s is the decade we were born
We all came out looking small and warm
Spice Girls were big
But we didn't dig
Five years later we started school
Using slang we thought it was cool
Boys and girls using text
Listening to music our parents don't get
Before we know it five years have passed
We are still sitting in our class
Now we worry about our hair
Wondering if our clothes are fair
Talking about boys like we just don't care
Sitting our SATs, hoping we will pass
So in another five years
We will have a touch of class.

Enya Gilyatt (11)
Breckland Middle School, Brandon

My Poem About Teenagers

I want to play, I want to play
That's only what children say
We just stay in bed all day
And our mums to come with a tray
Of all the food you want to consume
Whilst your mother tries to vacuum
Go away you stupid cat
Oh, you pooped on my hat
I was going to wear that out tomorrow
But now I'm going to have to borrow
God, I hate my life
I wish someone had a knife . . .
To cut this piece of cake.

Megan Norton (12)
Breckland Middle School, Brandon

Horses

Walk, trot, canter and gallop
Horses launch skilfully and elegantly over the jump
As active as a piranha charging around the paddock
The daily routine of competitions keeps horses fit
The miniature horse shied nervously at the colossal jump
Suddenly, the fat, enormous, colourful horse galloped off
Dramatically away from the tiny jump.

Yasmin Smith (12)
Breckland Middle School, Brandon

My Generation

The future doesn't look good from here
The future doesn't seem very near
All I know is that my generation
Will end up ruining the nation
From here on out
I will set about
Showing my generation the correct route.

Billy Read (12)
Breckland Middle School, Brandon

Steven Gerrard

Steven is as skilful as Frank Lampard
Steven is as speedy as Adrian Forbes
His shoot is precise, so accurate
His fans appreciate his long range shots
His speedy runs set up lots of goals
He moves quickly to avoid the opponent.

Matthew Woods (12)
Breckland Middle School, Brandon

Baby Talk

Argh! What's that?
Oh, it's my feet
If I try hard enough
I can make them meet.
Cool!

Here I am
In my crib
As I turn over
Something digs into my ribs.
Oh, it's my dummy!

Hey, look over there
It's my mum
Oh no, she's got nappies
She's gonna change my bum.
Phew, what a pong!

Mmmmmmm, here comes din-dins
It smells nice
It looks a bit strange
Mum says it's called 'rice'.
Yum, it tastes good!

I'm going to play
With objects that dangle
Some are smooth, some are shiny
Some squeak and some jangle.
This is fun!

I'm tired
That's better, she's picking me up
I'm going off to beddy-byes . . .
Night-night!

Ebony Elrick (13)
Breckland Middle School, Brandon

What Has Happened To Our World?

The world is in great need of our help
But no one really cares
Our Earth is damaged, people too
And animals are becoming rare.

Think what our world has been through
Wars, deaths, pain and more
People fighting for a good life
But others don't care for sure.

So what is going to happen
In the future yet to come?
No one really knows for sure
But the world inspires some.

Maybe something good will approach
Something heroic to save us all
But if we don't act quickly
Our world is yet to fall.

So just remember your life is worth living
Do what you can for the world's sake
Because we humans are the icing
On top of life's giant cake.

Abbie Hunter (12)
Breckland Middle School, Brandon

Speedway

Roaring motors
Noisy crowd
Engines rumbling
Skidding round corners
Crashing into walls
Red flag shown
Race restarts.

Liam Field (12)
Breckland Middle School, Brandon

My Generation

Talking about my generation
Computers are the new creation

The Internet is wicked cos you can play on an online game
It stops the computer from being so lame

Scientists complaining about global warming
All the pollution with acid rain forming

The talk about our carbon footprint is really sad
Going on holiday abroad makes you feel so bad

Now everything costs so much more
I feel really sorry for the poor

Talking about my generation
This is a wicked teenage nation.

Terry Norton (12)
Breckland Middle School, Brandon

Me - Through My Eyes

I am an egg, I have to be broken to truly be used
I am a live wire, that's blown its tangled and twisted fuse.

My eyes are like chocolate icing, stirred and deep
They are like tiny frogs ready to pounce and to leap.

My mouth is like an atom bomb tick, ticking, ready to explode
It is like a clock with has unexpectedly twisted and slowed.

My body is like an hourglass its time slowly wearing away
My body is like a shining sun, letting out its radiant and bright ray.

This is as good as it gets
This is my eyes, my mouth, my body . . .
This is me, through me eyes.

Danielle Lambert (12)
Breckland Middle School, Brandon

School Days

Why do we have to go to school?
It's really hard work
Maths, German and history
It makes my brain hurt.

Homework to do at the end of the day
It will help you learn
So your parents say
But can't I just go out to play?

Why do I need to know algebra?
Can't think of a use for the 8 times table
I might grow up to be a rock star
Or a driver of a Formula 1 car.

Mind you, music and ICT are good
And cooking is always fun
Running around the fields, not bad
As for French, 'tres bien'.

I suppose we have to go to school
It's not the worst thing in the world
Mum and Dad always say remember it son
It's the best days of your life.

Can't see that now
But could always be wrong
I guess I'll just wait and see.

Elliott Harris (12)
Breckland Middle School, Brandon

Untitled

When I was a baby I learnt how to walk
When I was a toddler I learnt how to talk
When we are kids we go to school
While also learning to swim in a pool
We should cherish our memories of being a kid
Because sooner or later our adulthood we will live.

Kendall Savage (11)
Breckland Middle School, Brandon

The Future

If I could change the world
I'd make sure there was no war
No more reason for buying guns
Save the money for the poor.

If I could change the world
I'd make sure people were fine
No more danger, no more crime
Less people in jail doing time.

If I could change the world
I'd make sure there was no theft
No innocent people getting hurt
Only the good ones left.

This is how I would change the world
I wish it could come true
This would be a fabulous place
Perfect for me and you.

Mia Long (12)
Breckland Middle School, Brandon

Musical Instruments

Drums?
Keyboards?
Guitars?
Cellos?
All these instruments make lovely sounds
And they all make lovely songs
Whatever shape or size they are
They are always a beauty to play
They give a ray of sunshine
To people who dare to play.

Tom Scarlett (12)
Breckland Middle School, Brandon

The Dying Rock

I
Can't move
I don't know
Why I can't move
It scares me sometimes I
Am told I shouldn't be speaking
Or breathing or have googly eyes, and
I've got a plasticine nose and
Mouth, no arms or legs
I am told I've
Been created by
A lonely
Girl.
A
Lonely girl
Has created me
She has lost her
Mind, her friends, her family
And everything that was special to
Her has all vanished. She doesn't know
How or why but then she
Found me, her new friend
I'm her imaginary rock
I am fading
I am . . .
Dying
I am *dead!*

Rebecca Wing (12)
Breckland Middle School, Brandon

Subtitled - Haiku

Books I can enjoy
But sounds are denied to me
I 'hear' subtitled.

Rowan Reynolds (12)
Breckland Middle School, Brandon

Someone Special

The pain is excruciating
My heart is filled with sorrow
Inside I am dying.

Dying with the pain
I will never relieve myself from,
Why?

Why did they attack him?
He did no wrong
Merely because he was in the wrong place
At the wrong time.

I cry tears of distress
But I know these tears
Will not make this turmoil better
I am angry with myself, why him?
Couldn't it have been me?

He will live on in my heart forever
His soul remains living.

Laura McMullan (12)
Breckland Middle School, Brandon

Think Of Me

Every day when you fight with your brother
Over chocolate cake or whatever
What you don't realise is
You should be happy with what you've got
In war-torn places or on the streets
People fight to live and be free
A struggle to find food every day
Or even somewhere to sleep safely
A cardboard box for a home
A bus shelter maybe or to roam
But when you decide to leave your vegetables
Just think of me!

Kehani Ridge (12)
Breckland Middle School, Brandon

Why Are We Here?

Now I'm a teenager I know it's nothing major
Living in my generation, living in this nation.

I see all the babies, a fresh new life
Learning to toddle they have a fall, their cry is as sharp as a knife.

Now I'm a teenager, I know it's nothing major
Living in my generation, living in this nation.

I see my parents, with their generation
Putting the world to rights, talking about this nation.

Now I'm a teenager, I know it's nothing major
Living in my generation, living in this nation.

I see my nana, fluffy white hair
She's been alive; she's seen everything, even my mum wore flares!

Now why are we here? What is the point?
So tell me, why are we here? What is the point?

Samantha Reay (12)
Breckland Middle School, Brandon

Dreams, Dreams, What Do They Mean?

Dreams, dreams, what do they mean?
A jumble of things scrambled up in your head
A long fairy tale whilst sleeping in bed
Sometimes they're sad or sometimes they're happy
But that still doesn't tell us the meaning of dreams.

Dreams, dreams, what do they mean?
Sometimes you talk, sometimes you scream
Sometimes there's things you're too scared to mention
I think we will just have to say
We will never know the meaning of dreams!

Jessica Warner (12)
Hethersett Old Hall School, Norwich

My Dream

I had a scary dream one night
That my television came alive
It turned into a monster which gave me a fright
It stared at me with googly eyes.

It was all gooey and yucky
And scummy and mucky
It had arms as long as a tree
It grew and grew much bigger than me.

Up and up it went into the sky
Up into space it began to fly
I tried to warn everyone, but they would not listen to me,
'Don't be silly,' they said, 'there is nothing to see.'

'Close your eyes,' I said, 'just for a second
And you will see the monster I mean.'
But all they could reckon
Was that I had been eating too much cheese.

Rebecca Starkie (7)
Hethersett Old Hall School, Norwich

Dreams

What is a dream?
Is it when all the good things come true
Or is it when you're asleep and everything is weird and wonderful?
Or is it when you dream of something you would love?
Is a dream something you have done that day
Or are dreams a distraction in class?
Are they unlike reality
Or are dreams the good ones
Which you can't remember in the morning?
Some dreams are good, some dreams are bad
But whatever they are, they wouldn't be the same.

Kellie Sheridan (12)
Hethersett Old Hall School, Norwich

A Dream Recipe For A Perfect World

Six ounces of hope,
Two ounces of health,
Eight ounces of happiness
And a dash of good luck.
Three ounces of laughter
To sweeten the mix,
And a pinch of reason
To bind it together.
Five ounces of goodness,
Ten ounces of peace
A dose of compassion,
A sprinkling of joy.
And the vital ingredient
What else could it be?
But a world full of love for you and for me!

Hannah Gaskin (12)
Hethersett Old Hall School, Norwich

Dreams

A dream is an adventure in your sleep
You can get funny dreams and stupid dreams
Happy dreams and scary dreams
Daydreams and night dreams
Clouds, rainbows and unicorns
Spiders, monsters and black holes.

You can dream of the west
With the amazing wild mustangs
You can dream of huge spiders
Running towards you.

You can fly in your dreams too
Fantastic places which only you can see
Imagination is all you need
To have a wonderful *dream!*

Olivia Kilby (11)
Hethersett Old Hall School, Norwich

Recipe For A Dream Bedroom

First, dollop a big amount of width and length
A splash of blue paint and grate in a fluffy carpet
Then take a four-poster bed with curtains and a squidgy mattress
And fold in an unlimited supply of chocolates
Stir in the two ingredients above
And then add a large plasma screen television
Whisk in a substantial walk-in wardrobe
And a small bedroom tidying robot
A money-making machine and old-fashioned blue telephone
Are not essential but improve flavour
And if you have these ingredients put them in last.
Now that you have your bedroom
Pop it in a house and leave it to cook for a couple of minutes
And then open the door, add a few shakes of comfiness
And leave for several years to cool.

Kim Hazell (12)
Hethersett Old Hall School, Norwich

Dreams

I find myself on the coast, quite a shock,
As dreams go, picturesque it was not.
There were many rocks along the shore,
An old lighthouse, disused I'm sure.

All of a sudden, the sky turned black,
And a child laughed, sending shivers up my back.
I am now swooping over the sea,
The sea spray coming up at me.

I'm in a dream, how could I forget?
But it seems so real, I feel really wet.
I woke up; I was wet, how can that be?
The window is open and it is raining on me.

Charlotte Bacon (13)
Hethersett Old Hall School, Norwich

Living On The Streets

I wonder what it's like to be homeless living on the streets
With no home comforts, being stared at by everyone I meet?

Roaming all day long, not knowing where to go
Dreaming of the days when someone loved me so.

Holes in my shoes and my feet throbbing with pain
Eyes desperately searching for some shelter from the rain.

To sit upon the cold hard ground, with a begging bowl
Wondering what I could do to make my soul feel whole.

Searching through dustbins to find my daily bread
Every day the same with such an aching head.

A chilly bed made of tattered boxes in a shop door
My scruffy dog for company, there must be something more.

Loneliness drowns me, no friend to help me through
Helpless, desperate and confused, what can I do?

Ellie Davies (12)
Hethersett Old Hall School, Norwich

Dreams

Dreams are everything or at least everything you want them to be
Crazy, mad and magical, but that's between you and me.

It's when our minds go racing that we can really see
That dreaming is not just for us as we can blatantly see.

We daydream, we night dream, everything is like a dream
People have dream items or houses or people
But me and you know that our dreaming is much better
All of our dreams come from our heart
That's where all dreams should really start.

Lucy Towndrow (11)
Hethersett Old Hall School, Norwich

Volcano!

In Indonesia, Krakatoa rumbled
A disastrous eruption in 1883
It's deafening sound heard continents away
Propelled rock and ash into a churning sea

Villages and towns completely destroyed
Hot dense clouds swiftly choked all life
The molten rock rapidly cascaded
Out through the habitat like a knife

Volcanic dust spread throughout the world
Crippling shock waves rippled and rolled
A worse devastation was still to come
The cruel sea would turn treacherous and cold

Tsunamis advanced on surrounding lands
Submerging mankind in a swirling deathbed
The last trace of Krakatoa subsided away
Leaving an eerie stillness and thousands dead.

Bethany Shearing (12)
Hethersett Old Hall School, Norwich

Nightmare

All night I tossed and turned
While my heart heavily burned
I saw red eyes gleam in the dark
Lightning thrashed like 10,000 sparks
I saw a gothic mansion house
I heard a voice call my name Claus
Who was there?

Dragged I was away from here
Help, I trembled with all my fear
Wicked laughs sounded
I felt I was being surrounded
Thump, I hit my head
Felt like I was dead
Suddenly I woke up.

Harriet Harvey (9)
Hethersett Old Hall School, Norwich

Dreams

Dreams can be different
We don't know anything about them
But they know everything about us
What scares us, what we like
And what we hate.

Dreams are not always the same
As we want to see them
In the dreams we can be
Happy and sad
With friends and alone
We can be rich and poor
But dreams are just dreams
Or no?

Sometimes dreams can become true
We can be in paradise
Flying in the clouds
Or sleep on the sun
And other beautiful things.

But not always everything
Happens the same as in dreams
In poor people's dreams
They just want a piece of bread
But rich people want to get everything.

Dreams are good
But just sometimes
We can see what we want to.

Anna-Arnella Titova (13)
Hethersett Old Hall School, Norwich

Dreams Are Funny Things!

I was in a dream
In a trance
When it happened
The moment that cost my life.

I was walking home from school
Walking through the woods
To my lovely cosy home
But it wasn't a totally lovely walk.

They were spying on me
A whole gang of them
Eyes beadily watching me
Every step of my journey home.

But I didn't realise they were watching me
I didn't realise there was anyone there
Just myself and my school bag
On my way home on a completely normal day.

Well, at least I thought it was a normal day
Until it happened, the gang was there
But it wasn't them attacking me, it was someone else
Someone else had been watching me!

Sophie Green (13)
Hethersett Old Hall School, Norwich

What Is A Dream?

D is for daydreaming, which people do a lot
R is for realising a dream when you have just come out of it
E is for eating my dream ice cream sundae
A is for my agonising wait until I come home to my bed to dream
M is for the moonbeam that lights up the room as I dream
I is for the intimidating dreams that scare me in the night
N is for nothing but a dream
G is for great dreams that I get in the night.

Katie Clemitshaw (11)
Hethersett Old Hall School, Norwich

Me And My Dreams

I dream all day, I dream all night
I dream about what I want to be when I'm older.

In the day you go off into your own world
You dream about adventures, fairy tales, things you like
It's great, you forget about everything and you relax.

In the night you can have amazing dreams
You have scary nightmares, funny dreams, exciting dreams
Heart-racing dreams, dreams which make you talk
Dreams which make you do movements in your sleep
It's amazing what can happen when you're asleep
But then you forget your good dreams and remember
your bad dreams.

Any time you want you can dream what you want to be
when you're older
I dream about riding and owning lots of horses and ponies
Owning a big riding school and going to big events including
three day events
I imagine going around jumping six foot jumps
And six foot cross-country and also looking very smart
doing dressage.

What do you dream about?
Do you dream in the day?
Do you dream at night and remember your dreams?
Do you dream about what you want to be when you're older
Or do you not know what you want to be?

Ashleigh Garrett (11)
Hethersett Old Hall School, Norwich

My Mysterious Dream

As I sleep in my dream I lie on the beach in the glowing sun
Shapes flying around, a circle here, a rectangle there
And together they make a picture
At first I am confused, but then I sort it out
My picture makes a cloud.

Then I see Alfie my dog, my dead hamster too
Then I see my two guinea pigs and me too.

In my head I put it together
And it makes me and my pets lying on the beach
All huddled up, then I hear a radio
I wake up immediately and unfortunately
It was just a dream.

Amelia Smith (11)
Hethersett Old Hall School, Norwich

My Dream Poem

Last night I dreamed of a little girl playing on the swings
At the sight of her pretty little eyes and her long plaited hair
She saw a fluffy dog begging to play with her.

The little girl and the dog were playing gracefully in the distance
Where the long green grass was
They were both running to and fro in the field
Suddenly, the girl fell down a mystery hole.

She was excited, but also a tiny bit scared
The little girl found a door, she did not know what was behind
                                            this old door
Maybe you will dream about what is behind this odd door?

Charlotte Clarke (11)
Hethersett Old Hall School, Norwich

Dreams

A dream is a hazy recollection
A jumble of thoughts and pictures
A nightly occurrence
Although you may never remember it.

A dream is an aspiration
A hope, a desire
A wish or a thought
Although you may never lay a finger upon it.

A dream will let your mind wander
In the daytime or at night
And then suddenly you come back to reality
Although you may never forget it.

Rose Herbert (12)
Hethersett Old Hall School, Norwich

A Dream House

My house will be pink on every side
It shall be sixty feet long and sixty feet wide
My bedroom will be a ravishing red
And in the middle a four-poster bed
A bathroom of the deepest blue
A huge bath and an old-fashioned loo
A beautiful gold my lounge will be
With soft leather sofas and a huge TV
But this only appears in a dream.
Perhaps I'm being a little extreme.

Catherine O'Neill (12)
Hethersett Old Hall School, Norwich

A Prolific Outbreak

What had we anticipated
Silent, still we waited
For the impending storm
Warnings, with break abated.

A kitten's miaow, a dog's bark
Clouds rolling, dismal, dark
The leaves on the trees, stirring
Dust rising in the park.

The wind is lifting, approaching fast
People listening to the weather forecast
Look through the window
Debris is flying past.

Children whining, babies crying
On mothers they are relying
Worried, what to do
A dreadful fear of dying.

Thunder crashing,
Rain lashing
Devastation all around
Lightning flashing.

Loved ones cherished in their hearts
Houses ruined, every part
The wind and noise has died down
Now they must restart.

This prolific outbreak
Not for anyone's sake
Caused so much destruction
This was not to fake.

Ellice Heaton (12)
Hethersett Old Hall School, Norwich

Daydream

Friday, last thing in the afternoon
So tired
Nearly the weekend
The room disappears
I am in bed
Surfing the Caribbean waves
Parachuting from fifty feet
Riding my bike
Going on a roller coaster
'Are you listening to me?'
Friday. last thing in the afternoon.

Lily Johnson (11)
Hethersett Old Hall School, Norwich

Birthdays

Presents are calling
My birthday is dawning
Cards are coming
Music is humming

Cards with money
Toast with honey
Presents in bed
Or money instead

Can't believe my eyes
What a big surprise
Such a cool gift
On a must-have list

Time for party now
All my friends are coming round
In a bit of a rush
I've got my hair to brush.

Charlie Tozer (11)
Ipswich School, Ipswich

When I Was Your Age

If you ever hear your grandma say,
'When I was your age.'

'When I was your age . . .
We used to fit seven kids in a bath
We all used to share a room
We used to eat potatoes with every meal
Oh it was harsh but such a laugh.'

'When I was your age . . .
My teacher used to whack us with a cane
On our hands or on our behinds
We used to give our teachers apples
Why, o why when they inflicted so much pain?'

'When I was your age . . .
My mum used to tell us off for not eating our liver
We had to wear tights that were ripped at the seams
There was frost inside the windowpane
In the outside toilet we tried not to shiver.'

Grandma says the good old days take some beating
But I'd rather have flushing toilets and central heating.

Emma Knights (11)
Ipswich School, Ipswich

The 100 Metre Dash!

I stand on the track, tense as ever
Waiting for the blast of a booming gun
As silent as ever are the crowd
While they stand anticipating the race which lies ahead.

Bang! The blast of a gun echoes round the stadium
In a matter of a split second I'm off
I don't even think
I just run.

My glittering eyes stare at the finish line
I get into a delightful stride bringing my hands back and forth
As I see the crowd they tell me it's close
Yet I don't look round because it would slow me down.

As I get closer to the finish line I start to tire
However, the crowd spurs me on giving me a final push
Like a flick the race is over, I look around to see where I came
Suddenly I see my coach bursting towards me saying something . . .

Then I realise what had just happened
'I've won,' I shout out with disbelief
I look round and see banners with my name on flying in the air
I feel an amazing buzz with great joy I do a lap of honour.

Ross Tennant (11)
Ipswich School, Ipswich

Snakes

They slither through the grass silently
Wear shoes or they will bite your foot, your leg or your knee
They eat eggs, bigger than their heads
They are as sly as you can be!

Some have venomous fangs, some have none at all
Some have fangs in their throat
Some would feast on a goat
If they stand on their tails they are really tall!

Some have a warning by rattling their tails
Some have no warning at all, then your heartbeat fails
Some think they are slimy
When actually they are smooth
If they wrap themselves around your neck
Don't even move!

Archie Menzies (11)
Ipswich School, Ipswich

Night-Time In The Forest

A sheet of black streamed across the misty forgotten sky
Nothing to be seen, nothing to be heard
Silence was at its peak
I crouched beneath the shadowy canopy of the ghoulish black trees
Nothing to be seen, nothing to be heard
The scent of the damp rotting wood filled the air
Then suddenly an owl came swooping
Just inches above my head, its feathers reaching to full length
Nothing to be seen, nothing to be heard
The glacial sharp chill of the wind flowing down my spine
I am all alone; will I get out of here?
Nothing to be seen, nothing to be heard . . .

Tim Morris (12)
Ipswich School, Ipswich

Rain

The rain dives from the heavens
Falling from the sky
The farmers say thank heavens.

Bouncing off the ground
From falling down
Covering the floor
It is sunny no more.

Soaking the ground
Flooding the river
Rolling off the hills
Flooding the river.

Beating on the window
Hitting the house
Sliding and gliding off the roof
The rain dives from the heavens.

Henry McDermott Brown (12)
Ipswich School, Ipswich

Playtime

He plays at the bottom of the hillside
Playing with his friends
He enjoys life with every step.

He doesn't let a bit of rain spoil a game of tag
He doesn't let a bit of snow stop a game of hide-and-seek
He would never let a few obstacles get in the way of playtime.

Because playtime is a time for kids to chill out and be themselves
A time to let their hair down
And play by their own rules.

Gemma Manning (12)
Ipswich School, Ipswich

Things That Go Bump In The Night

The darkness can creep up on you in the night
Like a werewolf ready to bite
It oozes through doors and cracks in the floor
Making you leap with fright!

It envelops you in mystery and despair
It haunts you with a cold menacing glare
Demons lurk behind you with sharp teeth
They are creatures which you would not want to meet!

Witches glide across the road
With slimy skin and faces of a toad
Owls flutter and curtains shudder
Making your skin crawl like a fat piece of blubber.

The house is silent and bleak
The staircase begins to creak
Candles will splutter as shadows shudder
Across the darkened night.

Lights flicker making shadows dance
Like ghostly spectres beginning to prance
A cackle of laughter pierces the night
Are you afraid of things that go bump in the night?

The fog begins to creep across the window
Red eyes begin to peep while death approaches
Like the sound of a dozen cockroaches
Do you believe in things that go bump in the night?

Luke Camilleri (11)
Ipswich School, Ipswich

Ghost Of The Night

We moved into the mansion last year
The creaking of doors sparked some fear
The grandfather clock ticked then it went cold
Something mysterious was starting to unfold
I walked down the stairs in fright
It was as if there was a ghost of the night.

I heard screaming, my dog let out a bark
I broke a lamp then my house turned dark
In my head I had a strong sharp pain
I screamed as if I was going insane
It was dark as if I was in the depths of a cave
The ghost was trying to make me his slave.

I was resisting the pain with so much might
It was like a snake's venom and a wolf's bite
I gazed as the moonlight gleamed on the lawn
To the ghosts I was simply a pawn
I lay paralysed, cold on the ground
I curled up in a ball, not making a sound.

I woke up with a great shock
I felt my elbow took a big knock
Nothing would have given me such a fright
There can't have been a ghost of the night
I cautiously creaked open the door
Then I saw a lamp smashed all over the floor.

Darren Kappala-Ramsamy (11)
Ipswich School, Ipswich

Seaside

The mighty waves crash and collide
As I sit looking out to sea
Bluey-green swirls fill my eyes
Sand scattered out beside me.

The salty ocean wind blows harshly
While I snuggle up in my sweater
Hair flowing free, going everywhere
While my eyes get wetter and wetter.

Tin cans, plastic containers
Bags, littered everywhere
Seagulls with can holders round their necks
Desperately gasping for air.

Milk bottles, sandwich wrappers
And chip packets as well
It makes me cry this sorry sight
A sad tale to tell.

Our beautiful wonderful world
Is ruined by cruel mankind
Litter, pollution and greediness
Are reasons for this poor world we find.

If everybody in this world
Just helped a little bit
We soon would again have a glorious world
With happy people in it.

Emily Jeffery (12)
Ipswich School, Ipswich

The Swan

So quiet . . .
It often drifts upon the water
So gentle . . .
It swims so calmly
So smoothly . . .

It's great white bulk silently flowing on the surface
So quiet . . .
No one can hesitate
So gentle . . .
Not even Saint Saens

Who wrote it down?
So beautiful . . .
The composer
So poetical . . .
He wrote it down - so we can hear it move.

Look!
Shush, one with the loud voice
Look!
It lives, have peace
Look . . .

So very quiet . . .
Let it stay, there, in the water
So very gentle . . .
It is so very quiet
So very smooth . . .

Sebastian Black (11)
Ipswich School, Ipswich

My Family

I am cool, I am great
I always eat off my dinner plate
I think swimming is so cool
So I'll spend all my time in the pool!

My mum is the best
She sometimes thinks I'm a pest
She has knobbly knees
And she loves me!

My dad is so cool
He doesn't use tools
He's got no hair
But he doesn't care!

My sister rocks
She stares in the mirror at her locks
She always dresses up
And has lots of swimming cups!

Evie Taylor (11)
Ipswich School, Ipswich

Snow

The white snow laughing
At the skiers when they fall
But the skiers jumps
Are hitting the snow hard.

The lovely powder snow
Getting used by the snowboarders
And the snowboarders' tricks
Are a great show.

The big fat avalanches
Waiting for a victim
As a quick skier comes flying
He gets hit quite hard.

Sam Webb-Snowling (11)
Ipswich School, Ipswich

Seasons

Summer's gone, autumn's near
Birds are flying far from here
Leaves are falling to the ground
Wind is swirling round and round.

Shorter days and cold at night
Freezing morning, wrapped up tight
Trees and lights and Santa's sleigh
Christmas time is on its way.

Snowdrops push up through the earth
Cows and lambs that just gave birth
Leaves are growing back again
Plants get watered by the rain.

Summer's back, 'Yippee, yippee!'
Great long holidays by the sea
Of all the seasons of the year
This is the one that makes me cheer.

Toby White (12)
Ipswich School, Ipswich

Fire

The burning shoots of hate
Crashing down hopeless life
Sizzling all love and fun
The flaring blade, the bleeding knife.

The monster of heat
The beast of death
The fiend of killing
The taker of breath

The blazing reaper
Taking souls of all
Leaving nothing but ashes
Killing life, from big and small.

Oliver Brown (11)
Ipswich School, Ipswich

Autumn

I set off on this autumn morn
Along a quiet country road
My horse's hooves beat on the road
Slowly, slowly, slowly.

The beautiful trees were full of green
But now they're plain and bare
All the leaves are falling
Falling, falling, falling.

The frost is freezing my cold hands
I can't see the road ahead
The only sound is the soft blow of the wind
Softly, softly, softly.

The leaves are lying on the road
All yellow, orange and golden
And out of the mist I hear the crunch of leaves
Crunching, crunching, crunching.

Thomas Cashen (12)
Ipswich School, Ipswich

Lightning

The slicing flashes crash into the ground
His striking electrical beams shock children
The lightning rules the sky
Along with his noisy accomplice known as thunder.

Everyone is watching and staring
As lightning invades the world with streaks of golden yellow
The rain is always about playing with lightning
As they have been friends for a long time.

If you notice lightning wait and count the seconds
Before you hear thunder enter the scene stomping about
And the amount of seconds it took, is how many
Miles away they are messing about.

Finlay Hudson (11)
Ipswich School, Ipswich

Autumn Time

It is autumn time now
The leaves are falling from the sky
Way above from clouds, stars way up high
Just like they can fly
It is now autumn time.

It is autumn time now
The fires are getting ready for a good burning
Whilst the wind has started its churning
As the weather is turning
It is now autumn time.

It is autumn time now
The kids are conker spying
For the conkers that are lying
And for those that are flying
It is now autumn time.

It is autumn time now
The leaves are red, orange and brown
As they fall to the ground
To make a little leaf mound
It is now autumn time.

Tom Watson (12)
Ipswich School, Ipswich

Autumn

As I walk through the leaves, red, yellow, gold and brown
I wonder how they've fallen down?
The wind, rain or just general decay
Each day the leaves fall, the tree loses more of its shawl
In the garden the trees are bare, autumn debris everywhere
Autumn, when leaves die and fall, ready for the wrath of winter . . .

Angus Oliver (12)
Ipswich School, Ipswich

Dragon Poem

Dragons are scaly
Dangerous and roaring
Fire-breathing throat
Sharp dagger jaws

Dragons have jewels
Golden and gleaming
Huge spiky wings
Leathery and bony

Dragons like meat
Juicy and dripping
They terrorise humans
Slashing with their claws

Dragons have good lives
Flying over mountains
Great ways to have fun
Then they come to die.

Will Fisher (11)
Ipswich School, Ipswich

Las Vegas

The desert cools in the night
The people go and visit
The people relax and watch
The city of blinding lights.

In the night the city lights up
The atmosphere is turned on
People bet in the casinos
Some lose, some don't.

When the night is done and complete
Everyone goes to sleep
Waiting for another night
In the city of blinding lights.

Henry Hollins (12)
Ipswich School, Ipswich

The Woods

There I stood
Looking at wood
I thought I'd run away
But there I stay
Looking at the woods.

The trees so fair
The woods so bare
The place was so deserted
No one was there
So long I stare
What was I to do?

I ran, I ran, I came to the wood
I saw a few minutes ago
I ran so slow
I tripped on my laces
I fell on my faces
Never to return again!

Michael Wright (12)
Ipswich School, Ipswich

Autumn

The wind comes with a nasty surprise
Fog, dew and mist
The clock goes back
The day is shorter
The leaves are falling
Leaving a golden carpet
Walking the dogs
To the sound of gunshots
The day is fresh
The streams are running clear
We're readying for winter
But the swallows are still here.

Matthew Godbold (12)
Ipswich School, Ipswich

5th November

Bang! Boom! Fireworks roar
It's that night again
When fireworks cascade into the air
5th November is upon us again.

Bang! Boom! Fireworks go
They soar into the air
They flash and light the dark silent sky
5th November is here again.

Bang! Boom! Fireworks sound
Children have gloved hands holding sparklers
Catherine wheels spinning
5th November is upon us again.

Bang! Boom! Fireworks roar
Here comes the guy
Throw him onto the orange flames
5th November is here again.

No more bangs, no more booms
The party is over
No one's around just the smoking embers of the fire
5th November has gone again.

Michael Tanner (11)
Ipswich School, Ipswich

Autumn

Cold bitter winds
Harsh sour rain
Ice on grass spread around
Frost sparkling in the sun.

Robins singing
Rain splashing
Animals scurrying
Plants dying.

Hot chocolates are making
Kettles are boiling
Roast lunches
And harvest vegetables.

It is darker
The clocks are falling behind
Warm orange fires
Nature de-greening.

Breath is steaming
Fires are smoking
This is autumn
The sour season.

Bertie Mortimer (11)
Ipswich School, Ipswich

My Special Garden

My garden is a peaceful retreat
It calms you in a wave of serenity.

My garden is an orchard of every type of tree
It gives me fruit freely, never to relent
Yet I must prevent
A tide of aphids rising.
All my plants pull through - that is surprising.

My garden is of gold, green, yellow and red
The rainbow, the spectrum which we feast our eyes on
The colours and scents fill my head.

My garden hoards many myths
Adding new stories every day.
It sings to me in silence at night,
It caresses me when I'm sad
And I water it when it has a temperature.

Notes to the reader:
My garden is not just a piece of earth
It is a chunk of paradise, an oasis of Heaven.
The world goes on and I grow old
But we are still here, my garden and me.

The world passes by
Many things change
Politics, way of life.
But we'll be here watching,
My garden and me.

Edward Marshall (11)
Ipswich School, Ipswich

My Family

I am clever, school is fun
I rate chocolate, I don't like cabbage
Books are brilliant but they weigh a ton
This is me and I love it!

Mum watches soaps on her coffee break
She cooks really well but finds it boring
Wine she drinks and loves Christmas cake
This is Mum. she adores it!

Dad plays rugby, he was always on the floor
He works every day, comes home moaning
Beer is his favourite, he always wants more
This is Dad, he says it's good!

Then there is my cat, she can't talk
She jumps to my window
Scavenges and licks my fork
This is my cat, I'm sure she likes it!

Charlotte Wastell (11)
Ipswich School, Ipswich

Lightning's Anger

Lightning lunged demolishing a lamp post
He crashed into earth as angry as ever
He lit the sky with a bang of sound
Rocks shattered as a cliff was struck.

Powerful as a boulder
Striking evilly again and again
Frightening toddlers hiding away
Brewing a storm to bring destruction.

Merciless and amazingly precise
He smashed a tree into a hundred pieces
Sweeping the land, scanning for his next target
To be destroyed in a flash of gold.

Liam Buckley (11)
Ipswich School, Ipswich

War

In 1914 the Great War started
Families were split up and lovers parted
Posters were put up to get men to fight
To throw themselves into the terrible plight
The soldiers came from far and wide
Their families' hearts filled with fear and pride
Many of them went to lend a hand
Wandering dangerously across no-man's-land
So many of them were dying and hurt
Laid to rest upon the dirt
The trenches were muddy holes in the ground
Where soldiers would sleep and hope not to be found
So few lived to the end of the war
Some knew not what they were fighting for
Some were not men at all but boys
Who thought of weapons of war as toys
Soldiers were captured, tortured and killed
Every day innocent blood was spilled
Women got messages their loved ones were gone
The slaughter of lives went on and on
Then to one side victory came
The world would never be the same
So when the war did finally end
The people had the world to mend
When at last peace was resolved
They remembered the brave and the bold.

Alexandra Olding (12)
Ipswich School, Ipswich

A Bright And Shiny Day

It was a bright and shiny day
In the early month of may
All the flowers were blooming
And the birdsong was rather soothing
The bees were making honey
And there were people selling it for money
It makes me happy when I say
It was a bright and shiny day!

It was a bright and shiny day
And there were horses saying, 'Neigh!'
The grass was soft and green
Many flying birds I'd seen
There were bunnies hopping all around
And creatures emerging from the ground
I heard lots of people say,
'It's a bright and shiny day!'

It was a bright and shiny day
All the children wanted to play
Everything around was fine
And the sun continued to shine
The trees gave me lots of shade
While I drank my lemonade
And everyone decided to say,
'What a bright and shiny day!'

Alexander Fitzsimmons (12)
Ipswich School, Ipswich

Homeless

Come and see me
Help me please
I have no home
I won't steal yours.

Come nearer to me
I won't hurt you
I don't smell too bad
I haven't even a box for a home.

Come and talk to me
No friends have I
I'll be your friend
That's if you'll be mine.

Open your heart
Reach out to your pocket
It'll cost you a penny
To buy me a box for a home.

Georgina Everett-Beecham (12)
Ipswich School, Ipswich

A Bird Tail

Eagle flying through the air
Feathers falling over there
Feathers swept by morning breeze
Flying past like honeybees
Falling in a nearby bin
Flying from the dump it's in
In a river, down a stream
A peaceful journey so I've seen
Into the channel across the coast
Flying towards a nearby post
Not a post, in fact a tree
Feathers snapped at viciously
Plucked by an eagle for its nest
Fallen down and laid to rest.

Miles Burchell (11)
Ipswich School, Ipswich

The Angry Sea

The sea has been angered
By the thunder and lightning
Rain giving it power to strike
And wind blowing it further in to land.

The sea has been angered
By the cliffs not letting it move
Blocking its way to more destruction
And angers it even more.

The sea has been angered
By the clouds looking down at it
And laughing at it
As they go past.

The sea has been calmed
By the soft solemn sand
Soothing the sea
With its microscopic grains.

The sea was first angered
The sea was then calmed.

Sophie Hogan (11)
Ipswich School, Ipswich

The Glimpse Of A Rainbow

The evil clouds cover up the sun
They are dribbling water out for fun
The locked up rainbow is finally free
It forms a beautiful arc over the sea.

As the rainbow looks down on the ground
The powerful sunbeams break out from the cloud
The rainbow is melting into the sea
Awaiting its turn to come again and be free!

Anton Auty (12)
Ipswich School, Ipswich

The Autumn

The crack of a conker
The whip of the trees
The crackle of fire
The crunch of the leaves.

The mist in the morning
The cold walks in the woods
The squirrels with their nuts
The sticky toffee puds.

The whistling robin
The warm shepherd's pie
The toast and the crumpets
The plants that will die.

The soft cosy blankets
The cuddles by the fire
To stop winter from coming
That is my desire.

Georgina Westall (12)
Ipswich School, Ipswich

The Sun Stays Shining

The sun relaxed with a smile upon her face
And the rain with a frown and tears rushing down.

'You can cry as much as you like
But I'll always be here shining,' said the sun.

'I'm not crying, I am giving the world tears of happiness,'
So they both looked down upon the wonderful world
And with both of their powers they made a beautiful miracle
It was a rainbow.

Emily Bailey (11)
Ipswich School, Ipswich

Weather

In the summer the sun hides
Just when we want it most
In the winter the sun comes out to play
And melts the snow away!

The snow is spiteful
So is the sun
It snows while we are tortured at school
But melts when we go home for fun!

When we go camping it rains
When we go home it shines
The weather is mean, the weather is cruel
But what fun if the weather were mine!

Whether the weather is cruel
Whether the weather is kind
Saying it over and over
A tied-tongue you will find!

Caleb Bond (11)
Ipswich School, Ipswich

The Way Along The Coast

When you walk along the coast
On a windy day
You hear the waves
Crash and bash upon
The jagged rocks
And then in the air
Seagulls swirl and swoop
Searching for their prey
For on the stony beach
Ice cream catches their gaze.

In the white horses
Children play with friends and family
But on their return they look aghast
Their picnic devoured before them.

Henry Mills (12)
Ipswich School, Ipswich

Autumn's Presence Is Known

The summer ends to rain
The winter comes with chill
Autumn's presence is known.

The squirrels gather nuts
The mice begin to sleep
Autumn's presence is known.

The leaves turn bright and fall
The fruit is there to reap
Autumn's presence is known.

The ground's aroma grows
The burning smell spreads wide
Autumn's presence is known.

The sky sees yet more clouds
The night grows longer still
Autumn's presence is known.

The summer ends to rain
The winter comes with chill
Autumn's presence is known.

Rory Hennell James (12)
Ipswich School, Ipswich

The Adorable Chicken

Fluffy and adorable, this bird lays her egg once a day
Soft and docile, she just wants to play
Happy and content
She cannot fly
But in her little world
Everything's fine
Beautiful is in my mind.

Ben Clarke (11)
Ipswich School, Ipswich

Gollum (Smeagol)

Creepy, crawly, slimy
Living in the darkest places
Outcast by society
Unloved by its fellow man
Devouring all that is good.

Always looking, always searching
Crossing paths in search of its love
Rings, rings, rings
One ring to rule them all
Sauron always in the background
Sharp-eyed elves are looking for it.

The weak-hearted men also seek it
He wants it back
Enter Moria, it's safer there.

Master is going to destroy it
Over mountains
Over hills!
Must stop him!

Andrew Bowly (11)
Ipswich School, Ipswich

The Teapot

The teapot squeals, groans and moans
Blows a high-pitched whistle
Tick-tock goes the clock
The water's boiling hot
Clunk, ping, goes the heating
He says the humans are sleeping
Alarm clock sounds once more
Too late, it boiled off
The water is no more
The humans sleep
Has cost them a decent PG Tips.

Freya Giddings (11)
Ipswich School, Ipswich

The Ocean

Ocean so blue
Bare me your gifts
Ocean so deep
On you I do drift
Ocean so wet
Across you I skim
Ocean provider
My boat of seal skin.

Ocean so calm
As flat as can be
Ocean so wild
From you I do flee
Ocean you gleam
You are so bright
Ocean within you
There comes no light.

Ocean so salty
You are my friend
Ocean so vast
Ships you do bend
Ocean I love you
Provider of rain
Ocean without you
Life won't remain.

Sam Galbraith (11)
Ipswich School, Ipswich

Backspace

I'm sitting here
I cannot think
My future rests
On the brink
Of whether I
Write this out rough
So I made up
Some random stuff
Well just
A couple of days ago
Our teacher said,
'Write a poem, he ho!'
I went home in my PE kit
Drank my Coke
Walked to the computer
Gave the button a poke
So I'm sitting here
Ever so tame
Watching on YouTube
'You've Been Framed'
So I'm sitting here
I cannot think
My future rests
On the brink
Of this poem!

Ross Hindle (11)
Ipswich School, Ipswich

My Autumn

The crunch of the bracken
The swish of the leaves
The toast with the butter melting at ease.

Rosy-red cheeks
Hot shepherd's pie
Crisp mist in the morning drifting by.

Cute little squirrels
Red-breasted robin
Singing his tune like Mozart or Chopin.

Warm mellow crumpets
Board games by the fire
Soft cosy blankets
They are my desire.

Snug fluffy slippers
Wisps of breath in the air
The leaf on the doorstep
The spider on the stair.

The sharp nip of the morning
Woolly hats and scarves
A mug of hot chocolate
And those gloves, they're ours.

The deadly white frost
The cold winter nights
Winter is coming
Oh, how it bites.

Elizabeth Broadway (12)
Ipswich School, Ipswich

The Wind And The Tree

Darting through its withered branches
As quick as a peregrine falcon
The tree quivers
Engulfed with a chilling breath.

Whipping round its shivering leaves
With its awesome power
It petrifies them with fear
Then leaves abseil to the ground.

But the wind will never tire
It will never stop
It will torture the leaves
Until they wither and crumple.

Then it started howling
The endless howling
Fed by destruction
The tree cringes in pain.

The branches are the first victims
They let out a splintering cry
With a crack they are snapped off
Hurled away, then discarded by the wind.

Suddenly the beaten trunk tilts forward
Ravaged by the wind, it gives its last deep groan
The ground starts to lift
The tree falls to the mercy of the wind.

Cameron Farnan (11)
Ipswich School, Ipswich

Autumn

Autumn is just beginning
All the leaves are falling down
Creating a shower of colour
Red, gold, russet and brown.

I sit by the bonfire
Flames leaping up so high
Fireworks go *bang* and *whoosh*
In the starry sky.

As I play by the frozen pond
Tucked up warm in the cool crisp air
All the leaves are gone from the trees
All the branches are bare.

Soon winter will be here
With its cold frosty nights
So let us play in the leaves
While the light's still bright.

Autumn is now ending
All the green is gone
The world is strangely silent
Without a chorus of birdsong.

Rebecca Rowbotham (12)
Ipswich School, Ipswich

The Burning Tree

A lovely sweet orchard
Destroyed by a falling burnt tree
Sweet smells are in the air
Crushed by the smell of burning.

Lovely calm butterflies
Trapped into a huge net of smoke
Daisies and buttercups pollen
Until squashed by the tree.

Bees collect honey with grace
Then they find their hive demolished
Long grass is swishing, side to side
But killed by the horrible tree.

The natural path lies there unharmed
Complete obstructed by the huge log
Little tree just starting to grow
Smashed by the fallen giant.

Sun shining brightly
Is blocked by the tree
A lovely sweet orchard
Destroyed by the falling tree.

Harry Wilsher (11)
Ipswich School, Ipswich

The Woods

The icicles glisten in the moonlight
Down from the perch where the kingfisher once sat
There is a silence from the dormant river
No animal daring to creep out
The stark trees creak in the wind
Not letting anything pass through
Then all of a sudden
The sweet song of a nightingale cries out
A breath of light shines through the branches
The white blanket is slowly disappearing
All you can see around you is a carpet of indigo
Leaves sprout from the trees and dapple the sun
The river rushes down the hill
And the scent of garlic fills the air
The sun shines on the silver bark of the trees
And the sound of laughter and birdsong echoes in the valley.

Eleanor Moore (12)
Ipswich School, Ipswich

The Snow

Snow drifts lightly towards the earth
Like tears running down a baby's cheek
Gently covering the earth
Like a mother's warm embrace.

But the earth is worried
It knows these soft, gentle-looking flakes
Will freeze it to the bone
Like the cold scornful words of a loved one.

But the earth has hope
It knows the weak will die
But the strong will survive
And flourish like a squirrel that makes it through the winter.

Charles Alton (12)
Ipswich School, Ipswich

Sea

The blue hill is racing towards land
A thin white line appears over the top
It is growing fast
The thin white line is a line of white horses
Their fine white manes flowing
They are growing fast
They are now bigger than the blue hill itself
They are leaning forward
They fall forwards, crashing to the bottom of the blue hill
Rolling and rolling
The blue hill flattens
The tumbling white horses quickly die away into . . .
Nothing.

The hill is now clear and flat, not a hill at all
It rushes out to sea and is sucked up by a blue hill
The blue hill is racing towards land . . .

Oscar Hastings (13)
Ipswich School, Ipswich

Autumn Has Come And Passed

As the lights of summer fade away
We prepare for a blustery autumn day
As the leaves turn from green to red
We wrap up warm from toe to head
So as the leaves wither away
We prepare for a holiday
So when half-term comes
We pack our bags
Go off to a place, the weather's not so bad
When we come back the branches are bare
All too fast, autumn has come and passed
By now it's the last day
After all, autumn never comes to stay.

Ellen Gale (12)
Ipswich School, Ipswich

The Wind

The wind, when he wails has a sound like no other
Echoing his cry of the ones he has lost
With a twirl of his arms
And a swish of his wings
Weightless he flies, over the leaves he has tossed.

One moment he's there
And the next, with a dance of his toes
And a whirl of his cloak, he's suddenly gone
But as for where
No one knows.

For the wind is invisible
Wherever he goes
No one can see him
Only his anger can be seen
When boughs break, after the fiercest of blows.

When the wind is angry, he sings a different song
A rougher, powerful, more forceful tune
That causes damage to those who hear it
But though he is the giver of such destruction
To any harm the wind is immune.

The wind, when he wails has a sound like no other
Echoing his cry of the ones he has lost
With a twirl of his arms
And a swish of his wings
Weightless he flies, over the leaves he has tossed.

Emma Burn (12)
Ipswich School, Ipswich

The Mystifying, Mysterious, Murmuring Woods Of Edwardstone

Up the road and past the plain
Is the old wood where creepers reign
When you step inside, a chill runs down your spine
As you look at the moss-covered stumps and the tree vines
Cross the bridge into the unknown
You will find holly bushes where adventurous birds roam.

Feet crunching, you trudge down the path
Reaching a stagnant pond where you would be crazy to bathe
As you look around the site
You see shrivelled blackberries not so ripe
Twists, turns, ups and downs
This path will turn those smiles to frowns
So beware - the woods of Edwardstone
Otherwise you'll become one who is forlorn.

Dominic Holton (12)
Ipswich School, Ipswich

The Whirlpool Snowstorm

As the snowstorm whirls around
Gobbling up the leaves
It pedals like a bicycle
Eating all the trees.

As starving as an alligator
Who is watching his prey
Having a piggyback from the mountain
And he is coming back again.

Rolling down the mountain
He looks like a ball of cotton
It was a whirlpool of a snowstorm
And he was full up at the bottom.

Henry Cutting (11)
Ipswich School, Ipswich

While You Are Reading This . . .

A silent tick and tock
The time has passed
The chance to see
Gone all too fast.

The world is falling into dark
These worlds lit up by a single spark
Spinning fast round again
Like the hands of a clock.

Seeing through the shroud once more
No looking back
That's for sure
Grasping at the passing moments.

No chance to stop
Tick-tock, tick-tock, tick-tock.

Benedict O'Donovan (11)
Ipswich School, Ipswich

Through The Ups And Downs

My friends are:
Always there for me
They pull me up when I am down
Help me if I am caught up
And turn around my sad, sad frowns.
They turned things round when they got messy
Every trip I make they are usually there
They make it easy to calm and comfort me
Through the twists and turns
The hills and valleys
We are there for each other all the way.

Eleanor Phillips (11)
Kesgrave High School, Kesgrave

Don't Know What To Do

Don't know what to do
Been banned from PS2
Don't know what to do today!

Something's going on
Bells aren't going ding-dong
Don't know what to do today!

Trapped inside by rain
Brother's being a pain
Don't know what to do today!

I know what to do
Who cares about PS2
I know what to do today.

I will sit and watch TV
And have a cup of tea
I know what to do today.

Now it's time for bed
There's some words sticking in my head
I know what to do today!

Alex Scase (11)
Kesgrave High School, Kesgrave

My Generation

We go to school and we work like mad
At home we can rest, for which we are glad
We can join lots of clubs and find things to do
Or we sit at home and watch Dr Who
There's time for holidays in the sun
There's time for friends, family and fun.

So my generation is on the go
Will we ever get out of the flow?

Ross Branch (11)
Kesgrave High School, Kesgrave

The Environment

T oo many trees are being chopped up for paper
H unted animals are being wiped out
E ndangered species will soon become extinct

E nvironmentalists need to convince more people
N orth Pole will melt away too soon
V ery quickly earthquakes can spring up and destroy
I ce caps are thawing and will cause tsunamis
R ainforests are being wasted
O ceans are emptying of fish rapidly
N ature will collapse if we don't care for it
M an is poaching more animals than it needs
E co-friendly groups are few
N uclear waste will clog up the Earth
T oxic poisons are being emptied into the sea

I n Africa people are dying of nasty diseases
S ri Lanka was hit by a tsunami and wreaked havoc

B ritish winters have got warmer and warmer
E lephant numbers lowering incredibly quickly
I raq is tearing itself apart due to war
N on-stop use of fossil fuels means that we will run out in 60 years
G rowing numbers of polar bears are starving from lack of fish

D on't give up though
E co-groups are being formed by Hollywood stars
S chools are joining in
T ake part in having less of a carbon footprint
R ecycle all the stuff you can
O r donate money for more nature reserves or African hospitals
Y ou can make a difference
E very little helps
D o what you can for the . . . *environment!*

James Donovan (12)
Kesgrave High School, Kesgrave

Talking About My Generation

Some time soon the world's gonna blow up
Gotta stop it now, *brup, brup, brup*
Soon there will be a massive flood
Work together now, bud
But keep on trying though
To save the world, init yo
Come to my hood
We will work something out if we could
We will keep on working till the end
So work with me, my friend
McDonald's is bad, definitely Big Macs
So eat healthy, cos it's well whack.

Nicholas Bowskill (12)
Kesgrave High School, Kesgrave

My Generation

Why won't the government do anything?
They have got the money, they have got the money.

The Earth started with a big bang
The Earth has been fine until now, the 21st century
So no more power plants
So why not wind turbines?
It will save hundreds of pounds for you and us in tax
So why not, so why not?

Matthew Thompson (11)
Kesgrave High School, Kesgrave

Animals

Animals poached
People coached
Houses sold
Animals cold
People should open their eyes
It's about time
A long time ago people cared about animals
Nowadays animals are poached for their fur and meat
People probably think I'm cuckoo
But who cares
My friend Ella loves animals too
We have a club to prove it
More and more extinct
Orang-utans, pandas, polar bears are nearly there
You could help by giving only £1 a week to a charity
And you're making a difference
So sponsor a charity one at a time
Don't be a sour lime
Persuade your mum
Persuade your dad
Persuade your nan
Persuade your grandad
Persuade your whole family
To sponsor a charity
Visit a zoo and you'll see how important animals really are
So what are you waiting for?
Get out there and help our wildlife.

Rachel Walls (11)
Kesgrave High School, Kesgrave

Leaves

Leaves tumbling to the ground
Rough and soft and crunchy too
The colours of the rainbow
Brown in the summer
Green in spring
Yellow-brown leaves come off
And the cycle starts all over again.

Drums are banging
Guitars are strumming
Trumpets are tooting
Flutes are blowing.

Head banging
Rock and roll
Metal
Rock
All of them make good music.

Place you live for most of your life
People you love
People you care about
Your family.

Thomas Earl (11)
Kesgrave High School, Kesgrave

Bigger Girls

She wakes up every morning
With the same dread
The fear of school
The day ahead.
As she walks to the place
She hates so much
She walks terribly slowly
Careful not to rush,
Hoping they won't see her
Hoping that they'll stop
Hoping they won't steal her stuff
Her lunch money, the whole lot.
But hoping's not enough
And wishing won't work
Nothing can relieve her
Of the patronising smirks.
That the bigger girls give her
Every single day
And hurt her, frighten her
In more than one way
Won't say anything
Won't make a fuss
Keeps herself quiet
Keeps herself hushed
Hides the bruises
That appear on her arm
Mother lets her walk to school
She'll come to no harm.

Isabelle Booth (12)
Kesgrave High School, Kesgrave

Gloomy

On a dark gloomy night
Thunder was starting a fight
Heavy wind gushed past me
As I walked to the quay
The sand was in my face
I couldn't find a place
As I stood there in the mist
I wished, I wished, I wished.
Soon the clouds broke
I had to choke
Creepy and crawly
I felt poorly
I had to take a breath
As I got to my depth
The sun came out
I had to doubt
A shadow covered the floor
It was behind a door
It looked like a friend
I had to bend
As the small person
Had a diversion
She stopped and stared
Very scared
I looked again
She was in pain
Falling to the ground
I had to look round.

Hannah Phillips (11)
Kesgrave High School, Kesgrave

Me! My Friends And My Family

My friends are cool
We sit in the hall
Every day for lunch at school
My friend's called Bethany
Don't call her Beth
My family is big
My mum is called Maria
She likes to drink beer
My dad is called Gordon
He is tired of boredom
My brother is called Josh
He likes to drink squash
I have a rabbit
It's called Monty
He is the same colour as a donkey
I have two cousins, one is called Yordi
Don't you dare call him Jordi
The other's called Izabella
She likes her hair
My nana is called Jill
She took me up a hill
My grandad's called Barry
He has a friend called Harry
They have a fish pond
And they are fans of James Bond
So there's my friends
Family and rabbit
I think my poem writing
Will become a habit.

Holly Clouting (11)
Kesgrave High School, Kesgrave

Animals

Animals are getting in fights
As soon as you turn out the lights
It's just like a knife
But that's the circle of life
But then there's another part
Which poachers call art
They kill them for their fur
Like a scream and a cat's purr
My family love animals too
My friends think I'm cuckoo
Rachel loves animals as well
We have a club to tell
Safaris galore
We need more
Nothing can save them now
In my nanny's time
Not as many extinct
But now it's a crime
It makes you think
In my time polar bears
Beware
Not any more
That's for sure
I want to be a zoo keeper
A cheetah is a real leaper
My passion
Also for fashion
Give them
Their lives
Animals!

Ella Hanley (11)
Kesgrave High School, Kesgrave

Friends

I have loads of friends
Who like to make amends
They talk a lot to men
And they like my special pen
They go hyper when they drink fizzy
This makes them really dizzy
I have a dog called Tiddle
Who likes to piddle
I am called Cat
Cause I sit on a mat.

Whenever we go out
We all have a play fight
When we were in a shop
Liddy had a plop
We laugh together
And forever until never.

We go to school
And it's cool
Whenever we're cold
We stand there brave and bold
In PE
We always make a three
My friends are
Liddy
Ellie
And me
I like my friends
We always make amends
And we will always stay friends.

Catherine Tween (11)
Kesgrave High School, Kesgrave

The Environment

We need to save the world
So come on spread the word
This is global warming
We're not performing.

We can do something about it
So please don't add to it
But if you do
We will shout at you.

If you all do your bit
We can save the world
get some low energy bulbs
To light up your house.

You can take the bus
So don't make a fuss
There's so much pollution
From your car's revolution.

Recycle, recycle
You can cycle
Let's walk
Not talk.

Don't commit the sin
Put the cans in the bin
Don't waste the trees
Do get on your knees.

Don't drop litter
Animals hate it
And lose their lives
Hedgehogs die.

So come on
Save the world.

Thomas Andrews (11)
Kesgrave High School, Kesgrave

Talkin' 'Bout My Generation

The ozone is crumblin'
And it's mostly
Cos of us
If we don't
Take a stand
This world is gonna heat up.
Recycle
Help the environment
And keep that ice all hard.
Try and try and try and try
To stop the extra
Melt water!

Other things
All matter
Like war in foreign places
Like Iraq and Afghanistan
Our troops
Out there
Are all at risk
From Taliban and bombs
So why can't we
Help them through
These hard and dangerous
Fightin' times?
Campaign
Raise awareness
And become
One of us.
To the generation:
Take heed of all this stuff!

David Brown (11)
Kesgrave High School, Kesgrave

Friends

Friends are always there for you
Cheering people up if they're sad
Helping you on tricky tasks
Standing by your side.

I have friends with long names
Friends with short names
But I also have friends with the same name
Friends all have different personalities.

Some are calm and quiet
But some can be angry and loud
And some can be the same as others
But they still all look very different.

Friends can be tall
Friends can be short
They could have blue eyes or brown or green
But they are all still very important.

Some may play football
Some may play netball
Or maybe some may even play rugby
But they are still helping you all the time.

Friends are always there for you
Cheering people up if they're sad
Helping you on tricky tasks
Always standing by your side.

Callum Mullett Nice (11)
Kesgrave High School, Kesgrave

Infinite Love

My yellow ribbon fluttering with innocence
Slipped from my loving grasp - is lost in the wind.
They claim I am guilty - but who could
Harm such grace and loving laughter? Not I.
I am innocent, only the guilt of leaving
Madeleine hangs at my neck like
An anchor, drowning me in misery.

She has drifted away in a stormy sea,
Left me to contemplate such hellish dreams.
I stare at the pink bear, sitting slumped
In a chair unhugged, its eyes glimmering
With sadness.
My extended arm brushes the fur,
She falls down, down, down.

Following me everywhere - the flash of cameras
A flash of despair. Some shout support, others
Scream piercing words. What does it matter?
For none understand my sorrow and
Regret. Every day I care for the sick,
Yet that night I was not there to take care and protect
My three gems from evil's glare.

Church shields the press' prying eyes,
While I pray to God that I'll
Hug her one day.
Her candle - always lit - still burns;
Burning with defiant determination
I set my goal:
I will never give up.

We are all pebbles on one beach.
What makes one so different
That it can pluck pure beauty
Then toss it away? Plunging
With it my family into a storm of torment.
One day we will reunite with our pearl,
If not in this world, then in a heavenly
Place, where evil does not
Exist to seize my cherished angel.

Elizabeth Ryan (15)
Northgate High School, Ipswich

My Generation

Baggy jeans and silly teens
Hooded tops and restricted shops
Overgrown hair and a deathly stare

Untucked shirts and mini skirts
Towering heights and knee-high tights
A crazy diet and an obscene riot

Premature addictions, numerous convictions
Gregarious and cool, the desires of a fool
Getting into fights, abandoning future plights

Disrespect, lack of intellect
Besotted with hate, a love to skate
Fourteen year-old conception, words of deception

Immature teasing, perpetual misleading
Nonchalantly they ravage, people's style they savage
Individuality requires perseverance, but don't expect clearance

Brains that choose to emulate, instead of stimulate
Minds that are bored, but by their own accord
A hefty attitude and lack of gratitude

This is my generation, full of hate and segregation
Lust and education, entrapment and frustration
Detest and determination, my generation.

Jonathan White (14)
Northgate High School, Ipswich

Inside The Mind Of Me

In it there is
A girl dipping her feet in a flowing ravine
Sitting on a bridge.

In it there is
Forty eyes, blinking at the same time
I am running but going nowhere
And that is where I pine.

Gobble-de-gook, mischief and a funny place called Yaxham
Mexico, Texaco and porridge covered in jam.

In it there is a jigsaw
A jigsaw of my brain
My soul one part and another art
Painted pink and green and blue.

Chocolate trees, honeybees
And a giant ice cream sundae.

In it there are some dandelions
Turning into suns.

And lots of food:
Cake
Roast chicken
Buns.

Wedding bells on rabbits
Thoughts of my cat coming home
My friends are all around me
And the girl on the bridge is no longer alone.

Inside the mind of me!

Fiona Sinclair (12)
Reepham High School, Norwich

The Sea

The sea is thousands of horses
Galloping back and forth
Back and forth
Destroying all in their path.

No mercy do the white horses of the sea have
They graze on the bricks of houses and castles
They engulf cities in seconds
Destroying hopes, dreams and lives all at the same time.

No mercy do the white horses of the sea have
Only when the day comes will the nightmare become oh so real.

Yet the moon is their leader, holding the reins, giving the orders
No mercy do the white horses of the sea have.

Beth Taylor (12)
Reepham High School, Norwich

In A Girl's Head

There is love
In it there are mates
I am talking

In it there is a party
There is laughter, food and drink
All wearing posh dresses

In it there are bouncers
Checking on the list

I am in Australia
In it I am sunbathing
Standing on a beach

In it I am walking
Along a plain white beach
Waves crashing on my feet.

Beth Ward (13)
Reepham High School, Norwich

In It There Is

In it there is a world of my own
Thinking of Simpsons all day
With Bart and Millhouse making trouble
Playing and burning hay
I have no brain, no thoughts, no anything
Except from elephants, pyjamas
Simpsons, guns
Trampoline, TV, Sarah-Jane, nuns
Harry Potter, Star Wars, writing, dead
Animating, English, donkeys, bread
In my mind is a big blur
My rabbit moulting and spreading its fur
Blue, orange, red, white
Purple people starting a fight
Teletubbies, babyish cry
Get out of my mind
I need Simpsons and Futurama's Fry
Simpsons, Simpsons, I love it so much
Not boring programmes like Starsky and Hutch.

Elliott Lawrence (12)
Reepham High School, Norwich

My Generation

Everyone's walking around with mobile phones
Showing off their latest ringtones
We keep in touch by sending email
The old-fashioned post is described as a snail
All our music is on MTV
Top Of The Pops we never will see
I download music for my mp3
Mum and Dad talk of singles and LPs
Everyone's watching reality shows
They are full of people nobody knows
Surfing used to mean getting wet
Now it just means going on the Internet.

Natasha Sims (12)
Rosemary Musker High School, Thetford

I Am

I am a civilian caught up in war
I feel devastation and sadness as people are dying
I wish there was peace, no war or fighting
I think it is the right time for world peace
I am a civilian caught up in war.

I am a child in the middle of global warming
I hope people would take care of our world
I dream of world peace
I love our planet just like other people should
I am a child in the middle of global warming.

I am a prisoner preparing to die
I know others have died for the same cause
I tried to survive
I see my fate as people are being killed
I am a prisoner preparing to die.

Charlotte Atkins (14)
Rosemary Musker High School, Thetford

Judged

Walking down the street we think they're watching
Through the windows we hear knitting needles
Along we go the curtains are twitching
Our from the door they come with their beagles
Following us on their granny-mobiles
I hear them whisper, 'The youth of today.'
Stalking us as though they are navy seals
'I think the small one is on weed,' they say
We heard them say it, so turned and said,
'Yay-ah! I'm on drugs, what you gonna do?'
Their faces looked shocked as though they were dead
I thought, *what can I throw*? There was my shoe
But my nan jumped in cos she's amazin'
She sets all the other grannies blazin'.

Susannah Bradley, Lydia Cole & Scott Lampon (13)
Rosemary Musker High School, Thetford

'Teachers Say'

Tuck your shirt in
Put your gum in the bin
Do up your tie
Just give a big sigh
Always in my face
Saying I am a disgrace
Take out your book
And have a good look
Your work is a mess
You can't even dress
I go in DT
To get a fat 'C'
I get out my book
To get told I can't cook.

April Blanchard (13)
Rosemary Musker High School, Thetford

What Am I?

I have two round feet
People sit on my seat
I have a thick body with holes
But have no moles
I love it when I ride
But I've never 'flied'
I can change my speed
But I'm always teased
Then when I 'flied'
I almost died
What am I?
A mountain that I can fly
A bike I was born to ride!

Oliver Fisher (13)
Rosemary Musker High School, Thetford

My Generation

Teenagers eat junk food
Crisps and sweets
And of course, booze
They wear baggy clothes and pierce their nose
We are the generation!

Adults need to change
They're in our generation
Get them out now
They'll ruin our creation.

We rebel against silly things
Like messy beds and fires in sheds
Come on, give us a break.

Adults need to change
They're in our generation
Get them out now
They'll ruin our creation.

Teenagers bunk off school
We hate it, books and all
Just let us hang around
And skate on the ground.

Adults need to change
They're in our generation
Get them out now
They'll ruin our creation.

We are the new generation
Take yours away
We will be forever until this day.

Chloe Pynen (12)
Rosemary Musker High School, Thetford

My Generation Through Night And Day

Through night and day
We think of you.
Through night and day
We come to an end.

There are cries,
There are crimes,
Hey, time flies
But we remember those times.

Through night and day
We think of you,
Through night and day
We come to an end.

All the deaths,
The bangs of guns,
Dads and sons,
Blood is drawn.

Through night and day
We think of you,
Through night and day
We come to an end.

Michelle Adey (15)
Rosemary Musker High School, Thetford

My Generation

My generation
They hold guns to our heads
Smoke underage
And they're out of control.

My generation
They lie in their beds
Drinking vodka
And we can't do a thing.

My generation
They are out all the time
Just hanging
And the government doesn't help.

But us
We are pure, we are good
Our lungs clean, our lives undamaged
We're not like the rest.

Us
We are judged falsely
A crime we are blamed
We are still pure.

Craig Holmes (14)
Rosemary Musker High School, Thetford

My Generation

My generation is the cream on the cake
We will build buildings to our make
Out with the old and in with the new
To build our new era through and through
Pick up a hammer and knock a house down
Then a new king finds his new crown.

It nears the future, what can we do?
We can give nurture to the hurt
And make the police more alert
So our society can live their lives
We will make sure there are no knives
So now we're done, that's how we can help
So there's no need to say yelp.

Thomas McDonald (12)
Rosemary Musker High School, Thetford

My Generation

My generation is cool 'n' calm
My generation could cause no harm
My generation looks good every day
My generation is too cool to play!

Other generations don't care how they look
They are the type that gets info from books
When will they learn that my generation rocks
It's like when will they stop wearin' old Barbie socks?

Compared to the past, this place is rockin'
We get our gifts from a handmade stockin'
When you read this poem of mine
Just think how much the sun can shine.

Olivia Connelly (12)
Rosemary Musker High School, Thetford

My Generation

I am Lauren Chappell, I go to school
The school I go to is Rosemary Musker
At weekends, I like to go to the malls
One of my mates goes too, Charlie she's called.
When I went to America it was the best
Singapore was great, I liked the shopping
Swimming with the dolphins was fantastic
I like my mum, she does all the shopping
Summer was great, but it wasn't really sunny
I went on holiday, it was like Heaven
I am now eating toast, I smell honey
I went out, came back in about half-seven
It was late at night, I turned on the light
I turned on the TV and saw a knight.

Lauren Chappell (13)
Rosemary Musker High School, Thetford

My Generation

My generation is full of problems
Yet my generation is solving them
Though full of problems
We are full of ideas
But they are rejected by our superiors
They tell us that we should work together
Yet our world leaders wage wars
They say you can't stop time
You can only flow through it
They are stopping us from doing this
Even though they say they taught us this
My generation is being held back by our precedents
That is the real problem, not us!

Thomas Knowles (12)
Rosemary Musker High School, Thetford

Gaps In My Family Tree

There's me, a sister and a brother
A mum and dad
There's a nan
There's a grandad
But there are gaps in our family tree
Never again to be fulfilled
We want to see them again
We will one day
But live your life long
Live it strong
Live it to the full
There will be ups
There will also be downs
Life is eternal
It can't just end
Darkness, shadows
Life should go on
In a different way
Heaven, Hell
We will all go there
When our time has come
We will be reunited
With our family
But for now
Enjoy your sister waking you up at 3am
Enjoy your brother biting you
Enjoy your mum nagging
Enjoy your dad's reckless snoring
Enjoy breaking up with your boyfriend (Yay, I'm single)
Life is eternal
Believe it
Before you see it
Live forever.

Hayley Carden (11)
Rosemary Musker High School, Thetford

My Generation

My generation
It's the best one so far
No one can beat us
We're top of the charts.

Fake designer clothes
Fake designer trainers
Fake designer jewellery
And fake designer labels.

Watching our soaps
Here comes the drama
We love Hollyoaks
Cos of all the fit blokes.

Highlights in our hair
We love the clothes we wear
We listen to our music
Hip hop and R'n'B yeah!

Our generation
It's the best one so far
No one can beat us
We're all superstars!

Kerry Sewell (13)
Rosemary Musker High School, Thetford

My Generation

And with the turn of the millennium
Came a great, new, modern generation
Come so far since the year no million
It brought new ways of communication.

It's still the same but completely different
Going to school and learning about stuff
Like how people were so belligerent
By the end of the day we've had enough.

Hanging out with my friends, day after day
Watching TV, chatting on MSN
Instead of 'hello' people now say 'hey'
Many following the new fashion trend.

Going skiing or resting on the sand
We are living in the year two thousand and seven.

Leonie Evans (13)
Rosemary Musker High School, Thetford

Home

Home is a very special place to me
A place I feel safe and very secure
A place I can be myself, sad or happy
A place to be alone when I shut my door.

We laugh, we shout, this family of mine
We argue, we fight, we've often cried
A normal family most of the time
But when the chips are down, I'm on their side.

My brother, he's older, he's always out
My sister, she's younger and drives me mad
My parents adore us, there is no doubt
They listen, they support, I am glad.

I wouldn't want to be without that lot
I wouldn't be me, they are all I've got.

Jessica Brockett (14)
Rosemary Musker High School, Thetford

Untitled

When going to school Mondays to Fridays
I make sure I'm well equipped for lessons
I try to do well in my work always
If I ever need help I ask questions.

When I'm at home I train my pet monkey
All the time he plays peek-a-boo with me
When he swings on his bars, it is very funky
The thing he won't do is swing on a tree.

Going out with my mates at the weekend
I ask my mum for my pocket money
My best friend loves to have money to spend
She is a good laugh and very funny.

Well, that is mine and others generation
This now ends with little information.

Zoe Buck (13)
Rosemary Musker High School, Thetford

My Generation

My generation is the city waking
People like presidents debating
My generation is the farm fields blowing
The cars on the road, coming and going
My generation is where there's more questions to be discovered
People in the war protecting their beloved
My generation is where there's new inventions and no detentions
My generation is a happy place
On this journey I'll always have a smile on my face
My generation is where people are dying
People gone to a better place sitting there lying
My generation will soon be over
When you try to find a seven-leaf clover
My generation is a mystical place
But when I'm gone I'll always have a smile on my face.

Ross Whyte (12)
Rosemary Musker High School, Thetford

My Generation

My generation is all about living
Not about politics, not about winning
It's about doing what you want
Where the people ride over the government
A generation where if you want to buy Microsoft, you can
When whatever you wish to have, it comes
A spell in which peace rules over war
And love dominates hate
A beautiful time of tranquillity and harmony
Some glorious period when no one's love will die
If I could make a generation
And sculpt it how I wished
This is how I would imagine it
With all these things intact
My generation is all about living
Not about politics, not about winning
In my generation, people rule
In my generation, politics drool.

Ben Barton (12)
Rosemary Musker High School, Thetford

The Mutated Cat

Water toxic, dare to swim
Mutated
Eye collapsed
Metal socket
New eye
Mutated

Left leg, right hand
Mutated
Burnt, acid
Robot paws
Changing paws
Mutated

Tail mutated
Mutated cat
Wants revenge
Super strong
Metal tail
Catch him
Claw him
Drop him
Toxic
Then he's mutated too.

Shane Cushion (12)
Sheringham Woodfields School, Sheringham

That Was My Generation

Spice Girls blaring
Take That taking centre stage
That was my generation
When children watched Sesame Street
And all adults loved Steps
That was my generation
No such thing as an iPod
And camera phones too
That was my generation
Well now we are teenagers
Now all dark and grim
Maybe we will grow up to be something great
That's my generation.

Jessica Garwood (13)
Stoke College, Sudbury

Enzo The Puppy

Enzo's my dog, he's my chum
He sometimes tries to eat my thumb
He's very nice and has long hair
He sometimes jumps on the chair
He's very sweet and very cute
He sometimes chews my mum's gumboot
I tickle his tummy when he lies on his back
A bit of good cheese is his favourite snack
When he's old he might feel numb
He will no more try to eat my thumb.

Joshua Fry (11)
Stoke College, Sudbury

What Has This World Come To?

What has this world come to?
Why has this happened
And why has it happened now?
The world has existed for many years
But has never been so bad
There will come a time
When we will have to stop
But when will it happen
And why won't it happen now?
We are full with sun
And have done many bad things
We don't seem to realise
What we have cursed
But it won't just go away
It will stay there
For the rest of our lives
Or maybe even longer
You must remember
That we have limited time
And we don't have forever
The time will come someday
When we shall die
So let's hope and pray
That the world will
Change!

Joanna Taylor (11)
Stoke College, Sudbury

Polkadot Land

Spots, spots, all sorts of polkadots
Bouncing, bouncing, up and down
Turning, turning, round and round
I'm in my own special world
Polkadot Land.

Lots of lovely coloured spots
Red, white and gold
I always knew this place existed
As I've been told.

Everything is spotty here
Even spotty faces
Everything is spotty here
Even spotty places.

Colourful things are kind
Colourful spots you'll find
No zigzags, no stripes, no prints
Just polkadots, I'll give you a hint.

Come with me to Polkadot Land
Big, fluffy and pink
Come with me to Polkadot Land
We'll play the Weakest Link.

While we're in Polkdadot Land
We'll get some spotty things
When we're in Polkadot Land
We're like queens and kings.

Well, you've got to go
Now thanks you've been great
Oh, and next time here in Polkadot Land
Please don't be late.

Sophie Davidson (11)
Stoke College, Sudbury

My Eyes

I look around and I see
War
Trouble
Emotions
Or maybe I'm blind
Cause what I'm seeing is not true
Or is it?
War is around us
In the air
On the ground
Where you look war is there
Why are people giving their lives?
Please let there be world peace
People are dying
Why?

Then the gangs
Violence in the street
Graffiti on the walls
Policemen are dead
Why?

Then the people kill others
Why do they?
Bombs
Knives
Guns
All these things kill
Why?

Please Lord, let the people live
Who risk their lives
Save them
People are being killed
Why?

Gabriella Yeomans (12)
Stoke College, Sudbury

Smiley Faces, Sad Faces

Smiley faces, sad faces
In Africa and beyond
Why is there grief?
Why is there suffering?

Boys start, girls follow
In rehab
Why are there drugs?
Why, oh why?

One glass of wine or twenty
Dads going down to the pub
Why do they have to get drunk?

Grannies and grandads in their houses
Raids on their homes
Why are they threatened with knives and guns?
What possesses them?

Vandals in the streets
Swearing and cursing
Why do they need to kick?
Why do they need to punch?

What can be done to bring back the smiley faces?

Amy Dehner Holt (11)
Stoke College, Sudbury

I Miss You

I miss your face
I miss your smile
I shed a tear
Once in a while
Why did you go?
It wasn't your time
When you left
It was such a crime
I miss you, where did you go?
I miss you, you didn't let me know
And I can't stand being alone
Where did you go?
It wasn't fair
I miss your fingers running through my hair
I miss you, I want you here
I miss you, so I don't shed a tear
I miss your love
But I know you watch over me up above
I know you are here
Here in my heart
I knew all along
I knew from the start!

Sarah Exton (11)
Stoke College, Sudbury

Teenagers Of Today

The girls walk around with their noses in the sky
The boys walk around questioning why?

The girls strut around drinking and thinking they're cool
The boys taking advantage and trying to pull!

The girls taking drugs with boys who are mugs
The girls trying to impress to make the boys hearts tug!

The girls spend all their money on make-up and purses
The boys in their posse, shouting curses!

Why do they do it? It's so sad
They're destroying their lives, it's good gone to bad!

Kiki Norman (12)
Stoke College, Sudbury

Me And What I Think Of The World

My life is exciting, there is no bullying or fighting
My friends are kind, they help me to find my way in life.

To live in the future will be exciting and fun
You have new adventures, there's lots more to come.

Just think of the war, shooting and more
These people are brave, they help us to save
But they also put their lives on the line for us.

The bullying needs to stop, people die and people cry
Some end up in hospital, bullying is everywhere on the streets
                                                            and roads.

Sophie Bragg (12)
Stoke College, Sudbury

Teenagers Of My Generation Today

Boys walk around today with their trousers round their knees
With bottles of beer in their hands
Whilst the girls hang on their arms
With mini skirts really high with their possies.

Why do they all do this?
They think it's cool, when they're just fools.

Girls get in their cars, drive away too fast, crash and burn
Polluting the world and causing more casualties
They throw their rubbish on the floor
They just don't care about the world
And causing destruction
And don't care about their world, they are destroying.

Olivia May (11)
Stoke College, Sudbury

Girls

Girls wearing mini skirts and tight tops
High heels and bracelets up to their elbows
Diamond necklaces and Gucci watches and Prada bags
Thinking they're cool when they're not
Hanging around on the beaches wearing huge sunglasses
Wasting their life away
Not realising what's out there
And what they are doing to their world
All they care about is themselves
And no one around them.

Lois Collinson (11)
Stoke College, Sudbury

Money, What Is It Worth To You?

Sitting on a street corner, alone, hungry, cold
My only possession a sleeping bag
My only friend my dog
Everyone walks past me, ignoring me
Think I'm not here, not listening, not looking
But I am here, I can see, I can hear
Everyone walks past me
Occasionally I wonder what job they have, where they are going?
They might be a boss of a big company, a hairdresser,
Politicians or even a doctor
I don't have a job, I don't have a home, I don't have anything
Most people do, but I don't
I'm homeless.

I'm sitting in my car on a motorway in rush hour traffic
On my way to work, I hate my job
All I do is sit in an office answering phones
People complain a lot, they complain about things that aren't broken
Things that aren't wrong, things that can't be fixed
Stop calling me, you don't need to
This is the only job I could get
The only one where I had the qualification 'speaking English'.

A footballer gets paid about £27M a year
A politician gets about £1,000,000 to do their job
Yet someone who does something great gets nothing
Someone who saves lives gets just enough
Not enough for luxuries, not enough for extra treats
Stop paying for things that we don't need
Pay for things we need daily, weekly or once in a while
They save lives, animals, our world.

Some people have no money, some people have just enough
Help them, they might need it more than you.

Kiera Rosenwold (13)
Stoke College, Sudbury

Me

If I get upset
I'm an emo?

If I wear black
I'm a goth?

If I like a subject at school
I'm a geek?

If I wear a low-cut top or a short skirt
I'm a slut?

If I gossip
I'm a bitch?

If I spell one thing wrong
I'm a retard?

All these things people say
Just by what I wear or if I show emotion
People don't let me be the real me
No matter where I go
Although sometimes I may smile on the outside
I'm crying on the inside
Life is a vicious circle
You get judged before you're known
I wish people would just take the time.

Megan Parratt (14)
Stoke College, Sudbury

My First Race

Zoooom, zoooom, the cars
Whistling past so fast they could be on Mars
The noise so loud I think I am in a war
They go past and absolutely roar
The hot dogs, burgers and chocolate cars
With beers in all the bars
It's like a rainbow, red, yellow, blue
Girls shouting, 'Lewis Hamilton, I love you.'

Fergus Rollit-Mason (12)
Stoke College, Sudbury

Lone Wolf

The lone wolf wanders the apple tree forest full of gloom and doom
Oh, the lone wolf always walks at noon
The lone wolf loaded with pride and honour
Oh, the lone wolf he grew without a mother.

The lone wolf is so smart and brave
But he doesn't even have a cave
If only he hadn't been kicked out the pack
For something he did that was so crack
He'd still be in a cave full of warmth and light
But no, he's on his own with only the night.

The lone wolf wanders the apple tree forest full of hate and spite
Oh, the lone wolf always walks at night
The lone wolf loaded with shame and disrespect
Oh, the lone wolf he never could accept.

The lone wolf is so dim and is a coward
But at least he can sleep on card
If only he hadn't left the pack.

For something he did that was crack
He'd still be in a cave full of warmth and light
But no, he's on his own with only the night.

James Hughes (13)
The Helena Romanes School & Sixth Form Centre, Great Dunmow

My Love!

When I look into his eyes
I think of all the nice moments
And when he looks back at me
I smile and wave
When I talk to him
I feel like I am dreaming
And when he is talking to me
I feel like I am in love.

Jade Cooper (12)
The Helena Romanes School & Sixth Form Centre, Great Dunmow

Car Crash

The beating heart lays on the floor
Broken in half
Beside it, a man's crying
He holds his heart as if it's broken
Across the floor a pool of blood
A woman lying lifeless
A Mercedes Enzo with its front covered in blood
The man touching the woman's face
Crying
An ambulance speeding to the scene.

But it is too late, the woman is already dead
A crowd gather round to see the driver of the car dead
He was not wearing a seatbelt
The funeral was a sad place to be
A river of tears formed down the street
Flowing down the street, gathering more tears
As it flows.

A young child on the swings saying she wants to fly
Then two weeks later she flies through the windscreen
Then a boy says he wants to be a great vision biker
Fifteen years later he speeds along the road
A car reverses and knocks him down dead!

George Jackson (13)
The Helena Romanes School & Sixth Form Centre, Great Dunmow

School

Riot in the corridors
Anger in the detention
People having fun
Until the teacher comes
Children working hard
Then the bell goes
People shouting, getting squashed
Getting to the bus.

Fabian Thompson (12)
The Helena Romanes School & Sixth Form Centre, Great Dunmow

What Will Stay Forever?

Growing up through my life
What will stay forever?
Memories passing by
Others will stay forever.

That sadness feeling in your heart
When everything starts to fall apart
When you feel you can't survive
You feel so dead and unalive.

Put the past behind you
And try and start anew
When the hurt is gone
You will be happy forever on.

Happiness is the best feeling you can ever have
To feel so warm, kind and loved
What will happen in the end?
It doesn't matter
As everyone is loved
From God himself
In Heaven above.

Megan Clark (13)
The Helena Romanes School & Sixth Form Centre, Great Dunmow

Roald Dahl (Old And Wrinkly)

R espected as a writer
O ld and wrinkly
A uthor of 19 children's books
L oved his two dogs
D ead now

D ied in 1990
A lways was writing children's books
H e has written loads of different books
L oved being a chocolate taster.

Zoe Fraser (11)
The Helena Romanes School & Sixth Form Centre, Great Dunmow

Heaven And Hell

Magical world, afterlife
Dusty war wounds out of sight
No pollution, no poor
No more suffering anymore.

Fire, flames
Blood and ghouls
This is where evil falls
You murdered that girl
Gave her pain
You're the only one to blame.

Magical world, afterlife
Dusty war wounds out of sight
Helpless people don't you fear
Heaven has come, Heaven is here.

All the bad, all the evil
Whatever you've done
God help the people.

Abbey Robinson (13)
The Helena Romanes School & Sixth Form Centre, Great Dunmow

A Firework Display

A crisp clear darkness of the night
A bonfire crackles
A rocket whizzes towards Heaven
A mortar bomb pounds the ground
A fire cracker snaps out fiercely
A snowstorm whooshes softly
A traffic light pops out colours at random
A Catherine wheel twirls out a trail of glitter
A dazzling of jewels hits the sky
A fountain of sizzling light
A sparkler spitting out its life
A firework display.

Elliott Gooch (12)
The Helena Romanes School & Sixth Form Centre, Great Dunmow

The River

Crash! Crash! Crash!
The noise echoed through the leaves
Then
Silence
Splash! Splash! Splash!
They passed through some puddles
The lonely boy stood alone
On the edge of the forest
He could hear them
They were coming
He knew what they were
He knew this would happen
They were big and grey and crushed the trees
The boy could see them
The trees in front of him were falling
They pushed past him
And one of them lifted him up
And put the boy on its shoulders
As they went past him
They saw that they had reached their destination
The river.

Laura Whittick (12)
The Helena Romanes School & Sixth Form Centre, Great Dunmow

Winter

The cold crisp of the winter snow
The crunch of the ice underfoot
The icicles fall off the streets and hit the snow with a soft touch
The robin's tweeting in the night sky
The deer running across the fields
Awaiting the summer sky
The children running about throwing snowballs
And building snowmen with their families
As I enter the warmth of the sizzling fire
With the glow of the television in the background.

Sophie Hughes (12)
The Helena Romanes School & Sixth Form Centre, Great Dunmow

The Lady From Dover

There once was a lady from Dover
Who picked up a four-leaf clover
She thought she had luck
But when she got ran over by a truck
Her life was basically over.

There once was a lady from Dover
Who kept on falling over
When she saw the nurse
And found she had a curse
Her life was basically over.

There once was a lady from Dover
Who built a car that could hover
But one day it crashed
And her head got slashed
Her life was basically over.

There once was a lady from Dover
Her life was basically over!

James Gray (12)
The Helena Romanes School & Sixth Form Centre, Great Dunmow

You Are

You are the flame in my fire
You are the water in my ocean
You are the trees in my forest
You are the sand in my desert
You are the beat in my heart.

If there was no flame, there would be no fire
If there was no water, there would be no ocean
If there were no trees, there would be no forest
If there was no sand there would be no desert
If there was no beat, there would be no heart.

What I am trying to say
Is that if there is no you, there is no me.

George Gehm (13)
The Helena Romanes School & Sixth Form Centre, Great Dunmow

Make-Up, Make-Up

Make-up boxes
Full of lip gloss
Make-up for her
Cream and blusher
Make-up, make-up.

Make-up for girls
And tongs for curls
Make-up bags
Are not for just WAGs
Make-up, make-up.

Make-up in a case
For you to take to every place
Make-up you can wear every day
And only a few pounds to pay
Make-up, make-up.

Nicole Saunders (12)
The Helena Romanes School & Sixth Form Centre, Great Dunmow

Little Girl

A little girl
Standing all alone in the corner
With her dirty clothes and unbrushed hair.

A little girl
Standing all alone in the corner
A silvery tear streams down her sad face.

A little girl
Standing all alone in the corner
Another girl goes over to her and starts to pick on her.

A little girl
Standing all alone in the corner
Is no longer there.

Megan Lyons (12)
The Helena Romanes School & Sixth Form Centre, Great Dunmow

The World's Sun

The murky cold water
Against the drowning pier
The sky is turning grey
And yet it was so clear
The rain is falling heavily
The waves are ten feet high
The sun is going away now
Time to say goodbye.

The crystal clear water
Reflecting the liquid sun
The sun has come from England
To here, glistening Taiwan
The sun is scorching hot
The sand is crisp and light
The sun is going home now
Time to say goodnight.

Emma Blackborrow (12)
The Helena Romanes School & Sixth Form Centre, Great Dunmow

Visiting Places In England

What to see and where to go
How can you tell, how do you know?
Like visiting the London Eye
That's something you do before you die.
And driving through in Blackpool
With massive rides, so cool
Bathing on the pebbly seaside
Or going on a donkey ride
Try seeing the Southend sea lights
That shine and dazzle through the nights
So many family days out
England's great, there's no doubt
What to see and where to go
Now I can tell, now I know.

Julia Beck (12)
The Helena Romanes School & Sixth Form Centre, Great Dunmow

Face Of An Angel

Huge diamond rivers
Demon with the face of an angel
Unguarded secrets
Points touching the horizon
Cold desert sun's preying on the weak.

Kings and queens remain
Dust and bones fizzing in the air
Temples lost forever
Conscious minds battling the undead
Having no peace or solace.

Lonely corridors
That beginnings and endings mesh
Conscious of the unknowing
Loneliness and constant exile
Having no *end* . . .

Kerry O'Donovan (12)
The Helena Romanes School & Sixth Form Centre, Great Dunmow

Snowflakes

Drifting peacefully through the air
Landing on the snow
Melting slowly then disappearing
And never seen again.

Drifting peacefully through the air
Landing on a nose
Melting quickly then turns to water
Then trickling down to the ground below
Snowflakes, snowflakes
Such lovely things to see
Where do they all come from?
Where do they all go?

Hannah Green (12)
The Helena Romanes School & Sixth Form Centre, Great Dunmow

Friendship Broken

You lose a friend
A heart is broken
A tear is shed
A word is spoken
One whole
Drifts apart and is left in a corner
From the start
A friendship holds more than trust
It holds a friend too
A mate to share all you do
And will always care for you
We had a friend from the start
But now the friend broke apart
No longer are we friends
But merely people in the end.

Sophie Curran (12)
The Helena Romanes School & Sixth Form Centre, Great Dunmow

Just For You
(In loving memory of a great Nanny who died Friday 21st September 2007)

You'll never really be gone Nanny
You're in everyone's hearts today
The people that came for you Nanny
The kind words everyone had to say.

You'll never really be gone Nanny
Although everyone shed some tears
The one thing is you're special Nanny
Not like some of those old dears.

You'll never really be gone Nanny
But I know I'll really miss you
Just one thing I want to know Nanny
And that's that you'll miss me too.

Rachel Norris (13)
The Helena Romanes School & Sixth Form Centre, Great Dunmow

Gone Forever
(In memory of Blacky, the guinea pig who died at the age of two on the 21st July 2001)

Blacky, why did you have to go?
Blacky your heartbeat like mine
Blacky, why did you have to go?
Blacky, you ran out of time.

Blacky, why did you have to go?
Blacky you were only two
Blacky, why did you have to go?
Blacky I want to see you.

Blacky, why did you have to go?
Blacky, we're all missing you
Blacky, why did you have to go?
Blacky, you're here with me too.

Blacky, why did you have to go?
Blacky, I still have your hutch
Blacky, why did you have to go?
Blacky, I miss you so much.

Iona McGregor-Nelson (12)
The Helena Romanes School & Sixth Form Centre, Great Dunmow

The Eye-Cicle

Icy-blue glass
Shielding the tender
Lids of pale brass
Flicker so slender
Snowflakes of lashes
Widen the cold
Blood scarlet slashes
Trickling bold
A sapphire-black space
Empty of thought
Reflecting the face
To whom it was caught.

Charlotte Wightwick (13)
The Helena Romanes School & Sixth Form Centre, Great Dunmow

Death Knocking At Your Door

On a cold night he will come
Knocking, knocking at your door
Yes, Death will just come knocking
Just knocking at your door.
The floorboards creak after
The knocking on your door
You lay in bed with the knocking
Ringing in your cold ears
Then again you hear the knocking
At your bedroom door
Yes, Death knocking at your bedroom door
Creak, the door was opened to the side
All was gone, no ringing in the ears
No creaking of floorboards
Nothing
On a cold night he will come
Knocking at your door
Yes, Death will just come knocking
Just knocking at your door!

Elizabeth Kelly (13)
The Helena Romanes School & Sixth Form Centre, Great Dunmow

Roald Dahl

R espected as a writer
O ld and wrinkly
A pple of his dad's eye
L oved being a chocolate tester
D ied in 1990

D ahl joined the RAF in 1939
A uthor of 19 children's books
H e had two dogs
L oved his two dogs.

Morgan Cubberley (11)
The Helena Romanes School & Sixth Form Centre, Great Dunmow

Holiday In Wales

H ere we are in the car
O ff to the campsite in Wales
L ots of lovely sights to see
I n the sun, *hopefully*
D ays like this are the best
A nd ice cream . . . *yes*
Y et to come . . . *more fun!*

I helped put the tent up but . . .
N ever put a tent up in the wind

W e saw seals
A nd dolphins too
L eaving is the worst
E veryone wants to stay, but
S adly, we have to go!

Sarah Crowley (11)
The Helena Romanes School & Sixth Form Centre, Great Dunmow

William Gallas

W ell trained at football
I s an Arsenal defender
L oves to play football
L oves to defend goal
I s a former Chelsea player
A brilliant left back
M uch needed Arsenal player

G ot exchanged for Ashley Cole
A n excellent co-operator
L ikes to play with the Arsenal team
L ikes telling people where to go
A very talented player
S tops any strikers scoring.

Isaac McHugh (11)
The Helena Romanes School & Sixth Form Centre, Great Dunmow

Our Lives

Teenagers playing out in the streets
Kids downloading on the Internet
People on planes travelling across the world
Youths chatting on mobile phones
Listening to iPods, mp3 and more.

Going out to discos
Eating in the pub
Fast food on every corner
Sweets and drinks in the newsagent
Caffeine and sugar, Coke and more.

Cigarettes and drugs from gang leaders and tramps
Gum on the floor, waiting for the bus
Making up reasons not walk and more.

Up into my room, turn on the TV
Out comes the PlayStation, what game shall I play?
Racing or shooting, sport and more.

Now to get up and pack my bag
Eat some breakfast
No time to clean my teeth
Wait for the bus and more

Line up for our tutor
What have we got first?
Science I think
I ain't done my homework
Here, copy mine, I've done more.

Conor Swainsbury (12)
The King John School, Benfleet

Southend United!

I wake up every Saturday
To see my team play
We're doing well in the league
So up the boys all the way
We got relegated last season
But we've got our heads up now
We're gonna win the cup this year
But we lost a great player, Jamal
We've got new players in
And old players out
Isn't that just what football is about?
Collis is our keeper
Clarke is out attacker
Also we've got a great defender
Who's a really good tracker
His name is Adam Barrett
And surely he's the best
Mainly when he's wearing that Southend crest
We are proud to be United
And proud to be the blues
We're on a winning streak
So hopefully we won't lose
We won against Manchester United
By our striker Freddy Eastwood
We will always remember that match
Pride and proud
Screaming from the crowd.

Adam Bass (12)
The King John School, Benfleet

Going To The Game

You wake up early Sunday morning
As the day is dawning
Ready for the time of your life
Can't wait to eat those Pukka pies.
It's a long journey there
That's the nightmare
As you make your way to your seat
There are your mates who you will meet.
We all make some noise
As we watch our boys
Goal! Southend are ahead
Lovely goal, Bailey on your head.
Half-time, we are in the lead
I know that Southend will succeed.
Now we gobble down our food
As we are winning, we're in a good mood.
Goal! This time from Leon Clark
He almost took the net out the park.
Full time! We have won
Today was such good fun.
As we jump back in the car
We head to the local bar
When we finished our drinks, we headed home
The journey seemed short as I was on the phone.

Dean Palmer (12)
The King John School, Benfleet

Expect The Unexpected

The world is like a book with no words,
So empty and clueless,
So pointless and ruthless,
It causes despair.
The world is its own nightmare!

Joel Costi-Mouyia (11)
The King John School, Benfleet

Do You Remember?

Do you remember happiness?
Do you remember no guns?
Do you remember smiling?
Do you remember no pain?

Can you feel it when someone dies?
Can you feel it when a mother cries when her baby
                              has been cast away?
At the moment we're all hypnotised.
We ask about pollution and killing, everyone says, 'No way!'

Do you remember when animals ruled the land?
Do you remember when tigers would feed and elephants
                              would bathe in the shade?

Do you remember?
I surely don't.

Where is God?
Where is help?
Where is hope?
Where is love?

I hope it's close, close enough to touch!

Braden Clarke (11)
The King John School, Benfleet

Shopping

Saturday shopping sprees
Primark's bulging bags of bargains.
Shining plastic jewels hanging from a shelf.
Claire's accessories help us keep our wealth.
Walking into Woolworths, the offers that you see,
Great deals and savings for you and me.
We smell the scent of little luxurious luxuries.
Just passing through New Look, getting hooked on the look.
Walking through the QVC store is like walking through a toilet door.
Walking home with bulging bags of bargains.

Kirsty Dyer & Melissa Turp (13)
The King John School, Benfleet

My Generation

Bullets here, bullets there, bullets flying everywhere
One knife here, one knife there, lots of knives everywhere
Dead people here, dead people there, dead people everywhere.

Lots of people are getting shot, even babies in their cots
Everyone's dying every day, everyone's being born every day,

One gang here, one gang there, gangsters everywhere
School children here, school children there, school children
everywhere

Bang!

Ryan Sinclair (12)
The King John School, Benfleet

Technology

Technology, technology has brought us things like Nintendo Wiis,
Just think, where would we be without our LCD TVs?
From PSPs to Game Boy Advance SPs,
Where would we be without technology?

Technology, technology has brought us very far,
With trains, planes and the revolutionary car.
Technology has brought us many things in the past,
As early as the Stone Age, from the first idea to the last.

Michael King (12)
The King John School, Benfleet

Netball

You hear the whistle loud and clear
You throw the ball, is it heading for a goal?
The crowd are cheering, happily and loudly waiting
for that loving moment
You see us working in the pitch
For that lovely hit, you see us here and there
The whistle goes, we're heading for that goal!

Emma Cullen (11)
The King John School, Benfleet

In The Morning

I woke up one day
The sun shining my way
I heard the birds singing
On my bed I lay.

I jumped out of bed
To find my breakfast being made
Bacon sizzling in a pan
And runny eggs on bread
Once I ate it up
I had some juice in a cup.

It was time for school
No going back now, not at all
One it finished, I couldn't wait to go home
I had my dinner, went to bed
Waiting for the new day ahead.

Emily Birnie (11)
The King John School, Benfleet

Stars

Stars are extremely shiny
Shimmering in the moonlight
There's many of them up above
All there for a reason.

Shooting stars are the best of them all
If only they were there all the time
Shimmering, shiny is their job
Making the sky look bright.

One of them is always smiling at you
It's like they all have feelings
When the sun starts to rise
Away they go to sleep.

Jessica Williams (11)
The King John School, Benfleet

My Best Friend

My friends are all different
Different in every way
One likes to be random on a daily basis
One likes to dance everywhere
And the other likes going to youth clubs with me.

They all have different interests
Like singers and rugby players
One is like a lightning rod
Landing kicks and punches
One is like a swan
Graceful and pretty
And the other is like a puppy
Kind but energetic.

Even though they sound very different
They have the same knowledge
They know when something's wrong
I go on and on
I'm probably like the Crazy Frog
Annoying and the thing that won't shut up
But you always know they're listening
I love them all so much
And they're my best friends.

Elizabeth Wisbey (13)
The King John School, Benfleet

Feelings

Feelings are like a volcano waiting to erupt,
Sometimes you're happy,
Sometimes you're not,
Sometimes you feel like a dot.

People do silly, shameful things,
Because they're angry,
Just think,
We all fit together like a little link!

Paige Kemp (12)
The King John School, Benfleet

Football

My football team
Just like a beam
Of light shining on
The footie pitch
Thinking we're
Famous, ran onto the pitch
I ran around
Passing to Holly
Then to Beth
Then it came back to me
And I scored
People diving, leaping and prancing
On your back shouting,
'Well done Liz, well done.'
Then you realise
You were not all that famous
It was just the spotlights
Sparkling on the sand of the AstroTurf.

Elizabeth Gray (12)
The King John School, Benfleet

Class 3 On A Monday

Jamie's jumping on the table
Emily's tripped over a loose cable
Mrs Smith has been tied to her chair
Jess' singing is as bad as a walrus
While Ellie's is more glorious
Charlie is reading a book
While Charlotte is learning to cook
Joe is swinging on the door
While Annie sits on the floor
Jack is hanging out the window
In runs the head and to her surprise
The children are sitting quietly
And Mrs Smith is untied.

Emmy Dixson (12)
The King John School, Benfleet

A Poem About My Sports

Football is the best
Better than the rest
Watching football gives me thrills
Players coming out to play the match
Match is here
The fans are clapping
Cheering players on.

Cricket is the best
Better than the rest
All the fans celebrating
People getting out
People batting well
The umpire calls in the game
And he says he is out.

Rugby is the best
Better than the rest
All the players scoring tries
And conversions
World Cup victory here we come.

Liam O'Rahilly (11)
The King John School, Benfleet

Dolphins

Diving, darting, dashing dolphins
Deep down in the dark blue sea
Perfect, pretty, precious creatures
Swimming gracefully amongst the fish
Giant, gentle, graceful things
Some trapped, some free, some lost, some loved
Fast, friendly, fighting for freedom
They'll find their way, they're clever creatures
Special, smiling, sparkling mammals
They're the best I think, don't you?

April Haddrell-Davison (11)
The King John School, Benfleet

Dreams

Claw, crash, clang, the thunder went bang
I hid under the duvet away from it all
This thunder was so scary
It definitely wasn't small.

I heard it ripping its way through all the clouds
The rain was plopping down, *plip-plop, plip-plop*
Suddenly the wind started churning around
It pulled and tugged, tipped over a tree, *flop!*

I started falling asleep, *zzzz, zzz, beep, beep, beep, beep*
I had woken up at the sound of my clock, *tick-tock*
Now I realise it was just a dream
I sighed a sigh of relief
And smiled a huge beam.

Jade Ford (12)
The King John School, Benfleet

A Day At The Beach

The waves gushed and crashed on the shore
A day at the beach was always for sure
The sand so soft or wet and stiff
The rocks and pebbles, smooth or rough.

Days at the beautiful blissful beach
Or days near the stormy soulless sea
Ice creams whipped with a flake on top
Or ice creams full of sand with a plop.

Horrible brothers and Dad's playing sport
Mum's sunbathing not for long, for short
Sprinting down to reach the sea
Then splash, shiver, oh not for me.

Annie Sexton (11)
The King John School, Benfleet

What's Happened To The World?

Gleaming turquoise oceans, green grassy land
And a golden ball of light and warmth staring upon the land.
I hear the songs of tweeting birds, and the swishing of the sea.
So peaceful and relaxing for you and for me!

Suddenly, a blast of anger shoots through my veins.
I come back to reality. A nasty place to be!
The wars, the crime but the racism too!
It doesn't matter what we look like, it's inside that counts!
What is happening to the world?

Why the criminal danger? And what can we do?
The world is turning into a disaster.
The happiness will soon be through!
Let's make the world a better place where happiness is free
And everyone can be,
                Glad and free!

Mollie Clark (12)
The King John School, Benfleet

London Life

Nowadays people walking round with knives
they don't understand that they're ruining people's lives
Criminals shoutin', 'You can't blame me for this
All I'm saying's can you loosen the cuffs on my wrists?'
Drunkards in London goin' underground
Wasting their lives just begging for a pound.

Thugs getting trains down to Westcliffe
Cause that's where they get the best sniff
On their way back to London kids acting like 50 Cent
Later on they all say life is well spent.

Charlie Higgon (13)
The King John School, Benfleet

The World Of Yin And Yang

The world is like the yin and yang
Whilst there's good, there's bad
You can't feel happy every day
At times you must feel sad.

The world is full of destruction
Blood and death and gore
Just when you think it's over
You always find there's more.

But everything's not all bad
In some places there's good
When everything seems black and dark
There's light beneath the hood

Although the world is yin and yang
Life can seem just a game
But what's left in life for those to come
Is made by those who came.

Kristian Fitsall (11)
The King John School, Benfleet

Colourful

Green is for grass, so bright and so soft
Blue is for the sky that surrounds us with sun and rain
Pink is for roses, so smooth and delicate
Purple is the colour of the sky, for a sunset.

Red is a colour for when you are cross
Yellow is the colour of the sun, so bright and shiny
Orange is quite a quiet colour for when you are calm
Brown is the colour of soil for planting flowers in.

Black is quite dull, so boring and plain
White is the colour of paper and some other things
These are all the colours of a beautiful rainbow!

Jessica Harvey (12)
The King John School, Benfleet

Computer Craze!

Computers, computers, who doesn't want one?
Black, white, thin or widescreen
For hours and hours
It'll keep you keen.

Now laptops for when we're on the go
Pick it up and take it anywhere
On the train, bus or down the road
You name it, you can take it there.

MSN, Myspace and music
Listen to your favourite song
And when there's nothing to do
Surf the Internet all day long.

Emailing has to be the best
Chatting to all your mates
Meeting new people
And for some finding dates.

Computers are in all teenagers' hearts
All through the nation
I think they're the best way
To remember our generation.

Rachel Marshall (14)
The King John School, Benfleet

The Country Needs To Take A U-Turn

This country needs to take a U-turn.
Back to when John Major was boss,
When Conservative party was in the lead.
What do we need troops in Iraq for?
Bush isn't our leader.
We don't do what he says.
Taxes should go back to how they were.
Hey, what has Brown done about global warming?
Haven't you heard Cameron's motto, 'Go Green with Blue'?

Joshua Chapman (12)
The King John School, Benfleet

My Generation

What do we do and what's my life about?
It can be rather straightforward . . .
But at least then there is no doubt
That the lives we lead are no fraud.

Every morning at around half-past six
My mum and me get up and eat Weetabix
I have a bath and usually play with my cat
Then my friend knocks for me to start walking and to have a chat.

We walk along slowly, but sure
Avoiding fast cars that speed along
We go to the sweet shop and open the door
There are so many sweets; the stand is two metres long!

We keep on going, knocking for our friend on the way
We have to keep reminding her though, her skirt's starting to fray.
Entering the school, we check the time till the bell
'That's OK,' we say, the boys who are late have too much hair gel.

I manage to get through the day, amazing
Art first, that was a bit boring, but fine
I had one lesson today for my singing
I don't know if I'm improving, as she gives no sign.

History second, working on the same things again
Maths third, it is such a pain.
Drama came fourth and it was really fun
Then geography last, learning about the planets, moon and sun.

The day ended after the fifth lesson
So I met my friends to walk on back home
I get home and turn on the TV; the people on air yet again
                                                      are the Beckhams
I watch some more TV and go to bed, when I'm asleep it's like
                                                      I'm in a dome.

The feeling after a good sleep is just the best
Our lives may seem simple I must confess
But it's just like in a storyboard, each frame
Is never the same!

Tilly Wilson (14)
The King John School, Benfleet

Techno World

My generation where technology is new
With mobile phones phoning from across the world
And messaging sent in a blink
They are like small satellites contacting everyone.

My generation where technology is new
With laptops playing music and games
And everything you need to know
They are God's brain in one square object.

My generation where technology is new
With iPods holding songs up to infinity
And keeping pictures and photos
They are like CD players but new and improved.

My generation where technology is new
With cameras capturing images
And they can be uploaded, downloaded, emailed and sent
They are eyes searching and looking for a photo.

Molly Banks (14)
The King John School, Benfleet

Tsunami Terror

The tsunami ripples across the water
Like a snake, small and smooth.

Then as it comes ashore
The waves rise up and thunder up the beach
Like a 15ft high bull, destroying all in its way.

Then it slides the other way
Grabbing anything that it can, taking people out to sea.

The tsunami then sends smaller waves
That completes the damage
Sweeping away people that think it's over
Then the sea calms down.

Steven Humm (13)
The King John School, Benfleet

The Kick Of Hope

World Cup qualifier 2002
One last chance from the kick of a boot
90th minute
Steven Gerrard is tripped
Edge of the box
Beckham steps up for the kick
The nation's breath froze into ice
One last goal to make the faces entice
Looking into his eyes
You have no fear
Needs the perfect touch
To make a whole country jeer.

He steps up to the ball
Spins the free kick
Straight top corner
His trademark free kick.

The country's ecstatic
The job is done
Come on England
The World Cup, here we come!

James Hall (11)
The King John School, Benfleet

My Generation

The world is like a person,
Who has gone through a lot.
The terrorists in Iraq,
Writing their master plot.
Their planes crashed into the Twin Towers.
Trying to find the bodies took thirty-six hours.
They say we will drown by 2050,
So we'll move, that is very nifty.
None of us have had a hard life.
We'll take it in as well as our strife.

Jordan Lewis (13)
The King John School, Benfleet

Judge

Why do people judge?
Is it because we care what people think of us?
Look, there is a goth
I think he is a boff
Why do we judge?
I don't know, maybe because we are stereotypical
Isn't that just typical?
Look, there is a kid in a hoodie
He could be dangerous, could he?
Why do we believe what people tell us?
Maybe because we don't like to be judged
Why do we judge?
I don't know
Do you?

Max Mingail (13)
The King John School, Benfleet

My Generation

M y life is really great.
Y oga is the best.

G et ready and make my brekkie.
E njoy the drama of football again.
N othing to do except to go to the pub.
E nglish with Mr Mecham is the best.
R emarkable England do it again.
A rmy starts to fight for the country again.
T ill we win I will not be happy again.
I mportant news every day, finding a way to put it better again.
O ut with my mates looking for dates
N ations fight on to get the country better again.

Greg Bannister
The King John School, Benfleet

A Question Of My Dream

What is it about football that interests people most?
Who knows?
What does it feel like to score at Wembley?
Who knows?
What does it feel like to score the winning goal?
Who knows?
What does it feel like to captain your team to a trophy?
Who knows?

Why is it I think 'magic boots' make you play better?
Why?
Where do I find these boots?
Where?
Maybe I already have them, but not using them to their full potential.
Who knows?

What else can I do?
Only destiny can tell.
What's the suitable option for me in life?
That's for fate to know and me to find out.
But for the time being,
Dream on . . .

Tyler Chipperfield-Brown (13)
The King John School, Benfleet

My Generation

Every person I look at, I see sadness in their eyes
Could it be the fact that they look about ten stone overweight
And looking deeply depressed about it?
Could it be the fact that the man sitting next to me at the bus station
stinking of booze
Is about to go and take it out aggressively on his family?
Look into someone's eyes, even if they are laughing
You will always either see pain, fear or guilt deep within them.

Beth Campbell (12)
The King John School, Benfleet

Global Pressure

People take us for a mess
Always say we should look our best
But we should act like kids . . .

People say we should grow up
But we know different . . .

iPods are the new revolution in music
Wireless is the future
Don't use cars unless you have to . . .

Twin Towers was a shame
But we have Al Qaeda to blame

The war in Iraq is like a bird waiting to be free
Global warming is a time bomb waiting to go off . . .

The pressure is on us to try and fix things
But we can't, it's already happened . . .

James Allen (13)
The King John School, Benfleet

The Day The Planes Came

How can people in this world
Become and live so twisted?
The bitter truth will lie before
The generation that is listed.

To live and lie without a word,
We'll all find out one day:
The towers smoke, scream and burn,
That's why the planes came

The rotten debris left,
With passing worry, pain and sorrow:
That empty space that takes its place,
Will be again tomorrow.

Sam Fink (11)
The King John School, Benfleet

My Team

Arsenal are the best
Better than the rest
Top of the league, that's the way it is
No other team can't beat us

All the other teams are finding us tough
Getting annoyed and getting rough
Even the managers are having a puff
We're just too good for them, just give up!

Arsenal, what a home win
7-0 get in!
Theo Walcott, what a game!
Putting Prague to shame.

Arsenal are the best
Standing above all the rest.

Adrian Pettitt (13)
The King John School, Benfleet

Southend Pier

In the one and only heart of Southend,
Mile and three quarters, the landmark is here,
It's so long it seems like it never ends,
It's famous for being the longest pier,
'Come and see me and enjoy the sea air,
I'm one hundred and twenty-four years old.
I've seen the first war, without any care,
I have been burnt down, yet I'm big and bold.'
The waves always shout for being bullied,
'I have staff to stop me becoming dusty,
A great place for exercise if you need,
My planks of wood are wobbly and rusty,
The sun shines down on me, like he loves me,
I'm here for you, an invite is not key.'

Gemma Reeve (12)
The King John School, Benfleet

African Animals

Lions and tigers in their packs,
Searching the African forests,
Big, powerful cats,
Scary, amazing, massive.

Tall, long giraffes,
Stretching to the tall trees,
Grabbing the fresh leaves,
Running free.

Heavy giant rhinos,
Chasing the Rangers and their jeeps,
Stamping, running fiercely,
Along the acres of African deserts.

Being a good nature to you,
Showing off their homes,
Enjoying your company,
You get the best treatment.

Lauren Morrissey (14)
The King John School, Benfleet

Technology

T echnology controls the houses,
E ach and every one has a different job,
C hildren use technology for everything in life,
H ouses are being taken over,
N ot by adults,
O r by children,
L ots of businesses are the things,
O range, black or multicoloured,
G reed for more will get you nothing,
Y ou're helping it take over!

Jamie Lennox (13)
The King John School, Benfleet

Human Nature

The world is breaking into war
Terrorists against the law
Showing their views
Making the news
People being killed

The world is slowly exploding
The time is slowly going
Fire and death
A bloody mess
Lives being culled

The world is forever ringing
Ambulances always bringing
Life back from death
Sorting out the mess
Lives being saved

Life should be praised!

Alex Nash (13)
The King John School, Benfleet

Talking 'Bout My Generation

Humanity is at war.
Terrorists killing everyone.
Don't know what it's for.
Dying under the sun.

Hundreds died at 9/11
When they crashed a plane.
More died at 7/7
When they blew up a train.

The world must live in fear
Afraid for their daughters and sons.
The end of the world is near
Oh, what have we done?

Dominic Allen (14)
The King John School, Benfleet

Talkin' 'Bout My Generation

People killing
People dying
Children hurt
And I'm crying
Help us
Save us!

There is no love
But a lot of war
No peace
No love
Help us
Save us!

All I need
All I want
Is you, me
And my family
Give us hope
Give us love
And somehow
Some way
We can stop this now!

Taylor Wahl (12)
The King John School, Benfleet

Fred

A hawk is hovering near the ground
When suddenly he hears a sound
The hawk is waiting for his prey
To try and hurry and run away
The hawk sees the rat and down he swoops
He grabs the prey and flies away
The rat is dead, the hawk is fed
And that's the end of poor old Fred.

Robert Huntley (11)
The King John School, Benfleet

My Day

Get up every morning, oh no, I'm late!
Missed the bus, oh that's great!

I finally get to school
See my friends, they're so cool!

First lesson German, then history
I forgot my homework, detention for me.

At break time chavs call me names
Like the fat dirty emo or Amii Hussein.

Third lesson science, then RE
Got caught talking, the teacher hates me.

Lunchtime is the best part of the day
But the time just seems to fade away.

Last lesson music, we are studying reggae
It's funny listening to the music the teacher plays.

The bell goes, everyone rushes out of class.
I look in my pockets, can't find my bus pass!

Asked all my friends for some cash
Now I've got enough money, to the bus I dash!

Finally at home, I found my way
That's the end of my day.

Amy Playfair (12)
The King John School, Benfleet

The World Now - Haiku

The world is kind now,
And it is very peaceful,
It won't stay for long.

Kirsty Palmer (11)
The King John School, Benfleet

Rob

He may not be in front of me
But he is always in my heart
I know that he can see me
We will never drift apart

He's always there to guide me
Through ups and downs in life
Every time I look I see
His children and his wife

His children were so young
They may not always remember him
As smiles and as hearts
He will always stay with them

Rob's children are now seven and four
His wife will never forget
All her special memories
Within her heart are kept

Three years have passed by now
Since Rob was taken from us
Thirty-four was so young
I wish he were still with us.

Elias Dellas (11)
The King John School, Benfleet

My Love Of Music

Music is like the life and soul of the world,
It is transmitted satellite to satellite,
Music brings people together,
Like love at first sight,
If you didn't like music before,
Once you have read this poem,
You just might!

Callum Roberts (13)
The King John School, Benfleet

Celebrity Poem

Celebrities love make-up,
They have all the luck;

When they become size zero,
People look up to them like a hero;

Their house is full of jewels and clothes,
Whenever you see them they give a pose;

They go out with all their friends,
For a fabulous night out in the West End;

They're seen in all the mags,
In all posh clothes, never rags;

Children look up to them as icons,
Even when they're found jumping in the River Zigons;

They're seen with all the hot boys,
They use them like their little day toys.

Chloe Taylor (13) & Stacey Curtis (14)
The King John School, Benfleet

Life Today

Life seems to be all about work and school,
These chores take up all the day,
There isn't much time left to relax and play.

Our planet is slowly being destroyed,
Global warming changing the Earth,
It really couldn't get much worse.

Why can't people just get along with life?
Too many countries are at war
Making people hungry, homeless and poor.

Katie Vickers (12)
The King John School, Benfleet

My Life!

Screaming as I came alive
Life flew by till the age of five
Then at five I went to school
Where all I did was sit and drool.

Living in Shoebury till I was six
Then all of a sudden, moved further down Essex
Big house, nice and cosy
People walked past being nosy.

Years went by, Mum, then sister walked out
I had no clue what it was about
Dad remarried to a girl named Ang
Then I found she moved in from Vang.

Dad got moved up in his job
No longer acting like a slob
Lots more money coming in
But the lottery we would still love to win!

Zoe Chaney (14)
The King John School, Benfleet

Talkin' 'Bout My Generation - Fashion

Louis Vuitton, Gucci, Chanel and Dior,
These words mean so much to people,
Models act like they're doing a chore,
But really it's their life.

The catwalk is another word for death,
Bulimia, anorexia, they have to be size zero,
The pressures making them all take meth,
Making themselves sick.

We say we're against all this,
But we still follow fashion,
Buying magazines like Vogue or Bliss,
We can't change this industry.

Vanessa Tracey (13)
The King John School, Benfleet

Big Brother

Big Brother
In da house
Singing all day
Hey, hey, hey!

Screaming as I go inside,
There is no way I can hide
As I walk in da house
All I can see is the person who looks like a mouse.

As I wake up, it's day one,
I have gotta put some clothes on and have some fun,
The first day with my new housemates.

Lunchtime in the house,
Have some food,
And chill out.

Late at night,
Having some fun,
Going to bed all night long.

Friday night,
Eviction night,
Don't want anyone to go,
Everybody has become my mates you know.

Thomas Fullarton & Louis Baucutt (13)
The King John School, Benfleet

Dancing . . .

Dancing is fun, I really enjoy it.
It's exciting and you meet up with your friends.
Dancing is magical.
When you dance you can feel the air blowing on your face!
Dancing is the best, you have tap, modern, jazz, ballet,
                                              and many more.

Rachel Roberts (11)
The King John School, Benfleet

Lakeside

I shop at Lakeside to get things I need,
There are so many legs, it's a stampede.
People come here to work, shop or eat,
It's like a millipede with all the feet.
I hear talking and babies crying too,
And I see thieves and the bad things they do.
I can see trainer shops like JJB,
These are the kinds of shops that attract me.
Lakeside has been open for many years,
To some old people it might bring tears.
If Lakeside could talk I think it would say,
'Please come and shop at Lakeside today!'
Oh how I just love to shop at Lakeside,
It always fills me with happiness and pride.

Role Adeosun (13)
The King John School, Benfleet

Lakeside

At the time you enter this lovely place,
You discover the fun that makes you smile,
After driving around to find a space,
It makes the waiting time seem so worthwhile.
These wonderful stores hold so much treasure,
So many shops but just one pair of feet!
This addiction brings me so much pleasure,
And not even knowing whom I might meet.
This building holds the key to all my sins,
Only this stone creature knows what I've spent,
Receipts, the evidence thrown in the bins,
I return home, my purse having taken a dent.
Tiring business for bargain hunters,
I recharge, then again, become one of the punters.

Bethany Arter (13)
The King John School, Benfleet

Three Terrible Tragedies

When Diana crashed in France,
No one felt the need to dance.
Henri Paul drove the Mercedes,
The model was an S280.

As I watched 9/11
Burnt souls left for Heaven
Terrorists caused massive trouble
As the World Trade Center was reduced to rubble.

As I pulled on my mac
On TV I saw Iraq
And suddenly I saw
The start of a long war!

Cosy Coppillie (11)
The King John School, Benfleet

Untitled

My generation is not all that
People bombing stations and kids getting fat
A problem called global warming
And now the Twin Towers have fallen
Saddam Hussein is now dead
But people are still not being fed
Madeleine McCann is missing
Now the same sexes are kissing
Women have more rights
However, countries still have fights
Queen Elizabeth II is still alive
The tsunami took so many lives.

Jarrett Banks (13)
The King John School, Benfleet

The Life I Have

I'm fed up
That I'm allergic to nuts
Always having to read labels
My cousins get all the choc
And I always feel left out.

I always try to have a brave face
But I always get tears in my eyes
My stomach starts to hurt
And I feel all sicky.

I don't know why
But I start to get jealous
Watching them crunch and chew
But all I really want
Is to have some too.

I wish one day
That I too
Can have the same food
As my cousins do.

Gemma Ford (11)
The King John School, Benfleet

A Way To Remember My Generation

The world today is very unfair,
Not many people seem to care.
Terrorism is happening every day,
Killing people, taking their lives away.
Pollution spreads across the world,
There are not many differences between boys and girls.
Technology is now more advanced,
Giving shop owners a good chance.
Teenage kids destroy our creations,
This is not a good way to remember our generation!

Forrest Kerry (13)
The King John School, Benfleet

Heaven 9/11

The girl had her hair tied in a ponytail.
She put her best pink and blue dress on.
Her mummy tried to convince her to stay home, 'It's best we don't
go in today!'
But she ignored her mum, she put her shoes on and they walked
to school
There was a family day there
And this little girl had only a mummy to take.
She had to go and tell her fellow peers about a daddy she never sees,
a daddy who never calls
As they arrived, mummies and daddies were lined up in the hall
And children waiting impatiently to introduce their family.
After a few minutes the little girl was called.
'Where's that girl's daddy?' called a boy from near the back.
The comment did not stop her.
She stood on the stage, hands behind her back and looked at the
teacher who told her to go on.
'My daddy couldn't be here today because he lives too far away
but my mummy is here with me in the crowd of these wonderful families
you all have.
You see, my daddy was a fireman and he died six years ago
when I was only two and Americans were taught to fear.
He bought my mummy flowers and we shared an ice cream
in a cone, he held my hand and we went for walks and he carried me
if my feet got sore but when I close my eyes I see him here with me.'
The little girl closed her eyes and in amazement so did the crowd
of happy families.
She cleared her throat and loudly said, 'I miss you Daddy,
everything I do reminds me of you. You're my shooting star
and I miss you so much!
The audience all rose to their feet and clapped the little girl with tears
running down her cheeks; the girl smiled and walked off the stage.

Zoe Holt (12)
The King John School, Benfleet

One World, One War, One Man

There are people on a plane,
Happy as can be.
Next thing they know, a man has a gun!
The passengers are only coming home after having fun.

In a building not so far away,
Men and women are working, earning a year's pay.
People on computers, people on the phone.
Next thing they know, in flies a plane, like a fist knocking
                                                                       down a tower.
Ladies run around screaming, men in mild anger.

Towers strong and true,
Crumble into nothing, not making way for something new.
President Bush goes on TV and says four fatal words,
'We are at war!'
To this day men and women go to Iraq fighting for their country.
Thanks to them, they will save you and me.

Sam Cracknell (13)
The King John School, Benfleet

Why?

Why do men go to war when they know they might die?
Why do people live near volcanoes when they know
                                                      they might erupt?
Why do people refuse to move areas when they know
                                         a bad thing is going to happen?
Why do people want to kill themselves and hurt their loved ones?
Why don't people care about things like global warming?
Why are some people wealthy while other people live on the streets?
Why do children bully other children?

    When we have everything
                        Why aren't we
                                     Happy?

Sophie Pepper (12)
The King John School, Benfleet

My Hobbies

We're coming up to the World Cup Final
All the players nervous
Mathew Tate like a venomous snake
Jonny Wilkinson, what a kick!
It flew through the two white sticks.

Arsenal is top of the league
Leigh Ramblers not so good
Adebayor, 7 in 7
Me, well, 5 in 11
Let's hope Leigh Ramblers aren't so poor

Ricky Hatton won the fight
Don't know why Tyson bites
John Kalzagy, ready and steady
Boxing Championship
Let's give it a hit.

Henry Brickwood (11)
The King John School, Benfleet

Environmental Disaster

Pollution, pollution, stop it now,
Destroying our sea, no swimming now,
Environmental disaster!

Animals dying, becoming extinct,
We must stop it now,
Environmental disaster!

Illegal pet trade getting too big,
Killing mothers for their kids,
Environmental disaster!

Greenhouse effect destroying the ozone layer,
Stop it now or we'll be killed,
Environmental disaster!

James Rider (12)
The King John School, Benfleet

We Have Changed

Imagination has grown,
Caves to buildings,
Grunts to words,
Surviving to loving,
We have changed,
But for the better?

We have discovered
How we became.
Secrets that unfold,
Horrors engulfing us,
We have changed
And uncovered the past.

Some of us destroy,
Bombs and guns,
Cars and factories,
Fists and feet,
We have changed
And lost all love.

We have changed,
Did we come for good
Or was it an accident?
One day a disaster will come,
Huge and dangerous,
We will give up.
We have changed for better,
Or worse?

Robyn Nightingale (12)
The King John School, Benfleet

Frustration Fed

The poem I can't write,
The poem I don't want to write,
Death, destruction, war, crime,
You can think of another line.

The verses are like curses,
Curse the blessed verses,
Father, Son and Holy Ghost,
Famine fed with a slice of toast.

Haiku, ballad, limerick and ode,
Words twisted, young and old,
Technology solving/causing chaos,
You, me, our planet, save us.

Syllables, similes, personification,
Innuendo, clichés, alliteration,
Degradation, social decay,
What's it all for anyway?

Faye Shillibeer (13)
The King John School, Benfleet

Why?

Why is everyone filled with hatred?
Why is the world at war?
Why are people sad?
Why is there pollution?
Why are there tsunamis?
Why is black known to death?
Why are there bombs?
Why is red known to love?
Why do people find it hard to have fun?
Why is the world the way it is?
Why?

Rianna Hart (14)
The King John School, Benfleet

This And That

Britney, oops, you did it again
Your drug-fuelled days have caused you such pain
You shaved off your hair and lost both your sons
And now you can't see them, so much for good mums!

Ben Needham, Madeleine McCann
Will your child be next? Imagine if you can
The tears and the worry, the hurt and the pain
But in this evil world, it will happen again

Growing up in a world where ASBOs are the norm
Where government promises educational reform
Spray-painted walls and swearing teens
But we're not always about such terrible things

From computers, music and technology
To saving lives with biology
Always moving on to better things
Well, who can know what tomorrow brings?

Laura Stratton (12)
The King John School, Benfleet

The Forgotten Plane . . .

A normal journey
But then the unworthy
Tried to take over the plane
Just out to get some fame.

But the Americans fought back
Fed up with all this attack!
But in the end
It was all in vain!

Maria Lock (13)
The King John School, Benfleet

Still Something Within Me

I feel like life is so unreal,
Why is life so unfair?
I was in Heaven when I was a kid,
My mum and dad were very rich,
But now there is nothing there.

My house was very big with glass that looked like ice,
When you walked through the door,
The servants, they were there,
A swimming pool out the back,
And a library up the stairs.

But now my life is nothing,
I have no house or anywhere to live,
Cold water, that is all I get and food is very rare,
I have no friends or family to care for me, old or young, fat or thin,
And yet, for a homeless wreck, something still burns within!

Claudia Brown (11)
The King John School, Benfleet

The World

The world is a huge place,
Inhabited by the human race,
And you are just one face,

The world is growing very fast,
With buildings, flowers, trees and grass,

But there are people with guns and knives
Who take innocent people's lives,

I think the world will overload,
And possibly it might explode!

James Marshall (12)
The King John School, Benfleet

Lakeside Shopping Centre

Shopaholics spending, strangers walking,
Everyone around you is just talking,
Lakeside has many different kinds of shops,
People buying trousers, skirts, shoes and tops.

New Look, Bay Trading and Pilot are great,
It's an idea to meet up with your mates,
Maybe stop to get some food on the way,
'Can I take your order please?' they all say,

Electronic shops are open as well,
Play new games, listen to music, it's swell,
Sit on the bench to have a little break,
The smell of sausage rolls just freshly baked,

Lakeside is fun, a good day out,
You can never go to a bad shop, I doubt!

Jordanne Burnett (12)
The King John School, Benfleet

How The Earth Has Changed For Good And Bad

The dark side of the Earth today,
Just really will not go away.
Pollution ruins our clean air,
And terrorism's still out there.

The world today has changed so much,
We used to struggle to find lunch.
We used to swing from tall oak trees,
Until that fateful massive freeze.

Jake Adams (11)
The King John School, Benfleet

Old Trafford

The 'Theatre of Dreams' as it is well known,
People singing like they've never been home,
All you can see are thousands of red shirts,
So all of the players must be alert.

Most of our players are very famous,
All of our players, like Scholes, are tameless,
Players like Wayne Rooney and Ronaldo,
Are always ready and waiting to go.

98 and it's still standing tall,
Like a magnificent, grand, great old hall,
You hear singing, swearing and loads of boos,
Which makes you think, *I do not want to lose!*

76,000, I could hold more,
I'm Old Trafford, Man U's my team, my core!

Daniel McIntyre (12)
The King John School, Benfleet

Parents

Parents are really odd
They have different attitudes that change
One stage, they're like a comfortable cuddly toy
Then they are really horrible
We do something that really isn't bad
Not cleaning your teeth, and then they shout at you
It changes your attitude
You can't really help yourself
You shout at them
Then you're in even bigger trouble.

Christian Estall (11)
The King John School, Benfleet

Technoworld

I'm woken up by the alarm on my phone,
Bleep, bleep, the first thing I hear.
I go to school and the work is on the interactive whiteboard.
I go out onto the playground,
All you see are people listening to music,
Earphones screwed into their ears.
Boom, boom, is all you hear.

Everyone, everywhere, has a car, driven all the time,
No more walking, no more biking,
Technology is taking over.

I come out of the school gates,
It's like a rule,
Everyone puts their iPods on and pops in their earphones,
Planes are flying across the sky,
Cars are speeding along the road.

The world is like a giant computer,
Always on and never off.
So much energy being lost,
Pollution in the air.

Jessica Johnson (12)
The King John School, Benfleet

My Generation

My generation is so cool,
But others think it's cruel,
People think it's not good,
But they're just misunderstood.
In my generation there are explosions and tsunamis,
Not just wars and massive armies.
Summer's now as hot as the sun,
Winter's cold but is still fun.
Today the technology is so great,
Not an old stereo, that's so late!

Lewis Saye (11)
The King John School, Benfleet

The Generation

The generation of today is getting worse and worse.
They are bombing all across the world, why?
Young teenagers are growing up too fast.
They are wearing hoodies, drinking at only 12 and 13 years old.
They are clubbing and they are behaving like animals.

We are going to suffer in life.
We have already got pollution and bombing.
Why? What is the world doing these days?

Why are young kids on phones and consoles all the time?
That is what is using up all the electricity and wasting all our money.

The days today should be like the olden days.
There were no bombs, no Game Boy. No gangsters, no wars
So why now? Why has it all changed?

Paris Laver-Smith (12)
The King John School, Benfleet

My Generation

In my generation there is technology like computers and televisions,
In my generation we have mobile phones and iPods,
In my generation we have robots,
In my generation there is the internet and video games
In my generation when we press our phone numbers,
They make a beeping sound like a car's horn.
In my generation we have electricity like lightning.
In my generation we have to live in a polluted world,
In my generation we have explosions and crashes like 9/11,
In my generation there are terrorists and bombs,
In my generation there is war!

William Childs (11)
The King John School, Benfleet

My Generation

Teenagers, teenagers everywhere,
Swearing all the time, spitting everywhere.
They always pick on everyone and steal their lunch money too.
Try to be hard all the time.
Try to be cool as gangsters but they're really not.

Mobile phones everywhere, wave your hands up in the air.
PS3s, Nintendo Wiis, games consoles for everyone.
They're really cool, they're really fun.
Lots of games for *everyone.*

Pollution, pollution everywhere.
Pollutes the environment as well as the air.
The ozone layer needs a rest from all those cigarettes.
Car fumes here, chimney fumes there,
Pollution, pollution everywhere.

Charlie Bates (11)
The King John School, Benfleet

Lakeside

Glowing lights, crowds of people, shopping bags.
Colourful posters on all shop windows.
Go to a shop and buy a fashion mag.
Walk into a shop and have your mind blown.
Designer labels, expensive and cheap.
So much to be chosen, tops, skirts and shoes.
By the time you're at home, you'll have a heap.
Shopping deserves thumbs up, no frowns or boos.
Remember to pay the car parking fee.
Mascara and lipgloss, hairspray and all.
These shops were made here for you and me.
Your purse and your money are the main tool.
Wear what you like and create your own style.
After that you will want to run a mile!

Grace Davies (12)
The King John School, Benfleet

My Life, My Generation

My generation, my age group,
We are the technology age where computers are new,
iPods are singing and mobiles are talking away,
Everyone's on computers or playing on a PS1/2/3,
Having fun is now happening,
Being cool and how you look
Is a major lifestyle now.

Children are getting bullied and hurt,
Going home crying, sad from school,
The way you look or how you dress,
Can cause such nasty things,
Why should we get the blame?
It's not our fault, some are kind.

Parties and drinking seem to get younger,
Hoodies and smoking and drugs,
What has come to this world? Why can't it stop?
People will die younger and be overweight.
Our generation is like wild animals.

If we change our world,
And the way we live,
With no smoking and drinking for kids so young,
With all countries at peace,
What a better world it would be, just think!

Ellie Jones (11)
The King John School, Benfleet

My Generation

In our generation people say our life is babyish, rude and naughty.
Our world is like a big joke book.
All the toys, the games, the stuff we took.
Will we suffer from the pollution and politics you guys have made?
Schoolwork, detention, people nagging.

In our generation we don't do adult things.
We wilt, work, wonder and win.
Animals and things we love are slowly going, departing from us.

Adult technology is gradually passing. *Hooray* for us, *hooray* for kids.
Young people are dying, they say goodbye, their heart dies with them.
This because of pollution, politics and people controlling us.

I'm sad to say, people, this is *real life*.

Montana Clarke (11)
The King John School, Benfleet

Troubled Times

You've got people that can't earn 50 pence
And people like 50 Cents
There are soldiers fighting in Iraq
And people that are lying in a park.
There are terrorists bombing the Twin Towers
And in England there are lots of showers.
You've got TV programmes like EastEnders and Big Brother
That really annoy my grandmother.
There are lots of people who waste money
Which is not very funny.
There are bands like the 'Pussycat Dolls'
And there are icebergs melting at the poles.
      This is our generation

Emma Braggs (12)
The King John School, Benfleet

My Generation

Technology is forever improving,
It is wherever I go.
Teenagers can use it easily,
They know everything there is to know.

The technology is killing the world,
Slowly dying away.
We need to start saving it,
Starting now, today!

War has taken over,
It's like a swarming plague.
We need to help the soldiers,
To get the people saved.

People are too lazy,
They will only drive a car.
They need to take up walking,
Or the world won't get very far!

Lauren Pawsey (12)
The King John School, Benfleet

Terrible TV

On telly all you will see
Are cartoons and teatime TV.

One programme is Big Brother.
That always annoys my mother.

You also have EastEnders and Coronation Street,
Or a film (what a treat!).

People watch TV all day long,
Every second, minute, hour, it's wrong!

They could be playing lots of sports,
Football and hockey in PE shorts.

But instead they watch brain-dead TV.
That's all in my century!

Elysia James (13)
The King John School, Benfleet

Reflection Of An Era

My generation is unique to me,
With many issues in the news.
Growing up with terrorism,
Coping with other people's views.

Gun crime in London,
And in New York,
With trains and planes,
Less people walk.

Wars have the population
Shaking like leaves.
While shopkeepers deal with
Hundreds of thieves.

Skyscrapers tower,
Engulfing a city,
We're destroying our planet,
What a pity.

Pollution chokes out
Masses of smog.
And lumberjacks chop down
Thousands of logs.

Forests are disappearing,
Acres every minute.
Our population is growing,
It's reached its limit.

But it's not all bad,
You'll be pleased to know.
With millions of discoveries,
Relieving people of woe.

My generation has good and bad,
After all, nothing is perfect.
If we all come together and make peace,
All our lives will be worth it.

Kate Box (13)
The King John School, Benfleet

What My Generation Deals With

My generation goes against the law,
My generation is influenced by war,
My generation have speakers in their ears,
My generation has no fear.

Bang! With lives being lost with a shot of a gun,
Whilst my generation messes around and has fun,
With the world concerned about the energy they use,
Whilst my generation don't think they can choose.

My generation strolls around the streets in the dark,
In hoodies and trackie bottoms making a mark,
Violence has taken over their youthful young minds,
Never stopping to think how to be kind.

My generation sits at a computer all day,
When asked how they are, they reply, 'Go away!'
Technology has influenced my generation so much,
iPods and laptops make them out of touch.

However, some of my generation are sweet and nice,
Never thinking of fighting, not thinking twice,
My generation has so much to say,
Their views on the world are just thrown away.

Growing up can be tough which makes it hard to live,
Nobody understands how much my generation has to deal with!

Ella Glazier (12)
The King John School, Benfleet

Pollution - Haiku

Horrid pollution,
Bad for the environment,
Big factories make it.

Reece Jones (11)
The King John School, Benfleet

The 21st Century

As the world is being abused,
Nothing is being done,
More rubbish is being dumped,
And buried like bones.

Coal is running out,
Oil as well,
With no solution being found,
Wind and water is the way to go.

As the Twin Towers fall,
Thousands perish,
The Pentagon also hit,
America's heart is damaged.

Iraq is invaded,
Hundreds sent abroad,
More are dying,
In the Great War.

Christopher Dunn (13)
The King John School, Benfleet

My Generation

iPods, phones, computers and telly
Terrifying killings, murderous wars, pollution and global warming
All this is in my generation.

Brothers, sisters, mums and dads
Christmas dinners and takeaway nights
All this is in my family generation.

School, detention, boring lessons
Break times, lunchtimes and seeing friends
This is all in my school generation.

Wars, crimes and bombing towers
Police, ambulance and fire brigade
This is all in my worldwide generation.

Ellie Dobbyn (12)
The King John School, Benfleet

My Life In The 21st Century

I look out of the window at the polluted campsites
And wonder what has become of us,
All I see are piles of rubbish
And sometimes I wonder who we are,
And could there be someone to change this.

We could all have lived the better life,
If we rewound, just before Christ,
We could change the world from what it has become,
And stop this nonsense one for one,
We could stop the pollution and make the world fresh,
Keep it clean,
And build its nest,
To keep its structure,
Shape and style,
So it's nice for others to use in denial.

The technology is out of control,
And soon enough we'll be robots, you know!
We've all got computers and mobiles for fun,
And we'll soon wish they were roasted right in the sun.

Lucy Jarvis (11)
The King John School, Benfleet

My Generation

Technology is changing my life,
As I get older there is more technology,
The computers are getting more high-tech,
The more technology there is,
The better the world will be.

The world is slowly dying,
As more planes are flying.
More people are using cars,
As more of the world is getting scars.

Connor Selwood (12)
The King John School, Benfleet

Talkin' 'Bout My Generation

The Changing World

Our world is changing.
It's slowly being destroyed.

We do not realise.
Changes are not obvious.

To us it's not clear
But it's right in front of us.

Our cars, buses, planes.
All causes of pollution.

Why don't we stop it?
We are killing our own world!

The war in Iraq.
First war on terrorism.

People are fighting.
The innocent lives are lost.

But it's not all bad.
New inventions every day.

iPods and phones too,
Portable and wireless.

Our world is brand new.
This technology, it's great.

Life is worth living.
Each separate day to the full.

We are not perfect.
If we were to stop and stand.

Correct our mistakes.
The world could be a better place!

Emily Milne (13)
The King John School, Benfleet

Guns, Crime And War

Bang!
Bang!
Another life has gone,
Get away from me!
Get away from me!
Bang!
Bang!
Another life has gone.

War is everywhere,
In the streets,
In the dark,
In the schools,
In the park,
But most of all, the war is there,
Over there,
Over there,
Where?
Everywhere.

Crash!
Crash!
The Twin Towers have gone,
Screams everywhere,
People dead,
The terrorists should have guilt in the back of their heads,
Crash!
Crash!
The Earth is dead,
Crash!
Crash!
My generation is no more.

Jack Giles (12)
The King John School, Benfleet

Me

Wake up in the morning,
A new day dawning,
Shovel down my breakfast,
Run out the door,
That's my generation!

The school food, it's vile!
And where is the Nile?
Catch the bus home,
Chat on MSN,
That's my generation!

Dinner's something 'n' chips,
Dance to my iPod and shake those hips,
Up 'til ten doing homework,
Dad comes in as I go to bed,
That's my generation!

Bam go the Twin Towers,
Where's Superman with his powers?
Police being called to a shooting,
Too much pollution,
That's my generation!

Abby Catmull (12)
The King John School, Benfleet

Why Hate?

Guns, fighting, army, war,
All these people should be behind bars,
Shouting, screaming, ranting and raging,
Why can't the world be peaceful for once?

People running as fast as cheetahs,
Just to get out of the horrible nightmare,
This world was made for love and peace,
Not destruction and hate!

Mollie Bolton (12)
The King John School, Benfleet

My Generation

My generation is iPods, youngsters, mobile phones,
My generation can be fun,
But can also be hard,
This is my generation.

My generation is terrorists, destruction, bullying,
My generation has war and horror,
Racists ruin people's lives and my generation,
This is my generation.

My generation is happiness, fun, joy,
My generation has elation and thrills,
Family and friends make my generation the best,
This is my generation.

My generation never gets listened to,
My generation isn't fair,
We don't get treated as we like,
This is my generation.

My generation gets glum and grey,
My generation is a tsunami wreaking havoc,
My generation laughs at the face of kindness,
This is my generation.

James O'Halloran (11)
The King John School, Benfleet

The Border

I stand on the border of good and bad
On one side I see despair, I hear screaming
And I cringe.
On the other side I see hope, I feel love and I laugh
I stand on the border of good and bad
Oh how that makes me happy and sad!

Kane Turner (11)
The King John School, Benfleet

Dad, Mum And Everyone

This is my dad,
What can I say?
Goes in the gym every day,
He's always been a fitness freak,
Surprised his bones ain't gone weak.

This is my mum,
What can I say?
Sits on the computer all day,
Cooks us dinner, scoring is low,
Manky old veg and cold potato,
The problem is she really can't cook,
If we tell her, she'll give us a look.

These are my brothers, Sam and Dan,
Always annoy me as much as they can,
Always argue, scream and shout,
Until the point Dad locks them out.

Archie, our dog, is playful and small,
Always lively, his energy is full.

Now you've heard a thing or two,
And now it's time to hear about you!

Clara Rail (13)
The King John School, Benfleet

He's Not The One . . .

Girls crying over boys,
What's the point when they're treated like toys?
Always stressing about their weight,
Just to get the perfect date.
Yet that boy always turns up late,
He doesn't care, it's just not fair.
Then when he finally turns up, he looks handsome and neat,
So of course she falls straight to his feet.
And if she thinks he'll last a lifetime,
She's wrong as he doesn't want to be her valentine.

Lisa Street (12)
The King John School, Benfleet

Beware, Blaze To The End

Standing in a crowd of thousands
Silently a man slips away.

Beware, beware

Seconds later, rocks shower down,
Cover me in dust and thick cloud.

Beware, beware

Orange flames sizzle through the sky
Like a raging volcano.

Beware, beware

Within, the fire spits and hisses
The world is drowned in darkness.

Beware, beware

I am absorbed into thick choking smoke
Dissolving me into nothing . . .

Almost years later the smoke lifts
Where I was born has been destroyed.

Nothing.

Deserted.

A forever flowing river of dead space.

Beware, beware

You could be next!

Alice Weightman (12)
The King John School, Benfleet

The World Around

The world has now developed
Into a different place,
For teenagers like us,
With different types of race.

Some black,
Some white,
Some fat,
Some thin.

It does not matter,
What colour skin,
We're all the same,
In no way different.

People being racist,
It isn't very clever,
Cos when they look back,
They will regret what they've done forever.

You get those gangs,
There in the streets,
They are like a herd,
Stamping on people's feet.

Stabbing with knives,
Shooting with guns,
The smack and the thud
As the murderers run!

Yanoula Dellas (12)
The King John School, Benfleet

Music Time

IPods are so brilliant
You can listen to them on the move
Make up a dance
Have a jog
Do anything you want
It will always cheer you up

Radios are so brilliant
You can listen to them in the car
If the traffic is moving like a snail
The radio will always cheer you up

CDs are so brilliant
You can listen to them in your bedroom
Dance, sing, do anything you like
As long as it makes you . . .
Happy!

Tamar Butten (12)
The King John School, Benfleet

Slowly Getting Better!

Our world is slowly dying down,
Creating a frown.

It's a big problem with pollution,
But we can make a solution.

We can do it by recycling,
And start with cycling.

With a crash of a can,
And a bang of a bottle.

With your heart,
Can you find a part
To make this work for us?

Billie Hopkins (13)
The King John School, Benfleet

Off I Go

Fish that jump,
But never fall,
Dive in soundless,
Without a splash.

Off I go on my great adventure,
Rudder straight, sail set,
Duck under the boom,
And off I go.

Fins that break the top of the surface,
A water fountain that splurts out,
I dry my face,
And tag along.

Amazing sights you've never seen,
The skies are bright, bright blue,
The crystal water ripples softly,
Off I go, off I go.

Samantha Warren (13)
The King John School, Benfleet

Raging Sea

The raging sea crashes against walls,
as all the buildings constantly fall,
depression and death are the things going on,
emotionally horrid for some.

Erratically scary waves coming down,
whatever has caused this must have frowned
concentrating on not to get hit,
must be awkward just a little bit.

Weird odd things have happened today,
that will never be forgotten ever again.

Matthew Pryce (12)
The King John School, Benfleet

Living With Dyslexia

Eyes that don't see,
Ears that don't hear,
Voices that don't make a sound,
Sweet soft scents that can't be smelt,
And words that can't be written down.

Moving a hand which isn't yours,
Fingertips weave witchcraft through every word,
Letters edge, creep and crawl,
Causing such anguish.

Can't find the words you want to say,
Enchanted spells,
Invisible ropes,
And no one can help.

Hard to explain,
So hard to understand,
Impossible to control,
A tormented puppet on a string.

Like a monster inside,
Waiting . . . waiting . . . waiting,
Devouring every syllable,
Engulfing . . . engulfing . . . engulfing.

Eyes that don't see,
Ears that don't hear,
Voices that don't make a sound,
Sweet soft scents that can't be smelt,
And words that can't be written down.

Charleigh Elgar (13)
The King John School, Benfleet

My Magic Box
(Inspired by 'Magic Box' by Kit Wright)

I shall put in my magic box . . .
The tail of a horse galloping over the Himalayas
The teeth of a crocodile gliding in a swamp.

I shall put in my box . . .
The eyes of a bull who won the rodeo
and the nose of a dog that saved my life.

I shall find in my box . . .
A cowboy riding a broomstick
and a witch riding a white horse.

I shall find in my box . . .
Aladdin riding a donkey
and Mary riding a magic carpet.

I shall look in my box for five fat frogs that find fractions funny,
and scruffy snakes that sip soup slowly.

I shall look in my box for clever cats that cook carrots crookedly
and dodgy dogs that dish up doggie food.

I shall surf in my box
and land on a beach with golden grains of sand.

I will live in my box in a golden palace
with everything I have ever wanted in it.

I shall say goodbye to my box as it drifts downstream.

Rebecca Hayes (11)
The King John School, Benfleet

My Poem

Bad things happening every night,
Alcohol abuse, well, that's a fright.
Cos living life in my generation!

Great mates, living it to the max,
Have fun, well that's no lax.
Cos living life in my generation!

Your best friends are everything,
Don't lose them or it's a big thing.
Cos living life in my generation!

Terrorism is a crime,
You can be put in prison for a very long time.
Cos living life in my generation!

What happened to the Twin Towers?
A plane thought it had some special powers.
Cos living life in my generation!

This is the end for me,
But the start for you!
Cos living life in my generation!

Ellis White (13)
The King John School, Benfleet

Minute

The things that have happened in my life
From the poverty to the strife
Do not worry, this is not all doom and gloom
Although we are wrapped in our tight cocoon.

The evolution of Man
To the fridge from the can
The computer from the typewriter
Oh my God, the lights are so much brighter!

The world, she is burning
But she keeps on turning
While we ignore her cries for help
Oh yes, she does yelp.

The sea, it is rising
We should be fleeing
Instead we are building
Things that are destroying.

All this so fast
How will we last?
All this in a minute
Maybe we should just forget it!

Ben Couch (14)
The King John School, Benfleet

The World

T error through the sand
H IV across the land
E cstasy is a killer drug

W ar, a horrible bug
O il spills in the sea
R ed blood from the animals that couldn't flee
L ives decreasing every day
D eath taking people away

T echnology changing our life
H omes built for a husband and wife
E nvironment will hopefully be lovely forever

W hatever the weather
O xfam with poverty to beat
R ipe fruit for us to eat
L ove, the best emotion
D ancing is a great motion.

James Alder (13)
The King John School, Benfleet

A New School

A starting point; new friends; new faces.
Lose yourself!
Greet new people. Discover new places.

New targets; new subjects; new teachers.
Things to get used to.
All have different features.

For just one moment, forget your nerves!
Don't get stuck in a corner!
Smooth out your edges - into a curve!

Lily Henney-Cole (13)
The King John School, Benfleet

My Poem About Football

Football is the best
Better than the rest
I support Man U
Better than you

When they play like champions
When they have Ronaldo
When he's got to the ball
He's off like a train
Like a cheetah
As fast as a man can go

I play for Benfleet Villa
They are not the best
But I've been playing there
Ever since Year 3
With my best friends.

Thomas Clark (12)
The King John School, Benfleet

The Twin Towers Tragedy

T he Twin Towers tragedy burned in the year 2000.
W icked people enjoyed ruining important buildings.
I ntelligent lives were destroyed.
N ever forgotten moments!

T errible and tragic.
O ver now, hope never again.
W ait and see something good may happen.
E motions all come at once.
R uined objects that will never be the same.
S top and think before you do something!

Emmie Scanlan (11)
The King John School, Benfleet

Rubbish Rap

Rapping is good
for the people that live in the hood
but in this case it's not
they do it 'cause they haven't got a lot
they think they can sing
but all they have got is the bling

some think they are 50 Cent
but they live in Kent
most think they are cool
but really they're just a fool

they walk around with boxes on their heads
they think they look the part
and they think they look proper smart!

They don't go out when it's light
as they just want to go have a fight
acting as if they're mad
but they're just sad.

Mason Law (11)
The King John School, Benfleet

Tragedy

Lots of people died,
It was a devastating sight,
It was very tragic.

It was nobody's fault,
Who would have thought wind made so much damage,
It was a hurricane.

Jack Staines (11)
The King John School, Benfleet

War (Iraq)

The smirking face behind the enemy's barrel,
And eyes flaming with hate.
The dirty face covered with blood and sweat,
With the teeth, baring like a wolf.
War.
The fight without reason,
Apparently sorting out differences.
Death amongst thousands,
Bleeding of the families,
And unnecessary shattering of the cracked bones,
Pain.
Torture.
Trenches, bombs, cries for help.
The last resources.
'Hit the ground!'
Too late.
Trigger, boom, flash!
Darkness . . .

Alicia Estall (13)
The King John School, Benfleet

Leaving For Another Day

Waking up, walking downstairs
Getting a shower, getting dressed
Having breakfast, brushing my teeth
Putting my shoes on, saying goodbye
Picking up my bags, stepping out the door
Breathing in the fumes, leaving for another day.

Roaring of the cars, pattering of the rain starting
Putting up my umbrella, waiting on the corner
Looking through the smog, waving at my friends
Walking towards them, saying hello
Breathing in the fumes, leaving for another day.

Siân Jones (13)
The King John School, Benfleet

It

It is a
Tongue twister
Brain cracker
People picker

It's like a
Buzzy bee
It bothers me

It smells like a
Garbage-filled gutter
Yet
Toast with butter

It feels like a
Rusty tin can
Freshly roasted ham
Water in a dam

It looks like an
Alien in disguise
Seen only by your eyes
It is life!

Katie MacDonald (11)
The King John School, Benfleet

Hopes And Dreams . . .

I hope to live to 100
I dream to journey to Mars
I hope to fly a rocket ship
I dream of touching the stars

I hope to get an 'A' for my tests
I dream to be a star
I hope to make something of my life
I dream of driving a car

I hope to be successful
I dream to become a vet
I hope to go to uni
I dream to be the greatest dancer yet

I hope to understand life
I dream to move to the top
I hope to realise reality from dreams
I dream of becoming a cop

I hope to sail the seven seas
I dream to fly into the sky
I hope to dive to the bottom of the sea
I dream to question why?

I hope to live to 100
I dream to journey to Mars
I hope to fly a rocket ship
I dream of touching the stars.

Sophie May (12)
William Edwards School, Grays

My Future

I will go to school and not be a fool
Or I will not have any money
Then that would not be funny,
People that don't go to school are not very cool.

I want a car that takes me very far
Maybe I'll win a race or go up to space.

If I get a job, I will not need to sob.

I would like a nice house with no mouse.
I would like a small dog that does not jump around like a frog.

I would like to go to Spain.
Would I go by train? No, I think I would go by plane.

To do all this I'll try my best
I hope the teachers don't think I am a pest.

Danny Conroy (11)
William Edwards School, Grays

Hope

I'll make a wish
I won't delay
I'll keep my promise
Today's the day
I won't let failure over exceed
I'll beat my challenges and succeed
I'll wish on a star tonight
My hope will guide me to a better light
I'll ask myself all the questions to all the answers I'll never know
It lies in hope
I think about what we would need
It could be worse
It could be agreed
I won't let failure beat me too
My hope to live my dreams come true.

Scarlett Lamoureux (12)
William Edwards School, Grays

This Is What I Want To Be My Future

I want the future to be bright like the sun,
I want a career to be worth working for and fun,
I want to grow up surrounded by friends.

I wish for lands of emerald and not so grey,
I wish for no smoke as thick as clay,
I wish for the problem of global warming to be over.

My dream would be to have a life filled to the rim,
With hope, laughter and love but nothing dim,
My dream would be for forever happiness.

Memories are special to me,
To have good times splashing in the sea,
And looking at the clear, azure screen.

I want to be successful,
But also very enjoyable,
I want my dreams to come true.

I don't want my future to be locked in a cage,
My dream is to perform on a stage,
And do my very best.

Sometimes the future is quite scary,
But not a monster, big and hairy,
Just a step into the unknown . . . *yikes!*

Ellie Haden (11)
William Edwards School, Grays

Careless

In an ebony atmosphere so large we stand,
On our two strong feet we rely on this land,
To spin on its axis and keep us on the ground,
This is where we, the destroyers, are found.

We believe this planet Earth is a game,
Where decimating is our devilish aim.
The undiscovered islands and places,
Will never be back to their original basics.

Our carbon dioxide is a foolish tackle,
This gives us humans a reason to hackle.
The pollution from cars, airplanes and the bus,
Only have caused us a disastrous fuss.

This ozone layer around our planet is our only bubble,
Once we have popped it we are in great trouble.
It's like our own mother whom we love and respect,
But for some reason this statement is not correct.

But meanwhile on this planet named Earth,
Things are still not looking up on our turf.
Problems and natural things are appearing,
And the billions of us humans are fearing.

Weather is now changing which is causing no good,
Storms, avalanches and lightning, pull up your hood.
The hot sunshine, heatwaves and humid weather,
Are all caused by us humans not being very clever.

All of these disasters will carry on in future,
Unless we be clever and try to nurture,
By recycling our packaging, bottles and glass,
Maybe we should all be taught in a class,
That we are destroying planet Earth and need to stop being careless!

Jessica Feeney (11)
William Edwards School, Grays

My Hopes And Dreams

My dream is to be an actress
I love to sing and dance
I love performing on a stage
In the spotlight in a rhythmic trance

I like to improvise, it's so much fun
Bouncing ideas around in the sun
I love performing dramatic arts
It's in my head and a part of my heart

I love doing accents
It makes drama so great
I love doing it in front of people
I'd even do it at a fete

I'd love to get into character
And be someone else
I find it easier being them
Than it is being myself

I love to hear the audience
Giving me their applause
It gives me a great feeling
And makes it appealing

I practise my singing in the shower
I'm in there for like half an hour!
I'm washing my hair
Pretending to be Cher!

I want to work with the brightest stars
I want to be at the top of the game
And I want my hands to be imprinted
On Hollywood's walk of fame!

My ultimate goal is to win an Oscar
And to be the star of the show
Signing autographs for my adoring fans
And to be recognised wherever I go!

Abbie Goldstone (12)
William Edwards School, Grays

The Future

F acing up to what lies ahead of me. My future.
   Something I hope will be good.

U nsure what I want to do when I am older. So many choices
   Don't know which way to go.

T eachers try to give me ideas. Some inspire,
   Others confuse me.

U mpteen career paths I can choose to follow.
   Many of them seem so hard on me right now.

R emembering things I like to do.
   Don't want to forget I am still a child.

E ducation lies before me for at least the next five years.
   I am going to try hard not to waste them, for I might need them
                                                      in the future.

Sarah Gray (11)
William Edwards School, Grays

My Hopes For The Future!

My hopes for the future would be . . .
Seasides smothered with sand, not wrappers and cans!

My hopes for the future would be . . .
Rivers of crystal blue *not* yellow and green.

My hopes for the future would be . . .
Children happily playing games, not hanging around on the street.

My hopes for the future would be . . .
Litter in the bin, not on the ground for rats to eat.

My hopes for the future would be . . .
Everyone caring for the world, for the good of their own community.

Hannah Gilbank (11)
William Edwards School, Grays

The Future

In the future what will happen to us?
Will we be rich, will we be poor?
Will our dreams be realised
Or crushed like dust on the floor?

In the future what will happen to the world?
Will it be polluted, will it be clean?
Will the streets be sparkling?
Will the parks be green?

In the future will we still speak English
Or will we speak a foreign tongue?
Will the world be fighting
Or living together as one?

When I think of the future
I see a lot of hope
As long as everyone is happy
I think we will be able to cope.

Jack Pittman (11)
William Edwards School, Grays

Detention

My ears wouldn't work and I'm really sad,
Got myself detention, I felt guilty and bad.

I hate it when evidence is put against me,
Everyone's moaning and saying it was me!

But it probably wasn't me with the chalk
But all teachers do is talk, talk, talk.

Spend 30 minutes in the dull, boring class
It wasn't me that smashed the glass!

I am guilty and sorry, I won't do it again
This is the end of my naughty old bend.

James Whitbread (11)
William Edwards School, Grays

My Dreams

My dream is to become a figure skater
And glide with incredible grace,
As I pick up speed, to keep the pace,
The wind blows gently in my face.

My snow-white boots, cut into the ice,
The spins, the jumps, the new moves look nice.
My dress sparkles in the light,
As I twist and jump with incredible height.

The competitions, they are so scary,
As the judges watch you float like a fairy.
My arms move gracefully, with such poise,
As the crowds all cheer and make loads of noise.

My programme finishes, the music stops,
I'm really glad I made no flops.
I await the scores, my heart starts to thump,
I hope I don't walk away with the hump.

The marks for technical merit are my highest yet,
All my goals, they have been met.
My programme was perfect all the way through,
Skaters like me - there are only a few!

Rianna Devonshire (12)
William Edwards School, Grays

Hopes For The Future

I want to be healthy and very, very wealthy.
I want nice apartments with lots and lots of garments.
I wish for a nice car and to go really far.
I want a good career, £150,000 a year.
I wish for a long life without trouble and strife.
I want to be given great opportunities and to have a great life.

Chloe May (11)
William Edwards School, Grays

Cars

There are a lot of cars,
Some small,
Some long,
Some short,
Some big,
You can get them in all shapes and sizes,
Any colour,
From red to yellow,
Green to pink,
And any pattern on the side, front or back
Flames to butterflies,
Rabbits to ducks,
I love my cars,
I do!

Ryan Wilkins (11)
William Edwards School, Grays

When I Grow Up

When I grow up,
And go from small to tall,
I'd like to thump a tennis ball,
Around a court I'd zip and dash,
With muscles taut, I'd volley and smash.
But if that wish is one wish too far,
Then I'd like to be the man to fix your car,
So either way, with ball or gauge,
I'd still pick up a decent wage.

Marc White (11)
William Edwards School, Grays

What Is Hope?

What is hope?
How do you get hope?
How does a hope apply to me?

A hope is something you want,
A hope is a plan,
A hope is an aspiration for the future.

Is a hope a goal, a target, an ambition?
Or like we had to write in school, an objective?

Hope is all of these things built into one
And the best thing is we all have at least one!

I know what a hope is, but how do I get one?
Where does it come from?
What magical land does it descend?

You don't catch one,
You don't find one,
You don't grab hold of one.

Then what do I have to do to get this hope of mine?

You look in your heart,
And see what you want.
You see what you admire.

I've looked into my heart,
I've seen what I like but how do I get it?

That is up to you.
Tell me, what is your hope?

My hope is to have a family, and to provide for them.

Well all you now have to do is to work hard,
To provide, you have to know how.
To have a family, you have to start with love.
Then when you have got all of these, your hope will seem easier!

Aaron Thompson (13)
William Edwards School, Grays

My Future

Will CO_2 be what we breathe?
Will all oxygen be lost?
Will I ever see a wild tiger?
Will I ever see a snow fox?

Will there be any food left?
What will be left of our livestock?
Will poultry be wiped out,
By this constant diseases shock?

Will winter turn to summer?
Will autumn turn to spring?
Will the summers be full of drought?
Will life be a terrible dream?

Will every child smoke?
Will ever teenager be a mum?
Will education be lost because of this?
Will their life be more fun?

Will the grass be covered in broken glass?
Will the elderly be scared to leave their home?
Will children get nerve problems,
Because of obsessive use of their phone?

Will TV take over the household?
Will all teenagers be anorexic?
Will they just eat an apple or two?
Do they know it's pathetic?

So just think for a moment or two,
About what's in each rhyme,
Think what you can change in this world,
Don't worry, there's still time.

Emily Sharland (12)
William Edwards School, Grays

Dreams

When I was little I dreamed and dreamed
about fairy tales and anything that has happy endings.
Now I'm older I don't dream, knowing that they won't come true.
When I was in junior school I dreamed I would be picked
as student council.
I dreamed that same dream for hours on end.
Every night, even daydreaming, I still dreamed the same dream,
Until it came to that day, I sat there biting my nails nervously
waiting to hear my name called out but my name was not called.
When I was sixteen I had my first interview. I dreamed and I dreamed
about getting this job, being able to go somewhere with my life
until I was told I was not good enough.
Dreams are not for me!

Josh Troy (12)
William Edwards School, Grays

My Poem

Some people wish to be famous,
Others wish to be rich,
Some people wish to be diggers,
Just to dig a ditch.

But what I want to do is different,
No money or mud involved,
I wish to help animals,
And help get all their problems solved.

Some people wish to be lawyers,
Just to get lots of money,
Others wish to be clowns,
Just so they can be funny.

Bridie Turpin (12)
William Edwards School, Grays

Young Writers Information

We hope you have enjoyed reading this book - and that you will continue to enjoy it in the coming years.

If you like reading and writing poetry drop us a line, or give us a call, and we'll send you a free information pack.

Alternatively if you would like to order further copies of this book or any of our other titles, then please give us a call or log onto our website at www.youngwriters.co.uk

**Young Writers Information
Remus House
Coltsfoot Drive
Peterborough
PE2 9JX
(01733) 890066**